名胜古迹灯谜精选
编委会

主　　　编：刘二安　时　光　黄全来
副 主 编：武　骝　张士斌
编　　　委：石爱民　邢华旭　余春全　吴家宏
　　　　　　张松林　束洪波　苏　剑　苏　颖
　　　　　　苏德友　陈书法　陈清泉　赵定国
　　　　　　赵春林　邰　晋　徐锦忠　袁廷福
　　　　　　裴　靖　魏育涛
特约撰稿人：乔北海　魏希洪　王寅丑　郑庆元

中华灯谜丛书

名胜古迹灯谜精选

刘二安 时光 黄全来 主编

中州古籍出版社
·郑州·

图书在版编目（CIP）数据

名胜古迹灯谜精选 / 刘二安，时光，黄全来主编. —郑州：中州古籍出版社，2014.4（2021.4重印）

（中华灯谜丛书）

ISBN 978-7-5348-4590-1

Ⅰ.①名… Ⅱ.①刘… ②时… ③黄… Ⅲ.①灯谜－汇编－中国 Ⅳ.①I277.8

中国版本图书馆 CIP 数据核字（2014）第 000728 号

MINGSHENG GUJI DENGMI JINGXUAN

名胜古迹灯谜精选

责任编辑	岳鸳鸯
责任校对	李接力
装帧设计	王　歌

出 版 社	中州古籍出版社（地址：郑州市郑东新区祥盛街 27 号 6 层　邮编：450016　电话：0371-65723280）
发行单位	新华书店
承印单位	辉县市伟业印务有限公司
开　　本	890 mm×1240 mm　A5
印　　张	10.5
字　　数	190 千字
印　　数	5 001—7 000
版　　次	2014 年 4 月第 1 版
印　　次	2021 年 4 月第 2 次印刷
定　　价	29.00 元

本书如有印装质量问题，请与出版社调换。

序 言

谜语是流传于民间的一种文学形式,谜语竞猜也是千百年来深受人们喜爱的民间文化娱乐活动。谜语通过对事物的形状、构造、要素、功能、用途等特点进行形象化、模拟化的描写创作出谜面,进而引发人们的联想,形成对事物的艺术化表达和规律性认识,帮助人们开阔眼界,丰富知识,提高鉴赏力和把握世界的概括性思维能力。自然景物的荣枯盛衰,人生际遇的顺利穷通,山川河岳的曲折走势,风雨雷电的奇异变化,以及斗转星移朝代更迭,都为我们留下了难以计数的未知信息和不解之谜。谜语的出现为我们探索自然与人文的奥妙提供了独特的趣味求知方式和灵动的智力体验途径。谜语在人们的日常生活中有着重要的位置。而且,谜语在传承中华文明方面熠熠生辉,尤其是在节日文化活动的火树银花中,风光无限。灯谜是谜语活动的卓越表现形式,节庆文化活动是展示灯谜的代表性文化空间。我国传统的节日元宵节也称"灯节"。在全国各地的春节庙会和元宵节活动中,灯谜可谓琳琅满目,蔚为大观。灯谜竞猜活动,富有民族风格和生活情趣,凝结着中国人民的聪明和智慧,是中华民族的伟大艺术创造,因而理所当然成为民间文学遗产的重要组成部分。因此,传承灯谜文化,不仅可以丰富我们的文化生活,更有助于建设中华民族共有的精神家园。

在上世纪80年代，为了汇集和编纂全国各地区、各民族民间文学的成果，由中国民间文艺研究会（即中国民间文艺家协会）主办，在全国范围内组织力量编辑和出版中国民间文学集成，其中包括《中国民间故事集成》《中国歌谣集成》《中国谚语集成》。各地在编辑《中国歌谣集成》时，已搜集有不少谜语，尤其是儿歌中更多，不少地区已将这些谜语编入。当时的民歌分类，已经注意到这一点，专家提出："过去也有人将谜语归入这类歌（儿歌）中，有些谜语很像咏物诗，我们把它们放在谜语中去谈。"可惜的是，谜语没能够列入《中国歌谣集成》中，以后也很难再有这么好的机会了。

实际上，谜语很早就已进入民俗学关注的视野，上世纪20年代，设在广州的中山大学语言历史研究所就印行过《广州谜语》《河南谜语》，作为"民俗学会丛书"之一。顾颉刚先生曾认定《河南谜语》是他"所见的收集谜语成绩最多的"。当代影响较大的有王仿先生所编《中国谜语大全》等选本，流传较广的谜语大都收录了。

由于历代文人的参与，谜语的一大项"灯谜"也逐步发展，越来越引起了人们的兴趣。与民间谜语不同的是，灯谜创作的数量与日俱增，大大超过了民间谜语的数量，灯谜作者群体日益壮大，灯谜的传承与发展势头可喜。中国民间文艺家协会为此设立了灯谜专业委员会。灯谜领域里也有一批有识之士不辞辛苦，深入民间，搜集、整理、出版了一大批灯谜作品集。河南安阳的刘二安先生就是其中的佼佼者。

我得益于参与了21世纪初中国民间文化遗产抢救工程的有关工作，因而有幸与刘二安先生结识，并进而了解了一位长期以来致力于灯谜文化田野调查与研究的民间文艺工作者的勤奋与执着。作为一个省辖市民协的主席，他从参与组织编纂当地民间文学三套集成卷本起，就积极投身于民间文艺事业，充分利用安阳丰厚的民间文艺积淀,做出了突出贡献,被河南省民协授予河南民间文艺最高奖"金鼎奖成就奖",被河南省文化厅命名为灯谜项目的省级非物质文化遗产代表性传承人。他不仅参与了中国民间文化遗产抢救工程第一个实施项目《中国木版年画集成》"滑县卷"和"拾零卷"的编纂工作,还参与了河南省民协"河南省民间文化遗产抢救工程系列成果"丛书的编纂。刘二安先生在灯谜领域默默耕耘了二十多年,编著出版了四十多部灯谜图书,经他之手分门别类,编辑保存了数十万条灯谜作品。近年来,他著述颇丰,几乎每次见到他,都会见到他有新书问世。他也曾几次邀我为他的新书作序,我屡屡答应,但因为公务羁身,而且经常奔走于各地,难得有闲暇静下心坐而属文,因而一直没有兑现作序的允诺。当看到他一部又一部谜书出版,我甚至有些不好意思,所以当他将《名胜古迹灯谜精选》的书稿发来时,我想无论如何都该说几句了。

这部专题谜书以省级行政区为单元,收录了以各省级行政区的地名和名胜古迹为题材的灯谜作品8000余条。我很惊异,如此众多的地名和胜迹,居然都能用灯谜的形式表现出来,为人们认识、了解祖国的大好河山,提供了一种新颖的饶有趣味的浏览途径和解读方法。这些地方及胜迹,你也许有些到过,也许更多的没有到过,但这一卷谜书在手,我们便可徜徉于祖国大地,饱览名山大川,游历风光名胜,其情陶陶,其乐融融。这无疑是民间文学的一项新成果,谨向作者表示祝贺。同时期待他的新作不断问世,也期待更多的民间文艺爱好者走进中华民族创造并世代传承的灿烂绚丽的灯谜世界并切身感受和领略灯谜文化的无限魅力。

是为序。

王锦强

作者:中国民间文艺研究所所长

目　录

北京 ………………………………………… 1
天津 ………………………………………… 12
上海 ………………………………………… 17
重庆 ………………………………………… 24
河北 ………………………………………… 31
山西 ………………………………………… 45
辽宁 ………………………………………… 64
吉林 ………………………………………… 75
黑龙江 ……………………………………… 81
江苏 ………………………………………… 89
浙江 ………………………………………… 99
安徽 ………………………………………… 115
福建 ………………………………………… 123
山东 ………………………………………… 134
江西 ………………………………………… 145
湖北 ………………………………………… 153
湖南 ………………………………………… 161
河南 ………………………………………… 172
广东 ………………………………………… 190

海南	205
四川	214
贵州	225
云南	232
陕西	239
甘肃	250
青海	262
内蒙古	270
广西	277
宁夏	284
新疆	290
西藏	304
香港	315
澳门	318
台湾	320
后　记	325

北 京

背景分明(直辖市)北京	佚　名
要以日月为背景(直辖市)北京	张景源
樱桃一点燕西东(直辖市)北京	赵可东
日出月落,背景光明(直辖市)北京	俞敦诗
拥八千之乘,居高堂之上(直辖市)北京	俞长岭
不在背后,就在前头(直辖市)北京	武　骝
残花翻飞小亭前(直辖市)北京	乔北海
乘风景错落,看香蕴几多(直辖市)北京	武　骝
小燕飞上下,离合动芳心(直辖市)北京	韩树义
安阳风光(直辖市简称)京	多　人
半亩方塘容小住(直辖市简称)京	柯国臻
惊心有别离(直辖市简称)京	王楷波
奉上樱桃表芳心(直辖市简称)京	苏　剑
抿一小口多了点 (直辖市简称)京	尹海军
亭前别后锁愁眉(直辖市简称)京	张宏福
二人交替做,空中前滚翻(北京区县名)大兴	王小勇
五星缀天际(北京区县名)大兴	寒　烟
天上之光举头望(北京区县名)大兴	王小勇
天下同乐(北京区县名)大兴	佚　名

1

谜面	作者
有奔头喜从中来(北京区县名)大兴	佚　名
举头望天，一无所见(北京区县名)大兴	蔡建荣
散关一别将六载(北京区县名)大兴	潘洁妹
金水桥下护城河(北京区县名)门头沟	佚　名
清清溪水屋前流(北京区县名)门头沟	卢　飚
一贯真心为宝岛(北京区县名)丰台	佚　名
分清是非心安怡(北京区县名)丰台	陈振凡
并非要案(北京区县名)丰台	王安平
远树小窗衔远山(北京区县名)丰台	佚　名
拨云纵然见新日(北京区县名)丰台	王小勇
直接三通到宝岛(北京区县名)丰台	贺惠琛
剧场节目多且精(北京区县名)丰台	佚　名
推窗远眺山和树(北京区县名)丰台	薛道达
工作重点欲放后(北京区县名)平谷	刘　旭
无言评残容(北京区县名)平谷	蔡建荣
见人不俗,怦然心动(北京区县名)平谷	卫斌虎
东方欲腾飞,须抓重点干(北京区县名)平谷	王小勇
进口大米作调整(北京区县名)平谷	叶曙光
岩松影随斜风荡(北京区县名)石景山	王小勇
桂林风光(北京区县名)石景山	佚　名
崖上岩下各有风光(北京区县名)石景山	佚　名
碰上影后不免先搭讪(北京区县名)石景山	朱本木
庭前大摆筵宴,个个争赴宴约(北京区县名)延庆	王小勇
筵前离去相称贺(北京区县名)延庆	刘　旭
人心都是肉长的(北京区县名)怀柔	佚　名
心太软(北京区县名)怀柔	黄清明

给予此人向上心,摆脱困境任纵横(北京区县名)怀柔	王小勇
菩萨心肠(北京区县名)怀柔	佚　名
刚落户于汕尾(北京区县名)房山	佚　名
岁末未见有所谋(北京区县名)房山	佚　名
我家就在岸上住(北京区县名)房山	佚　名
第一个上岗(北京区县名)房山	佚　名
愚公居处(北京区县名)房山	佚　名
绝顶一茅茨(北京区县名,秋千)房山	佚　名
一点一滴干起,来日前景看好(北京区县名)昌平	张　践
天天干到两点(北京区县名)昌平	刘壮虎
去唱前心要定(北京区县名)昌平	蔡建荣
有人倡导,发言参评(北京区县名)昌平	袖　子
下战书(北京旧区县名)宣武	佚　名
备战动员(北京旧区县名)宣武	佚　名
巧改三页文,一定会叫绝(北京区县名)顺义	王小勇
一点两点三点,梅绽异乡春光(北京区县名)海淀	王小勇
川流不息还乱涌(北京区县名)通州	陈宝芳
七嘴八舌不停口(北京区县名)密云	徐贵材
不公开谈判(北京区县名)密云	袁传福
有心向前会约人,须穿星桥到岭前(北京区县名)密云	王小勇
悄悄话儿悄悄说(北京区县名)密云	黄松榆
万般皆下品(北京旧区县名)崇文	佚　名
反对使用武力(北京旧区县名)崇文	佚　名
十二月二日到陕西(北京区县名)朝阳	佚　名
对方离古田,明日来陕西(北京区县名)朝阳	慧　君
阵前断戟昭日月(北京区县名)朝阳	佚　名

阶前日出潮水退(北京区县名)朝阳	蔡建荣
明日去西郊,田间再重逢(北京区县名)朝阳	王小勇
潮水已退,日落边陲(北京区县名)朝阳	罗文锋
一山五岳七星岩(世界文化遗产)十三陵	冯孝聪
李存孝之墓(世界文化遗产)十三陵	乔北海

  李存孝为十三太保。

菱叶方遮初阳照(世界文化遗产)十三陵	武 骝
疑冢虚墓七成空(世界文化遗产)十三陵	武 骝
二人共同下基层(世界文化遗产)天坛	乔北海
二人闲聊论是非(世界文化遗产)天坛	俞敦诗
为全面改革进一言(世界文化遗产)天坛	陶维松
云长关圣头难保(世界文化遗产)天坛	啸千山
云封残寺掩昊日(世界文化遗产)天坛	何育道
日中会谈(世界文化遗产)天坛	佚 名
月中会展迎十一(世界文化遗产)天坛	武 骝
再莫上下论是非(世界文化遗产)天坛	佚 名
成双成对人离去(世界文化遗产)天坛	吴楚鸿
有空必须下基层(世界文化遗产)天坛	买立新
杂谈一大所在地(世界文化遗产)天坛	汪德亨
坐下开会晚些回(世界文化遗产)天坛	嘉 蕙
城头一大将,云长也(世界文化遗产)天坛	残 荷
大连市(世界文化遗产)长城	许海魁
白头才镜里,志成甘苦中(世界文化遗产)长城	武 骝
后堂建成先清账(世界文化遗产)长城	乔北海
账面亏损,酿成是非(世界文化遗产)长城	卷笔刀
张弓出武威(世界文化遗产)长城	佚 名

怅离别,盛上酒,是非总纠缠,酒尽心全碎(世界文化遗产)长城

佚　名

是非铸成心生怅(世界文化遗产)长城　　　　　　　　陈志琛
亡国生春草,离宫没古丘(世界文化遗产)北京人遗址　武　骝
同心记惦分田时(世界文化遗产)周口店　　　　　　　袁廷福
人离喀什抵阿里(世界文化遗产)故宫　　　　　　　　张宏福
双方宅前贴古文(世界文化遗产)故宫　　　　　　　　蔡建荣
老两口到塞北(世界文化遗产)故宫　　　　　　　　　佚　名
两口室前观古文(世界文化遗产)故宫　　　　　　　　乔北海
陈公台(世界文化遗产)故宫　　　　　　　　　　　　蔡民强

《三国演义》中陈官字公台。

昔时金阶白玉堂(世界文化遗产)故宫　　　　　　　　武　骝

面出卢照邻《长安古意》句。金阶白玉堂指皇家宫殿。

做人当如陈公台(世界文化遗产)故宫　　　　　　　　刘　旭
做人要舍得献点爱心给对方(世界文化遗产)故宫　　　刘连舫
做人首先清廉,当官半笔莫贪(世界文化遗产)故宫　　罗文锋
商前古文化(世界文化遗产)故宫　　　　　　　　　　胡显明
伊川先生与伊皋书院(世界文化遗产)颐和园　　　　　武　骝

程颐,北宋理学家和教育家,人称伊川先生。自建伊皋书院讲学。

养生静气家中坐(世界文化遗产)颐和园　　　　　　　冯孝聪
养神静气在拙政(世界文化遗产)颐和园　　　　　　　乔北海
姬颜半迹,昭君离程,国疆远去之(世界文化遗产)颐和园　武　骝
七一攀高峰(北京名胜古迹)八达岭　　　　　　　　　佚　名
三山五岳留足迹(北京名胜古迹)八达岭　　　　　　　佚　名
三五成群登山游(北京名胜古迹)八达岭　　　　　　　邱谷安

正三五,龙舟夺冠,领先上岸(北京名胜古迹)八达岭	武 骝
走出低谷攀高峰(北京名胜古迹)八达岭	俞敦诗
洞宾一行到衡山(北京名胜古迹)八达岭	佚 名
兵卒都过河(北京名胜古迹)十渡	佚 名
经济纵横(北京名胜古迹)十渡	佚 名
鱼行不独自,三三两两游(北京名胜古迹)十渡	任焕长
北岳(北京名胜古迹)上方山	钱仁平
登台(北京名胜古迹)上方山	佚 名
洪宪(北京名胜古迹)大水法	王 谦
天下菩萨不离庙(北京名胜古迹)大佛寺	陈志光
唤醒万众齐报国(北京名胜古迹)大觉寺	吟秋客
天下多情唯古刹(北京名胜古迹)大钟寺	佚 名
聪明绝顶不言诗(北京名胜古迹)大慧寺	佚 名
三沙水域属我国(北京名胜古迹)中南海	乔北海
及第方成有为人(北京名胜古迹)中南海	陈志明
壮年有为(北京名胜古迹)中南海	倪 斐
有善才和龙女站立两旁(北京名胜古迹)中南海	赵首成
考取当求有为(北京名胜古迹)中南海	佚 名
西沙群岛在哪里(北京名胜古迹)中南海	刘铁根
金榜题名定有为(北京名胜古迹)中南海	赵可东
康有为乡试入选(北京名胜古迹)中南海	佚 名
远山重叠眼前开(北京名胜古迹)云台	乔北海
村后壁下古断层(北京名胜古迹)云居寺	乔北海
诗(北京名胜古迹)云居寺	蒋华勤
万里银河装水闸(北京名胜古迹)天安门	冯孝聪
万间广厦连云起(北京名胜古迹)天安门	王万森

白云生处有人家(北京名胜古迹)天安门	佚　名
连日设大宴,一定要包间(北京名胜古迹)天安门	叶曙光
空挂户(北京名胜古迹)天安门	佚　名
大乔处处守本分(北京名胜古迹)天桥	张礼鹤
乌鹊填应满(北京名胜古迹)天桥	石爱民
半空横铁索(北京名胜古迹)天桥	骆　岩
天低孤星悬,庭前竹笛清(北京名胜古迹)太庙	乔北海
子由垂钓在庄前(北京名胜古迹)孔庙	乔北海
书亭兴隆(北京名胜古迹)文昌阁	袁廷福
一旦相逢又离去(北京名胜古迹)日坛	潘洁妹
云遮明月垄上行(北京名胜古迹)日坛	俞佳陵
旧舍之前初动土(北京名胜古迹)日坛	乔北海
离台三十一载(北京名胜古迹)日坛	陈孝迹
广寒宫中筑高台(北京名胜古迹)月坛	佚　名
云落城头玉兔悬(北京名胜古迹)月坛	刘　旭
会期拖后到十一(北京名胜古迹)月坛	乔北海
教育改革有基础(北京名胜古迹)月坛	吴行峤
左边是武穆王神殿(北京名胜古迹)东岳庙	王寅丑
岱宗上面有僧庐(北京名胜古迹)东岳庙	裴　靖
为了母亲的微笑(北京名胜古迹)乐和堂	罗习耘
西湖梅先放,片片飞残花(北京名胜古迹)北海	乔北海
二儿分别回亭下(北京名胜古迹)可园	乔北海
会须一饮三百杯,与尔同销万古愁(北京名胜古迹)永乐大钟	林　敏
又见中原人约会(北京名胜古迹)白云观	乔北海
问了又问,看了又看(北京名胜古迹)白云观	陈志光

谜面	作者
背负青天朝下看(北京名胜古迹)白云观	佚　名
说说看(北京名胜古迹)白云观	佚　名
香山约会客重逢,无约客人不要来(北京名胜古迹)白云观	吴长原
此道千寻得(北京名胜古迹)白塔	皓　竹
诗仙浮屠前(北京名胜古迹)白塔	汪德亨
胜造七级浮屠(北京名胜古迹)白塔	冯济峰
雪映浮图(北京名胜古迹)白塔	佚　名
道是二人苦分离(北京名胜古迹)白塔	佚　名
纵然生得好皮囊(北京名胜古迹)华表	周景富
绣花枕头填麦糠(北京名胜古迹)华表	赵春林
归来见天子(北京名胜古迹)回龙观	陈水龙
御驾返京人争睹(北京名胜古迹)回龙观	骆　岩
西墙外围才建成(北京名胜古迹)团城	乔北海
亦将言语话徐妃(北京名胜古迹)地坛	王小勇
既要向上走,也要下基层(北京名胜古迹)地坛	王　磊
万紫千红映岭前(北京名胜古迹)百花山	黄明华
一梦著成石头记(北京名胜古迹)红楼	蔡金楠
入梦曹霑巨著成(北京名胜古迹)红楼	任焕长
飞阁流丹(北京名胜古迹)红楼	沈　坚
日照岳阳(北京名胜古迹)红楼	刘　旭
石头记事梦成空(北京名胜古迹)红楼	伍延才
江畔绿初绕,柳前缕丝飘(北京名胜古迹)红楼	卫　风
全都住上新楼房(北京名胜古迹)老舍故居	徐崇娃
因乃古宅而入住(北京名胜古迹)老舍故居	佚　名
搬迁太频繁(北京名胜古迹)老舍故居	张毅安
看其发声挺相像(北京名胜古迹)观音寺	张文生

远望仿佛如宝岛(北京名胜古迹)观象台	汪德亨
眼前疑是宝岛(北京名胜古迹)观象台	佚　名
隔孔窥室见陈设(北京名胜古迹)张之洞故居	远　风
身在西沙念慈母(北京名胜古迹)中南海怀仁堂	卢志文
不忘慈母情(北京名胜古迹)怀仁堂	佚　名
孩子,如果你还活着,请记住妈妈爱你(北京名胜古迹)怀仁堂	佚　名
倘若跟随王后,不得一心二用(北京名胜古迹)怀仁堂	陈　浩
梦里依稀慈母泪(北京名胜古迹)怀仁堂	詹尧山
慈母(北京名胜古迹)怀仁堂	金小曼
从戎报国,直取宝岛(北京名胜古迹)戒台寺	菊　生
罗汉入梦侍人归(北京名胜古迹)卧佛寺	邱谷安
社稷交与儿管护(北京名胜古迹)国子监	乔北海
十扣柴扉九不开(北京名胜古迹)居庸关	佚　名
无事闭门防俗客(北京名胜古迹)居庸关	丛国林
往来无白丁(北京名胜古迹)居庸关	苏德友
陋室谢客(北京名胜古迹)居庸关	许识途
敞开所门,引进人才(北京名胜古迹)居庸关	佚　名
显然老是欺负人(北京名胜古迹)明长陵	佚　名
春山远映似黛眉,塘前小桥鸟飞鸣(北京名胜古迹)松堂	佚　名
每到村东去,先见沼泽地(北京名胜古迹)法海寺	乔北海
原在江西,等到后来去海边(北京名胜古迹)法源寺	乔北海
丹青不敢称能手(北京名胜古迹)画中游	闻春桂
走四方(北京名胜古迹)画中游	佚　名
鸭觉水暖兴陶然(北京名胜古迹)知春亭	佚　名
秋色连波卧长虹(北京名胜古迹)金水桥	蔡建荣

秋色潮声映彩虹(北京名胜古迹)金水桥	黄明华
一岭是梅花(北京名胜古迹)香山	星如雨
日出峰前半入秋(北京名胜古迹)香山	汪德亨
西岭落日，月上柳梢(北京名胜古迹)香山	郝思年
初秋景致心幽闲(北京名胜古迹)香山	王　玮
春归汕尾日初升(北京名胜古迹)香山	佚　名
秋日岭上禁烟火(北京名胜古迹)香山	赵春林
峰前枝头挂眉月，破寺依稀似旧时(北京名胜古迹)香山	佚　名
蜂蝶缘何聚岭来(北京名胜古迹)香山	佚　名
南岳初秋旧时分(北京名胜古迹)香山寺	许识途
天师钟馗(北京名胜古迹)鬼见愁	佚　名
假李逵遇到真李逵(北京名胜古迹)鬼见愁	黄有材
四月二日回贵南(北京名胜古迹)圆明园	水　云
十五的月亮悬庭前(北京名胜古迹)圆明园	佚　名
中秋夜月满芳圃(北京名胜古迹)圆明园	佚　名
皎皎月轮照上苑(北京名胜古迹)圆明园	佚　名
满月光辉照清华(北京名胜古迹)圆明园	佚　名
请君光临舍下(北京名胜古迹)恭王府	佚　名
跪迎侯爷莅家宅(北京名胜古迹)恭王府	蔡建荣
桓玄鞠躬吊孝伯(北京名胜古迹,卷帘)恭王府	武　骝

　　东晋大臣王恭,字孝伯。王恭被处死,桓玄为恭立丧庭吊祭。府通俯。

不喜争先(北京名胜古迹)悦心殿	纪岱山
夺得第四亦欢喜(北京名胜古迹)悦心殿	刘　旭
彻悟出言即成诗(北京名胜古迹)真觉寺	佚　名
有乐而止(北京名胜古迹)陶然亭	吕珏生

谜面	作者
欢笑自此毕（北京名胜古迹）陶然亭	郭少敏
醉翁并非随处醉（北京名胜古迹）陶然亭	佚　名
盼咐子龙断后（北京名胜古迹）排云殿	张礼鹤
皇上临朝百官议事（北京名胜古迹）排云殿	一粒沙
三千佳丽在雍和（北京名胜古迹）储秀宫	赖浩明
金屋藏娇（北京名胜古迹）储秀宫	王万森
咫尺长门贮阿娇（北京名胜古迹）储秀宫	佚　名
铜雀春深锁二乔（北京名胜古迹）储秀宫	陈昌年
燕赵之收藏，韩魏之经营，齐楚之精英（北京名胜古迹）储秀宫	望　文
天仙都向往人间（北京名胜古迹）景山	佚　名
无限风光在险峰（北京名胜古迹）景山	佚　名
日下旧闻连京迹，岁到今时值除夕（北京名胜古迹）景山	佚　名
岁首进京心意定（北京名胜古迹）景山	乔北海
岁首京口一相逢（北京名胜古迹）景山	佚　名
种花筑榭峨眉巅（北京名胜古迹）景山	冯孝聪
横看成岭侧成峰（北京名胜古迹）景山	郑国泰
灵活应对有法门（北京名胜古迹）智化寺	佚　名
相知花下怀旧时（北京名胜古迹）智化寺	佚　名
要用机谋除阉党（北京名胜古迹）智化寺	乔北海

　　寺，阉人，太监。

长虹尽处是蓬莱（北京名胜古迹）紫光阁	佚　名
定神养性戒腥荤（北京名胜古迹）静心斋	刘　旭
无声镜月映上林（北京名胜古迹）静明园	乔北海
政治改革（北京名胜古迹）瀛台	王保武

天　津

人对律法要留心（直辖市）天津	郑庆元
空中摆渡（直辖市）天津	多　人
黄河远上白云间（直辖市）天津	陆占山
加了十两（直辖市，谐音）天津	佚　名

　　天津，音同"添斤"。

古书上载江左事（直辖市简称）津	吴青松
建设东北挥汗干（直辖市简称）津	张士斌
法律之中有漏洞（直辖市简称）津	张士斌
贪污成亏损，一一终肃清（直辖市简称）津	罗文锋
酒肆东西临渡口（直辖市简称）津	傅金良
古运河畔（直辖市别名）沽	冯同英
故垒西边江东去（直辖市别名）沽	魏育涛
一片降幡出石头（直辖市别名）卫	多　人
节后统一安排（直辖市别名）卫	朱　瑛
地面竖起大塔吊（直辖市别名）卫	郭卫龙
孤帆天际看（直辖市别名）卫	伍耿怀
宛若刀锋立砧板（直辖市别名）卫	武　骝
主人长得清秀（天津区县名）东丽	张士斌
客曰："徐公不若君之美也！"（天津区县名）东丽	任焕长

鸨鸟无踪鹂鸟飞(天津区县名)东丽　　　　　　　　裴　靖

背上唇印遗口实(天津区县名)北辰　　　　　　　　张士斌

水波不兴(天津区县名)宁河　　　　　　　　　　　张士斌

长汀东西寄南北(天津区县名)宁河　　　　　　　　张士斌

溪边筑亭需小心(天津区县名)宁河　　　　　　　　蔡建荣

南京境内长江段(天津区县名)宁河区　　　　　　　张士斌

飞梁丹霞接(天津区县名)红桥　　　　　　　　　　裴　靖

乔工介绍杨先生(天津区县名)红桥　　　　　　　　张士斌

天王秀全看了看(天津区县名,谐音)红桥　　　　　张士斌
　　红桥,音同"洪瞧"。

左边客人狄汉臣(天津区县名)西青　　　　　　　　张士斌
　　唐代名将狄青字汉臣。

来客显年轻(天津区县名)西青　　　　　　　　　　张士斌

来宾正是卫仲卿(天津区县名)西青　　　　　　　　郑庆元
　　汉代名将卫青字仲卿。

两局棋没有输赢(天津区县名)和平　　　　　　　　张士斌

与屈原不同(天津区县名)和平区　　　　　　　　　张士斌
　　屈原名平。

八剑堂人不偏激(天津区县名,卷帘)和平区　　　　张士斌
　　八剑堂为区姓堂号。

寸土是金一小渚(天津区县名)宝坻　　　　　　　　张士斌
　　坻,小渚。

听说是保底(天津区县名)宝坻　　　　　　　　　　张士斌

尽洗甲兵长不用(天津区县名)武清　　　　　　　　任焕长

谁除景阳冈虎患(天津区县名)武清　　　　　　　　张士斌

眼前历历刀光影(天津区县名)武清　　　　　　　　张德生

八旗兵(天津区县名,秋千)武清	佚　名
哥背上的汗已干(天津区县名)河北	张士斌
浮沤长满哥背上(天津区县名)河北区	张士斌
哥要上汕头(天津区县名)河西	张士斌
火车下行(天津区县名)南开	张士斌
向阳店铺(天津区县名)南开	张士斌
奉献在前邢先生(天津区县名)南开	张士斌
酒肆前后楠木光(天津区县名)津南	张士斌
宾至每如潮涌起(天津区县名)滨海	叶曙光
滇池前边梅迎宾(天津区县名)滨海	郑庆元
别后心生悬,鱼书寄苏北(天津区县名)蓟县	乔北海
争取清理每组(天津区县名)静海	张士斌
始终深情每无争(天津区县名)静海	叶曙光
港口外波浪不兴(天津区县名)静海	严宗达
周日游世界最大湖(天津名胜古迹)七里海	张士斌

里海是世界上最大的湖泊。

崑岗崔嵬崇,嵩嶽峯巅高(天津名胜古迹)九山顶	武　骝
中空难见出新样(天津名胜古迹)八仙山	武　骝
林涛声里藏古刹(天津名胜古迹)万松寺	裴　靖
更待十载豫东见(天津名胜古迹)千像寺	张士斌
一生求完人,除非心无我(天津名胜古迹)大悲院	郑庆元
人在西北边陲,心系皖东前辈(天津名胜古迹)大悲院	乔北海
三千宫女燕脂面,几个春来无泪痕(天津名胜古迹)大悲院	武　骝
断完是非,一心归队(天津名胜古迹)大悲院	崔永凯
阁中悄悄话(天津名胜古迹)小白楼	苏　颖
众老板聚于客栈(天津名胜古迹)广东会馆	佚　名

里面为巨源宅院（天津名胜古迹）中山公园　　　　　　张士斌
　　　晋山涛字巨源，世称山公。
三两闲聊吹破天（天津名胜古迹）五大道　　　　　　　武　骊
昌化人安分守己（天津名胜古迹）天妃宫　　　　　　　张士斌
瑶池琼楼（天津名胜古迹）天妃宫　　　　　　　　　　佚　名
下关城边等后生（天津名胜古迹）天成寺　　　　　　　郑庆元
乔装改扮夺一城（天津名胜古迹）天成寺　　　　　　　武　骊
夺城作乱占西北（天津名胜古迹）天成寺　　　　　　　苏　颖
自然一古刹（天津名胜古迹）天成寺　　　　　　　　　张士斌
迟误开城日落时（天津名胜古迹）天成寺　　　　　　　石爱民
物外寻真境，云标启梵宫（天津名胜古迹）天成寺　　　裴　靖
梵宫香阁攀霞上（天津名胜古迹）天成寺　　　　　　　裴　靖
浮屠似玉笋，突兀倚重云（天津名胜古迹）天塔　　　　武　骊
云绕六和傍西子（天津名胜古迹）天塔湖　　　　　　　武　骊
各位二度来，鳟鱼躲闪开（天津名胜古迹）天尊阁　　　张士斌
长安道乞旧铜钱（天津名胜古迹）古文化街　　　　　　武　骊
亭前珍珠泉半露，一路西行心解闷（天津名胜古迹）玉皇阁　郑庆元
合作改编原著（天津名胜古迹）白塔　　　　　　　　　武　骊
金谷当年景，山青碧水长（天津名胜古迹）石家大院　　武　骊
　　　面出明·张美谷诗。金谷园，石崇别业。
翼王府扩建（天津名胜古迹）石家大院　　　　　　　　苏　颖
中国大理寄畅怀（天津名胜古迹）华石园　　　　　　　武　骊
　　　大理，大理石。寄畅，寄畅园。
闾里社长悬赏高（天津名胜古迹）吕祖堂　　　　　　　武　骊
人间递去过庭香（天津名胜古迹）孙传芳宅　　　　　　武　骊
　　　孙过庭，唐代书法家。

矮脚虎心怀一枝花（天津名胜古迹）庆王府　　　　　　　　武　骝
　　府通腑，内心、心怀。矮脚虎王英，一枝花蔡庆。
援藏支疆，创建准妈妈学校（天津名胜古迹）西开教堂　　武　骝
水上人家旧宅邸（天津名胜古迹）津门故里　　　　　　　尹海军
垂涎鲀鲙家乡味（天津名胜古迹）津门故里　　　　　　　武　骝
一人偏喜游僧院（天津名胜古迹）独乐寺　　　　　　　　佚　名
一笑皈佛门（天津名胜古迹）独乐寺　　　　　　　　　　石爱民
日上三竿僧不起，算来名利不如闲（天津名胜古迹）独乐寺　李良柱
孤身谈笑入少林（天津名胜古迹）独乐寺　　　　　　　　郑庆元
禅院孤僧自陶然（天津名胜古迹）独乐寺　　　　　　　　乔北海
尊前领悟兄元方（天津名胜古迹）悦园　　　　　　　　　武　骝
云南早种植，杏花山水中（天津名胜古迹）梨木台　　　　武　骝
女娲炼云挂中天（天津名胜古迹）悬空石　　　　　　　　佚　名
回首浮玉云涛中（天津名胜古迹）悬空石　　　　　　　　裴　靖
杯酒释兵权，悠闲一守信（天津名胜古迹）悬空石　　　　张士斌
画栋新架赛古屋（天津名胜古迹）梁启超旧居　　　　　　裴　靖
一厝朔东，一厝雍南（天津名胜古迹）盘山　　　　　　　武　骝
　　面出《列子·汤问·愚公移山》。盘，搬运。
双蛾几许长（天津名胜古迹）盘山　　　　　　　　　　　吴仁泰
问竹林七贤巨源（天津名胜古迹）盘山　　　　　　　　　张士斌
　　竹林七贤之一的山涛字巨源。
跃上葱茏四百旋（天津名胜古迹）盘山　　　　　　　　　多　人
问道武当（天津名胜古迹）盘山　　　　　　　　　　　　石爱民
东坡欲去时落日，盏下相挽东行船（天津名胜古迹）盘谷寺　武　骝
笑渐不闻声渐悄（天津名胜古迹）静园　　　　　　　　　武　骝
圣上走时朝中泣（天津名胜古迹）潮音寺　　　　　　　　苏　颖

西城朝离泣别时(天津名胜古迹)潮音寺　　　　　　　　石爱民
意隐心萌动,晚等池塘前(天津名胜古迹)潮音寺　　　　武　骝

上　海

大河向东流(直辖市)上海　　　　　　　　　　　　　安建国
让渡东西悔前行(直辖市)上海　　　　　　　　　　　张士斌
每临池边让先行(直辖市)上海　　　　　　　　　　　张士斌
船出长江口(直辖市)上海　　　　　　　　　　　　　佚　名
北去蓬莱赏奇景(直辖市)上海市　　　　　　　　　　张士斌
远渡重洋做买卖(直辖市,卷帘)上海市　　　　　　　张士斌
一转眼穿过马路(直辖市别称)申　　　　　　　　　　张士斌
电线直通上海(直辖市别称)申　　　　　　　　　　　张士斌
老车不堪负重(直辖市别称)申　　　　　　　　　　　马杰忠
改变旧貌迎猴年(直辖市别称)申　　　　　　　　　　胡荫龙
南昌直达上海(直辖市别称)申　　　　　　　　　　　张士斌
左右护法皆离去(直辖市简称)沪　　　　　　　　　　张士斌
老泪依稀失家犬(直辖市简称)沪　　　　　　　　　　周象平
层云散尽四星现(直辖市简称)沪　　　　　　　　　　吴树戈
肩上汗流干(直辖市简称)沪　　　　　　　　　　　　张士斌
无灾无难到公卿(上海区县名)长宁　　　　　　　　　多　人
永久平安(上海区县名)长宁　　　　　　　　　　　　佚　名

久居和平地(上海区县名)长宁区	苏　颖
文化街中闹市散(上海区县名)闵行	张士斌
休闲街里有文化(上海区县名)闵行	许传福
吾去衙门递文书(上海区县名)闵行	黄嗣金
内举不避亲(上海区县名)奉贤	佚　名
拥戴武则天次子(上海区县名)奉贤	任焕长

　　武则天次子名李贤。

尊重人才(上海区县名)奉贤	佚　名
中国空前崛起(上海区县名)宝山	李玉昌
寄上一块玉,送给崔先生(上海区县名)宝山	罗文锋
义释及时雨(上海区县名)松江	张礼鹤
武行者留名,黑三郎隐姓(上海区县名)松江	武　骝
全靠丫头出了头(上海区县名)金山	张士斌
全靠关先生和崔先生(上海区县名)金山	张士斌
千峰秋色各不同(上海区县名)金山区	裴　靖
秋色满冈峦(上海区县名)金山区	张士斌
月下背甲人影闪(上海区县名)闸北	郑庆元
甫得日晴游西湖(上海区县名)青浦	崔永凯
清清水现蒲下影(上海区县名)青浦	张士斌
萋萋芳草满江洲(上海区县名)青浦	佚　名
工作虽调动,依然在上海(上海区县名)虹口	张士斌
江边宿鸟伴鸣虫(上海区县名)虹口	李创龙
闽中贡品献上来(上海区县名)虹口	乔北海
涓涓细流聚成河(上海区县名)徐汇	佚　名
先去铺陈再上酒(上海区县名)浦东	张士斌
甫(上海区县名)浦东	多　人

山前无踪影,胜景终难觅(上海区县名)崇明	郑庆元
反清义士敬前朝(上海区县名)崇明	张士斌
装潢铺张浪费钱(上海区县名)黄浦	张士斌
奉旨离塞上,碰头去陇西(上海区县名)普陀	武骝
表彰名单已拍板(上海区县名)嘉定	乔北海
奖励须有别(上海区县名)嘉定区	苏颖
万籁俱寂人方定(上海区县名)静安	乔北海
处之泰然谢东山(上海区县名)静安	张士斌
于无声处(上海区县名)静安区	佚名
雄兔脚扑朔,雌兔眼迷离(上海区县名)静安区	汪南昌
云游三十载,从此终归隐(上海名胜古迹)一大会址	范敬忠
天王公正做调处(上海名胜古迹)一大会址	张礼鹤
柳永独钟长安道(上海名胜古迹)七宝老街	武骝
转业下厂三十载,改革开放先付出(上海名胜古迹)二严寺	武骝
东渡蓬莱老不归(上海名胜古迹)上海中山故居	武骝
重返蓬莱旧址(上海名胜古迹)上海中山故居	林海滨
扮演曹操角无数,无人能超袁瑞麟(上海名胜古迹,卷帘)上海世博会	武骝

　　京剧大师袁世海,字瑞麟,有"活曹操"之誉。

出洋观光称我意(上海名胜古迹)上海展览中心	张礼鹤
骑士收缰进家房(上海名胜古迹)马勒住宅	张士斌
士甘焚死不公侯(上海名胜古迹,卷帘)中山故居	张哲源
翰墨收藏于岳阳(上海名胜古迹)书隐楼	石爱民
藏经阁中藏经多(上海名胜古迹)书隐楼	郑庆元
上元方见割肉人(上海名胜古迹)内园	魏希洪
浮云霄外作奇峰(上海名胜古迹)天马山	武骝

　　浮云，古代马名。

卿郎珍珠归翠娥(上海名胜古迹，粉底)方塔园　　　　　　武　骝

　　典出戏曲《珍珠塔》。卿即方卿，珍珠即珍珠塔。

故乡又是中秋夜(上海名胜古迹)月圆园　　　　　　　　武　骝
主人乃纳兰端范(上海名胜古迹)东方明珠　　　　　　　潘洪玉

　　清·纳兰明珠字端范。

主人始识蚌中珍(上海名胜古迹)东方明珠　　　　　　　佚　名
保主灵珠吐，当春合浦还(上海名胜古迹)东方明珠　　　武　骝

　　取"隋侯得珠"和"合浦还珠"两典。

晓日光华映露滴(上海名胜古迹)东方明珠　　　　　　　武　骝
大河奔流行舟远，半生独居国外归(上海名胜古迹)古猗园　郑庆元
四围舟远去，湖中水清漪(上海名胜古迹)古猗园　　　　乔北海
湖中水清漪，鼋头格外长(上海名胜古迹)古猗园　　　　武　骝
西湖也在变(上海名胜古迹)叶池　　　　　　　　　　　魏希洪
倾古西沙一边地(上海名胜古迹)叶池　　　　　　　　　武　骝
夫天知、地知、你知、我知，何谓无知(上海名胜古迹，双钩)四明公所　　　　　　　　　　　　　　　　　　　　　　　　　石爱民

　　典出《后汉书·杨震传》。

浮生前梦终难卜(上海名胜古迹)外滩　　　　　　　　　武　骝
梦终难卜泪始沾(上海名胜古迹)外滩　　　　　　　　　黄宜耀
主动分侍消费低(上海名胜古迹)玉佛寺　　　　　　　　石爱民
等下主动先付费(上海名胜古迹)玉佛寺　　　　　　　　张士斌
云中看古刹(上海名胜古迹)龙华寺　　　　　　　　　　郑庆元
十载宠辱终化土(上海名胜古迹)龙华寺　　　　　　　　乔北海
垄间种花正适合(上海名胜古迹)龙华塔　　　　　　　　魏希洪
文老的家(上海名胜古迹)孙中山故居　　　　　　　　　郑庆元

陶然酣卧听松声(上海名胜古迹)安亭　　　　　　　武　骝

　　面为陆游《石洞饷酒》句。陶然为亭名。

悬崖勒马(上海名胜古迹)安亭　　　　　　　　　　武　骝
折柳声催泪思家(上海名胜古迹)曲水园　　　　　　武　骝

　　折杨柳,古乐曲名。

大明江山马上得(上海名胜古迹)朱家角　　　　　　武　骝
无奈一定下岗去(上海名胜古迹)佘山　　　　　　　乔北海
岂奈一己行(上海名胜古迹)佘山　　　　　　　　　张士斌
江东香火旺僧院(上海名胜古迹)吴兴寺　　　　　　张士斌
青灯黄卷度长年(上海名胜古迹)寿安寺　　　　　　武　骝
惊见云中鸡犬闹,听如昔日刘安家(上海名胜古迹)张闻天故居

　　　　　　　　　　　　　　　　　　　　　　　武　骝

　　借"刘安得道,鸡犬升天"典。

妈妈的吻,甜蜜的吻,叫我思念到如今(上海名胜古迹)怀恩堂

　　　　　　　　　　　　　　　　　　　　　　　武　骝
远上寒山石径斜(上海名胜古迹)步高里　　　　　　武　骝
寒烟交沁杜尚别(上海名胜古迹)沐恩堂　　　　　　武　骝
谁言寸草心,报得三春晖(上海名胜古迹,卷帘)沐恩堂　石爱民
美人单单话龙华(上海名胜古迹)秀道者塔　　　　　魏希洪
"跳马王"归来(上海名胜古迹,卷帘)还云楼　　　　苏　颖
携儿讲解在寝陵(上海名胜古迹)陈子龙墓　　　　　武　骝
话说老房子(上海名胜古迹)陈云故居　　　　　　　佚　名
几招棋走后,出错没劲头(上海名胜古迹)枫泾　　　苏　颖
初相见,泪掩眼,天上凡间久离散(上海名胜古迹)枫泾　武　骝
乘机遇,领潮头,给力添后劲(上海名胜古迹)枫泾　　武　骝
湿径前后风满树(上海名胜古迹)枫泾　　　　　　　乔北海

得沐轻风不用车(上海地名古迹)枫泾　　　　　　　　熊建光
仿效中国造浮屠(上海名胜古迹)法华塔　　　　　　　张士斌
埃菲尔惊艳巴黎(上海名胜古迹)法华塔　　　　　　　武　骝

　　巴黎有埃菲尔铁塔。华,美丽有光彩。

麦田熟万顷,农院起高宅(上海名胜古迹)金茂大厦　　武　骝
清清流水竹笼罩,先生茅舍度一生(上海名胜古迹)青龙塔　郑庆元
大雁小雁北飞来(上海名胜古迹)南翔双塔　　　　　　武　骝

　　西安有大雁塔、小雁塔。

旧庄一改都成新(上海名胜古迹)城隍庙　　　　　　　陈宝芳
火烧烟花院(上海名胜古迹)点春堂　　　　　　　　　武　骝
和管饮,吹竹下,抖动残枝(上海名胜古迹)科技馆　　　武　骝
日渐升起地宫开(上海名胜古迹)徐光启故居　　　　　魏希洪
晨曦渐明照陵园(上海名胜古迹)徐光启墓　　　　　　乔北海
渐看皎月照孤坟(上海名胜古迹)徐光启墓　　　　　　郑少波
曙色渐开照丘陵(上海名胜古迹)徐光启墓　　　　　　魏希洪
邻里家家井水喷(上海名胜古迹)涌泉坊　　　　　　　武　骝
吾将此地巢云松(上海名胜古迹)爱庐　　　　　　　　武　骝

　　李白《望庐山五老峰》:"九江秀色可揽接,吾将此地巢云松。"

那大圣……大张着口,似个庙门,牙齿变做门扇,舌头变做菩萨,
眼睛变做窗棂(上海名胜古迹)真如寺　　　　　　　 张士斌

　　谜面出自《西游记》第六回,孙悟空与二郎神斗法,变成土地庙。

离开滇西去吉首,安下身来待以后(上海名胜古迹)真如寺　张士斌
定把西峡酒,先注枯肠中(上海名胜古迹)淀山湖　　　武　骝
一枝红杏出墙来(上海名胜古迹)野生动物园　　　　　武　骝

　　宋·叶绍翁《游园不值》:"春色满园关不住,一枝红杏出墙

来。"野,不受约束。

陶令东篱菊色浓(上海名胜古迹)黄兴公园　　　　武　骝
谁不说俺家乡好(上海名胜古迹)善钟里　　　　　武　骝
山东快书在老家(上海名胜古迹)鲁迅故居　　　　郑庆元
忽地随潮归去,果然无处跟寻(上海名胜古迹)鲁迅墓　武　骝

　　面为《水浒传》第一百一十九回"鲁智深浙江坐化"中径山大惠禅师指着鲁智深所说的法语。

王国维故居(上海名胜古迹)静安公园　　　　　　范重兴

　　王国维字静安。

无钟无磬倍寂寥(上海名胜古迹)静安寺　　　　　魏希洪
回首古刹悄无声(上海名胜古迹)静安寺　　　　　石爱民
禅房悄悄卷珠帘(上海名胜古迹)静安寺　　　　　佚　名
打坐入定禅房中(上海名胜古迹)静安寺　　　　　佚　名
涛声依旧枕尼院(上海名胜古迹)潮音庵　　　　　武　骝
抒东方元素,展中国形象(上海名胜古迹)豫园　　孙胜利
河南花圃(上海名胜古迹)豫园　　　　　　　　　李创龙
墙里佳人笑(上海名胜古迹)豫园　　　　　　　　武　骝
青莲酩酊卧塘边(上海名胜古迹)醉白池　　　　　武　骝
酒话寄华清(上海名胜古迹)醉白池　　　　　　　石爱民
酒泉水清澈,地边翠羽飞(上海名胜古迹)醉白池　郑庆元
高山流水遇子期(上海名胜古迹)瀑布钟　　　　　武　骝

重　庆

千里广安齐奋起（直辖市）重庆　　　　　　　　　　　吴乐荣

双喜临门（直辖市）重庆　　　　　　　　　　　　　　佚　名

画中庄正张大千（直辖市）重庆　　　　　　　　　　　王　磊

相邀千里，广容天下（直辖市）重庆　　　　　　　　　李绍先

约会后，一点之前离重庆（直辖市简称）渝　　　　　　佚　名

别后一月会江头（直辖市简称）渝　　　　　　　　　　蔡　芳

沿江前后大变样（直辖市简称）渝　　　　　　　　　　王　勇

旭日升，陇西行，堤前波光水影，岗下小调曲声（重庆区县名）九龙坡区　　　　　　　　　　　　　　　　　　　　　　　任建明

前仇既尽释，岂充耳不闻？是非已分清，彼此二人莫凶横（重庆区县名）九龙坡区　　　　　　　　　　　　　　　　　郭少敏

芳洲鸟飞水草枯（重庆区县名）万州　　　　　　　　　赵晓南

天下富饶（重庆区县名）大足　　　　　　　　　　　　项　行

巨人脚（重庆区县名）大足　　　　　　　　　　　　　佚　名

沈先生离合有度（重庆区县名）大渡口　　　　　　　　郑庆元

并非全部（重庆区县名）丰都　　　　　　　　　　　　陈继耿

挂念粮棉齐高产（重庆区县名）丰都县　　　　　　　　佚　名

离台三载到陕西（重庆区县名）云阳　　　　　　　　　潘洁妹

轿车没收又交权（重庆区县名）双桥　　　　　　　　　周　昕

落难之后乔装弄权（重庆区县名）双桥　　　　　　　李旭明
臣心一片磁针石（重庆区县名）巴南　　　　　　　　陈　霄
拨云见月除弊端（重庆区县名）开县　　　　　　　　丁　彤
万载（重庆区县名）长寿　　　　　　　　　　　　　姜建新
永年（重庆区县名）长寿　　　　　　　　　　　　　佚　名
朔方有石无土培（重庆区县名）北碚　　　　　　　　佚　名
柳七者，三变也（重庆区县名）永川　　　　　　　　蔡振亮
滚滚长江万古流（重庆区县名）永川　　　　　　　　李创龙
放手开拓脱困境，中国改革面貌新（重庆区县名）石柱　黄彭生
钟乳高挂（重庆区县名）石柱县　　　　　　　　　　陈明涛
三江汇流（重庆区县名）合川　　　　　　　　　　　朱君祥
中介安排一会见（重庆区县名）合川　　　　　　　　崔永凯
呼保义败下阵来（重庆区县名）江北　　　　　　　　佚　名
黑龙背上（重庆区县名）江北　　　　　　　　　　　佚　名
金沙渡口（重庆区县名）江津　　　　　　　　　　　佚　名
用块地头沤粪肥，粪肥运走，多少种些平贝（重庆区县名）沙坪坝
区　　　　　　　　　　　　　　　　　　　　　　　任焕长
李白前乃谪仙人（重庆区县名）秀山　　　　　　　　李创龙
一套西装穿旧了（重庆区县名）酉阳　　　　　　　　项　行
旗卷西风日照横（重庆区县名）酉阳　　　　　　　　梁信德
克勤克俭（重庆区县名）奉节　　　　　　　　　　　王胜全
穷且益坚，不坠青云之志（重庆区县名）奉节县　　　许友金
江边隐仙人（重庆区县名）巫山　　　　　　　　　　孙学飞
改编天仙配（重庆区县名）巫山　　　　　　　　　　方钦城
人人爱上这大江新貌，远山叠影，云月相依（重庆区县名）巫溪县
　　　　　　　　　　　　　　　　　　　　　　　　张亚平

旧日疏怠且改之（重庆区县名）忠县	邱壮炮
空怀报国之情（重庆区县名）忠县	陈 霄
辞赋初参终解化，一生阻隔系客心（重庆区县名）武隆县	陈 霄
奉献在前，一贯带头（重庆区县名）南川	文 山
执法工作且协调（重庆区县名）垫江县	陈 霄
土台错落且成群（重庆区县名）城口县	佚 名
安营下寨待二更（重庆区县名）荣昌	李创龙
萤火烛光共西楼，且上台来开口唱（重庆区县名）荣昌县	郭少敏
愚公移山（重庆区县名）梁平	严宗达
鹊桥安稳架长空（重庆区县名）梁平县	佚 名
前文部分显凌乱（重庆区县名）涪陵	方 梅
部分地区有冰凌（重庆区县名）涪陵	甄吉钰
枝头秋色同相映，池畔小舟荡双桨（重庆区县名）铜梁	林文义
集资共建，大桥贯通（重庆区县名）铜梁	佚 名
老树掩村风吹柳，清泉之上月连云（重庆区县名）彭水县	李文林
旧红旗角染泪痕（重庆区县名）綦江	知 非
今夜鸿鸟飞（重庆区县名）黔江	李创龙
贵州省金沙（重庆区县名）黔江	佚 名
乃树碑颂，以昭令德（世界文化遗产）大足石刻	叶曙光
工茂农丰商富，自当勒碑以记（世界文化遗产）大足石刻	吕 祥
马皇后碑记（世界文化遗产）大足石刻	陈 霄
丰碑（世界文化遗产）大足石刻	刘兰懿
立碑记载丰收年（世界文化遗产）大足石刻	张礼鹤
走上富裕路，立碑作纪念（世界文化遗产）大足石刻	徐锦忠
碑文不能太小（世界文化遗产）大足石刻	佚 名
飞鹊乱填河（世界自然遗产）天生桥	武 骝

鏖战当年留弹孔（世界自然遗产）武隆天洞		武骝
炮火声里补戎装（世界自然遗产）武隆地缝		武骝
没家的男儿（重庆名胜古迹）丁房阙		黄全来
夫人藏有酒,拿来同享受（重庆名胜古迹）二酉洞		王祥方
半醉半醒倚窗前（重庆名胜古迹）二酉洞		佚名
七一画展（重庆名胜古迹）八阵图		佚名
入冬调车队,只送游人走（重庆名胜古迹）八阵图		周跃建
齐心协力上战场（重庆名胜古迹）八阵图		张金标
空中分列式（重庆名胜古迹）八阵图		佚名
空中战斗画（重庆名胜古迹）八阵图		佚名
二奶到西陵（重庆名胜古迹）小三峡		刘渝
大山幽兰不见开（重庆名胜古迹）小三峡		武骝
二赴南京,二去北京,整容归来,灿然一新（重庆名胜古迹）小小三峡		武骝
年轻有为（重庆名胜古迹）小南海		刘晓明
有为安有为哉（重庆名胜古迹）小南海		陈霄
庭坚亦陶然（重庆名胜古迹）山谷亭		罗育辉
华丽家族（重庆名胜古迹）中美合作所		佚名
后宫佳丽三千人（重庆名胜古迹）中美合作所		侯南宁
吾若得阿娇,当以金屋贮之（重庆名胜古迹）中美合作所		崔宏
郎才女貌结连理（重庆名胜古迹）中美合作所		佚名
铜雀春深锁二乔（重庆名胜古迹）中美合作所		夏彬
黄埔钱塘清辉照（重庆名胜古迹）双江映月		佚名
一对木犀峰头立（重庆名胜古迹）双桂山		黄全来
权出闺门,又到南岳（重庆名胜古迹）双桂山		黄全来
彩虹云梁灵鹊渡（重庆名胜古迹）天生三桥		武骝

风起才翻过,古月伴乱涛(重庆名胜古迹)长寿湖　　　　　陈　霄
带头先做好,截然出新貌(重庆名胜古迹)仙女山　　　　　武　骠
白(重庆名胜古迹)北泉　　　　　　　　　　　　　　　　佚　名
峰峦周遭乱刮,环境各有不同(重庆名胜古迹)四面山风景区
　　　　　　　　　　　　　　　　　　　　　　　　　　黄全来
入时十六今六十(重庆名胜古迹)永安宫　　　　　　　　佚　名
　　面出白居易《上阳白发人》:"玄宗末岁初选入,入时十六今六十。"
天地长久乐乾清(重庆名胜古迹)永安宫　　　　　　　　罗育辉
君王从此不早朝(重庆名胜古迹)永安宫　　　　　　　　陈勇波
掉头也搞群言堂(重庆名胜古迹)白公馆　　　　　　　　佚　名
中原古都(重庆名胜古迹)白帝城　　　　　　　　　　　佚　名
长安一片月(重庆名胜古迹)白帝城　　　　　　　　　　林振凡
长安宫里说玄宗(重庆名胜古迹)白帝城　　　　　　　　佚　名
君家何处住(重庆名胜古迹)白帝城　　　　　　　　　　赵首成
昂首向前入古都(重庆名胜古迹)白帝城　　　　　　　　佚　名
话说古都(重庆名胜古迹)白帝城　　　　　　　　　　　严宗达
梨花盛开遍王都(重庆名胜古迹)白帝城　　　　　　　　郑庆元
瑞雪满京都(重庆名胜古迹)白帝城　　　　　　　　　　林清富
玉砌宫寒树终残(重庆名胜古迹)石宝寨　　　　　　　　陈　霄
半江碧绿对松岭(重庆名胜古迹)红岩村　　　　　　　　郑庆元
庄前山崖丹霞色(重庆名胜古迹)红岩村　　　　　　　　王寅丑
西岭梅初绽,南寺碧空低(重庆名胜古迹)红岩村　　　　乔北海
无限风光在险峰(重庆名胜古迹)妙高山　　　　　　　　佚　名
独秀峰(重庆名胜古迹)妙高山　　　　　　　　　　　　张顺社
看!雄鹰盘旋古刹上(重庆名胜古迹)张飞庙　　　　　　郑庆元

瞻仰武穆祠（重庆名胜古迹）张飞庙　　　　　　郑建福
长天星星挂残月（重庆名胜古迹）张关　　　　　佚　名
池畔记夫容，花前影同随（重庆名胜古迹）芙蓉洞　陈　霄
池莲饫眼红（重庆名胜古迹）芙蓉洞　　　　　　武　骝

　　　面为李商隐《寓目》句。眼，洞。

念念不忘君面孔（重庆名胜古迹）芙蓉洞　　　　王　勇
山环水绕紧相邻（重庆名胜古迹）阿依河　　　　黄全来
离人灞陵前，哀歌吹起行（重庆名胜古迹）阿依河　蔡振亮
大乔标致真可人（重庆名胜古迹）奈何桥　　　　黄全来
当初入山遇仙人，直教王乔烂柯归（重庆名胜古迹）奈何桥　余文钦
有女娇倚容标致（重庆名胜古迹）奈何桥　　　　黄冬妮
能得大小二乔，此生可休矣（重庆名胜古迹）奈何桥　邱　宁
峰际藏奇珍（重庆名胜古迹，卷帘）宝顶山　　　佚　名
依从招工去高密（重庆名胜古迹）巫山　　　　　武　骝
巴西队一一出击，八十比十八，客队失守（重庆名胜古迹）枇杷山
　　　　　　　　　　　　　　　　　　　　　　佚　名
枝头残花两相依，岩上春色一望中（重庆名胜古迹）枇杷山　郑友生
蜀中杨柳赛桃花（重庆名胜古迹）枇杷山　　　　黄建平
广纳雄才图报国（重庆名胜古迹）罗汉寺　　　　赵福平
出言成诗求快婿（重庆名胜古迹）罗汉寺　　　　佚　名
城西落日时，转眼郎归晚（重庆名胜古迹）罗汉寺　佚　名
培养接班人，修习勘误法（重庆名胜古迹）育才学校　黄全来
禅城资产（重庆名胜古迹）金佛山　　　　　　　黄全来

　　　佛山市又称禅城。

二月初五，生于大沽（重庆名胜古迹）胜天湖　　黄全来
抵湘再次来祝贺（重庆名胜古迹，卷帘）重庆南湖　黄全来

29

死无葬身之地(重庆名胜古迹)鬼门关　　　　　　　　　骆文胜

假李逵紧闭其室(重庆名胜古迹)鬼门关　　　　　　　　佚　名

店面歇业有古怪(重庆名胜古迹,卷帘)鬼门关　　　　　黄全来

1924年9月25日倾圯(重庆名胜古迹)倒塔　　　　　　　黄全来

　　雷峰塔于1924年9月25日倒塌。

上元节上街困难行(重庆名胜古迹)桂园　　　　　　　　张士斌

困于街中远去之(重庆名胜古迹)桂园　　　　　　　　　刘二安

艳运何处来(重庆名胜古迹)桃花源　　　　　　　　　　武　骝

　　艳运,俗称桃花运。

湛江西部难得来(重庆名胜古迹)涞滩　　　　　　　　　黄全来

去得倒是容易(重庆名胜古迹,徐妃)涞滩　　　　　　　佚　名

跟随总会留印痕(重庆名胜古迹)陪都遗迹　　　　　　　黄全来

蟾宫折桂亦陶然(重庆名胜古迹)得月亭　　　　　　　　佚　名

葬我于高山之上兮(重庆名胜古迹)望乡台　　　　　　　黄全来

　　于右任《望大陆》诗:"葬我于高山之上兮,望我故乡。"

远眺伊阙(重庆名胜古迹)望龙门　　　　　　　　　　　张礼鹤

问询南京事(重庆名胜古迹)盘石城　　　　　　　　　　黄全来

十一月十一,在人间混(重庆名胜古迹)朝天门　　　　　张抚童

向哪里呼唤神明(重庆名胜古迹)朝天门　　　　　　　　严宗达

早日有个家(重庆名胜古迹)朝天门　　　　　　　　　　谢伟明

清晨到竟陵(重庆名胜古迹)朝天门　　　　　　　　　　陈　霄

一再注水,敲诈顾客,同受查处(重庆名胜古迹)渣滓洞　李明富

何人诛杀文与可(重庆名胜古迹,徐妃)渣滓洞　　　　　陈继耿

勘验访探＝敲诈勒索(重庆名胜古迹,徐妃)渣滓洞　　　王得道

污蔑黄庭坚(重庆名胜古迹)黑山谷　　　　　　　　　　陈明涛

波德戈里察之稻(重庆名胜古迹)黑山谷　　　　　　　　陈　霄

和颜悦色谈少林(重庆名胜古迹)慈云寺　　　　　　　　郑庆元
仁者咏叹调(重庆名胜古迹)歌乐山　　　　　　　　　　温　柔

河　北

可聚湖边,希冀前来(省份)河北　　　　　　　　　　　刘二安
回首兵败淝水时(省份)河北　　　　　　　　　　　　　王水松
池畔云水间,归燕上下飞(省份)河北　　　　　　　　　乔北海
男女背上汗流干(省份)河北　　　　　　　　　　　　　张文庆
浏阳(省份)河北　　　　　　　　　　　　　　　　　　佚　名
背上儿女赴汕头(省份)河北　　　　　　　　　　　　　阎宝启
背上可沿江边行(省份)河北　　　　　　　　　　　　　魏希洪
湖畔男女相依,相对互表倾心(省份)河北　　　　　　　王小勇
溪畔横竿垂钩,台下残花弄影(省份)河北　　　　　　　李文林
四面环山共一水(省份简称)冀　　　　　　　　　　　　陈晓峰
共同对日,北上记闻(省份简称)冀　　　　　　　　　　石爱民
画中共看燕翅展(省份简称)冀　　　　　　　　　　　　乔北海
相聚共十载,先后分飞燕(省份简称)冀　　　　　　　　袁廷福
一户带一村,同心向前进(河北市名)石家庄　　　　　　王学孟
别具一格改矿壕(河北市名)石家庄　　　　　　　　　　武　骝
金谷园(河北市名)石家庄　　　　　　　　　　　　　　佚　名
翼王故里(河北市名)石家庄　　　　　　　　　　　　　多　人

谜面	作者
开发云南东南部（河北市名）邢台	李旭明
开拔去西部，远山有鸟鸣（河北市名）邢台	杨凤海
其中隐私别开口（河北市名）邢台	叶曙光
隐形先进心怡然（河北市名）邢台	张文庆
开我东阁门（河北市名）张家口	赵红革
顾问（河北市名）张家口	钟德湖
天府水纵横，一念济苍生（河北市名）沧州	张文庆
创造先进水平，顺应前进潮流（河北市名）沧州	石昭智
溪流纵横入水库（河北市名）沧州	佚　名
抛泪眼，谢上苍，三更泪横，帐前芳心许（河北市名）沧州市	李文林
心愿独处两耳清（河北市名）邯郸	佚　名
兴霸、雄信名头并重耳（河北市名）邯郸	赵首成
晋文苦尽始称孤（河北市名）邯郸	于国清
晚蝉甘露坠阶前（河北市名）邯郸	黄冬妮
中华文明代代传（河北市名）承德	张天喜
忠厚传家久（河北市名）承德	严宗达
扁担精神代代传（河北市名）承德	佚　名
休以乌纱乱吓人（河北市名）保定	傅金良
插足乱大宋（河北市名）保定	武　骝
峰头凿出开元字（河北市名）唐山	吴树戈
荷塘莲花破泥出，翠峦蝴蝶腾碧空（河北市名）唐山	杨　翔
山鸟孤飞春日落，月色方出踏归程（河北市名）秦皇岛	佚　名
少游伴君来钓鱼（河北市名）秦皇岛	张文庆
广求郎中觅土方（河北市名）廊坊	佚　名
庄改貌，户添房，今乡别故乡（河北市名）廊坊	武　骝
鱼雁成行落南泉（河北市名）衡水	佚　名

渔人迷异经行处(河北市名)衡水	武骝
流量(河北市名)衡水	蔡建荣
人之一生尽如梦(河北县名)大名	潘洁妹
只要真心不二,奉献不论先后(河北县名)丰南	辞明
西汉陈皇后,长门艳色衰(河北县名)丰润	幻影
曲终人不见(河北县名)乐亭	多人
无灾无难到公卿(河北县名)宁晋	武骝
西岭蜻蜓点点飞(河北县名)平山	普风
为人不做亏心事,半夜敲门心不惊(河北县名)正定	武骝
质本洁来还洁去(河北县名)永清	佚名
一如玉关通塞上(河北县名)安国	武骝
左右敷衍,一边搪塞(河北县名)行唐	薛道达
寻得桃源好避秦(河北县名)迁安	佚名
搬离此地求太平(河北县名)迁安	易广昌
无边娇杏依天栽(河北县名)吴桥	蔡振亮
春深迷离囚二乔(河北县名)吴桥	武骝
视其辙乱,望其旗靡(河北县名)张北	杨声远
来日有宴会,不来别后悔(河北县名)怀安	卫斌虎
打开天窗无所获(河北县名)抚宁	任志广
难后相遇十分亲(河北县名)辛集	王学孟
姐先去云南,日后勿牵挂(河北县名)易县	易广昌
从此天下息烽燧(河北县名)武安	陈昌年
战争与和平(河北县名)武安	多人
子敬无恙(河北县名)肃宁	多人
河山只在我梦萦,祖国已多年未亲近(河北县名)唐县	武骝
独步下江东,婵娟蹑云根(河北县名)涉县	张文庆

湖边犹有冰未化（河北县名）涞水	王祥方
原来漂泊随先生（河北县名）涞源	叶曙光
天上的街市（河北县名）高邑	佚　名
举头见长安（河北县名）望都	海　风
情哥别前泪双流（河北县名）清河	蔡建荣
阶东残花下，独立客心生（河北县名）隆化	黄益斌
蝶戏春水，月罩残云（河北县名）滦县	薛　良
酉长为人，过于虚心（河北县名）遵化	易广昌
姐来私分心有愧（河北县名）魏县	任焕长
有缘私先约，一对终化蝶（河北县名）蠡县	佚　名
碧水分陈凌初解（世界文化遗产）清东陵	石爱民
翠湖边有主人墓（世界文化遗产）清东陵	佚　名
汉人惊破奴才梦（世界文化遗产）清西陵	武　骝

秋瑾《宝刀歌》："白鬼西来做警钟，汉人惊破奴才梦。"陵通凌，侵犯。

白日依山尽（世界文化遗产）清西陵	麦家鹏
光绪羸弱洋人欺（世界文化遗产）清西陵	武　骝

陵通凌，欺侮。

全是洋人访古墓（世界文化遗产）清西陵	蔡建荣
祭扫金国墓（世界文化遗产）清西陵	马　璇
为躲酷热天，住进岳家村（世界文化遗产）避暑山庄	蔡建荣
终南别业觅清凉（世界文化遗产，双钩）避暑山庄	严宗达
断绝火根，还他扇子，小神居此苟安，拯救这方生民；求些血食，诚为恩便（世界文化遗产）承德避暑山庄	武　骝

面出《西游记》第六十一回土地语。

蒙恩泽，消夏西岭度假村（世界文化遗产）承德避暑山庄	梁信德

博览御制刻石（石家庄名胜古迹）大观圣作之碑	石爱民
各人一心，出门"抗非"（石家庄名胜古迹）大悲阁	蔡建荣
普度众生灵，庙内耀浮屠（石家庄名胜古迹）广惠寺华塔	郭为民
二人约柳畔，畦东见西峰（石家庄名胜古迹）天桂山	石爱民
春日佳人游南岳（石家庄名胜古迹）天桂山	石爱民
人方出动到云南（石家庄名胜古迹）仙台山	李文林
案发神女峰（石家庄名胜古迹）仙台山	佚　名
宝岛做客忘归处（石家庄名胜古迹）台西遗址	石爱民
君游趵突赏古刹（石家庄名胜古迹）龙泉寺	石爱民
太平过渡到卢沟（石家庄名胜古迹）安济桥	佚　名
齐女乔装沐宅前（石家庄名胜古迹）安济桥	蔡建荣
神医过河跨彩虹（石家庄名胜古迹）安济桥	王寅丑
白杨堤边隐，初洒波光清（石家庄名胜古迹）西柏坡	陈勇新
杜（石家庄名胜古迹）西柏坡	佚　名
酒后一别，离开水泊，还要杜绝扯皮（石家庄名胜古迹）西柏坡	孙学飞
寒烟昔已断，香动水波清（石家庄名胜古迹）西柏坡 "烟"旧写作"煙"。	武　騮
青石错落出（石家庄名胜古迹）苍岩山	佚　名
廪库支出二百斗（石家庄名胜古迹）苍岩山	佚　名
桂东村畔，半垄半岗（石家庄名胜古迹）封龙山	李文林
常记碧霭笼太行（石家庄名胜古迹）挂云山	石爱民
三春城前草初合，泉头塘畔日落时（石家庄名胜古迹）柏林寺塔	郭为民
叶乱残花影，村垆一树空（石家庄名胜古迹）毗卢寺	李文林
振翅穿云大雁来（石家庄名胜古迹）凌霄塔	石爱民

长城万里今犹在（石家庄名胜古迹）秦皇古道　　　　　　石爱民
六桥帆前立，日落赋别诗（石家庄名胜古迹）谛音寺　　　郭为民
始语终泣君老时（石家庄名胜古迹）谛音寺　　　　　　　石爱民
少林日日香火盛（石家庄名胜古迹）隆兴寺　　　　　　　佚　名
庙宇香火旺（石家庄名胜古迹）隆兴寺　　　　　　　　　佚　名
铁臂膊兄弟进古刹（石家庄名胜古迹）福庆寺　　　　　　王寅丑
出游赣西，白花弄影（石家庄名胜古迹）嶂石岩　　　　　李文林
且聊红楼且描眉（邢台名胜古迹）云梦山　　　　　　　　白梅英
红旗渠水绕太行（邢台名胜古迹）天河山　　　　　　　　刘二安
江边来破吴，岭前打出手（邢台名胜古迹）天河山　　　　李文林
遥看瀑布挂前川（邢台名胜古迹）天河山　　　　　　　　石爱民
创建第一僧伽蓝（邢台名胜古迹）开元寺　　　　　　　　蔡建荣
张首依旧日落时（邢台名胜古迹）开元寺　　　　　　　　佚　名
一水分开两片云（邢台名胜古迹）百泉　　　　　　　　　韩喜林
一水相隔说再见（邢台名胜古迹）百泉　　　　　　　　　王存生
问渠哪得清如许（邢台名胜古迹）达活泉　　　　　　　　王建国
古井通蜀茔（邢台名胜古迹）邢国墓地　　　　　　　　　石爱民
燕子来到王宝钏留下的贫寒住所（邢台名胜古迹）邢窑遗址

　　　　　　　　　　　　　　　　　　　　　　　　　　王寅丑
宫前南望林边景，婢女先行下山岩（邢台名胜古迹）宋璟碑　王寅丑
琴案前头赏春景，鼙鼓尽时到金陵（邢台名胜古迹）宋璟碑　石爱民
一看确实千古峰（邢台名胜古迹）张果老山　　　　　　　王寅丑
门外疏篱如往昔，庭前飞鸟任自由（邢台名胜古迹）扁鹊庙　石爱民
孤星屋前映篱笆，忆昔相思由庄外（邢台名胜古迹）扁鹊庙　郭为民
办公大厦充满廉洁风气（邢台名胜古迹）清风楼　　　　　王寅丑
天安门上聚正气（邢台名胜古迹）清风楼　　　　　　　　王中和

射尽灯虎空余阁（邢台名胜古迹）清风楼	佚　名
倾盆三五处，故乡新坟多（张家口名胜古迹）下八里墓群	石爱民
一闪竟然至，离合到城边（张家口名胜古迹）大境门	刘二安
山有小口，仿佛若有光（张家口名胜古迹）大境门	戴成龙
火势未灭，儿童闪开（张家口名胜古迹）大境门	罗文峰
中宵无言语，峰前云脚低（张家口名胜古迹）小五台山	石爱民
一溪秋色入诗来（张家口名胜古迹）云泉寺	董汝河
浮烟白水凝甘露（张家口名胜古迹）云泉寺	林润青
一百分考上北京（张家口名胜古迹）元中都	蔡秋湖
冠盖满京华（张家口名胜古迹）元中都	詹细清
全能冠军（张家口名胜古迹，卷帘）元中都	长　风
唐崔元翰先后获京兆府解头、进士状头、博学宏词科敕头、制科三等敕头（张家口名胜古迹，卷帘）元中都	刘二安
处则充栋宇（张家口名胜古迹）文昌阁	丘能福

　　面出唐·柳宗元《文通先生陆给事墓表》："其为书，处则充栋宇，出则汗牛马。"

均益妈妈来阿房（张家口名胜古迹）水母宫	刘雪春
清流穿堂绕未央（张家口名胜古迹）水母宫	石爱民
行宫（张家口名胜古迹）代王城	杨建敏
直把杭州作汴州（张家口名胜古迹）代王城	王正亮
客死圣彼得（张家口名胜古迹）西古堡	石爱民
间或惠泽古刹（张家口名胜古迹）时恩寺	石爱民
上岸叹别两相思（张家口名胜古迹）鸡鸣山	王保武
鹧鸪早飞去，又见啼峰前（张家口名胜古迹）鸡鸣山	蔡秋湖
叹分离，把相思双寄，千里又聚首，用心再相依（张家口名胜古迹）鸡鸣驿	李文林

老芦花报晓客栈(张家口名胜古迹)鸡鸣驿　　　　　　　　陆占山
当知五言推文房(张家口名胜古迹)明长城　　　　　　　　武　骝

　　　唐诗人刘长卿,字文房,长于五言,自称"五言长城"。

缭乱边愁听不尽(张家口名胜古迹)明长城　　　　　　　代述祥

　　　唐诗人王昌龄《从军行》:"缭乱边愁听不尽,高高秋月照长城。"

风隐入少林(张家口名胜古迹)虎窝寺　　　　　　　　　佚　名
三更来会武大妻(张家口名胜古迹)金莲川　　　　　　　虎　影
喧哗方止是非成(张家口名胜古迹)宣化古城　　　　　　石爱民
花底招手远,宴间侍人别(张家口名胜古迹)昭化寺　　　石爱民
残照花开村坞间(张家口名胜古迹)昭化寺　　　　　　　黄冬妮
卜居聊自适(张家口名胜古迹)爱吾庐　　　　　　　　　崔永凯
斯是陋室惟独馨(张家口名胜古迹)爱吾庐　　　　　　　武　骝
然余居于此,多可喜(张家口名胜古迹)爱吾庐　　　　　石爱民
不假兵戎侵古寺(张家口名胜古迹)真武庙　　　　　　　石爱民
时时抛股有人接(张家口名胜古迹)常平仓　　　　　　　郭为民
堂前蜻蜓点点飞,孤帆一片沧水流(张家口名胜古迹)常平仓

　　　　　　　　　　　　　　　　　　　　　　　　　郭为民

万里无云凌霄阁(张家口名胜古迹)清远楼　　　　　　　吴才懿
净澈万里一明月(张家口名胜古迹)清远楼　　　　　　　陈永毅
欲穷千里目(张家口名胜古迹)清远楼　　　　　　　　　王中和
长安落叶纷可扫(张家口名胜古迹)黄帝城　　　　　　　叶　儿
暮风绕东池,岂堪复西堤(沧州名胜古迹)纪晓岚墓地　　石爱民
藏了弹弓,柳前乔装(沧州名胜古迹)单桥　　　　　　　石爱民
为师落款,先生孤独(沧州名胜古迹)铁狮子　　　　　　石爱民
回冀前,人生一段诗话出(沧州名胜古迹)清真北大寺　　韩凤林

子建吟诗进九寨（邯郸名胜古迹）七步沟	张文庆
巧氅初湆半勾留（邯郸名胜古迹）七步沟	石爱民
吉、凶、军、宾、嘉诸制，镌石留念（邯郸名胜古迹）五礼记碑	张文庆
皇陵（邯郸名胜古迹）天子冢	石爱民
彭祖故居（邯郸名胜古迹）长寿村	蔡建荣
双燕横梁上，远山小窗前（邯郸名胜古迹）丛台	蔡建荣
天上双雁飞，窗外云脚低（邯郸名胜古迹）丛台	唐盛才
对人要始终真心不二（邯郸名胜古迹）丛台	雷鸿仁
张松入紫禁（邯郸名胜古迹）永年城	张文庆
达开兵败处，共语多古迹（邯郸名胜古迹）石北口遗址	石爱民
弄得东风转（邯郸名胜古迹）回车巷	多　人
丹崖镌文（邯郸名胜古迹）朱山石刻	石爱民
人间四月芳菲尽（邯郸名胜古迹）红山寺	韩彦荣
废池乔木，犹厌言兵（邯郸名胜古迹）讲武城遗址	石爱民
都在堂前看西子（邯郸名胜古迹）京娘湖	王寅丑
习武在赵州（邯郸名胜古迹）学步桥	多　人
咬住青山不放松（邯郸名胜古迹）定晋岩	黄树基
行者来西岳（邯郸名胜古迹）武华山	陈良庆
西岳论剑（邯郸名胜古迹）武华山	黄树基
媚娘聪慧聚黄金（邯郸名胜古迹）武灵丛台	多　人
少林宝殿钟鼓齐鸣（邯郸名胜古迹）响堂寺	陈士良
木鱼声声绕禅院（邯郸名胜古迹）响堂寺	张森太
带兵屯于山上（邯郸名胜古迹）将军岭	海　风
秦请奏瑟（邯郸名胜古迹，上楼）赵王陵	石爱民
行固有差错，念本无怨心（邯郸名胜古迹）赵苑	佚　名
如入内，泉水清，山呈倒影，回心相对倚窗前（邯郸名胜古迹）娲皇	

宫	石爱民
叠嶂轮山木鱼敲（邯郸名胜古迹）峰峰响堂	蔡建荣
洞庭旭日（邯郸名胜古迹）朝阳湖	王寅丑
但看春山映水塘（邯郸名胜古迹）照眉池	任志广
金陵关前幽居处，此境终离共贵之（邯郸名胜古迹）磁山遗址	
	石爱民
七嘴八舌不停口（承德名胜古迹）一片云	乔守信
巫山神女独朝行（承德名胜古迹）一片云	佚　名
集体呼声频（承德名胜古迹）一片云	蔡建荣
人道嵩华赛平野（承德名胜古迹）云山胜地	佚　名
大雁小雁飞岭后（承德名胜古迹）双塔山	佚　名
塘畔四周苇草隐，平川关前杨花开（承德名胜古迹）木兰围场	
	李文林
共语死同穴（承德名胜古迹）白云古洞	石爱民
琴心独寄孤台上，三更泪横是非成（承德名胜古迹）会州城	李文林
怎肯离寺去他处（承德名胜古迹）安远庙	蔡建荣
谢了天恩出内门（承德名胜古迹）承德离宫	佚　名
只招男儿来上岗（承德名胜古迹）罗汉山	蔡建荣
一个是救许仙水漫之寺，一个是称好汉必至之所（承德名胜古迹）金山长城	
	苏　颖
先锋得令张弓去，分出是非有成就（承德名胜古迹）金山岭长城	
	石爱民
所在迥异，也似雷音（承德名胜古迹）殊像寺	石爱民
特别形容待后来（承德名胜古迹）殊像寺	佚　名
众喜一刹那（承德名胜古迹）普乐寺	石爱民
刹中众生俱欢颜（承德名胜古迹）普乐寺	王寅丑

真定王寻欢到大理(承德名胜古迹)普乐寺		蔡建荣
大家平安到少林(承德名胜古迹)普宁寺		佚　名
山西平乱后,夺下南京城(承德名胜古迹)普宁寺		李文林
程德谋、甘兴霸共守甘露佛殿(承德名胜古迹)普宁寺		王寅丑
峰前有雪务生火(承德名胜古迹)雾灵山		李文林
中日文化传塞北(保定名胜古迹)三义宫		石爱民
远山重重关若飞,倚门心系晚客归(保定名胜古迹)大慈阁		郭为民
杳杳千峰失,霏霏万壑连(保定名胜古迹)云蒙山		高桑季
彩霞缭绕掩太行(保定名胜古迹)云蒙山		杜　鹃
花发香山好(保定名胜古迹)开善寺		陈连劳
禅院自创行好事(保定名胜古迹)开善寺		汪德亨
进村一再经阡陌(保定名胜古迹)冉庄地道		曾国星
恒山香火堂(保定名胜古迹)北岳庙		高东阳
新月孤星叶飞乱,残花弄影伴山丘(保定名胜古迹)北岳庙		李文林
千年芙蓉缀曲江(保定名胜古迹)古莲花池		王先文
依旧馥郁满荷塘(保定名胜古迹)古莲花池		田立宪
世代资助建赵州(保定名胜古迹)永济桥		郭为民
泉水泻出破岩中(保定名胜古迹)白石山		薛道达
中原未得,河汉初定(保定名胜古迹)白洋淀		李文林
花样初绽后,漂泊清溪边(保定名胜古迹)白洋淀		幻　影
话未定,泪双流(保定名胜古迹)白洋淀		王维雪
海边泊定巧安排(保定名胜古迹)白洋淀		王宏海
谈未来,泪与汗必不可少(保定名胜古迹)白洋淀		武　骝
五人离休赏二乔(保定名胜古迹)伍仁桥		李文林
义师守卢沟(保定名胜古迹,调首)伍仁桥		石爱民
日照轩窗沅水流(保定名胜古迹)光园		李文林

清辉映大观（保定名胜古迹）光园	石爱民
应向泰山游古刹（保定名胜古迹）关岳庙	张留顺
雾锁山寺雾又消（保定名胜古迹）关岳庙	管德平
举头天上星，风中大雁来（保定名胜古迹）兴文塔	李文林
脉脉含情望新冢（保定名胜古迹）张柔墓	杨靖高
顶着星星人出动（保定名胜古迹）灵山	王寅丑
昔时平贵别妻处（保定名胜古迹）定窑遗址	崔云红
叠嶂层峦拥落日（保定名胜古迹）抱阳山	管德平
峰前怀旭日（保定名胜古迹）抱阳山	李　华
全盘负责靠中央（保定名胜古迹）直隶总督署	侯南宁
夺冠第一家（保定名胜古迹）金门闸	白梅英
黛峰挂怀空着意（保定名胜古迹）青虚山	石爱民
春雨落湘水，杜鹃啼岳阳（保定名胜古迹）鸣霜楼	赵晓静
地面部队首长，教堂维护安全（保定名胜古迹）保定陆军军官学校	
	练国昌
如火赤日映古迹（保定名胜古迹）南阳遗址	石爱民
念君相约赴丛林（保定名胜古迹）药王庙	梁民生
园中来客闲游春，塘畔树后遇东邻（保定名胜古迹）阁院寺	李文林
滕王督察北少林（保定名胜古迹）阁院寺	潘荣愿
千里放舟人送到（保定名胜古迹）倒马关	李文林
两下伏兵尽出，长钩套索，一齐并举（保定名胜古迹）倒马关	
	郭为民
穿浪前行岂独先（保定名胜古迹）狼牙山	高桑季
别墅在波兰西北部（保定名胜古迹）野三坡	武　骝
张先一再邀苏轼（保定名胜古迹）野三坡	石爱民
香港徽号持口岸（保定名胜古迹）紫荆关	韩万明

文明标准书旗杆（保定名胜古迹）道德经幢	练国昌
高堂一语道凌烟（保定名胜古迹）慈云阁	王民建
楼中闻母训（保定名胜古迹）慈云阁	王金和
飞入寻常百姓家（保定名胜古迹）燕下都遗址	麦家鹏
呢喃声临处，处处留陈迹（保定名胜古迹）燕下都遗址	黄树基
迷失杏花处，飞鸿踏雪泥（唐山名胜古迹）爪村遗址	石爱民
鹤落霜田竹叶三（唐山名胜古迹）爪村遗址	郭为民
中原未见黄鲁直（唐山名胜古迹）白羊峪	李文林
客居瓦岗留旧痕（唐山名胜古迹）西寨遗址	石爱民
土山远树影，寸寸系客心（唐山名胜古迹）寿峰寺	张文庆
文成重勉励，至老成大家（唐山名胜古迹）李大钊故居	石爱民
抛却六根悟禅房（唐山名胜古迹）净觉寺	郭为民
放眼发现皆是庙（唐山名胜古迹）净觉寺	佚名
古刹酣眠了无尘（唐山名胜古迹，卷帘）净觉寺	石爱民
碧峰云长绕（唐山名胜古迹）青山关	石爱民
渔阳鼙鼓动，陈迹犹自存（唐山名胜古迹）唐山大地震遗址	石爱民
乐山方言（唐山名胜古迹）喜峰口	石爱民
仰慕高崖怀报国（唐山名胜古迹）景忠山	石爱民
西岭禁猎，南洋禁渔（秦皇岛名胜古迹）山海关	李兴元
每天五点上岗来（秦皇岛名胜古迹）山海关	徐锦忠
国脉所系（秦皇岛名胜古迹）山海关	佚名
罗浮直与南溟连（秦皇岛名胜古迹）山海关	武骝

面出李白《当涂赵炎少府粉图山水歌》。

义勇冠三分，终古封侯尊汉寿（秦皇岛名胜古迹）天下第一关	王寅丑
义盖三国，举世无双（秦皇岛名胜古迹）天下第一关	黄辉孝

雨打梨花深闭院(秦皇岛名胜古迹)天下第一关　　　胡安义
雨落家家齐合扉(秦皇岛名胜古迹)天下第一关　　　蔡建荣
山在虚无缥缈间(秦皇岛名胜古迹)天开海岳　　　　张海根
开车载运入冀,可沿东而行(秦皇岛名胜古迹)北戴河　青　松
冬至秦淮怀望舒(秦皇岛名胜古迹)北戴河　　　　　武　骝
共话红楼梦(秦皇岛名胜古迹)对语石　　　　　　　郑裕国
两人共话在碑前(秦皇岛名胜古迹)对语石　　　　　佚　名
岩中响自答(秦皇岛名胜古迹)对语石　　　　　　　杜赞荣
仙逝兔年岁尾(秦皇岛名胜古迹)老龙头　　　　　　王寅丑
君已两鬓霜(秦皇岛名胜古迹)老龙头　　　　　　　郝汉涛
千古一谜镌码头(秦皇岛名胜古迹)老虎石　　　　　佚　名
旧谜猜出是水泵(秦皇岛名胜古迹)老虎石　　　　　蔡建荣
林暗草惊风,将军夜引弓(秦皇岛名胜古迹)老虎石　 杨怀道
白娘子寻夫金山寺(秦皇岛名胜古迹)求仙入海处　　张维仁
激战太行(秦皇岛名胜古迹)角山　　　　　　　　　石爱民
解放后住岭前(秦皇岛名胜古迹)角山　　　　　　　石爱民
四方共投入,可将火源截断(秦皇岛名胜古迹)南戴河　熊立鹏
公过目不忘,真天下奇才也(秦皇岛名胜古迹,卷帘)背牛顶
　　　　　　　　　　　　　　　　　　　　　　　幻　影
要想走运别抬杠(秦皇岛名胜古迹,卷帘)背牛顶　　　刘俊赫
出(秦皇岛名胜古迹)联峰山　　　　　　　　　　　多　人
远近高低各不同(秦皇岛名胜古迹)联峰山　　　　　邱中尧
溪映古庙浮屠色(秦皇岛名胜古迹)源影寺塔　　　　石爱民
老北京,古长城,积水潭(秦皇岛名胜古迹)燕塞湖　　于景林
呢喃衔泥填洞庭(秦皇岛名胜古迹)燕塞湖　　　　　佚　名
古泉清辉里,飞花满长安(廊坊名胜古迹)文明中华城　石爱民

塞北门掩处,方言话胜迹(廊坊名胜古迹)边关地道遗址	石爱民
芳流涨雨映门郭(廊坊名胜古迹)香河天下第一城	石爱民
回首雷峰话珍藏(衡水名胜古迹)宝云塔	石爱民
地公将军说浮屠(衡水名胜古迹)宝云塔	王寅丑
埋没姓名青冢多(衡水名胜古迹)封氏墓群	石爱民
配合三十一载,影后转移江西(衡水名胜古迹)景州塔	李文林

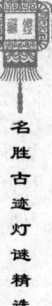

山 西

仙人在何方(省份)山西	多　人
左手一指是太行(省份)山西	骆　岩
江头一人称酒仙(省份)山西	虎　影
来上岗,要先进(省份)山西	刘雪春
要上南岳打秋千(省份)山西	石爱民
要上峰前回首望(省份)山西	刘二安
酒一干罢仙人去(省份)山西	魏希洪
酒后一别幽心空(省份)山西	乔北海
仙人之略也(省份)山西省	张全福
一旦就业可提升(省份简称)晋	敖耀寰
一生创业在南阳(省份简称)晋	乔北海
一登显位起变化(省份简称)晋	佚　名
人生成大业,不在一旦间(省份简称)晋	黄杏村

西北显然有变化(省份简称)晋	康瑞碧
小厂填空白,贡献大一点(山西市名)太原	佚　名
诗仙来到小厅前(山西市名)太原	陈连苏
木棉花开一点点,大小参差遍古庵(山西市名)太原市	卢育明
一水相连有洞天(山西市名)大同	佚　名
先夺铜牌,再夺金牌(山西市名)大同	陈清远
当天分高下(山西市名)大同	陈锦麟
差别只在细微处(山西市名)大同	严宗达
破吴归来再封王(山西市名)大同	黄庭周
中流涨落云谷低(山西市名)长治	陈见生
坚持不懈反腐败(山西市名)长治	王汉生
远程会诊(山西市名)长治	秦向东
吴下阿蒙成栋材(山西市名)吕梁	严宗达
南方北方架大桥(山西市名)吕梁	马家俊
夫妻上岗做买卖(山西市名)吕梁市	张松林
白日依水绕东郊(山西市名)阳泉	李仁发
趵突沐朝晖(山西市名)阳泉	余植华
心系浙东水纵横(山西市名)忻州	王永修
调兵三点进中川(山西市名)忻州	邱中尧
子龙乘舟去荆州(山西市名)运城	高东阳
成坛之后换新貌(山西市名)运城	王中和
农货送往哪里去(山西市名)运城市	陈　寿
将要别离泪滴挂(山西市名)临汾	王民建
卷帘细听处,隐约似风铃(山西市名)临汾市	邢华旭
华夏地位在提高(山西市名)晋中	张留顺
山西市名(山西市名)晋城	杨耀学

改日王业必能成(山西市名)晋城　　　　　　　　　卢育明
北方川水纵横流(山西市名)朔州　　　　　　　　　黄天明
初一三更三点到(山西市名)朔州　　　　　　　　　刘　晔
大千世界多繁华(山西县名)万荣　　　　　　　　　纪锡理
山庄寂静农村安(山西县名)乡宁　　　　　　　　　吴俊福
听声便知香凝现(山西县名)乡宁县　　　　　　　　邢华青
人丁一添家先兴(山西县名)大宁　　　　　　　　　林文义
整天小心守寨前(山西县名)大宁　　　　　　　　　卫斌虎
告别童年共牵挂(山西县名)大同县　　　　　　　　刘　旭
月来阶前知岁早(山西县名)山阴　　　　　　　　　蔡建荣
隐约半见岭头月(山西县名)山阴　　　　　　　　　卢育明
放之四海而皆准(山西县名)广灵　　　　　　　　　王正亮
一轮红日照神州(山西县名)中阳　　　　　　　　　陈延助
同心改革日子变(山西县名)中阳　　　　　　　　　武　骝
方到云南人退伍(山西县名)五台　　　　　　　　　易广昌
疏梧凋后寒冰消(山西县名)五寨　　　　　　　　　林路峰
柜前开价,无须牙人(山西县名)介休　　　　　　　魏希洪
春归人倚画亭前(山西县名)介休　　　　　　　　　邢华旭
调整柿价(山西县名)介休市　　　　　　　　　　　马立炳
十大前锋,一应俱全(山西县名)天镇　　　　　　　张宏福
楼阁玲珑五云起(山西县名)天镇　　　　　　　　　刘精耕
心态清净人脱俗(山西县名)太谷　　　　　　　　　卢育明
画活柳儿半飘摇(山西县名)屯留　　　　　　　　　陈松秋
寥落古村东(山西县名)屯留　　　　　　　　　　　邢华旭
投诗赠汨罗(山西县名)文水　　　　　　　　　　　顾为善
回看峰前芳草鲜(山西县名)方山　　　　　　　　　潘洁妹

谜面	作者
星临万峰头（山西县名）方山	王绍山
官仓老鼠大如斗（山西县名）长子	袁朝领
道旁苦李无人摘（山西县名）长子县	武 骝
一生只当芝麻官（山西县名）长治县	詹鸿行
李逵寿张乔坐衙（山西县名）代县	李明会
六爻断错吃苦头（山西县名）古交	蔡建荣
湖光水月映西郊（山西县名）古交	武 骝
云散一月映湖中（山西县名）古县	卢育明
厂方改革十二点（山西县名）右玉	张松林
刀枪入库，马放南山（山西县名）宁武	佚 名
金枪手披挂上阵（山西县名）宁武	孙长华
工厂改革动力多（山西县名）左云	张宏福
工友离别又一春（山西县名）左权	陈士良
东厢暂且留虚位（山西县名）左权县	马 先
以和为贵定一统（山西县名）平陆	黄泽彪
拨乱反正不动摇（山西县名）平定	蒋清奎
家祭无忘告乃翁（山西县名）平定县	武 骝
工作重点须转变（山西县名）平顺	许友金
一望无际（山西县名）平遥	佚 名
路漫漫其修远兮（山西县名）平遥	多 人
世代相好（山西县名）永和	刘兰懿
秋雨绵绵咏别离（山西县名）永和	吴树戈
长期帮助困苦人（山西县名）永济	王水松
齐来游泳（山西县名）永济	张士斌
拼命三郎登高厦（山西县名）石楼	陆向坤
只要修改总成文（山西县名）交口	王祥方

欲得此璧先履约(山西县名)交城　　　　　　陆甸坤

五星列天际,残月挂云端(山西县名)兴县　　邢华旭

远山孤月举头见(山西县名)兴县　　　　　　张宏福

且待十一赴台游(山西县名)吉县　　　　　　杨耀学

水浒神医施恩惠(山西县名)安泽　　　　　　沈志宏

地肥水美五谷香(山西县名)曲沃　　　　　　孙长华

祠前旗残月追云(山西县名)祁县　　　　　　张留顺

一滴何曾到九泉(山西县名)阳曲　　　　　　武　骝

好汉歌(山西县名)阳曲　　　　　　　　　　范理祥

分明至于成都东(山西县名)阳城县　　　　　卢育明

日上三竿(山西县名)阳高　　　　　　　　　王玉昆

一轮红日挂中天(山西县名)阳高县　　　　　张宏福

先生教出大文人(山西县名)孝义　　　　　　卢育明

弃官寻母不忘情(山西县名)孝义　　　　　　俞长岭

安邦之时搞改革(山西县名)寿阳　　　　　　卢育明

时经动乱断邦交(山西县名)寿阳　　　　　　武　骝

风从悬崖顶上来(山西县名)岚县　　　　　　王志成

庭前举首云追月(山西县名)应县　　　　　　俞长岭

二人不可有异心(山西县名)怀仁　　　　　　解培堂

置酒一别盼后会(山西县名)汾西　　　　　　潘洁妹

分明月光洒阶前(山西县名)汾阳　　　　　　武　骝

一叶小舟三叠浪(山西县名)沁水　　　　　　蔡建荣

模样有点像冰心(山西县名)沁水　　　　　　罗泽清

悬隔西湖两处分(山西县名)沁县　　　　　　许友金

再来江西愿已酬(山西县名)沁源　　　　　　陈孝达

愿离汕头去汕尾(山西县名)沁源　　　　　　李创龙

49

用人调兵见慧心(山西县名)灵丘　　　　　　　　卢育明

宝玉胸佩，悟空原形(山西县名)灵石　　　　　　敖耀寰

雪岩秋后来聚会(山西县名)灵石　　　　　　　　卢育明

宝玉颈上挂何物(山西县名)灵石县　　　　　　　杨金根

内容草率成是非(山西县名)芮城　　　　　　　　李景东

廿载冉有变成人(山西县名)芮城　　　　　　　　武　骝

团结起来万事兴(山西县名)和顺　　　　　　　　王水松

御笔亲圈蔡君谟(山西县名)定襄　　　　　　　　李明会

河水清风伴重山(山西县名)岢岚　　　　　　　　武　骝

一听便是乡音(山西县名)昔阳　　　　　　　　　刘二安

三英阵前破吕布(山西县名)昔阳　　　　　　　　方龙铭

营中子弟皆耕人(山西县名)武乡　　　　　　　　姜爱勇

黄水谣(山西县名)河曲　　　　　　　　　　　　佚　名

漕运一日可到达(山西县名)河曲　　　　　　　　林凯胜

可到江边寻古渡(山西县名)河津　　　　　　　　陈锡池

两岸绕商贾(山西县名)河津市　　　　　　　　　卢育明

汉水平川人未归(山西县名)泽州　　　　　　　　卢育明

于心无悬结盟下(山西县名)盂县　　　　　　　　武　骝

来到云南已一月(山西县名)临县　　　　　　　　俞敦诗

提腕学帖(山西县名)临县　　　　　　　　　　　武　骝

一人到来可先猜(山西县名)临猗　　　　　　　　覃儒林

直接等候千里归(山西县名)侯马　　　　　　　　袁松麒

宝林千里赴京城(山西县名)侯马市　　　　　　　张松林

精神文明代代传(山西县名)保德　　　　　　　　覃儒林

长城之歌(山西县名)垣曲　　　　　　　　　　　雷鸿仁

东楼灯前半遮颜(山西县名)娄烦　　　　　　　　武　骝

谜面	作者
二度离汕头,来到潮州中(山西县名)恒山	潘洁妹
三春巧布四时景(山西县名)柳林	吴树戈
兔年迎春贴春联(山西县名)柳林	王民建
共有六点相同处(山西县名)洪洞	邱中尧
原先参军,两上前沿(山西县名)浑源	张宏福
织女洗浴在何地(山西县名)神池	陈良庆
追月彩云一片红(山西县名)绛县	田金鑫
一听可乐(山西县名)闻喜	安建国
剑外忽传收蓟北(山西县名)闻喜	多 人
离骚作者字与名(山西县名)原平	王正亮
生意本来很安稳(山西县名)原平市	卢育明
老医师今日闭门(山西县名)壶关	胡荫龙
云开自见雾中月(山西县名)夏县	卢育明
碧峰横倚白云端(山西县名)浮山	蔡建荣
河山只在我梦萦(山西县名)陵川县	赵晓南
天池水面如磨镜(山西县名)高平	邱中尧
推敲之后半调整(山西县名)高平	曾德林
脉诊不重尺寸(山西县名)偏关	黄泽彪
请走正门(山西县名)偏关	佚 名
廉政建设急不得(山西县名)清徐	蔡建荣
廉洁奉公我先行(山西县名)清徐	陈伟彪
一笑君王便着绯(山西县名)新绛	顾为善
土地庙前摇钱树(山西县名)榆社	敖耀寰
禅寺栏前人偷闲(山西县名)榆社	卢育明
高挂刘宽示辱鞭(山西县名)蒲县	蔡纯如
端午节俗叶高挂(山西县名)蒲县	赵贵龙

无丝竹之乱耳(山西县名)静乐	佚　名
笑渐不闻声渐悄(山西县名)静乐	陈照明
岭上遍种红高粱(山西县名)稷山	安润泽
岭前禾田要冬翻(山西县名)稷山	杨耀学
元洪虽为主，一点尽无成(山西县名)黎城	吴礼龙
夜幕下的哈尔滨(山西县名)黎城	多　人
土路建成通渡头(山西县名)潞城	张宏福
打从水路进繁都(山西县名)潞城市	刘　旭
月映阶前云始散，马蹄留迹空山幽(山西县名)隰县	卢育明
居处低湿心牵挂(山西县名)隰县	李生国
雨一住，川水横(山西县名)霍州	覃儒林
山中庙宇何其多(山西县名)繁峙	徐圣能
半放红梅映山寺(山西县名)繁峙	吴乐荣
鸢都鸢飞展翅高(山西县名)翼城	梁信德
土壤之下有水分(山西县名)襄汾	武　骝
老让发言水分多(山西县名)襄汾	蔡秋湖
平壤二日游(山西县名)襄垣	陈锦麟
鼎力相助筑城墙(山西县名)襄垣	刘　旭
天生一个仙人洞(世界文化遗产)云冈石窟	多　人
龙岗岩下有洞穴(世界文化遗产)云冈石窟	黄增荣
花岗岩层有突起(世界文化遗产)云冈石窟	李丹路
八重岩崿叠晴空，九色烟霞绕洞宫(世界文化遗产)云冈石窟	
	武　骝
三番两次赴阿里(世界文化遗产)五台山	佚　名
央视体育频道再攀高峰(世界文化遗产)五台山	王少鹏
吾到云南度岁末(世界文化遗产)五台山	董仁法

吾离云南去北岳（世界文化遗产）五台山　　　　　　　杨金根
一望无际哈瓦那（世界文化遗产）平遥古城　　　　　　覃儒林
评估半生有成就，是非之言多谣传（世界文化遗产）平遥古城
　　　　　　　　　　　　　　　　　　　　　　　　　佚　名
坦途万里连旧都（世界文化遗产）平遥古城　　　　　　佚　名
屈子迢迢归故都（世界文化遗产）平遥古城　　　　　　佚　名
英法意北京献艺（太原名胜古迹）三国演义城　　　　　覃儒林
大雁重来南少林（太原名胜古迹）双塔寺　　　　　　　闫永胜
闺中又相对，合影也宽心（太原名胜古迹）双塔寺　　　卢育明
人打游击来垄上（太原名胜古迹）天龙山　　　　　　　张宏福
听声恰似东岳庙（太原名胜古迹）太山寺　　　　　　　邱中尧
声声皆言要报国（太原名胜古迹）白云寺　　　　　　　蔡秋湖
君在岁首入岩洞（太原名胜古迹）龙山石窟　　　　　　韩庆铭
东瀛遍布君房祠（太原名胜古迹）多福寺　　　　　　　武　骝
三宝殿中无女性（太原名胜古迹）纯阳宫　　　　　　　尹业基
一生事业心间记，半阕清词先祖留（太原名胜古迹）晋祠　卢育明
司马开国立庙堂（太原名胜古迹）晋祠　　　　　　　　李明会
步入庙堂（太原名胜古迹）晋祠　　　　　　　　　　　尹业基
果然拳棒出少林（太原名胜古迹）真武庙　　　　　　　刘期颐
出个怪题考苏洵（太原名胜古迹）难老泉　　　　　　　李伯顺
佛门尊敬好心人（太原名胜古迹）崇善寺　　　　　　　肖伯成
一吊古钱献禅院（太原名胜古迹）悬泉寺　　　　　　　沈志宏
秋水如瀑挂寒山（太原名胜古迹）悬泉寺　　　　　　　俞敦诗
作诗相会杯半空（大同名胜古迹）云林寺　　　　　　　杨浩德
村后休要设分坛（大同名胜古迹）云林寺　　　　　　　卢育明
康熙题灵隐（大同名胜古迹）云林寺　　　　　　　　　张礼鹤

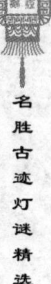

仰见突兀擎青空(大同名胜古迹)天峰岭	高东阳
雾中传令出奉化(大同名胜古迹)天峰岭	王中和
不看不知道,世界真奇妙(大同名胜古迹)太玄观	骆 岩
看得过于深奥(大同名胜古迹)太玄观	孙培桢
江边二郎会母亲(大同名胜古迹)水神堂	林少鹏
中档产品莫进来(大同名胜古迹)平型关	顾安若
只对模特才开放(大同名胜古迹)平型关	蔡秋湖
万古难摧金字塔(大同名胜古迹)永固陵	李 仁
白发老父入佛门(大同名胜古迹)华严寺	闫永胜
恩伯首浴华清池(大同名胜古迹)汤头温泉	肖伯成
搜集民歌到彝区(大同名胜古迹)采凉山	吉其厚
一旦下了岗,心态不一样(大同名胜古迹)恒山	席 伟
梁也还是那道梁(大同名胜古迹)恒山	邓当文
宋祖好功夫,英魂归帝陵(大同名胜古迹)赵武灵王墓	俞敦诗
上楼僧踏一梯云(大同名胜古迹)悬空寺	邱中尧
海市蜃楼现古刹(大同名胜古迹)悬空寺	陈士平
梵钟响云中(大同名胜古迹)悬空寺	朱锦华
花木深处香积存(大同名胜古迹)禅房寺	马家俊
禅房闻得娘亲言(大同名胜古迹)慈云寺	杨建忠
伯夷叔齐无轻举(长治名胜古迹)二贤庄	高复强
民主人士来参政(长治名胜古迹)上党门	王 杰
共产旗下把誓宣(长治名胜古迹)上党门	阮治祥
进入一大会址(长治名胜古迹)上党门	沈志宏
高谈阔论聚天井(长治名胜古迹)大云院	武 骝
气吞五岳怀宏愿(长治名胜古迹)广志山	房延龄
众虎同心归水泊(长治名胜古迹)广志山	陈照明

满山开遍杜鹃红(长治名胜古迹)丹朱岭　　　　　　　武　骝
多少楼台烟雨中(长治名胜古迹)云影寺　　　　　　　王　杰
却话少林上银幕(长治名胜古迹)云影寺　　　　　　　武　骝
夫人前往姑苏游(长治名胜古迹)太行水乡　　　　　　严宗达
观音慧眼识鱼精(长治名胜古迹)水妖洞　　　　　　　陈连苏
盘丝岭下濯垢泉(长治名胜古迹)水妖洞　　　　　　　许友金
九霄王母临蓬莱(长治名胜古迹)仙堂山　　　　　　　武　骝
南岳和尚开封人(长治名胜古迹)仙堂寺　　　　　　　武　骝
上面是悬空寺(长治名胜古迹)北高庙　　　　　　　　多　人
谁人致函邀玉和(长治名胜古迹)发鸠山　　　　　　　许友金
操刀鬼酣睡在二龙山大殿(长治名胜古迹)正觉寺　　　王寅丑

　　《水浒传》：操刀鬼曹正随武松等先在二龙山落草，主厅在山顶宝珠寺大殿。

话中有话须明察(长治名胜古迹)白云洞　　　　　　　许友金
话说台风眼(长治名胜古迹)白云洞　　　　　　　　　邢华旭
中国第一名刹(长治名胜古迹)龙门寺　　　　　　　　王松昌
白蛇西湖遇许郎，注目相望(长治名胜古迹)会仙观　　王寅丑
时珍药店(长治名胜古迹)百草堂　　　　　　　　　　邢华旭
粒粒相思寄瞿塘(长治名胜古迹)红豆峡　　　　　　　高东阳
百岁公公上岗来(长治名胜古迹)老爷山　　　　　　　韩庆铭
回顾岭头皆旧状(长治名胜古迹)老顶山　　　　　　　卢育明
犹闻少游唤娘亲(长治名胜古迹)观音堂　　　　　　　武　骝
电视和广播，此处发射出(长治名胜古迹)观音塔　　　武　骝
智慧之光照太行(长治名胜古迹)灵空山　　　　　　　蔡秋湖
魂断五台(长治名胜古迹)灵空山　　　　　　　　　　顾法培
家庭授传僧浮图(长治名胜古迹)宗教寺塔　　　　　　杨建忠

仿效少林香火盛(长治名胜古迹)法兴寺	胡荫龙
秋来悬谜挂少林(长治名胜古迹)金灯寺	俞敦诗
天下功夫出少林(长治名胜古迹)原起寺	麦家鹏
何处钟声到客船(长治名胜古迹)原起寺	武骝
三千宠爱在一身(长治名胜古迹)真泽宫	多人
确是洞庭龙王居(长治名胜古迹)真泽宫	潘培生
远观西岳峰五座,近览华清水一泓(长治名胜古迹)莲花池	王杰
罗敷采桑见大雁(长治名胜古迹)蚕姑塔	曹洪业
何处国太赞子龙(长治名胜古迹)崇云寺	张广发
宗族混乱夺山庄(长治名胜古迹)崇庆寺	武骝
一层层梯田一层层绿(长治名胜古迹)盘秀山	陈国迁
画眉深浅入时无(长治名胜古迹)盘秀山	多人
秋染峭壁生烟霞(长治名胜古迹)黄崖洞	蔡建荣
陡壁穴前菊花香(长治名胜古迹)黄崖洞	康瑞碧
古刹佛堂宏伟,留影都选此处(长治名胜古迹)普照寺大殿	王寅丑
魏家牡丹绕北邙(长治名胜古迹)紫团山	武骝
红蓝调和现眼前(长治名胜古迹)紫团洞	胥登品
山间水点落禅房(长治名胜古迹)滴谷寺	覃儒林
水珠掉入山间穴(长治名胜古迹)滴谷洞	韩庆铭
寒尽不知年(长治名胜古迹,卷帘)老顶山	刘二安
神州红日照广厦(吕梁名胜古迹)中阳楼	詹尧山
看法非常相同(吕梁名胜古迹)太符观	武骝
增之一分则太长,减之一分则太短;著粉则太白,施朱则太赤(吕梁名胜古迹)太符观	徐锦忠
马谡招斩因何故(吕梁名胜古迹)北武当山	李明富
我国少林多奥秘(吕梁名胜古迹)玄中寺	陈孝遂

三藏坐骑有神眼（吕梁名胜古迹）白马仙洞		田守文
玉门祁连朕在怀（吕梁名胜古迹）关帝山		武　骝
仙堂寺前除污垢（吕梁名胜古迹）后土圣母庙		覃儒林
十三棍僧保唐王（吕梁名胜古迹）安国寺		曹洪业
清泪成渠挂脸上（吕梁名胜古迹）庞泉沟		武　骝
愁情怨气满高阁（吕梁名胜古迹）秋风楼		蔡秋湖
鱼书欲寄何由达（吕梁名胜古迹）雁门关		罗英望
入夜雨前抵峨眉（吕梁名胜古迹）黑茶山		覃儒林
明前雨前栽岭前（吕梁名胜古迹）黑茶山		田金鑫
冰川消融出寒山（阳泉名胜古迹）开河寺		覃儒林
一看确实是古穴（阳泉名胜古迹）张果老洞		敖耀寰
考证此窟，盖有年矣（阳泉名胜古迹）张果老洞		李明富
甲秀峰峦，翰墨门第（阳泉名胜古迹）冠山书院		杨建忠
古刹山脉本草覆（阳泉名胜古迹）药岭寺		蒋海波
当归嵩山隐少林（阳泉名胜古迹）药岭寺		武　骝
小妹闭门难新郎（阳泉名胜古迹）娘子关		郭炳茂
夫人身陷囹圄中（阳泉名胜古迹）娘子关		王子安
许仙哭塔（阳泉名胜古迹）娘子关		佚　名
高堂夜半供云长（阳泉名胜古迹）娘子关		王寅丑
垄上行者来搭讪（阳泉名胜古迹）诸龙山		张宏福
珠穆朗玛峰（阳泉名胜古迹）藏山		多　人
上下五千载，点滴水穿孔（忻州名胜古迹）万年冰洞		覃儒林
上千仙僧入庙来（忻州名胜古迹）万佛寺		韩庆铭
桂树林下表真心（忻州名胜古迹）三圣寺		武　骝
救母沉香入法门（忻州名胜古迹）三圣寺		王中和
着力开发华清池（忻州名胜古迹）大营温泉		王寅丑

峻节东南,言语少错(忻州名胜古迹)五台山　　　　　武　骝
　　峻节,高尚的节操。错,分开,交错。
当年忠骨埋何处(忻州名胜古迹)元好问墓　　　　　武　骝
皇帝女儿入佛门(忻州名胜古迹)公主寺　　　　　　刘　旭
大了一点特别牛(忻州名胜古迹)太子寺　　　　　　多　人
旧时相片挂中间(忻州名胜古迹)日照寺　　　　　　沈志宏
繁体时字怎么写(忻州名胜古迹)日照寺　　　　　　王志成
行者依旧入空门(忻州名胜古迹)古松寺　　　　　　肖伯成
达开发起建庙堂(忻州名胜古迹)石鼓神祠　　　　　覃儒林
庙中菩萨俱无存(忻州名胜古迹)佛光寺　　　　　　陈良庆
天波府祖庙(忻州名胜古迹)杨家祠堂　　　　　　　多　人
半掩葱茏出雅庐(忻州名胜古迹)芦芽山　　　　　　武　骝
庄里冒出地热水,怪!(忻州名胜古迹)奇村温泉　　　覃儒林
珍奇牡丹开灵境(忻州名胜古迹)宝华寺　　　　　　詹尧山
山石上下相对峙(忻州名胜古迹)岩山寺　　　　　　刘二安
江畔百姓习惯泡茶楼(忻州名胜古迹)河边民俗馆　　陈贤政
孔方眼里看庙宇(忻州名胜古迹)金洞寺　　　　　　闫永胜
似说遇到难缠事(忻州名胜古迹)南禅寺　　　　　　李明富
又走杀着显高见(忻州名胜古迹)赵杲观　　　　　　卢育明
宋太祖秉烛夜读(忻州名胜古迹)赵杲观　　　　　　武　骝
古庙无人晓(忻州名胜古迹)秘密寺　　　　　　　　郝庭玉
无欲今后始恬静(忻州名胜古迹)情人谷　　　　　　周　昕
常念漂母一饭恩(忻州名胜古迹,卷帘)情人谷　　　　缪一松
一封家书寄娘子(忻州名胜古迹)雁门关　　　　　　胡荫龙
信箱上锁(忻州名胜古迹)雁门关　　　　　　　　　郭海龙
长空霹雳震古刹(忻州名胜古迹)雷鸣寺　　　　　　黄建平

青野满坡通禅房（忻州名胜古迹）碧山寺　　　　　　　杨建忠
笔下泪滴五指书（忻州名胜古迹）管涔山　　　　　　　武　骝
半醉碧岛逢仙翁（忻州名胜古迹）翠岩峰　　　　　　　周　昕
宝刹流芳千百年（运城名胜古迹）万古寺　　　　　　　曹洪业
属下一人度江西（运城名胜古迹）大禹渡　　　　　　　蔡建荣
住在云端星散乱，厦前对影吹竹笛（运城名胜古迹）广仁王庙
　　　　　　　　　　　　　　　　　　　　　　　　　王寅丑
岳家父子登高阁（运城名胜古迹）飞云楼　　　　　　　胡荫龙
微云绕古刹（运城名胜古迹）五龙庙　　　　　　　　　卢育明
三两结伴登古岱（运城名胜古迹）五老峰　　　　　　　王志成
晋代衣冠成古丘（运城名胜古迹）司马光墓　　　　　　多　人
未央笙歌无休止（运城名胜古迹）永乐宫　　　　　　　徐官礼
阿斗缘何不思蜀（运城名胜古迹）永乐宫　　　　　　　林庆发
软禁皇宫经堂内（运城名胜古迹）关帝家庙　　　　　　马家俊
五谷之神供殿堂（运城名胜古迹）后稷庙　　　　　　　李明会
闯王府（运城名胜古迹）李家大院　　　　　　　　　　沈志宏
请勿开口装耳聋，身边有人是侍从（运城名胜古迹）青龙寺　武　骝
即将升任七品官（运城名胜古迹）临晋县衙　　　　　　邢华旭
周勃封侯在此县，常保庭苑种花卉（运城名胜古迹）绛守居园池
　　　　　　　　　　　　　　　　　　　　　　　　　曹洪业
李渊建国，知节生子（运城名胜古迹）唐开元铁牛　　　李德谭
赤发鬼打头，黑旋风殿后（运城名胜古迹）唐开元铁牛　田金鑫
咸水塘边虎迹杳（运城名胜古迹）盐池风光　　　　　　覃儒林
半卷情诗初写就，泪痕点点已先沾（运城名胜古迹）清凉寺　卢育明
秋风送爽入禅门（运城名胜古迹）清凉寺　　　　　　　蔡秋湖
飞起玉龙三百万（运城名胜古迹）雪花山　　　　　　　多　人

处处抢修危古刹（运城名胜古迹）普救寺	尹业基
全民抗战护寸土（运城名胜古迹）普救寺	孙国光
拯济众生推少林（运城名胜古迹）普救寺	林庆发
白袍将礼访冰洞（运城名胜古迹）薛仁贵寒窑	黄增荣
庄前月下等生来（临汾名胜古迹）广胜寺	蔡建荣
粤中名刹（临汾名胜古迹）广胜寺	王志成
李靖祭宝彩练舞（临汾名胜古迹）飞虹塔	孙国光
两三梅花绽岁首（临汾名胜古迹）五鹿山	吴树戈
直到庭前见分晓（临汾名胜古迹）尧庙	卢育明
倾水浇油广布施（临汾名胜古迹）尧庙	陈伟滨
翘首上座吹竹笛（临汾名胜古迹）尧庙	李明会
日来方知受人欺（临汾名胜古迹）尧陵	刘二安
慈禧太后上五台（临汾名胜古迹）佛爷山	肖伯成
小小一次就套牢（临汾名胜古迹）苏三监狱	马家俊
暂留匡庐为打虎（临汾名胜古迹）姑射山	武　骝
葫芦嘴上溅飞泉（临汾名胜古迹）壶口瀑布	孙国光
资金流失你先垫，不足费用待后补（临汾名胜古迹）铁佛寺	卢育明
岭雪融后小雀归（临汾名胜古迹）霍山	卢育明
永叔为文挂客厅（晋中名胜古迹）三多堂	李明会

　　欧阳修字永叔，为文有"三多"之论。

以铜为鉴、以古为鉴、以人为鉴（晋中名胜古迹）三清观	房延龄
白骨难逃金睛眼（晋中名胜古迹）三清观	武　骝
天下首富，名扬四方（晋中名胜古迹）大罗宫	邓当文
回眸太阳坠西岭（晋中名胜古迹）乌金山	吴新民
再三随君访巨源（晋中名胜古迹）五龙山	卢育明
子推焚山受香火（晋中名胜古迹）介公庙	杨建忠

一树参差错落枝(晋中名胜古迹)双林寺		陈　霄
日起清宫请安声(晋中名胜古迹)天吉祥		魏希洪
洞出紫气家兴旺(晋中名胜古迹)孔祥熙宅院		覃儒林
海阔天空不言诗(晋中名胜古迹)无边寺		覃儒林
天天登高盼重阳(晋中名胜古迹)日昇昌		王中和
最先升起是明星(晋中名胜古迹)日昇昌		卢育明
解珍解宝寻虎处(晋中名胜古迹)毛家大院		顾为善
阿房宫，三百里(晋中名胜古迹)王家大院		多　人
紫禁城(晋中名胜古迹)王家大院		武殿录
聚集行者豹子头(晋中名胜古迹)汇武林		陈　霄
大理大理隔千里(晋中名胜古迹)石马寺		肖伯成
月矮断岩高(晋中名胜古迹)石膏山		万宽燚
徙居庭阈九门照(晋中名胜古迹)乔家大院		刘二安
装修门面成豪宅(晋中名胜古迹)乔家大院		敖耀寰
蜃景古刹从何来(晋中名胜古迹)光化寺		沈志宏
少奇与耀邦，君子临官舍(晋中名胜古迹)刘胡兰馆		蒋　恺
商贾相与歌于市，农夫相与忭于野(晋中名胜古迹)协同庆		郭少敏
天无私覆，地无私载，日月无私照(晋中名胜古迹)同兴公		冯　杰
人知从太守游而乐(晋中名胜古迹)同兴公		周　昕
共工之子入神堂(晋中名胜古迹)后土庙		曹洪业

《山海经·海内经》："炎帝之妻……生炎居……共工生后土……"

清真教堂挂风铎(晋中名胜古迹)回銮寺		武　骝
浩浩终不息，众流归海意(晋中名胜古迹)百川通		荣耀祥
此处深宅谁人府(晋中名胜古迹)何家大院		李文林
见庙许愿从不疑(晋中名胜古迹)净信寺		梁民生

夜半凭栏望南岳（晋中名胜古迹）孟山	丘能福
迈步来到悬空寺（晋中名胜古迹）武则天庙	邓德源
寅年之始到峨眉（晋中名胜古迹）虎头山	唐增桥
横空飞彩练，雨后阳光明（晋中名胜古迹）虹霁寺	詹尧山
旧时知交在，失败终回来（晋中名胜古迹）圆智寺	卢育明
庙前布施求延年（晋中名胜古迹）资寿寺	王汉生
闭门种菜英雄老（晋中名胜古迹）常家庄院	莫志刚
旧时江宁织造府（晋中名胜古迹）曹家大院	敖耀寰
实秋著书怀老舍（晋中名胜古迹）梁子章故居	覃儒林
启超带头身先死，入土为安名千古（晋中名胜古迹）梁奔前烈士墓	徐光成
过眼滔滔云共雾（晋中名胜古迹）清虚观	敖耀寰
侯门筑墙修水沟（晋中名胜古迹）渠家大院	沈志宏
五岭逶迤腾细浪（晋中名胜古迹）绵山	多　人
列冈峦之势（晋中名胜古迹）绵山	吴新民
看绿水流动，隐白帆几点（晋中名胜古迹）绵山	武　骝
先妣遗容悬庙堂（晋中名胜古迹）慈相寺	刘　旭
义祖第二，作古同州（晋中名胜古迹）榆次老城	俞敦诗
添福庵前申原由（晋中名胜古迹）源神庙	武　骝
紫气东来，当有隆福（晋中名胜古迹）瑞应寺	詹尧山
天涯何处无芳草（晋中名胜古迹）蔚盛长	冯　杰
守边关保社稷永安（晋中名胜古迹）镇国寺	吴清梅
安澜鹳鹊脚（晋中名胜古迹）镇河楼	武　骝
岁首之仇始化解（晋城名胜古迹）九女仙台	卢育明
建厂力求在岁前（晋城名胜古迹）历山	蔡建荣
陟彼高冈（晋城名胜古迹）历山	顾为善

建立新朝令如山（晋城名胜古迹）王莽岭	黄天明
南极寿星居殿堂（晋城名胜古迹）仙翁庙	李明会
兵败逢凶，避难法门（晋城名胜古迹）北吉祥寺	王中和
中国帝王建宗祠（晋城名胜古迹）玉皇庙	杨洪起
瑞气盈佛门（晋城名胜古迹）吉祥寺	黄增荣
登峰未及顶（晋城名胜古迹）羊头山	王志成
确是则徐进庙来（晋城名胜古迹）定林寺	陈良庆
太白题诗，妙不可言（晋城名胜古迹）青莲寺	李明富
飘然太白入空门（晋城名胜古迹）青莲寺	陈贤政
宗元后裔庶黎家（晋城名胜古迹）柳氏民居	颜继仲
章台弱质陷市井（晋城名胜古迹）柳氏民居	顾为善
一颗珍珠嵌琴端（晋城名胜古迹）珏山	武　骝
中国崛起望后生（晋城名胜古迹）珏山	卢育明
天子脚下选官邸（晋城名胜古迹）皇城相府	刘二安
到京都看大观园（晋城名胜古迹）皇城相府	徐锦忠
紫禁当朝一品宅（晋城名胜古迹）皇城相府	陈良庆
太祖墓前风梳柳（晋城名胜古迹）赵树理故居	武　骝
西湖终写梅桧诗（晋城名胜古迹）海会寺	武　骝
低头不见石和土，清扫之后自然成（晋城名胜古迹）砥洎城	王寅丑
戴宗如先到，分守西岭坡（晋城名胜古迹）崇安寺	卢育明
流水淙然去，山月似旧时（晋城名胜古迹）崇明寺	卢育明
点破黄粱转眼空（晋城名胜古迹）清梦观	刘二安
陈抟一局赢华岳（晋城名胜古迹）棋子山	闫永胜
将帅领兵屯岸上，炮车随马驻峰前（晋城名胜古迹）棋子山	武　骝
参观神庙（晋城名胜古迹）游仙寺	闫永胜
罗汉庙内没罗汉（晋城名胜古迹）游仙寺	陈士良

铁棒成针处,如今名胜地(晋城名胜古迹)磨滩风景区 　　李明会
清浊可分别莽撞(晋城名胜古迹)蟒河 　　刘精耕
黄花岗七十二烈士陵园(朔州名胜古迹)广武汉墓群 　　武　骝
洛阳见说兵犹满(朔州名胜古迹)广武城 　　刘二安
右军坟前红日照(朔州名胜古迹)丹阳王墓 　　吴青松
万古金刚守佛门(朔州名胜古迹)永镇寺 　　闫永胜
同游海南费用少(朔州名胜古迹)佛母洞 　　卢育明
许是春光系浮图(朔州名胜古迹)应县木塔 　　蔡秋湖
遁入空门不染尘(朔州名胜古迹)净土寺 　　蔡秋湖
双尾蝎避难佛门(朔州名胜古迹)宝宁寺 　　武　骝
抬下擂台去,没待差役来(朔州名胜古迹)法雷寺 　　卢育明
秋海大漠埋多冢(朔州名胜古迹)金沙滩墓群 　　杨建忠
倒海翻江卷巨澜(朔州名胜古迹)洪涛山 　　多　人
徐市禅院受尊重(朔州名胜古迹)崇福寺 　　沈志宏
青山坟陵布,君子寂无声(朔州名胜古迹)梵王寺墓群 　　覃儒林

辽　宁

千里原野万籁寂(省份)辽宁 　　乔北海
广阔国境皆安定(省份)辽宁 　　佚　名
天下太平(省份)辽宁 　　屈承府
天涯静处无征战(省份)辽宁 　　束洪波

四海升平（省份）辽宁　　　　　　　　　　　　佚　名
龙舟来了静悄悄（省份）辽宁　　　　　　　　　陈士平
张文远与甘兴霸（省份）辽宁　　　　　　　　　苏　颖
　　《三国演义》人物张辽字文远，甘宁字兴霸。
到处静悄悄（省份）辽宁　　　　　　　　　　　袁廷福
道边拆字小心看（省份）辽宁　　　　　　　　　乔北海
静以致远（省份）辽宁　　　　　　　　　　　　王水松
过去十分了得（省份简称）辽　　　　　　　　　佚　名
连车也不要了（省份简称）辽　　　　　　　　　苏　颖
到了还不走（省份简称）辽　　　　　　　　　　佚　名
长河落日圆（辽宁市名）沈阳　　　　　　　　　许友金
长绳难系日（辽宁市名）沈阳　　　　　　　　　刘二安
白日依山尽（辽宁市名）沈阳　　　　　　　　　多　人
西院枕畔泪横流（辽宁市名）沈阳　　　　　　　罗文锋
白日落梁州（辽宁市名）沈阳市　　　　　　　　长　弓
孤城当落晖（辽宁市名）沈阳市　　　　　　　　骆　岩
晚集（辽宁市名）沈阳市　　　　　　　　　　　苏　颖
高城带落日（辽宁市名）沈阳市　　　　　　　　苏　颖
小将得分（辽宁市名）大连　　　　　　　　　　任焕长
车子走了，人还不走（辽宁市名）大连　　　　　张士斌
列车到达重编组（辽宁市名）大连　　　　　　　吕　祥
以红为主（辽宁市名）丹东　　　　　　　　　　钱中先
当家做主红起来（辽宁市名）丹东　　　　　　　蔡建荣
朝霞（辽宁市名）丹东　　　　　　　　　　　　严宗达
原是涓涓细流淌（辽宁市名）本溪　　　　　　　严宗达
溯源山涧水（辽宁市名）本溪　　　　　　　　　徐添河

地广日照足(辽宁市名)辽阳	苏　颖
随时了解有分寸(辽宁市名)辽阳	林仕福
以德服人(辽宁市名)抚顺	佚　名
助手无须先离川(辽宁市名)抚顺	易广昌
正应去追之,去亲近之(辽宁市名)阜新	王　力
失落钱后令上岸(辽宁市名)铁岭	苏　颖
花儿为什么这样红(辽宁市名)盘锦	佚　名
明媚鲜妍能几时(辽宁市名)盘锦	佚　名
清点绸缎知多少(辽宁市名)盘锦	蔡建荣
船前布帛,盖底镶金(辽宁市名)盘锦	赵　灵
生意全凭嘴一张(辽宁市名)营口	熊　辉
经商有方(辽宁市名)营口	鲜利亚
草书作品夺冠军(辽宁市名)营口	韩珍红
一日之晨(辽宁市名)朝阳	佚　名
明日去西郊,田间再重逢(辽宁市名)朝阳	王小勇
潮水已退,日落边陲(辽宁市名)朝阳	罗文锋
∞(辽宁市名,粉底)葫芦岛	苏　颖
川水横流处,白帆从西来(辽宁市名)锦州	佚　名
秀丽江河纵横流(辽宁市名)锦州	王佳玺
M(辽宁市名)鞍山	佚　名
差一点看见云遮月(辽宁县名)义县	苏　颖
奔上码头架彩虹(辽宁县名)大石桥	佚　名
水土全改造(辽宁县名)大洼	佚　名
闺中一人掩泣立(辽宁县名)大洼	韩珍红
几度又见土成堆(辽宁县名)凤城	裴　靖
拓荒(辽宁县名)开原	佚　名

以前是司机(辽宁县名,秋千)开原	苏　颖
方将瓮底炉火熄,无需心惦记(辽宁县名)瓦房店	苏　颖
珊瑚何处生(辽宁县名)长海	苏　颖
龙头老大(辽宁县名,秋千)长海	苏　颖
小巷积水排除七成(辽宁县名)东港	张守娥
去冀南漂流去(辽宁县名)北票	苏　颖
西(辽宁县名)北票	蔡建荣
但使龙城飞将在(辽宁县名)北镇	门大为
丢下女方去南宁(辽宁县名)台安	易广昌
宝玉出走始分开(辽宁县名)台安	杨良伟
宝岛保持稳定(辽宁县名)台安	苏　颖
江山万里是神州(辽宁县名)辽中	陈岳桐
我华夏,广无垠(辽宁县名)辽中	苏　颖
快乐的都市(辽宁县名)兴城	佚　名
亦有溪流曲抱村(辽宁县名)庄河	苏　颖
村左小溪旁(辽宁县名)庄河	苏　颖
大小混装,合计三十有一(辽宁县名)灯塔	朱振国
要上来一定得用心(辽宁县名)西丰	卫斌虎
山山皆由石构成(辽宁县名)岫岩	佚　名
断出石油就排水(辽宁县名)岫岩	赵　刚
运动半生人清健(辽宁县名)建平	郑庆元
施工要安全(辽宁县名)建平	谢树森
大兴土木,百废俱兴(辽宁县名)建昌	张禹滨
房产热(辽宁县名)建昌	郑庆元
周易谁人创(辽宁县名,秋千)建昌	苏　颖
还有两天方冬至(辽宁县名)昌图	苏　颖

周文王画像(辽宁县名)昌图	孙学飞
谋求繁荣兴旺(辽宁县名)昌图	佚　名
四点厂里去车接(辽宁县名)法库	苏　颖
律师的藏书屋(辽宁县名)法库	苏　颖
跨洋来犯欺人甚(辽宁县名)凌海	苏　颖
原定五点到东陵(辽宁县名)凌源	苏　颖
包头见上宾，上茶要留下(辽宁县名)宽甸	苏　颖
京郊地域广(辽宁县名)宽甸	苏　颖
茫茫草原(辽宁县名)宽甸	佚　名
一旦离休其心安(辽宁县名)桓仁	曾德林
五更之前离保定(辽宁县名)桓仁	林凯胜
连休三日一定有变(辽宁县名)桓仁	孙学飞
水底龙宫(辽宁县名)海城	佚　名
办妥前线事，忠心断可见(辽宁县名)绥中	崔永凯
安抚其心(辽宁县名)绥中	于万冬
马谡因何失街亭(辽宁县名)调兵山	王　峰
无病无灾(辽宁县名)康平	佚　名
病愈之后人心安(辽宁县名)康平	苏　颖
反腐了心愿(辽宁县名)清原	王水松
知根知底(辽宁县名)清原	苏　颖
肃贪乃廉政之本(辽宁县名)清原	佚　名
公覆入川泪滴滴(辽宁县名)盖州	孙学飞
无尾之羊放盘底，川椒三粒洒其中(辽宁县名)盖州	张禹滨
岱宗夫如何(辽宁县名)盘山	佚　名
峰从何处飞来(辽宁县名)盘山	佚　名
跃上葱茏四百旋(辽宁县名)盘山	严宗达

口(辽宁县名)喀左	佚　名
方接客至，工友又别(辽宁县名)喀左	裴　靖
三点离晋到广安(辽宁县名)普兰店	张士斌
三晋广布交易点(辽宁县名)普兰店	苏　颖
大庾岭上暮天低(辽宁县名)黑山	张耀贤
今离贵州到南岳(辽宁县名)黑山	刘镇波
日暮数峰青似染(辽宁县名)黑山	钱　露
晚色孤峰来(辽宁县名)黑山	金水桥
当代人(辽宁县名)新民	钟玉莲
呱呱坠地一婴儿(辽宁县名)新民	佚　名
刚来的客人(辽宁县名)新宾	佚　名
狮城来客(辽宁县名)新宾	苏　颖
八一勋章(辽宁县名)彰武	佚　名
表扬战斗英雄(辽宁县名)彰武	佚　名
嘉奖将士张大榜(辽宁县名)彰武县	孙学飞
究底问分晓，边帐终垒成(世界文化遗产)九门口长城	武　骝
十巾帼重庆占半(世界文化遗产)五女山城	武　骝
日落依旧照殿宇(世界文化遗产)沈阳故宫	蔡建荣
日落紫禁城(世界文化遗产)沈阳故宫	佚　名
阿房废址留夕照(世界文化遗产)沈阳故宫	武　骝
夜未央(世界文化遗产)沈阳故宫	关玉田
英法联军和土匪，侵都劫园掠万珍(世界文化遗产)盛京三陵	武　骝
二会天师，庭前应付(沈阳名胜古迹)大帅府	郑庆元
庄师傅人到黄埔就变样(沈阳名胜古迹)大帅府	裴　靖
非常漂亮一宅邸(沈阳名胜古迹)大帅府	苏　颖

三十年来广建苗圃(沈阳名胜古迹)世博园	苏　颖
估计已夜半,赏月山水间(沈阳名胜古迹)仙子湖	苏　颖
草木葱葱高平处,三国文远留坟陵(沈阳名胜古迹)叶茂台辽墓	
	王寅丑

三国人张辽字文远。

看书、温习,好在老宅(沈阳名胜古迹)张学良旧居	苏　颖
有心团圆方开口,月下江边访古居(沈阳名胜古迹)财湖	郑庆元
圣上到边城,先生颇留心(沈阳名胜古迹)怪坡	郑庆元
埋怨地不平(沈阳名胜古迹)怪坡	苏　颖
攀岩队员人分散(沈阳名胜古迹)陨石山	张禹滨
孤峰擎阁留踪迹(沈阳名胜古迹)高台山遗址	裴　靖
没羽箭摆明是欺负人(沈阳名胜古迹)清昭陵	杨建华
试问巨源手谈计(沈阳名胜古迹)棋盘山	苏　颖
兹因心心相印,才能出言成诗(沈阳名胜古迹)慈恩寺	苏　颖
刚写完的曲谱,漏写了通信方式(沈阳名胜古迹)新乐遗址	苏　颖
张天师之幸事(沈阳名胜古迹)福陵	苏　颖

张陵,五斗米教创立者,也称张道陵、张天师。

去北方,小舟破浪扬帆,及日暮时至堤前(大连名胜古迹)万忠墓	
	张禹滨
莫须吐露,一直有心要争先(大连名胜古迹)万忠墓	苏　颖
山谷间,曲径迂回;溪流畔,蝶舞引人(大连名胜古迹)仙浴湾	
	何明华
君主头上露青丝(大连名胜古迹,卷帘)发现王国	苏　颖
后怕中国缘崛起(大连名胜古迹)白玉山	张士斌
岁初上京见新皇(大连名胜古迹)白玉山	何明华
皇上、皇后同时上岸(大连名胜古迹)白玉山	苏　颖

碧岩取石有瑕疵（大连名胜古迹）白玉山　　　　　　　冯济峰
碧岩顶上栖孤鸟（大连名胜古迹）白玉山　　　　　　　乔北海
五点进谷，勾画山水（大连名胜古迹）冰峪沟　　　　　刘艳明
沙洲遗古风（大连名胜古迹）老虎滩　　　　　　　　　武　骝

　　沙洲，江苏县名，此处别解作河海淤积成的滩地。虎从凤。

铁矿前面取水难（大连名胜古迹）金石滩　　　　　　　裴　靖
镇江码头始，最后到淮安（大连名胜古迹）金石滩　　　武　骝
心中衔恨淮西去，江畔码头又相逢（大连名胜古迹）银石滩　郑庆元
有人参见贾阆仙（大连名胜古迹）棒棰岛　　　　　　　张禹滨
人进林麓惊山鸟（丹东名胜古迹）大鹿岛　　　　　　　冯济峰
欲语无言口难张，岭前尤见先人迹（丹东名胜古迹）五龙山　徐官礼
岭上梧桐树，引得瑞鸟来（丹东名胜古迹）凤凰山　　　谢树森
岭前又遇君，两番出言讯（丹东名胜古迹）凤凰山　　　苏　颖
游击队掉队七人，剩十人（丹东名胜古迹）天华山　　　苏　颖
河边勾引大乔，未见动也（丹东名胜古迹）天桥沟　　　苏　颖
崖顶上，勾起激情心飞扬（丹东名胜古迹）青山沟　　　郑庆元
绿化岭峤见深壑（丹东名胜古迹）青山沟　　　　　　　苏　颖
初猎樟树下，川中见一鸟（丹东名胜古迹）獐岛　　　　郑庆元
岸上行伍之人，来自娄底（本溪名胜古迹）五女山　　　苏　颖
二人遇垄上，同约去东湖（本溪名胜古迹）天龙洞　　　苏　颖
Q（本溪名胜古迹）本溪水洞　　　　　　　　　　　　苏　颖
岭上户户掩柴扉（本溪名胜古迹）关门山　　　　　　　苏　颖
寺院谢客（本溪名胜古迹，卷帘）关门山　　　　　　　杨承志
必定有庙在此岭（本溪名胜古迹）铁刹山　　　　　　　苏　颖
女娲见之炼彩石（本溪名胜古迹）望天洞　　　　　　　黄文波
企盼圣上明察秋毫（本溪名胜古迹）望天洞　　　　　　黄文波

就盼着有空可钻(本溪名胜古迹)望天洞	朱振国
众人协力保少林(辽阳名胜古迹)广佑寺	郑庆元
金乌虽远,照亮浮图(辽阳名胜古迹)辽阳白塔	苏　颖
远树现于峻岭前,雾中尤见眉月悬(辽阳名胜古迹)龙峰山	苏　颖
磊(抚顺名胜古迹)三块石	苏　颖
第一漂亮属黛玉(抚顺名胜古迹)元帅林	苏　颖
颦儿才貌世应稀(抚顺名胜古迹)元帅林	潘洁妹
屡试不爽(抚顺名胜古迹,粉底)永陵	苏　颖
江边初绿可入浴(抚顺名胜古迹)红河谷	蔡　芳
两岸桃花夹古津(抚顺名胜古迹)红河谷	安建国
忽逢桃花照溪源(抚顺名胜古迹)红河谷	魏澄江
离天三尺三(抚顺名胜古迹)高尔山	苏　颖
带着许多水产,你人走了,陕西一住二十载(抚顺名胜古迹)萨尔浒	苏　颖
药先送到产院前,许你先去江那边(抚顺名胜古迹)萨尔浒	周跃建
岩崩裂而猢狲出(抚顺名胜古迹)猴石山	苏　颖
欲求显达,沪人自称回古都(抚顺名胜古迹)赫图阿拉故城	苏　颖
全面治理臭水渠(阜新名胜古迹)大清沟	苏　颖
改村容,要主动,穷尽其心搞开垦(阜新名胜古迹)宝力根寺	周跃建
寻访刚峰旧居处(阜新名胜古迹)查海遗址	王寅丑
汕头与汕尾,尚能见梅花(阜新名胜古迹)海棠山	苏　颖
祥光当是灵刹出(阜新名胜古迹)瑞应寺	裴　靖
断岩西端凉水出(铁岭名胜古迹)冰砬山	乔北海
重庆儿郎(铁岭名胜古迹,上楼)城子山	苏　颖
从陇东,先扬帆,后翻岭前来(铁岭名胜古迹)蟠龙山	苏　颖

此番空袭后,上岸独先走(铁岭名胜古迹)蟠龙山		周跃建
赤潮袭岸(盘锦名胜古迹)红海滩		袁廷福
每念及伟人离去就泪眼朦胧(盘锦名胜古迹)苇海		莫友芝
每遇水草缠,四方来解围(盘锦名胜古迹)苇海		苏　颖
玉轮光映千顷泊(营口名胜古迹)月亮湖		裴　靖
层波万顷如熔金(营口名胜古迹)月亮湖		王寅丑
静影沉璧(营口名胜古迹)月亮湖		黄文波
山在虚无缥缈间(营口名胜古迹)仙人岛		佚　名
妇女节展览有奥妙(营口名胜古迹)玄贞观		苏　颖
十分确定,厂方二月复造林于西岭(营口名胜古迹)石棚山石棚		苏　颖
炲(营口名胜古迹)西炮台		苏　颖
下岗了,仍将余生献改革(营口名胜古迹)金牛山		苏　颖
昆仑探子(营口名胜古迹)望儿山		佚　名
雾霭缭绕浮屠上(朝阳名胜古迹)云接寺塔		乔北海
整日窥视(朝阳名胜古迹,调首)天成观		郭卫龙
巨源生来是帅哥(朝阳名胜古迹)天秀山		苏　颖
晋人山涛字巨源。		
神啦,曾经的川水,曾经的山脊都在这里(朝阳名胜古迹)牛河梁遗址		苏　颖
谢安口称留住地(朝阳名胜古迹)东山嘴遗址		裴　靖
驱车寻找新矿泉(朝阳名胜古迹)白石水库		乔北海
岩下泉分转庄前(朝阳名胜古迹)白石水库		莫友芝
右侍入川须先行(朝阳名胜古迹)佑顺寺		周跃建
侍从居右,随首领去川(朝阳名胜古迹)佑顺寺		苏　颖
溪畔,青岚动,雨飘零(朝阳名胜古迹)清风岭		乔北海

谜面	谜目	谜底	作者
晨曦中，于水之阳建浮图	(朝阳名胜古迹)	朝阳北塔	苏　颖
尚未及第时，家在镇里住	(葫芦岛名胜古迹)	中前所城	乔北海
又见开封冰初消	(葫芦岛名胜古迹)	圣水寺	乔北海
又到坡地前，寻泉到底层	(葫芦岛名胜古迹)	圣水寺	王寅丑
猪头献皇上，食后就上岸	(葫芦岛名胜古迹)	白狼山	苏　颖
龚先生来河边绕弯	(葫芦岛名胜古迹)	龙湾	苏　颖
都市既要繁荣，又要保持历史遗迹	(葫芦岛名胜古迹)	兴城古城	苏　颖
北美姑娘码头来	(葫芦岛名胜古迹)	姜女石	邢华旭
先好好装上泵盖	(葫芦岛名胜古迹)	姜女石	张士斌
姑娘盖头上碧空	(葫芦岛名胜古迹)	姜女石	裴　靖
不教胡马度阴山	(锦州名胜古迹)	广宁城	靳　喜
有钱多往庙里送	(锦州名胜古迹)	广济寺	李良柱
出师不利，驻守寺院	(锦州名胜古迹)	北镇庙	靳　喜
三人主动、大方、用心，特别牛	(锦州名胜古迹)	奉国寺	苏　颖
石头山上讲空话，小心一点要坠下	(锦州名胜古迹)	岩井寺	于景林
得癌之后家里乱	(锦州名胜古迹)	闾山	王　焕
研尽一寸墨，扫成千仞峰	(锦州名胜古迹)	笔架山	陈　政
尚佛广建庙，并立二浮图	(锦州名胜古迹)	崇兴寺双塔	苏　颖
一见诗仙不会诗	(鞍山名胜古迹)	千山	苏　颖
无一能成仙	(鞍山名胜古迹)	千山	邱中尧
此一去，便成仙	(鞍山名胜古迹)	千山	苏　颖
画中新月挂峰前	(鞍山名胜古迹)	千山	佚　名
凡夫俗子莫能察	(鞍山名胜古迹)	仙人洞	谢瑶中
神明	(鞍山名胜古迹)	仙人洞	郑裕国
中国弗计前仇，亮高节，心无怨	(鞍山名胜古迹)	玉佛苑	冯济峰

春到码头会知音(鞍山名胜古迹)石棚	佚　名
皓首一生贫困里,姑且宽心远舟行(鞍山名胜古迹)百菇园	郑庆元
岭前相约花前会(鞍山名胜古迹)药山	苏　颖

吉　林

周边开发先植松(省份)吉林	乔北海
枫树前头一叶横(省份)吉林	白超谦
福瑞祥和对春联(省份)吉林	熊　辉
蜻蜓翻飞小窗上,桃杏零落东南方(省份)吉林	吴新民
纵横一方,需将三十六计悟透(省份)吉林省	佚　名
一组正方形(省份简称)吉	马凤友
早改革为好(省份简称)吉	徐　铉
系上红头结(省份简称)吉	李剑虹
鸡声送祥上下喜(省份简称)吉	乔北海
终居天下宰(省份简称)吉	苏　颖
是何居心(省份简称)吉	夏永胜
清洁水(省份简称)吉	佚　名
三人昂首去帐前(吉林市名)长春	韩珍红
四时青不凋(吉林市名)长春	骆　岩
四季少了夏秋冬(吉林市名)长春	黄文波
张清在前,秦明断后(吉林市名)长春	佚　名

陈年老酒(吉林市名)长春	张思锋
东南西北悄无声(吉林市名)四平	张守娥
千峰万岭雪崔嵬(吉林市名)白山	苏　颖
崛起定中原(吉林市名)白山	余波尔
雪峰(吉林市名)白山	佚　名
反对黑市(吉林市名)白城	佚　名
长安一片月(吉林市名)白城	佚　名
大雪满皇都(吉林市名)白城市	佚　名
黄河远上白云间(吉林市名)辽源	陆占山
桔柿移植又嫁接(吉林市名)吉林市	佚　名
一点不紧张,还是老样子(吉林市名)松原	苏　颖
武二郎本色(吉林市名)松原	苏　颖
一切都不是静止的(吉林市名)通化	苏　颖
处处变新貌(吉林市名)通化	徐崇娃
全面改革(吉林市名)通化	袁廷福
残雪皆融(吉林市名)通化	张守娥
国境线更长了(吉林自治州名)延边	苏　颖
请到两侧来(吉林自治州名)延边	孙学飞
旭日东升始西行(吉林县名)九台	宁甲凤
天下太平(吉林县名)大安	秦玉斌
无灾无难到公卿(吉林县名)大安	苏　颖
牵牛来会织女星(吉林县名)大安	程建明
雄踞山寨(吉林县名)公主岭	佚　名
万里江山万里营(吉林县名)双辽	孙学飞
这边有了重头戏(吉林县名)双辽	乔北海
聂耳走了还去不(吉林县名)双辽	张士斌

谈话专家(吉林县名)长白	苏　颖
滔滔不绝(吉林县名)长白	佚　名
山连着山无穷尽(吉林县名)长岭	佚　名
列冈峦之体势(吉林县名)长岭	柯木雄
小二开车(吉林县名)东丰	王立忠
陪客倒比来客多(吉林县名)东丰	王有昆
陈述一半了(吉林县名)东辽	韩珍红
千秋万代瑞气长(吉林县名)永吉	严宗达
充耳不闻无话讲(吉林县名)龙井	佚　名
女性专用道(吉林县名)伊通	苏　颖
风调雨顺(吉林县名)农安	佚　名
保险期(吉林县名)安图	吴新民
淮南王画像(吉林县名)安图	姜玉新
维稳为什么(吉林县名,秋千)安图	郭福华
期待和平(吉林县名,秋千)安图	孙承东
好事多磨(吉林县名)延吉	陈世明
喜事接连不断(吉林县名)延吉	顾孟奎
帮我一把(吉林县名)扶余	佚　名
慰问景阳冈上打虎将(吉林县名)抚松	蔡建荣
一入江中见碧水(吉林县名)汪清	苏　颖
水皆缥碧,千丈见底,游鱼细石,直视无碍(吉林县名)汪清	鲁知苑
中华大团结(吉林县名)和龙	蔡建荣
有心回归,遂隐嵇山(吉林县名)和龙	武　骝
门人四季在国外(吉林县名)图们	苏　颖
园外仙山隐,冬来心幽闲(吉林县名)图们	郑庆元
宋公明驾到(吉林县名,秋千)临江	苏　颖

在城头把你找到（吉林县名）前郭尔罗斯	苏　颖
可在江边守株待兔（吉林县名）柳河	苏　颖
晁盖清酒献先生（吉林县名）洮南	武　骝
李先生陪田华到包头（吉林县名）桦甸	卫斌虎
东村造林又获利（吉林县名）梨树	韩珍红
上万大军破垣入（吉林县名）珲春	武　骝
喻先生已走，还不去将桶挪开（吉林县名）通榆	苏　颖
天平（吉林县名）乾安	蔡建荣
杞国无事忧天倾（吉林县名）乾安	武　骝
促改革（吉林县名）敦化	佚　名
督促商业行改革（吉林县名）敦化市	龚　酉
丛秀几钗股，顶分双髻丫（吉林县名）舒兰	孙学飞

面出曹寅《冬兰》诗，描述兰花伸展开放。

西郊虫鸣鸟飞，池畔横杆垂钓（吉林县名）蛟河	王寅丑
北极日光何处现（吉林县名）辉南	苏　颖
阳光照耀下（吉林县名）辉南	郑庆元
霞光万道照山阳（吉林县名）辉南	王寅丑
分开有危险（吉林县名）集安	佚　名
市场里面静悄悄（吉林县名）集安	王　刚
单独行动不保险（吉林县名）集安	佚　名
林间结对同心愉（吉林县名）榆树	佚　名
金猴奋起千钧棒（吉林县名）靖宇	刘千臣
好人有好报（吉林县名）德惠	姜玉新
先搬去俩砖头（吉林县名）磐石	韩珍红
先钱后货，是来真的（吉林县名）镇赉	乔北海
真有钱赚要先来（吉林县名）镇赉	张士斌

真的投下资金来(吉林县名)镇赉 　　　　　　　　　　武　骝
一赋纸贵,美传洛阳(世界文化遗产)高句丽王城 　　　飞云虎
达夫诗美动皇都(世界文化遗产)高句丽王城 　　　　　乔北海
　　高适字达夫。
帝里皇都人共道,好个前时春色(世界文化遗产)高句丽王城
　　　　　　　　　　　　　　　　　　　　　　　　武　骝
　　面出宋·沈瀛《念奴娇》。
至今青冢在,绝胜赋秋风(世界文化遗产)高句丽王陵　武　骝
　　面出清·彦德《为昭君题诗碑》。
阻止白衣秀士离水泊(长春名胜古迹)卡伦湖　　　　　郭炳茂
大内之中无诚信(长春名胜古迹)伪满皇宫　　　　　　叶春荣
谎言传遍紫禁城(长春名胜古迹)伪满皇宫　　　　　　郑裕国
谣传充斥禁城,妃嫔赌押成风(长春名胜古迹)伪满皇宫博物院
　　　　　　　　　　　　　　　　　　　　　　　　武　骝
玉盘皎洁照深池(长春名胜古迹)净月潭　　　　　　　苏　颖
凝静清心处,迷蒙一西湖(长春名胜古迹)净月潭　　　武　骝
庄前旧貌改,松柏岩上生(长春名胜古迹)庙香山　　　王寅丑
诗文荣归,牵动杭州(四平名胜古迹)叶赫那拉城　　　孙学飞
　　谜面指奥运冠军叶诗文。
只因节俭,鼓肚成扁(四平名胜古迹)偏脸城　　　　　林　强
胡适漂泊到西岭(白山名胜古迹)白山湖　　　　　　　王万森
雪盖群岭,月照水泊(白山名胜古迹)白山湖　　　　　苏　颖
魂魄尽登此浮屠(白山名胜古迹)灵光塔　　　　　　　魏希洪
水道无水坟丘安(白山名胜古迹)干沟子墓群　　　　　魏希洪
你先去,咱后去,参展接洽纳卓见(白城名胜古迹)哈尔淖　周跃建
喜极范进坠泥塘(白城名胜古迹)哈尔淖　　　　　　　武　骝

经考察,旱区面积极大(白城名胜古迹)查干浩特	苏　颖
不要不出战(白城名胜古迹)莫莫格	苏　颖
太阳落山,且将那免战牌高挂(白城名胜古迹)莫莫格	裴　靖
明确岁首有活动(吉林市名胜古迹)白山湖	黄跃佳
早在河边等候,待来客上岸,用手拢住(吉林市名胜古迹)龙潭山	苏　颖
庄斋之前桔柚新(吉林市名胜古迹)吉林文庙	乔北海
聚齐庭前分桔柚(吉林市名胜古迹)吉林文庙	郑庆元
上岗先要有口才(吉林市名胜古迹)西团山	乔北海
落日衔千嶂(吉林市名胜古迹)西团山	武　骝
客临球形丘陵地(吉林市名胜古迹)西团山墓群	魏希洪
用心移山改土,必定先能办成(吉林市名胜古迹)苏密城	林　强
提前去汕头,六一到汕尾(吉林市名胜古迹)拉法山	张士斌
几朵梅绽西子旁(吉林市名胜古迹)松花湖	魏希洪
行者迎春到洞庭(吉林市名胜古迹)松花湖	石爱民
武二郎、小李广归水泊(吉林市名胜古迹)松花湖	苏　颖
如来上楼偌好觉(吉林市名胜古迹)保安睡佛	石爱民
观音灵验梦复香(吉林市名胜古迹)保安睡佛	魏希洪
西岭千秋雪(延边名胜古迹)长白山	许斯爱
离了水泊,张清前去破丘岳(延边名胜古迹)长白山	鲁知苑
越岭四时雪(延边名胜古迹)长白山	苏　颖
山西派人陪影后去宝岛(延边名胜古迹)仙景台	张禹滨
京口山起伏,日出上云空(延边名胜古迹)仙景台	武　骝
岭上开遍映山红(延边名胜古迹)华盖峰	魏希洪
珠峰终年积雪(延边名胜古迹)老白山	袁廷福
耄耋之年话昆仑(延边名胜古迹)老白山	苏　颖

三月没法去椰城,正在北美(延边名胜古迹)海兰湖		苏　颖
海口别名椰城。		
子卿北海讯,哀鸿报上林(延边名胜古迹)雁鸣湖		武　骝
卷帘吟诗天已暮(延边名胜古迹)黑风口		石爱民
放出狠话要吃他(延边名胜古迹,卷帘)黑风口		魏希洪
十载宠辱终化土(松原名胜古迹)龙华寺		乔北海
水泊无水寻缘由(松原名胜古迹)查干湖		苏　颖
本日落潮景不同(松原名胜古迹)查干湖		关怡娟
话说山顶那天池(通化名胜古迹)云峰湖		苏　颖
暮色笼霭出岫来(通化名胜古迹)云霞洞		魏希洪
闺中一人,用力乱击(通化名胜古迹)五奎山		苏　颖
观前岩上清泉水,雾中远树鸟归来(通化名胜古迹)白鸡峰		乔北海
落户重庆心坦然(通化名胜古迹)自安山城		苏　颖
招的全是重庆人(通化名胜古迹)罗通山城		苏　颖
天安门太阳升(通化名胜古迹)辉发城址		郭炳茂
日照市(通化名胜古迹)辉发城址		苏　颖

黑龙江

乌云化作及时雨(省份)黑龙江		曾庆滨
黄昏君逢及时雨(省份)黑龙江		石爱民
墨香淡起书尤工(省份)黑龙江		洪育敏

今别贵州天色晚(省份简称)黑　　　　　　　　　　　时秀珠
黯然声绝好对白(省份简称)黑　　　　　　　　　　　聂玉文
来宾更改名称后,内部关系变融洽(黑龙江市名)哈尔滨　周跃建
笑迎客从水边来(黑龙江市名)哈尔滨　　　　　　　　严宗达
治理安可一刀切(黑龙江市名)七台河　　　　　　　　钱舜华
虚心犹可图治(黑龙江市名)七台河　　　　　　　　　束洪波
天下为重,广为团结(黑龙江市名)大庆　　　　　　　束洪波
离天庭后降人间(黑龙江市名)大庆　　　　　　　　　林凯胜
又迎圣上到,二度岛中游(黑龙江市名)双鸭山　　　　王立忠
千夫所指一君担(黑龙江市名)伊春　　　　　　　　　王得道
仁君一现天下安(黑龙江市名)伊春　　　　　　　　　黄松榆
引无数英雄竞折腰(黑龙江市名)齐齐哈尔　　　　　　缪一松
则群聚而笑之(黑龙江市名)齐齐哈尔　　　　　　　　李培镇
洛阳名花开两岸(黑龙江市名)牡丹江　　　　　　　　佚　名
又见归鸟择木栖(黑龙江市名)鸡西　　　　　　　　　林凯胜
兀白相思叹别离(黑龙江市名)鸡西　　　　　　　　　王立忠
良禽栖于此(黑龙江市名)佳木斯　　　　　　　　　　佚　名
封住其头,棋断其后(黑龙江市名)佳木斯　　　　　　束洪波
初缘花下,爱上此女(黑龙江市名)绥化　　　　　　　束洪波
爱上她之前,始终惹草拈花(黑龙江市名)绥化　　　　王立忠
江天一色夜空浮(黑龙江市名)黑河　　　　　　　　　束洪波
开头陈辞承先启,结尾收笔效古书(黑龙江市名)肇东　束洪波
下淮西,别南冢,北岸飞江鸿,几度风流月光中(黑龙江市名)鹤岗
　　　　　　　　　　　　　　　　　　　　　　　　赵建华
和靖之子隐孤山(黑龙江市名)鹤岗　　　　　　　　　佚　名
终日看山不厌山(黑龙江地区名)大兴安岭　　　　　　张哲源

吕布从右杀出，吾军当断后（黑龙江县名）五常　　　　林凯胜
奴有诗半卷，且为宝玉焚（黑龙江县名）友谊　　　　　许　昌
历半生艰难，留半生坦诚（黑龙江县名）双城　　　　　卢育明
圣叹开口言至诚（黑龙江县名）双城　　　　　　　　　林凯胜
颜色始终要调整（黑龙江县名）巴彦　　　　　　　　　李创龙
点到为止，以备万一（黑龙江县名）方正　　　　　　　马凤友
简直不像样（黑龙江县名）木兰　　　　　　　　　　　张礼鹤
金陵春梦梦难寻（黑龙江县名）东宁　　　　　　　　　佚　名
游园遇见二丫头（黑龙江县名）兰西　　　　　　　　　王立忠
标注卷帘化腐朽（黑龙江县名）加格达奇　　　　　　　束洪波
花季乖女人待字（黑龙江县名）北安　　　　　　　　　林凯胜
晚来灯前好寂寞（黑龙江县名）宁安　　　　　　　　　林凯胜
某献一术人鲜用（黑龙江县名）甘南　　　　　　　　　林凯胜
垄上鸿鸟飞（黑龙江县名）龙江　　　　　　　　　　　朱锦华
派头不顶用，工作见高低（黑龙江县名）同江　　　　　林凯胜
当上天子入宫中（黑龙江县名）孙吴　　　　　　　　　鲁知苑
女大之后离开家（黑龙江县名）安达　　　　　　　　　林凯胜
无灾无难到公卿（黑龙江县名）安达　　　　　　　　　黄文波
祝贺太平年（黑龙江县名）庆安　　　　　　　　　　　佚　名
为啥饭后百步走（黑龙江县名）延寿　　　　　　　　　徐　行
本是华清洗濯处（黑龙江县名）汤原　　　　　　　　　束洪波
一见旋涡，水中调头（黑龙江县名）讷河　　　　　　　方　梅
经济领先，周边认可（黑龙江县名）讷河　　　　　　　林凯胜
四岁出名古有之（黑龙江县名）克山　　　　　　　　　林凯胜
开车送兄到南京（黑龙江县名）克东　　　　　　　　　林凯胜
千里来慰问（黑龙江县名）抚远　　　　　　　　　　　佚　名

诗圣父兄堪称奇(黑龙江县名)杜尔伯特	孙学飞
襄阳青山郭(黑龙江县名)阿城	束洪波
候鸟又回初解冻(黑龙江县名)鸡东	林凯胜
穿起衣来,好似首长(黑龙江县名)依安	林凯胜
三两花瓣河中落,一钩残月伴星星(黑龙江县名)呼兰	王立忠
人称王妈,实乃少妇(黑龙江县名)呼玛	田洪亮
合起漱玉集,案前伤心情(黑龙江县名)宝清	林凯胜
从小潜心参周易(黑龙江县名)尚志	陈见生
太公垂钓用意远(黑龙江县名)尚志	蔡建荣
唯见江心秋月白(黑龙江县名)明水	朱建铭
夜来梦到南台上(黑龙江县名)林口	何若雪
包头春意浓,枝头新叶生(黑龙江县名)林甸	韩珍红
风摆杨柳(黑龙江县名)虎林	马凤友
山岗之下清水流(黑龙江县名)青冈	束洪波
王子安稳不用急,只要小心个别人(黑龙江县名)勃利	任焕长
耿恭祷井(黑龙江县名)拜泉	武 骝
火烧连营败蜀军(黑龙江县名)逊克	罗旭东
靠水吃水,致富一方(黑龙江县名)饶河	束洪波
云南布兵宜调整(黑龙江县名)宾县	任焕长
古稀树雄心,真心改旧貌(黑龙江县名)桦川	任广志
春花似火(黑龙江县名)桦南	佚 名
活水大米一块二(黑龙江县名)泰来	王立忠
后悔沦落成下人(黑龙江县名)海伦	林 强
每见黛玉带残泪(黑龙江县名)海林	蔡建荣
松梅装点西湖春(黑龙江县名)海林	李运孝
爱缘如初二十载,亭下方别泪眼流(黑龙江县名)绥芬河	李文林

采得红菱要半分(黑龙江县名)绥棱	束洪波
女兵赴前线，七点来到新月桥(黑龙江县名)绥滨	苏　颖
牛郎织女会鹊桥(黑龙江县名)通河	佚　名
失去钱后劲头无(黑龙江县名)铁力	于万冬
一峰未尽一峰生(黑龙江县名)密山	陈锦麟
必须出动先突围(黑龙江县名)密山	林凯胜
看透天下是是非非(黑龙江县名)望奎	朱长德
罪名背上苦头多(黑龙江县名)萝北	林凯胜
大雁北飞何人见(黑龙江县名)塔河	佚　名
有点发福容貌改(黑龙江县名)富裕	庄祥茂
万紫千红次第发(黑龙江县名)富锦	佚　名
人才招聘会(黑龙江县名)集贤	蔡建荣
何人掩泪泣墓前(黑龙江县名)漠河	赵建华
边陲相思三分苦，力求早胜听佳音(黑龙江县名)嘉荫	邓当文
潮头半空来，回转如衔枚(黑龙江县名)嫩江	曹先华
源头流水任纵横(黑龙江县名)肇州	孙学飞
问渠哪得清如许(黑龙江县名)肇源	束洪波
东陵松柏杉树少(黑龙江县名)穆棱	于万冬
海南一日游(哈尔滨名胜古迹)太阳岛	李创龙
碣石山人特爷们(哈尔滨名胜古迹)太阳岛	武　骝

　　唐苦吟诗人贾岛，自号碣石山人。

书斋庭前携竹笛(哈尔滨名胜古迹)文庙	郑元庆
晴雯半应有由来(哈尔滨名胜古迹)文庙	魏希洪
清朗雅居阴半遮(哈尔滨名胜古迹)月牙湖	束洪波
君要建立第一校(哈尔滨名胜古迹)圣索非亚教堂	魏希洪
怦然心动出言搭讪(哈尔滨名胜古迹)平山	关宜娟

谜面	作者
隔垄合田育新苗(哈尔滨名胜古迹)龙塔	束洪波
修第二水渠碑记(哈尔滨名胜古迹)亚沟石刻	魏希洪
相聚南京古应天(哈尔滨名胜古迹)会宁府	魏希洪
盘根危崖迎客枝(哈尔滨名胜古迹)松峰山	束洪波
几度太多虑,酒后易失态(哈尔滨名胜古迹)虎园	束洪波
房前低峦秋意中(哈尔滨名胜古迹)香炉山	方　梅
岭前花谢碾作尘(哈尔滨名胜古迹)香磨山	吴　刚
高亭新筑冠鳌峰(哈尔滨名胜古迹)帽儿山	束洪波
不紧不慢还十八(哈尔滨名胜古迹)磨盘山	吴宾朋
百步九折萦岩峦(哈尔滨名胜古迹)磨盘山	束洪波
六盘峰上百万春(七台河名胜古迹)桃山	朱长德
世人不识白毛女(七台河名胜古迹,卷帘)仙洞山	孙学飞
先夺中原进武当(大兴安岭名胜古迹)大白山	吴　刚
卧看千峰秋月明(大兴安岭名胜古迹)大白山	吴朋宾
从此分别异,山水可有同(大兴安岭名胜古迹)仙人洞	张禹滨
同随从入汕(大兴安岭名胜古迹)仙人洞	谢树森
对燕上下飞,空叹及林间(大兴安岭名胜古迹)北极村	束洪波
旧都同归钓鱼来(大兴安岭名胜古迹)古城岛	魏希洪
场边鸟飞后,山居初落成(大兴安岭名胜古迹)古城岛	郑元庆
银行家们要沟通(大兴安岭名胜古迹)金界壕	魏希洪
分得之田,各自可先浇灌(大兴安岭名胜古迹)洛古河	张禹滨
燕子声声渠上来(大兴安岭名胜古迹)胭脂沟	魏希洪
市内三五处(大庆名胜古迹)八里城	魏希洪
皇上血染疆场,皇后泪洒尘寰(大庆名胜古迹)龙凤湿地	束洪波
宝岛起风云(大庆名胜古迹)龙虎台	魏希洪

堂前再显池中月，城头又现大横山（大庆名胜古迹）当奈湿地
　　　　　　　　　　　　　　　　　　　　　　　　吴朋宾

南岳寺边一树斜（大庆名胜古迹）寿山　　　　　　魏希洪
三排巡逻绕镜泊（大庆名胜古迹）连环湖　　　　　魏希洪
方丈修行阳寿增（大庆名胜古迹）衍福寺　　　　　魏希洪
丹顶一声传镜泊（大庆名胜古迹）鹤鸣湖　　　　　魏希洪
迢迢银汉参北斗（双鸭山名胜古迹）七星河　　　　束洪波
流不断的绿水悠悠（伊春名胜古迹）永翠河　　　　魏希洪
君之气概似昆仑（伊春名胜古迹）龙骨山　　　　　魏希洪
举头桉树下，答应离边城（伊春名胜古迹）兴安塔　郑元庆
香客不绝造浮屠（伊春名胜古迹）兴安塔　　　　　魏希洪
九畹幽壑杂草生（伊春名胜古迹）茅兰沟　　　　　束洪波
远树雾中峦叠嶂，崖上之石亦不清（伊春名胜古迹）峰岩山　谢树森
避秦佳处比西子（伊春名胜古迹）桃源湖　　　　　魏希洪
峰脊尽显天子脉（伊春名胜古迹）透龙山　　　　　束洪波
聚拢就在离乱前（齐齐哈尔名胜古迹）扎龙　　　　孙学飞
刺秦王流血五步（齐齐哈尔名胜古迹）扎龙湿地　　周　波
小河淌水韵扬扬（齐齐哈尔名胜古迹）昂昂溪　　　魏希洪
岸上最高处，大鹏飞天游（齐齐哈尔名胜古迹）明月岛　王寅丑
游击奔走四千里（齐齐哈尔名胜古迹）重山园　　　王立忠
大雁夜半落长安（齐齐哈尔名胜古迹）塔子城　　　魏希洪
松龄同道回淄川（齐齐哈尔名胜古迹）蒲与路故城　魏希洪
地宫一两座（牡丹江名胜古迹）三陵坟　　　　　　魏希洪
一再话云长（牡丹江名胜古迹）三道关　　　　　　周景福
真心话友谊（牡丹江名胜古迹）三道关　　　　　　吴　刚
一生人流浪，后悔误青春（牡丹江名胜古迹）大海林　吴　刚

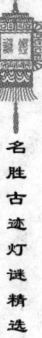

会当凌绝顶(牡丹江名胜古迹)小四方山　　　　　　　　　魏希洪
岭前二三行(牡丹江名胜古迹)五排山　　　　　　　　　　魏希洪
主人图平安,硬是给红包(牡丹江名胜古迹)东宁要塞　　　关宜娟
西进南京,将会堵车(牡丹江名胜古迹)东宁要塞　　　　　吴朋宾
长安千年大小雁(牡丹江名胜古迹)宁古塔　　　　　　　　魏希洪
衣钵相传香火盛(牡丹江名胜古迹)兴隆寺　　　　　　　　魏希洪
游虾池塘畔,五柳先生来(牡丹江名胜古迹)地下森林　　　束洪波
谜王赫然现重庆(牡丹江名胜古迹)威虎山城　　　　　　　魏希洪
世人看不穿(牡丹江名胜古迹)神仙洞　　　　　　　　　　周　波
漫话英雄跳狼牙(牡丹江名胜古迹)道士山　　　　　　　　魏希洪
一桥飞架南北(牡丹江名胜古迹)横道河子　　　　　　　　束洪波
西子羁舟可鉴天(牡丹江名胜古迹)镜泊湖　　　　　　　　武　騮
竟将白头钓渭水(牡丹江名胜古迹)镜泊湖　　　　　　　　姜建平
夜泊枫桥岸,渔火对愁眠(鸡西名胜古迹)乌苏里江　　　　束洪波
村头汀中,四载方成聚邑(鸡西名胜古迹)巴楞河　　　　　周　波
喜迎胜师归洞庭(鸡西名胜古迹)兴凯湖　　　　　　　　　蔡建荣
显摆也遭吐水,心存顾虑几回(鸡西名胜古迹)虎口湿地　　张禹滨
包公开铡斩贪官(鸡西名胜古迹)虎头要塞　　　　　　　　束洪波
浪花里飞出欢乐的歌(鸡西名胜古迹)哈达河　　　　　　　束洪波
我爱我的台湾(鸡西名胜古迹)珍宝岛　　　　　　　　　　汪德亨
芙蓉生在秋江上(鸡西名胜古迹)莲花泡　　　　　　　　　孙学飞
青荷盖绿水(鸡西名胜古迹)莲花泡　　　　　　　　　　　谢树森
层峦叠嶂隐港湾(鸡西名胜古迹)密山口岸　　　　　　　　张禹滨
春日雁阵接连飞,迎着雨丝半空鸣(佳木斯名胜古迹)三江口

　　　　　　　　　　　　　　　　　　　　　　　　　　王寅丑
夜半城外寒山寺(佳木斯名胜古迹)乌苏镇　　　　　　　　束洪波

娘家瞬间日全食(佳木斯名胜古迹)瓦里霍吞　　　　　魏希洪
慰问边疆挂嘴边(佳木斯名胜古迹)抚远口岸　　　　　于万冬
长安渡河处(佳木斯名胜古迹)街津口　　　　　　　　魏希洪
二三家"足球之城"浴室(黑河名胜古迹)五大连池　　　缪一松
人退伍摘军帽辗转到达,每临此必观海也(黑河名胜古迹)五大连
池　　　　　　　　　　　　　　　　　　　　　　　武　骝
兄长二三人,接踵访玉潭(黑河名胜古迹)五大连池　　蔡建荣
晋文公误焚介子推(黑河名胜古迹)火烧山　　　　　　束洪波
大气随波入台湾(黑河名胜古迹)风流岛　　　　　　　吴　刚
谢公泛楫洞庭舟(黑河名胜古迹)东山湖　　　　　　　束洪波
残花镜影水泊岸(黑河名胜古迹)北泉　　　　　　　　束洪波
三点左右可到东站(黑河名胜古迹)沾河　　　　　　　张士斌
哪有不湿鞋(黑河名胜古迹)沾河　　　　　　　　　　周　波
石出温汤有疗效(黑河名胜古迹,卷帘)药泉山　　　　束洪波
此时归心切,金秋吐清香(黑河名胜古迹)钟灵寺　　　束洪波
战壕无战事(鹤岗名胜古迹)太平沟　　　　　　　　　束洪波
重到西峡口,夕看鸟横飞(鹤岗名胜古迹)名山岛　　　王寅丑

江　苏

大河解冻(省份)江苏　　　　　　　　　　　　　　　多　人
工作有办法,节前要下去(省份)江苏　　　　　　　　郑庆元

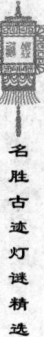

谜面	作者
五点收获后,功劳对半分(省份)江苏	万宽嶘
宋公明一觉醒来(省份)江苏	张士斌
前头建功水草丰(省份)江苏	石爱民
南北劳工出洋后,首获成功耀五星(省份)江苏	邢华旭
调水工作节前办(省份)江苏	乔北海
宋公明醒来明白了(省份)江苏省	张士斌
东坡居士醒来了(省份简称)苏	张士斌
请放宽心能办到(省份简称)苏	张士斌
奉献就当争先(江苏市名)南京	张士斌
献身西部,前景光明(江苏市名)南京	罗文锋
金银铜铁(江苏市名)无锡	佚　名
左右捧场,先当酬谢(江苏市名)扬州	罗文锋
画鹤画竹露一手(江苏市名)扬州	邱茂文
办事得高薪,酒后另酬谢(江苏市名)苏州	罗文锋
觉醒了的土地(江苏市名)苏州	佚　名
运活水车入巷来(江苏市名)连云港	王小勇
空中码头(江苏市名)连云港	佚　名
滔滔不绝话香江(江苏市名)连云港	张德伟
下行路线无障碍(江苏市名)南通	乔北海
东西北运受阻(江苏市名)南通	张士斌
三点有余,先行入川(江苏市名)徐州	李景东
平安之地(江苏市名)泰州	佚　名
自贡市(江苏市名)盐城	佚　名
盛会变卦了(江苏市名)盐城	张士斌
星移斗转(江苏市名)宿迁	佚　名
堂前孤帆川水平(江苏市名)常州	乔北海

断案要点在于准（江苏市名）淮安	佚　名
三千强弩射潮低（江苏市名）镇江	易　中
钳工甘愿去滇中（江苏市名）镇江	张士斌
声声振将士（江苏市名）镇江市	贺产海
三个一组（江苏县名）大丰	张士斌
待人十分真心（江苏县名）大丰	顾贤东
且待十载云游回（江苏县名）丰县	张士斌
红日（江苏县名）丹阳	多　人
让人一点不抢先（江苏县名）太仓	蔡　芳
苍南来人一点到（江苏县名）太仓	李景东
先礼后兵（江苏县名）仪征	周问萍
貌似唐相魏玄成（江苏县名）仪征	张士斌

　　唐代魏征字玄成。

画脸谱（江苏县名）句容	陈以鸿
话到嘴边又咽下（江苏县名）句容	张士斌
这伙人去了六七处（江苏县名）兴化	张士斌
欣然搞改革（江苏县名）兴化	葛志全
喜其有所改变（江苏县名）兴化	张士斌
为国争光（江苏县名）扬中	多　人
后半场扣十分（江苏县名）扬中	张士斌
月工资涨降参半（江苏县名）江阴	张士斌
法院先工作一月（江苏县名）江阴	张士斌
洛阳西望月空低（江苏县名）江阴	乔北海
开导主人（江苏县名）启东	张士斌
开放沿海城市（江苏县名）启东	易　中
灭益建夏始做主（江苏县名）启东	张士斌

禹之子启灭益建夏。

天上鸣鸿东飞去(江苏县名)吴江	潘洁妹
郑先生邂逅童先生(江苏县名)吴江	武 骝

《百家姓》中郑姓前为吴姓,童姓前为江姓。

智多星及时雨姓甚名谁(江苏县名)吴江	多 人
遥望故乡是香江(江苏县名)张家港	佚 名
适当发展(江苏县名)宜兴	谢志红
一诺千金(江苏县名)宝应	金小曼
七贤称兄道巨源(江苏县名)昆山	张士斌
比及岁首游晋南(江苏县名)昆山	张士斌
汨罗四会陈先生(江苏县名)泗阳	张士斌
双眼望穿向宝岛(江苏县名)盱眙	邱中尧
全下基层抓重点(江苏县名)金坛	乔北海
大海扬波作和声(江苏县名)响水	张士斌
涛声(江苏县名)响水	佚 名
后羿开弓(江苏县名)射阳	佚 名
安定带来繁荣(江苏县名)泰兴	佚 名
军港的夜啊静悄悄(江苏县名)海安	佚 名
航空信(江苏县名)高邮	佚 名
两回之后不陌生(江苏县名)常熟	张士斌
连年五谷丰(江苏县名)常熟	邵宏高
拳不离手,曲不离口(江苏县名)常熟	佚 名
久而久之生意通(江苏县名)常熟市	苏 颖
灞陵桥头日西移(江苏县名)溧阳	林凯胜
苏北淮安,始终号召奉献在前(江苏县名)灌南	武 骝

脱穷帽挖苦根改革终有酬,为四化重抱负榜样在前头(世界文化

遗产)苏州园林 　　　　　　　　　　　　　　　武　骝
遗孤悔忤逆,墓祭才知丰(世界文化遗产)明孝陵　　　武　骝
一同治乱已二载(南京名胜古迹)三台洞　　　　　　卢育明
闵(南京名胜古迹)中山门　　　　　　　　　　　　佚　名
一峰高耸上参天,地势钟灵出状元(南京名胜古迹)中山陵　武　骝

　　面为宋·欧阳麟《状元峰》句。

生死无二志,丈夫何壮哉(南京名胜古迹)太阳宫　　张宏福
三分春归了,初度入川中(南京名胜古迹)夫子庙　　武　骝
广义一词有由来(南京名胜古迹)文庙　　　　　　　袁廷福
乱叶落在斋庄前(南京名胜古迹)文庙　　　　　　　张宏福
先后对峙终叛逃(南京名胜古迹)半山寺　　　　　　乔北海
诗仙伴后生(南京名胜古迹,卷帘)半山寺　　　　　张士斌
西岭溪畔观鹤舞(南京名胜古迹)汤山　　　　　　　乔北海
鸳鸯终叹别,个个等不来(南京名胜古迹)鸡鸣寺　　李国元
石刻所记者,衡山居士也(南京名胜古迹,卷帘)明征君碑　张士斌

　　文征明号衡山居士。

知是旧交陈公台(南京名胜古迹)明故宫　　　　　　张士斌
此乃庞山民之母也(南京名胜古迹)明德堂　　　　　张宏福
天下群芳聚宝岛(南京名胜古迹)雨花台　　　　　　佚　名
残雪融化现苔痕(南京名胜古迹)雨花台　　　　　　魏　强
子期辨峨峨(南京名胜古迹)钟山　　　　　　　　　武　骝

　　《列子·汤问》:"伯牙鼓琴,志在高山,钟子期曰:'善哉,峨峨兮若泰山!'"

逸仙上镜头(南京名胜古迹)钟山　　　　　　　　　武　骝
镜头中有崔先生(南京名胜古迹)钟山　　　　　　　张士斌
缓步来到陵前(南京名胜古迹)徐达墓　　　　　　　苏　颖

谜面	作者
彩云绕岫（南京名胜古迹）栖霞山	佚　名
可人活泼当初记，三载相逢稚已脱（南京名胜古迹）秦淮河	武　骝
渭流涨腻（南京名胜古迹）胭脂河	蔡建荣
心随秋月到古漠（南京名胜古迹）莫愁湖	吕　祥
欢乐人家（南京名胜古迹）陶庐	苏　颖
登上太行暑气消（南京名胜古迹）清凉山	乔北海
豫东岁首会（南京名胜古迹）象山	张士斌
直上重霄九（南京名胜古迹）朝天宫	刘千臣
心喜前有数枝发（南京名胜古迹）鼓楼	张宏福
莫罗尼市（无锡名胜古迹）三国城	佚　名
五指伏猴，法力如来（无锡名胜古迹）灵山大佛	武　骝
狡兔如何藏身（无锡名胜古迹）宜兴三洞	萧绍何
后悔玩到变困了（无锡名胜古迹）梅园	张士斌
至南宋，每有元侵其国境（无锡名胜古迹）梅园	乔北海
每靠元配得解困（无锡名胜古迹）梅园	张士斌
花圃一枝春（无锡名胜古迹）梅园	佚　名
击溃南蛮先除患（无锡名胜古迹）惠山	乔北海
抽穗之后露出头（无锡名胜古迹）惠山	张士斌
穗东崛起（无锡名胜古迹）惠山	张士斌
东来紫气漫山头（无锡名胜古迹）瑞云峰	佚　名
峨眉金顶现紫霭（无锡名胜古迹）瑞云峰	乔北海
蜡烛无心断前缘，抛下点点珠泪儿（无锡名胜古迹）蠡园	王　磊
全减三元图内销（扬州名胜古迹）个园	张士斌
国外游人玩川东（扬州名胜古迹）个园	张士斌
幼时不知是庙宇（扬州名胜古迹）大明寺	叶子绿
时装一穿人露肚（扬州名胜古迹）大明寺	汪寿林

孙中山巡行宝岛（扬州名胜古迹）文游台　　　　　　　　张士斌
不偏不倚待岳母（扬州名胜古迹）平山堂　　　　　　　　佚　名
解元从困变阔绰（扬州名胜古迹）纵棹园　　　　　　　　张士斌
客居团泊洼，减肥成效大（扬州名胜古迹）瘦西湖　　　　武　骝

  团泊洼，因清乾隆皇帝曾来此巡游也称作"乾隆湖"。天津市十大旅游景区之一。

胡叟洒脱病去后（扬州名胜古迹）瘦西湖　　　　　　　　张士斌
藏书楼中藏书（苏州名胜古迹）文昌阁　　　　　　　　　多　人
启蒙教育始于母亲（苏州名胜古迹）文起堂　　　　　　　王汉生
十载莆田成后忆（苏州名胜古迹）艺圃　　　　　　　　　陈孝逵
也傍桑阴学种瓜（苏州名胜古迹）艺圃　　　　　　　　　刘精耕
节前乙方到浦东（苏州名胜古迹）艺圃　　　　　　　　　潘明辉
二儿回转南宁来（苏州名胜古迹）可园　　　　　　　　　潘洁妹
奥运会好看（苏州名胜古迹）玄妙观　　　　　　　　　　蔡秋湖
慧眼识得天机趣（苏州名胜古迹）玄妙观　　　　　　　　武　骝
魔术表演真好看（苏州名胜古迹）玄妙观　　　　　　　　佚　名
淮海居士好深奥（苏州名胜古迹，卷帘）玄妙观　　　　　张士斌

  宋文学家秦观字少游，号淮海居士。

下午五点后上坟（苏州名胜古迹）申时行墓　　　　　　　多　人
日落徒步到坟前（苏州名胜古迹）申时行墓　　　　　　　罗育辉
停船暂借问（苏州名胜古迹）同里　　　　　　　　　　　刘二安
内容一致（苏州名胜古迹）同里　　　　　　　　　　　　王正亮
眼前撩乱辈（苏州名胜古迹）同里　　　　　　　　　　　武　骝

  元稹《景申秋八首》："眼前撩乱辈，无不是同乡。"

张罗先生来花圃（苏州名胜古迹）网师园　　　　　　　　蔡建荣
哪里才是巨源家（苏州名胜古迹）何山公园　　　　　　　多　人

寒梅独绽闺房前(苏州名胜古迹)冷香阁	曹洪田
一见大乔先相问(苏州名胜古迹)吴门桥	章春民
更问西楼边,二乔人安在(苏州名胜古迹)吴门桥	潘洁妹
戈壁安居掘水渠(苏州名胜古迹)沙家浜	荣耀祥
老来无疾终入坟(苏州名胜古迹)陈去病墓	李耀才
四围皆村落,回首梦蝶人(苏州名胜古迹)周庄	薛道达
牌局轮换做主持(苏州名胜古迹)周庄	武骝
谁把青红绒两条,半红半紫挂天腰(苏州名胜古迹)垂虹桥	武骝
不巧苑前遇存周(苏州名胜古迹)拙政园	武骝

贾宝玉之父贾政,字存周。

林中风起处,一介白头者(苏州名胜古迹)枫桥	杜心宁
四周美景岳家村(苏州名胜古迹)环秀山庄	张宏福
群峰瑰丽绕村落(苏州名胜古迹)环秀山庄	郑天伦
碧岫丽姿绕田舍(苏州名胜古迹)环秀山庄	詹尧山
英模壮举誉乡里(苏州名胜古迹)范义庄	詹尧山
为孔子名做谜(苏州名胜古迹)虎丘	张士斌
阳货见孔子(苏州名胜古迹)虎丘	武骝

面出《论语》。阳虎,春秋鲁国人,字货。

景阳冈(苏州名胜古迹)虎丘	多人
停针离汉鹊飞散(苏州名胜古迹)金鸡湖	武骝
河东柳氏,孤山梅夫(苏州名胜古迹)狮子林	武骝
兽王已入树丛中(苏州名胜古迹)狮子林	佚名
吴头楚尾,经月流连(苏州名胜古迹)胥口	潘洁妹
浮空两竹横南阁,倒影扶桑射北窗(苏州名胜古迹)荫庐	阮治祥
陶令辞官恋花圃(苏州名胜古迹)退思园	乔北海

富贵非吾愿,帝乡不可期;怀良辰以孤往,或植杖而耘耔(苏州名

胜古迹)退思园	武骝
方送远舟骝马去(苏州名胜古迹)留园	乔北海
田头隐约柳半露,云端方见钩月升(苏州名胜古迹)留园	周松林
亭榭夕照游客归(苏州名胜古迹)留园	佚　名
雕栏玉砌应犹在(苏州名胜古迹)留园	佚　名
确实是母亲坟(苏州名胜古迹)真娘墓	佚　名
何处是我家(苏州名胜古迹)盘门	多　人
第一审(苏州名胜古迹)盘门	佚　名
冷落了武当和少林(苏州名胜古迹)寒山寺	张虎牛
美人峰(苏州名胜古迹)虞山	佚　名
舜之苍梧(苏州名胜古迹)虞山	佚　名
国终曹奂老归陵(苏州名胜古迹)魏了翁墓	武骝

　　曹奂为魏国末代皇帝。

岳母刺字(苏州名胜古迹,卷帘)教忠堂	范崇仁
在战斗最前沿的日子(连云港名胜古迹)一线天	武骝
一到昌化完全变(连云港名胜古迹)三元宫	张士斌
横川远见之形去,客心隐处方复来(连云港名胜古迹)三元宫	武骝
东坡解得少游窘(连云港名胜古迹)飞来石	武骝
疑是银河落九天(连云港名胜古迹)飞泉	武骝
一生未嫁勒铭文(连云港名胜古迹)无字碑	武骝
窗幔破漏渗雨滴(连云港名胜古迹)水帘洞	武骝
檐雨落下点点坑(连云港名胜古迹)水帘洞	佚　名
破岩相见人碰头(连云港名胜古迹)仙砚石	武骝
快乐的日子(连云港名胜古迹)自在天	武骝
赤壁一赋盖世无(连云港名胜古迹)苏文顶	武骝

沧溟波澄待后生(连云港名胜古迹)海清寺	武　骝
飞针走线补窟窿(连云港名胜古迹)盘丝洞	武　骝
舍下一家丁,泣泪叹前生(南通名胜古迹)濠河	武　骝
潇洒先生可豪放了(南通名胜古迹)濠河	张士斌
十载宠辱终化土(徐州名胜古迹)龙华寺	乔北海
仿效中国建僧院(泰州名胜古迹)法华寺	张士斌
遥看郎君在宝岛(盐城名胜古迹)望夫台	张士斌
春酒浇愁起,注入枯肠里(宿迁名胜古迹)溱湖	武　骝
吴下寒灯始终在,时日已去前尘空(常州名胜古迹)天宁寺	武　骝
上苍有眼看大泽(常州名胜古迹)天目湖	张士斌
胡人二度含泪归(常州名胜古迹)天目湖	周跃建
每于工闲来联络(常州名胜古迹)红梅阁	张士斌
御林军的职责(常州名胜古迹)护王府	王晓波
远离浙东到国外(常州名胜古迹)近园	潘洁妹
新来远亲去国外(常州名胜古迹)近园	张士斌
渔阳鼙鼓动地来,惊破霓裳羽衣曲(常州名胜古迹)恐龙城	佚　名
惴惴居帝都(常州名胜古迹)恐龙城	张士斌
一片汪洋都不见(常州名胜古迹)淹城	袁松海
四方相助到桑梓(淮安名胜古迹)周恩来故居	佚　名
知道先人葬何方(淮安名胜古迹)明祖陵	张士斌
马谡拒谏失街亭(镇江名胜古迹)北固山	林同军
全靠丫头出了头(镇江名胜古迹)金山	张士斌
火烧眉毛(镇江名胜古迹)焦山	多　人
诗仙诠释前两点(镇江名胜古迹)金山寺	张士斌

浙 江

川水在这儿转个弯(省份)浙江	兴山伯
折成工资双津贴(省份)浙江	独脚虎
近水扬帆去,提前到钱江(省份)浙江	俞敦诗
残红半逝泪始流(省份)浙江	赵 轲
先哲流汗建头功(省份)浙江	乔北海
打听敷衍不可行(省份简称)浙	佚 名
拆卸一点补三点(省份简称)浙	聂玉文
亲临新会找源头(省份简称)浙	曹府山
一点登机,三点抵川(浙江市名)杭州	郝汉涛
小船出航向东行,雨落川中闻舟声(浙江市名)杭州	佚 名
亭前几株落红树,一两枝条带露垂(浙江市名)杭州	吕 祥
给一点机遇,创一流水平(浙江市名)杭州	韩彦荣
治川改容貌(浙江市名)台州	吴建伟
窗外远山高低隐,垂柳新芽枝间现(浙江市名)台州	冯济峰
远山近川雨方来(浙江市名)台州市	顾为善
三千强弩射潮低(浙江市名)宁波	刘 旭
水依亭后,宅盖东坡(浙江市名)宁波	佚 名
江平似不流(浙江市名)宁波	林清富
妾心古井水(浙江市名)宁波	马杰忠

99

画舫西头至岸前（浙江市名）舟山	小　骆
晚落船早上岸（浙江市名）舟山	张礼鹤
一代倾城逐浪花（浙江市名）丽水	洪汉斌
日出江花红胜火（浙江市名）丽水	周位君
画桥错落二三星，招手离别掩残红（浙江市名）绍兴	缪一松
前线奉诏后，载誉始归来（浙江市名）绍兴	佚　名
一生平易近人，虚心正派待人（浙江市名）金华	汪良淦
七巧乞得针度人（浙江市名）金华	蔡　芳
大地微微暖气吹（浙江市名）温州	多　人
不冷不热好地方（浙江市名）温州	张留顺
月落叶横飞，川水纵横流（浙江市名）湖州	佚　名
胡适六点到临川（浙江市名）湖州	尹海军
无公则无民国，有史必有斯人（浙江市名）嘉兴	徐锦忠
被人夸奖心中乐（浙江市名）嘉兴	苏　颖
盱眙别后独进川，主人高兴来送行（浙江市名）衢州	佚　名
为求真心开口问（浙江县名）三门	卫斌虎
春日人游解闷心（浙江县名）三门	潘洁妹
居庙堂之高则忧其民（浙江县名）上虞	严宗达
几度风起鸟分飞（浙江县名）义乌	陶维松
错落飞鸟过，隐约逸无声（浙江县名）义乌	王　磊
一句话息争端（浙江县名）云和	覃儒林
千营共一呼（浙江县名）云和	于国清
谷中云飘鸟飞鸣（浙江县名）天台	许瑞之
终生公正人品高（浙江县名）天台	林凯胜
七人（浙江县名）开化	张景源
云破月来花弄影（浙江县名）开化县	庄　云

芳心错许隐城西（浙江县名）文成	晏礼峰
永遇乐（浙江县名）长兴	梁纯如
欢乐无穷已（浙江县名）长兴	李伟雄
往日乱陈列（浙江县名）东阳	黄嗣金
无丝竹之乱耳（浙江县名）乐清	项 行
高歌畅颂廉洁风（浙江县名）乐清	王耀品
斜雁落岭前，残月入湖中（浙江县名）仙居	佚 名
蓬莱阁（浙江县名）仙居	多 人
出洋一直遭奚落（浙江县名）兰溪	缪一松
波涛安悠悠（浙江县名）宁海	严伟涛
倒读是第二声（浙江县名）平阳	风 声
洞庭水如镜（浙江县名）平湖	邱中尧
冬吃萝卜夏吃姜（浙江县名）永康	徐锦忠
左边柳三变，右边嵇中散（浙江县名）永康	陈明涛
自始至终多夸奖（浙江县名）永嘉	徐锦忠
与君相会不主动（浙江县名）玉环	刘 旭
君王掩面救不得（浙江县名）玉环县	郝汉涛
北定中原安华夏（浙江县名）龙泉	林太发
乾隆下江南（浙江县名）龙游	佚 名
如要转干先宣传（浙江县名）安吉	刘 旭
祝贺获得一百分（浙江县名）庆元	佚 名
爆竹声中一岁除（浙江县名）庆元	佚 名
鸿鸟归去岭后隐（浙江县名）江山	俞敦诗
归之途，儿女相逢，双双垂泪（浙江县名）余姚	佚 名
模范献出一点水（浙江县名）苍南	佚 名
用真心待人，以虚心为人（浙江县名）奉化	李郑凌

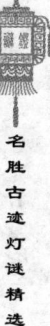

春雨花开展新姿（浙江县名）奉化	王耀品
一代改革出成就（浙江县名）岱山	金　鸽
提倡文明风（浙江县名）建德	王绍山
立好品行做买卖（浙江县名）建德市	刘铁跟
开放之日（浙江县名）松阳	张士斌
曾赋文辞赠一行（浙江县名）武义	林凯胜
辞去正式工，眼看无一文（浙江县名）武义	徐锦忠
半妆红粉敷精细（浙江县名）青田	佚　名
情思难断两心系（浙江县名）青田	柯国臻
脱离险境（浙江县名）临安	项　行
两竿残竹倚日卧，三点新梅报春来（浙江县名）临海	冯济峰
五点两分抵大同（浙江县名）洞头	余　勇
传前线有变，同登机前往（浙江县名）桐乡	佚　名
一路平安通无阻（浙江县名）泰顺	徐锦忠
一波不起鱼龙静（浙江县名）海宁	李明会
波澜不惊（浙江县名）海宁	陈良庆
既然坦白就先说（浙江县名）诸暨	陈　霄
子牙起帆离南岸（浙江县名）常山	乔北海
北岸尚有帆初来（浙江县名）常山	乔北海
清宵亭前更好看（浙江县名）淳安	林凯胜
峰峦——浑相似（浙江县名）象山	薛道达
豫东崛起（浙江县名）象山	张士斌
今日得宽余（浙江县名）富阳	汪良浍
青山碧水静悄悄（浙江县名）景宁	严宗达
河山今装点，来日盛空前（浙江县名）温岭	刘建欣
残阳如血下江边，细雨飘零落峰前（浙江县名）温岭	邱国云

异乡话山西(浙江县名)缙云	刘长先
从此走向繁荣富强(浙江县名)遂昌	徐锦忠
脱颖而出日(浙江县名)遂昌	许友金
岭西禾映残花影,数点流萤飞川间(浙江县名)嵊州	佚　名
暗香飘北山,点点点入川(浙江县名)嵊州	张礼鹤
山北水隔四千人(浙江县名)嵊泗	蔡　芳
母亲河(浙江县名)慈溪	张耀贤
爱上异乡,关心异乡,汗洒异乡(浙江县名)慈溪	王得道
对比旧时两重天(浙江县名)新昌	伊人近
海青天化险为夷(浙江县名)瑞安	黄嗣金
好人好事应表扬(浙江县名)嘉善	张留顺
到处逢人说项斯(浙江县名)嘉善	冯孝聪
文明铸就廉政风(浙江县名)德清	蔡民强
望来已是几千载(浙江县名)磐安	徐锦忠

　　面出唐·刘禹锡《望夫山》诗。

对月沽酒干一回(世界文化景观)西湖	晏　浩
客于洞庭(世界文化景观)西湖	佚　名
洞庭有归客(世界文化景观)西湖	张建华
斯文虎将洒脱行(世界文化景观)西湖	佚　名
赏月怀古真洒脱(世界文化景观)西湖	佚　名
整日怀儿泪,泪漕潮不干(世界文化景观)西湖	武　骝

　　整,治理、修理。整日,改变"日"字的形态。

胡为离洒(世界文化景观)西湖	武　骝

　　离洒,《文选·王褒〈洞箫赋〉》:"锼镂离洒,绛唇错杂。"李善:"《尔雅》曰:'离洒,锼镂之貌。'"吕向:"离洒,文貌。"

男儿犹怀社稷心(世界自然遗产)江郎山	武　骝

男儿扣郎；社稷即江山；心，方位词。

谜面	作者
四分五裂起萧墙（杭州名胜古迹）九里松	佚　名
胸内无私不掺杂（杭州名胜古迹）九里松	许友金
潺潺流水夹杂其中（杭州名胜古迹）九溪十八涧	佚　名
一叶峰前随云飘（杭州名胜古迹）三台山	佚　名
岁首离云赴日游（杭州名胜古迹）三台山	天　池
净室客至云间游（杭州名胜古迹）三台阁	熊　辉
心（杭州名胜古迹）三潭印月	佚　名
一再湖畔访阆仙（杭州名胜古迹）三潭岛	蔡建荣
西河十载化鹃仙（杭州名胜古迹）千岛湖	武　骝
下岗后，放胆一搏有奔头（杭州名胜古迹）大明山	黄松榆
芦中人登渔父船（杭州名胜古迹）子胥渡	佚　名
青山有幸埋忠骨（杭州名胜古迹）飞来峰	多　人
驾长车，踏破贺兰山缺（杭州名胜古迹）飞来峰	安建国
特特寻芳上翠微（杭州名胜古迹）飞来峰	王应钦
飘然上天都（杭州名胜古迹）飞来峰	杨志远
烟笼碧树隐古刹（杭州名胜古迹）云林寺	徐锦忠
约会人来西楼边（杭州名胜古迹）云栖	佚　名
夹道万竿雾缭绕（杭州名胜古迹）云栖竹径	佚　名
川前流水音容变（杭州名胜古迹）六一泉	许友金
加一级犹如救人一命（杭州名胜古迹）六和塔	佚　名
年羹尧补白其中（杭州名胜古迹）双峰插云	武　骝
赤甲白盐俱刺天（杭州名胜古迹）双峰插云	吴新民
大雁小雁冲霄汉（杭州名胜古迹）双塔凌云	佚　名
上苍有眼（杭州名胜古迹）天目	项　行
一岁除夕后，春来换新装（杭州名胜古迹）天目山	罗文锋

二人眉眼盈盈处（杭州名胜古迹）天目山　　　　　许友金
凌云下望千峰小（杭州名胜古迹）天目山　　　　　汪德亨
长江扬曲破空来（杭州名胜古迹）水乐洞　　　　　许友金
江边湖畔同欢聚（杭州名胜古迹）水乐洞　　　　　佚　名
先生琴前来点拨（杭州名胜古迹）王庄　　　　　　天　池
巍巍圣妃,临下有赫也（杭州名胜古迹）风波亭　　一　往
玉帝封王迁李靖（杭州名胜古迹）功臣塔　　　　　许友金
潭面无风镜未磨（杭州名胜古迹）平湖秋月　　　　罗育辉
主动改泊位（杭州名胜古迹）玉泉　　　　　　　　佚　名
百无一是千般倒（杭州名胜古迹）白堤　　　　　　纪志康
百无一是志心磨（杭州名胜古迹）白堤　　　　　　赖　兴
与君共进上轻舟（杭州名胜古迹）龙井　　　　　　许友金
中国古田（杭州名胜古迹）龙井　　　　　　　　　罗育辉
怡红摆酒莲叶舞（杭州名胜古迹）曲院风荷　　　　孙静行
四方观看,好去处:灵峰疏杰,迭嶂清佳（杭州名胜古迹）西天目山

　　　　　　　　　　　　　　　　　　　　　　　王醒宇
　　面出《西游记》第五十二回,写西天灵山景色。
客在若耶住,近泪无干土（杭州名胜古迹）西溪湿地　武　骝
　　若耶溪在绍兴。
来到二门口,见到二文人（杭州名胜古迹）问天阁　邢华旭
入冬济南猴哀啼（杭州名胜古迹）冷泉猿啸　　　　蔡建荣
旭日喷薄照宝岛（杭州名胜古迹）初阳台　　　　　许友金
遥望青溪绕冢流（杭州名胜古迹）张苍水墓　　　　朱锦华
回首雁字舞衣袖,今日一别泪抚琴（杭州名胜古迹）汪王庙　洪育敏
东吴游处烟波起,西山卧看画桥横（杭州名胜古迹）灵栖洞天

　　　　　　　　　　　　　　　　　　　　　　　佚　名

谜面	作者
大智若愚（杭州名胜古迹）灵隐	龚庆根
才美不外见（杭州名胜古迹）灵隐	佚　名
江郎才尽不言诗（杭州名胜古迹）灵隐寺	多　人
东坏落笔描白浪（杭州名胜古迹）良渚	黄庭周
小荷弄露一两点（杭州名胜古迹）花港	王得道
紫荆红艳漫香江（杭州名胜古迹）花港	莫志刚
雾迷津渡看未真（杭州名胜古迹）花港	武　骝
锦绣香江赏美人（杭州名胜古迹）花港观鱼	蔡建荣
春风又绿江南岸（杭州名胜古迹）苏堤	多　人
今宵酒醒何处（杭州名胜古迹）苏堤春晓	崔　宏
冰前争来特别牛（杭州名胜古迹）净寺	陈明涛
不与众峰群（杭州名胜古迹）孤山	严伟涛
今岁今宵尽（杭州名胜古迹）孤山	吴焕然
凤凰台上凤凰游（杭州名胜古迹）孤山	王钦振
悠悠闲处作奇峰（杭州名胜古迹）孤山	许友金
文山土丘埋，武穆西湖葬（杭州名胜古迹）岳坟	张振羽
经过西边，岸上有人向前来（杭州名胜古迹）径山	天　晴
行至陵寝步渐缓（杭州名胜古迹）武松墓	佚　名
作赋楼阁杯半空（杭州名胜古迹）武林门	杨浩德
国术世家（杭州名胜古迹）武林门	佚　名
猴子缘何称大王（杭州名胜古迹）虎跑	佚　名
庚寅之年奔济南（杭州名胜古迹）虎跑泉	胡安义
谜坛射手汇鲤城（杭州名胜古迹）虎跑泉	苏温才
依稀认得山与寺（杭州名胜古迹）诗人屿	佚　名
终期华表上（杭州名胜古迹）青化	王灿奕

闲聊乱花前,银河间、鹊桥现、孤星悬(杭州名胜古迹)柳浪闻莺		乔北海
圣朝留故迹(杭州名胜古迹)皇城遗址		蔡秋湖
清秋欲半日犹长(杭州名胜古迹)香谷		佚　名
日落蜻蜓舞岭前(杭州名胜古迹)莫干山		卢育明
向晚携壶上翠微(杭州名胜古迹)莫干山		武　骝
河曲智叟笑而止之(杭州名胜古迹)莫干山		张恒茂
峰界各不犯(杭州名胜古迹)莫干山		曾俊益
乔木(杭州名胜古迹)断桥		佚　名
鹊散银河恨未了(杭州名胜古迹)断桥残雪		罗育辉
鹊渡受阻琼花落(杭州名胜古迹)断桥残雪		蔡建荣
或称皇陵(杭州名胜古迹)盖叫天墓		滕宝毅
神州万物绽新绿(杭州名胜古迹)黄龙吐翠		佚　名
欣欣茂木及时雨(杭州名胜古迹)富春江		许友金
悟空现身上蓬莱(杭州名胜古迹)猴岛		蔡建荣
前坡乃庞统仙逝之地(杭州名胜古迹)落凤山		汪德亨
跨过珠峰(杭州名胜古迹)超山		佚　名
运匠心河东潜伏,立头功悬案巧破(杭州名胜古迹)新安江		熊立鹏
霹雳山头罩暮影(杭州名胜古迹)雷峰夕照		许友金
白石印,右军书,东坡诗,俱为先河(杭州名胜古迹)碧波寺		林　敏
密切配合,命中一球(杭州名胜古迹)蜜山		易广昌
房前三星明,床头古灯暗(杭州名胜古迹)澄庐		天　池
登记离沪来广安(杭州名胜古迹)澄庐		易广昌
鸿离岩石落崖顶(台州名胜古迹)一江山岛		桑小平
长征是播种机(台州名胜古迹)一行遗迹		武　骝
此地空余黄鹤楼(台州名胜古迹)一行遗迹		林建兴

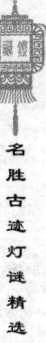

应怜屐齿印苍苔(台州名胜古迹)一行遗迹	苏德友
若要人不知，除非己莫为(台州名胜古迹)一行遗迹	孙培桢
云雾笼罩四五峰(台州名胜古迹)九遮山	章春民
一再来到韶山冲(台州名胜古迹)三毛祖居	章春民
帮学后进亦崇高(台州名胜古迹)巾子山	许友金
帆峰四周蠹浮屠(台州名胜古迹)巾子群塔	周位君
倒出一半探出头(台州名胜古迹)巾山	徐崇娃
万卷经书存祖庙(台州名胜古迹)广文古祠	张海根
龙山隐约看朝阳(台州名胜古迹)云峰观日	陈振凡
二人到阿里(台州名胜古迹)天台山	佚　名
芳草凋零满岭前(台州名胜古迹)方山	魏育涛
曙光初升照楼台(台州名胜古迹)东辉阁	黄心国
马谡因何失街亭(台州名胜古迹)北固山	李方正
小窗远山水纵横，落叶前坡汇合成(台州名胜古迹)台州古城	陈照明
中国之最(台州名胜古迹)华顶	蒋华勤
众香国里最壮观(台州名胜古迹)华顶秀色	罗育辉
神州美景天下绝(台州名胜古迹)华顶秀色	李　庆
悬崖高千尺(台州名胜古迹)百丈岩	蔡建荣
山月残钩石湖中(台州名胜古迹)乱岩	蔡建荣
钟声常闻月中落(台州名胜古迹)听天寺	汪德亨
灭法全境绝佛庙(台州名胜古迹)国清寺	刘壮虎
半甜半苦搞创作(台州名胜古迹)括苍	章春民
叠翠峰岭(台州名胜古迹)括苍山	章　镳
怕有渔郎来问津(台州名胜古迹)桃源春晓	蔡　芳
说是此帽洞宾戴(台州名胜古迹)道冠岩	蔡建荣

玉渊汇龙度日月(宁波名胜古迹)三隐潭	张礼鹤
三人各自在门里(宁波名胜古迹)天一阁	陈长孺
白云生处有人家(宁波名胜古迹)天一阁	多　人
骊宫高处入青云(宁波名胜古迹)天一阁	敖耀寰
楼台飞檐云中出(宁波名胜古迹)天一阁	汪德亨
浓云蔽日罕浮图(宁波名胜古迹)天封塔	佚　名
当日儿曹思报国(宁波名胜古迹)天童寺	佚　名
前后蟾光买醉归(宁波名胜古迹)月湖	佚　名
天知,地知,你知,我知(宁波名胜古迹)四明	王文来
言论严谨(宁波名胜古迹)白云庄	佚　名
涛似连山喷雪来(宁波名胜古迹)白水冲	张　捷
惊涛拍岸,卷起千堆雪(宁波名胜古迹)白水冲	冯元福
岩下云方合(宁波名胜古迹)石台山	苏　艳
归侨东来近秋分(宁波名胜古迹)灵桥	张礼鹤
大观园内潇湘馆(宁波名胜古迹)林宅	佚　名
同舟共济母女俩(宁波名胜古迹)河姆渡	佚　名
少林棍僧护唐王(宁波名胜古迹)保国寺	佚　名
隆胸打造美人沟(宁波名胜古迹)深秀谷	章春民
水纵横,山重叠,寒烟散,灰尽灭(宁波名胜古迹)溪口	武　骝
胜券先握,原水买下(宁波名胜古迹)滕头	武　骝

　　原水,即原水股份,股票名。

压住白蛇有雷峰(宁波名胜古迹)镇蟒塔	佚　名
天仙终非恋下界(舟山名胜古迹)大悲山	章春民
一入寺,瞬间不见人(舟山名胜古迹)大舜庙	蔡和平
一生为四化,开拓人无私(舟山名胜古迹)云扶石	章春民
西岳披银装(舟山名胜古迹)白华山	张礼鹤

补陀岩畔夕阳迟（舟山名胜古迹）石壁残照	章春民
中国跃居世界第一（舟山名胜古迹）龙头跳	章春民
个个崇高不谋私，上下一致为四化（舟山名胜古迹）竹山公园	佚　名
大珠小珠落玉盘（舟山名胜古迹）观音跳	张礼鹤
视乐曲节奏而起舞（舟山名胜古迹）观音跳	佚　名
春山如染郁郁葱葱（舟山名胜古迹）青岭	蔡和平
分别之后去不还，海峡两岸各相对（舟山名胜古迹）洛迦山	侯亚珠
洛迦佛光映莲花（舟山名胜古迹）海山增辉	黄瑶根
星星高挂山西北，残花飘落院东南（舟山名胜古迹）普陀	施　志
修庙宇百姓捐资（舟山名胜古迹）普济寺	毕可朝
晨曦初朗曙光明（舟山名胜古迹）朝阳涌日	方求斌
刺纹史进上岗来（丽水名胜古迹）九龙山	许友金
百岳千峰似峨眉（丽水名胜古迹）万象山	佚　名
横看成岭侧成峰，远近高低各不同（丽水名胜古迹）万象山	张礼鹤
银盘辉映高岗上（丽水名胜古迹）月光山	王　勇
见到谢安就磕头（丽水名胜古迹）东岩	章春民
山寺柏半隐，村落雁斜飞（丽水名胜古迹）仙都	黄卓群
仰首北望，寺院前，梨花开遍（丽水名胜古迹）仙都	佚　名
凌霄殿（丽水名胜古迹）仙都	汪德亨
桃花岭上遇谪仙（丽水名胜古迹）白马山	张胜声
山有小口，仿佛若有光（丽水名胜古迹）含晖洞	多　人
峨眉天下秀，青城天下幽（丽水名胜古迹）妙高山	张顺社
仙人一去无踪迹（丽水名胜古迹）独山	张胜声
王果去墙数步，奔而入；及墙，虚若无物；回视，果在墙外矣（丽水名胜古迹）穿身洞	章春民

一片深情留湖心（丽水名胜古迹）遗爱亭		张胜声
乔装李应容半遮（绍兴名胜古迹）八字桥		章春民
写尽人间酸甜苦（绍兴名胜古迹）三味书屋		林　敏
一向费用高，人们各有别（绍兴名胜古迹）千佛阁		章春民
长成都走母亲路（绍兴名胜古迹）大通学堂		张礼鹤
户外桃花泗水边（绍兴名胜古迹）马家浜		蔡建荣
含泪回忆吉鸿昌（绍兴名胜古迹）五泄		章春民

抗日英雄吉鸿昌，字世五。

回眸齐鲁主峰前（绍兴名胜古迹）东山		蔡建荣
回首洞庭见主人（绍兴名胜古迹）东湖		蔡建荣
凭栏婷立，一任春去也，几度妾难寻（绍兴名胜古迹）兰亭		黄彭生
春尽栏前人不停（绍兴名胜古迹）兰亭		汪德亨
话说千里洞庭景（绍兴名胜古迹）白马湖		刘广均
客人捐资建老家（绍兴名胜古迹）西施故里		蔡建荣
宾客解囊，遂入内房（绍兴名胜古迹）西施故里		王书三
远走去国外，别前枕先湿（绍兴名胜古迹）沈园		缪一松
村头河边山石立（绍兴名胜古迹）柯岩		张　莎
属下礼先迎上司（绍兴名胜古迹）禹祠		蔡建荣
联合致富要守信（绍兴名胜古迹）结发石		蔡建荣
蜻蜓绕车后，雨落横山前（绍兴名胜古迹）雪轩		蔡建荣
花落纷纷禄山坟（绍兴名胜古迹）谢安墓		蔡建荣
退之户内待画眉（绍兴名胜古迹）韩家山		蔡建荣
见紫娟，我也落泪（绍兴名胜古迹）鹅池		蔡建荣
照影临妆是莫愁（绍兴名胜古迹）鉴湖		罗育辉
此地属黔滇边界（绍兴名胜古迹）墨池		佚　名
诗歌黄鹤入空中（金华名胜古迹）八咏楼		汪德亨

三七四两半锅水（金华名胜古迹）十八涡	章春民
惟有前峰明月在（金华名胜古迹）大盘山	章春民
SOS（金华名胜古迹）双龙洞	佚　名
窗含西岭千秋雪（金华名胜古迹）白露山	许友金
年已届期颐，拄拐度日月（金华名胜古迹）百杖潭	章春民
回看中国奥运冠军榜（金华名胜古迹）金华观	章春民
长安市上酒家眠（金华名胜古迹）横店	武　骝
共宿破庙占尽春（金华名胜古迹）横店	潘培生
庭前枝头黄叶飘（金华名胜古迹）横店	陈勇新
空中索道（温州名胜古迹）一线天	佚　名
雨润香淡初朦胧，雁飞点点天边远（温州名胜古迹）大龙湫	卢　飚
扩大绿草坪，请来放映队（温州名胜古迹）广园倩影	张礼鹤
上台两天遭斩首（温州名胜古迹）云关	蔡建荣
运送兰舟齐出发（温州名胜古迹）云关	许友金
话到嘴边强咽下（温州名胜古迹）云关	屈承府
庙门瑞霭卷帘看（温州名胜古迹）云祥寺	蔡建荣
峰前重立石人来（温州名胜古迹）仙岩	汪德亨
山人百里来汕头（温州名胜古迹）仙溪	蔡建荣
败战退入地道中（温州名胜古迹）北斗洞	蔡建荣
怀璧卯时登山巅（温州名胜古迹）玉兔峰	蔡建荣
达开家前有清溪（温州名胜古迹）石门潭	蔡建荣
可依我言，将我灵柩殡葬此间南门外，蓼儿洼高原深处（温州名胜古迹）江心屿	莫志刚
未见地道战（温州名胜古迹）羊角洞	蔡建荣
同到潭前会客人（温州名胜古迹）西洞	蔡建荣
半岗雾中远树影，朱王今日一别去（温州名胜古迹）含珠峰	蔡建荣

谜面	作者
少女流落村里寻（温州名胜古迹）妙果寺	关怡娟
秋后经横山，岁前到大理（温州名胜古迹）灵岩	蔡建荣
祖国的海岸遥遥在望（温州名胜古迹）远浦归帆	张礼鹤
春寒赐浴华清池（温州名胜古迹）承天温泉	多　人
衔得锦标第一归（温州名胜古迹）显胜门	王永钰
御猫舞旌在山头（温州名胜古迹）展旗峰	蔡建荣
冲天大火高阁起（温州名胜古迹）浩然楼	蔡建荣
顷臾万物尽成灰，说甚么栋连霄汉（温州名胜古迹）浩然楼	夏　彬
九天阊阖开宫殿（温州名胜古迹）真君堂	李创龙
早到站前异乡去，莫避言论惹是非（温州名胜古迹）章纶墓	蔡建荣
早上男子登紫庭（温州名胜古迹）朝阳嶂	蔡建荣
七里岩上拍佳景（温州名胜古迹）湖山胜处	罗育辉
因阻吾望徐元直之目也（温州名胜古迹）疏林远眺	张礼鹤
鸿书寄来春意漾（温州名胜古迹）雁荡	蔡建荣
赝清岁首，东北扬芳（温州名胜古迹）雁荡山	武　骝
修竹破井，新月小窗，异乡人独在，浮生夜半堪伤（温州名胜古迹）箬溪	邱　宁
峰色鲜染青（温州名胜古迹）翠微山	佚　名
细草芊芊连大地（湖州名胜古迹）小莲庄	许友金
鲤鱼脱却金钩去（湖州名胜古迹）勾里	李创龙
冷眼寒梢明数点（湖州名胜古迹）古梅花观	吴融杭
岗前岗后不相见（湖州名胜古迹）岘山	章春民
十扣柴扉九不开（湖州名胜古迹）独松关	许友金
岁寒三友竹梅笑（湖州名胜古迹）独松关	佚　名
亭亭净植，可远观而不可亵玩焉（湖州名胜古迹）莲花庄	佚　名
濯清涟而不妖（湖州名胜古迹）莲花庄	赵首成

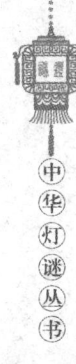

后学有成基础坚（嘉兴名胜古迹）子城　　　　　　　　王绍宽
断非假日弄秋千（嘉兴名胜古迹）乌镇　　　　　　　　武　骝
　　　隐秋千格，将谜底颠倒，"断"读作"真金乌"。意扣"非假日"。
直到去岁起，大庙才通电（嘉兴名胜古迹）云岫庵　　　章春民
祖国大地（嘉兴名胜古迹）华庄　　　　　　　　　　　王绍宽
前约清江水，泛舟沿溪行（嘉兴名胜古迹）红船　　　　骆文贤
东西南北尽吾乡（嘉兴名胜古迹）周家庄　　　　　　　王绍宽
东西无水泊（嘉兴名胜古迹）南北湖　　　　　　　　　杨伯芳
先奉献于前沿，再安适之最后（嘉兴名胜古迹）南湖　　武　骝
　　　现代学者胡适，字适之。
回头再看芙蓉国（嘉兴名胜古迹）南湖　　　　　　　　佚　名
鬻泥半生苦有终（嘉兴名胜古迹）南湖　　　　　　　　武　骝
送走女婿就上岸（嘉兴名胜古迹）胥山　　　　　　　　苏　颖
太平洋上波涛息（嘉兴名胜古迹）海宁潮　　　　　　　葛志全
刚峰先生息风波（嘉兴名胜古迹）海宁潮　　　　　　　许友金
天下台阁缥缈中（嘉兴名胜古迹）烟雨楼　　　　　　　罗育辉
水雾空濛现仙阁（嘉兴名胜古迹）烟雨楼　　　　　　　朱积良
二兄打出手，因缘终离散（嘉兴名胜古迹）绮园　　　　章春民
上苑残红景亦殊（嘉兴名胜古迹）绮园　　　　　　　　许友金
办法出自老母亲（嘉兴名胜古迹）缘缘堂　　　　　　　王绍宽
假山参天先着露（衢州名胜古迹）仙霞关　　　　　　　周　昕
查出作假零分计（衢州名胜古迹）仙霞岭　　　　　　　陈　红

安　徽

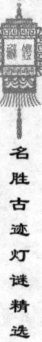

女戴乌纱更标致（省份）安徽	独脚虎
挂上军功章（省份）安徽	柯汉鑫
元宵节后到中原（省份简称）皖	乔北海
发言结束（省份简称）皖	李钟勋
白得一卒（省份简称）皖	潘培生
尽在不言中（省份简称）皖	纪清华
结束语句（省份简称）皖	李梦熊
说不得（省份简称）皖	陈良庆
一人跑前跑后，个人得失抛脑后（安徽市名）合肥	张德生
月中古城大变样（安徽市名）合肥	陈清远
同心牵，观雁阵，把手挥，朝前行（安徽市名）合肥	刘　旭
恰无心，似明日别离，把手分（安徽市名）合肥	佚　名
半妆娇娘如婵娟，寂寞空守寒窗前（安徽市名）六安	佚　名
寂寂重寂寂（安徽市名）六安	佚　名
梅枝交错遮窗前（安徽市名）六安	高桑季
富室家宴宾客前来，妻妾姐妹姑嫂过半（安徽市名）六安	佚　名
大女来粤戴乌纱（安徽市名）安庆	刘　旭
国泰家和万民欢（安徽市名）安庆	骆　岩
宝应奇妙半归隐（安徽市名）安庆	佚　名

江畔无月苦别离（安徽市名）芜湖	骆　岩
渡头将别苦无月（安徽市名）芜湖	李创龙
滩头东北望，无边落叶飞（安徽市名）芜湖	佚　名
阵前早乱，无须追之（安徽市名）阜阳	佚　名
追日而逐之，人亡邓林中（安徽市名）阜阳	薛道达
南宋已摧成断垣（安徽市名）宣城	骆　岩
亭前宅后川水流（安徽市名）亳州	丁殿卿
珍珠港（安徽市名）蚌埠	佚　名
心间闲抱月，怀古邕江头（安徽市名）巢湖	陈　霄
日落枝头群鸟飞，月映溪边牯牛归（安徽市名）巢湖	陈清远
江边明月依旧在，田间看雁列阵飞（安徽市名）巢湖	陶余桐
桥头连日水波涌，清明放晴新叶生（安徽市名）巢湖	王寅丑
剿胡封刀汉始安（安徽市名）巢湖	陈　霄
溪边村落后，留下古月足迹（安徽市名）巢湖	卫斌虎
行为乖张要注意（安徽市名）淮北	王祥方
做点准备，带上地图（安徽市名）淮北	尹海军
屈居季军受欺负（安徽市名）铜陵	尹海军
国泰家和万众欢（安徽市名）安庆	邱桂林
普度众生（安徽县名）广德	刘　旭
去后几度叹分离（安徽县名）凤台	杨良伟
一日三秋（安徽县名）天长	佚　名
二人一起，结清前账（安徽县名）天长	李玉昌
此日意无穷（安徽县名）天长	佚　名
人去香留衣上痕（安徽县名）太和	梁民生
人要装点香三分（安徽县名）太和	孟凡祥
虚度年华（安徽县名）无为	佚　名

年年高产（安徽县名）长丰	佚　名
大叔摆动撑杆起（安徽县名）全椒	佚　名
别后千里来寻亲（安徽县名）利辛	佚　名
出名之后今安在（安徽县名）含山	玲　珑
承前启后，上岗育新人（安徽县名）含山县	猜　心
远树倾斜十分低，楼阁隐约残云下（安徽县名）寿县	孟凡祥
定点工厂要离沪（安徽县名）庐江	朱建铭
无动于衷（安徽县名）怀宁	佚　名
发思古之幽情（安徽县名）怀远	夏晨钟
志在千里（安徽县名）怀远	佚　名
私通吕后宜斩首（安徽县名）和县	佚　名
回首看华山（安徽县名）岳西	佚　名
春日雁阵变队形（安徽县名）枞阳	佚　名
爸爸下月要南下（安徽县名）肥西	佚　名
观月变化辨阴晴（安徽县名）青阳	李伟雄
明日阴晴未定（安徽县名）青阳	黄跃佳
养兰阶下晚香清（安徽县名）青阳	李创龙
是非曲直一分明（安徽县名）青阳	吴乐荣
落日边陲静（安徽县名）青阳	李创龙
孤云一抹弄晴阴（安徽县名）青阳县	李牧雏
此头须向国门悬（安徽县名）界首	佚　名
杜绝做成一样的（安徽县名）桐城	苏　颖
为人守本分，白首宁为公（安徽县名）宿松	李创龙
公正为先建树多，此乃做官的前提（安徽县名）宿松	风　马
住房宽敞（安徽县名）宿松	佚　名
夜来行者投客栈（安徽县名）宿松	苏　颖

呼和浩特市(安徽县名)蒙城　　　　　　　　　　蒋景佩
瞒过夫人(安徽县名)蒙城　　　　　　　　　　　许展辉
但闻人语响(安徽县名)潜山　　　　　　　　　　诸葛玄
渊明至匡庐(安徽县名)潜山　　　　　　　　　　徐添河
随夫二日抵汕(安徽县名)潜山　　　　　　　　　卢阿柔
主人遭冷落,一任泪水流(安徽县名)濉溪　　　　钦　羌
雨后催人行(安徽县名)霍山　　　　　　　　　　张士斌
月黑残云多(安徽县名)黟县　　　　　　　　　　陈国庆
夜夜天晚心牵挂(安徽县名)黟县　　　　　　　　刘　旭
尽洒涕泪,为之动容(世界文化遗产)西递　　　　武　骝
酒后一别,弟送出关(世界文化遗产)西递　　　　吴家宏
一定守紧不私离(世界文化遗产)宏村　　　　　　梦　隐
宝台有顶树无心(世界文化遗产)宏村　　　　　　武　骝

　　宝台,对佛塔的美称。六祖惠能大师有"菩提本无树"的偈句。

霸守桥头待雄起(世界文化遗产)宏村　　　　　　如　水
此中有仙人出没(世界文化与自然遗产)黄山　　　蔡诗通
耳中闻疑是长鱼,镜里看模样没变(世界文化与自然遗产)黄山
　　　　　　　　　　　　　　　　　　　　　　武　骝

　　长鱼,黄鳝的别名。

况属高风晚(世界文化与自然遗产)黄山　　　　　袁廷福
岭谷前头杂草生(世界文化与自然遗产)黄山　　　佚　名
昔别离人归岁首(世界文化与自然遗产)黄山　　　武　骝

　　"人"别离为"八"。

菊花开岭前(世界文化与自然遗产)黄山　　　　　刘　旭
丰(黄山景点)一线天　　　　　　　　　　　　　张士斌

张清绝技（黄山景点）飞来石	青　松
呈上申诉（黄山景点）云海	苏纳戈
评话《戏金蟾》（黄山景点）云海	赵首成
陈述、于洋（黄山景点）云海	张奕虎
日出（黄山景点）天都峰	苏纳戈
景山（黄山景点）天都峰	费之雄
群山入云霄（黄山景点）天都峰	金　寅
又有白水绕西城（黄山景点）圣泉	佚　名
汉都西迁展新容（黄山景点）圣泉	王　勇
又见堤前水色秋（黄山景点）圣泉	佚　名
无岭不飞涛（黄山景点）布水峰	佚　名
山无重数周遭碧（黄山景点）玉屏峰	青　松
日午当庭塔影圆（黄山景点）光明顶	青　松
君实与相谋政,多不合,常诤言之（黄山景点）光明顶	史东山
披星戴月（黄山景点）光明顶	朱旭铭
清代（黄山景点）光明顶	赵首成
端阳（黄山景点）光明顶	田鸿牛
元龙高卧（黄山景点）迎客松	纪志康
东方时空（黄山景点）迎客松	莫愁湖
主人招待不周（黄山景点）迎客松	蒋华勤
出门为何少主人（黄山景点）迎客松	任鹏文
来者莫非张别驾否（黄山景点）迎客松	钱燕林
金眼彪恭请武都头（黄山景点）迎客松	林　敏
怠慢来宾（黄山景点）迎客松	雪　心
仙（黄山景点）始信峰	屈承府
百恨遗花前,临去泪水多（黄山景点）法眼泉	风　马

一枕管他额印梅(黄山景点)梦笔生花	张奕虎
一部《红楼》写芳华(黄山景点)梦笔生花	郑　抒
红楼题字出群芳(黄山景点)梦笔生花	马啸天
菊绽红楼托管城(黄山景点)梦笔生花	周　浊
槐安国里著华章(黄山景点)梦笔生花	朱旭铭
砷(黄山景点)猴子石	朱　瑛
走出低谷盼安定(黄山景点)登山望太平	方宗新
破碎之园须重建(黄山景点)醉石	佚　名
探瑰抉奇久为癖(黄山景点)醉石	一　棍
环滁皆山也(合肥名胜古迹)包河	肖绍何
责任制到江淮(合肥名胜古迹)包河	章　鑢
流水绕孤村(合肥名胜古迹)包河	赵首成
航运实行责任制(合肥名胜古迹)包河	田鸿牛
绿水人家绕(合肥名胜古迹)包河	季国虎
千里丘陵入眼来(合肥名胜古迹)张辽墓	佚　名
放眼北邙皆荒冢(合肥名胜古迹)张辽墓	吴家宏
有心联中抗日,一直广为接触(合肥名胜古迹)忠庙	叶曙光
刹那时光(合肥名胜古迹)明教寺	吴家宏
山雨欲来风满楼(合肥名胜古迹)点将台	马啸天
丹心直欲复宝岛(合肥名胜古迹)点将台	张奕虎
方位角(合肥名胜古迹)点将台	郑百川
宝岛起烽火(合肥名胜古迹,卷帘)点将台	周政平
一笑轻帆同野渡(合肥名胜古迹)逍遥津	庄　云
江河湖汉任自由(合肥名胜古迹)逍遥津	佚　名
自由港口(合肥名胜古迹)逍遥津	张鹤绵
弄潮儿向涛头立(合肥名胜古迹)逍遥津	刘　旭

野渡无人舟自横（合肥名胜古迹）逍遥津	佚　名
廉洁正气写春秋（合肥名胜古迹）清风阁	林九亭
翻书不识字，有笔不行文（合肥名胜古迹）清风阁	高武煌
先觅得机会，再放手开拓（马鞍山名胜古迹）采石矶	夏　彬
当初相爱清风里，有约两心同白头（马鞍山名胜古迹）采石矶	李创龙
觅得上等机遇，重在放手开拓（马鞍山名胜古迹）采石矶	万　文
碑前新月映三星，岩下春色清风里（马鞍山名胜古迹）采石矶	佚　名
云峰半隐穿空里（六安名胜古迹）八公山	李创龙
一峰独擎空（安庆名胜古迹）天柱山	洪汉斌
无边月光如水注，岭梅半开游人来（安庆名胜古迹）天柱山	李创龙
全要掌握游击术（安庆名胜古迹）天柱山	周跃建
全面改革，减负率先，迎来岁首，机遇在前（安庆名胜古迹）天柱山	武　騮
托云一峰秀（安庆名胜古迹）天柱山	张哲源
赖以挂其间（安庆名胜古迹）天柱山	吴家宏
孤枕梦太行（安庆名胜古迹）龙眠山	李创龙
玉龙随风舞，银河落九天（安庆名胜古迹）披雪瀑	蔡诗通
五岭逶迤腾细浪（安庆名胜古迹）浮山	汪长才
雨水虽多也种田（安庆名胜古迹）雷池	吴家宏
雨水漫田土地荒（安庆名胜古迹）雷池	寒　夜
七上八下杂隐仙（池州名胜古迹）九华山	滕宝毅
十七岁上错结仇（池州名胜古迹）九华山	武　騮
为避仇人到西岳（池州名胜古迹）九华山	戴继勤
五四登西岳（池州名胜古迹）九华山	佚　名

四五古稀人,会同去北岳(池州名胜古迹)九华山	佚　名
旭日东升临西岳(池州名胜古迹)九华山	钱振球
岭前开花四五枝(池州名胜古迹)九华山	佚　名
遭遇闪击乱成团(芜湖名胜古迹)天门山	王保武
赤日照,青山著,一方风土人情(芜湖名胜古迹)赭塔晴岚	佚　名
花下重逢心中苦,清泪淹目空庭前(亳州名胜古迹)华佗庵	李创龙
窗头花草空留影,庙前水淹落叶晚(亳州名胜古迹)华佗庵	寒　夜
药都阁演木兰剧(亳州名胜古迹)亳州花戏楼	蔡建荣
观赏刘岱的庭院(蚌埠名胜古迹)张公山公园	路　轩
人到牤岭前(巢湖名胜古迹)卧牛山	陈清远
干戈永息下昆明(黄山名胜古迹)太平湖	朱　林
四方安定也莫愁(黄山名胜古迹)太平湖	吴家宏
波面如镜无涟漪(黄山名胜古迹)太平湖	蔡建荣
春和景明,波澜不惊(黄山名胜古迹)太平湖	许友金
秋水无痕玉镜清(黄山名胜古迹)太平湖	佚　名
淡磨明镜照檐楹(黄山名胜古迹)太平湖	陈书法
《说岳全传》(黄山名胜古迹)齐云山	王长君
一道道岭(黄山名胜古迹)齐云山	杨少侠
大家都在说《岳传》(黄山名胜古迹)齐云山	蔡建荣
与南王七千岁平起平坐(黄山名胜古迹)齐云山	许友金
众口纷纭说五岳(黄山名胜古迹)齐云山	刘壮虎
才知考上的全是些市里的人(滁州名胜古迹)明中都城	佚　名
天安门上太阳升(滁州名胜古迹)明中都城	邱中尧
长安一片月(滁州名胜古迹)明中都城	郑远达
落日满长安(滁州名胜古迹)明中都城	张奕虎

福　建

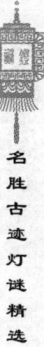

四方故人犹健在，终生吉祥度晚生（省份）福建　　　　　郭学龙
似待庭中心思远，旧书乱翻尽出神（省份）福建　　　　　郭学龙
画堂之中人安健，祥云起处好运来（省份）福建　　　　　乔北海
徐市献言长寿策（省份）福建　　　　　　　　　　　　　武　骝
富后始祈人安健（省份）福建　　　　　　　　　　　　　郑庆元
富从俭约来（省份）福建省　　　　　　　　　　　　　　张耀贤
底线传中，抢点射门（省份简称）闽　　　　　　　　　　吴志纯
空中闻天鸡（省份简称）闽　　　　　　　　　　　　　　多　人
闺中不见烛火光（省份简称）闽　　　　　　　　　　　　胡明路
提问直奔要点（省份简称）闽　　　　　　　　　　　　　钦　羌
画中山远视不见，清川花落舒晚情（福建市名）福州　　　郭学龙
富后归来祭祖先，一别卅载泪点点（福建市名）福州　　　罗文锋
大胆进行改革，人当奉献一生（福建市名）三明　　　　　蔡　芳
开春游人来赏月（福建市名）三明　　　　　　　　　　　谢金峰
日往则月来，月往则日来，日月相推……（福建市名）三明　刘二安
参日月兮扬光辉（福建市名）三明　　　　　　　　　　　袁廷福
留住真心续前盟（福建市名）三明　　　　　　　　　　　佚　名
一生四处行善，志愿献点爱心（福建市名）宁德　　　　　罗文锋
或为辽东帽，清操厉冰雪（福建市名）宁德　　　　　　　闲　云

123

买卖不成仁义在(福建市名)宁德市 　　　　　柯允华
安定文明的北京(福建市名)宁德市 　　　　　袁廷福
去陇西开山取石(福建市名)龙岩 　　　　　周跃建
陇东矿山广分布(福建市名)龙岩 　　　　　乔北海
放手开拓攀高峰,尤需先生来带领(福建市名)龙岩 　　　　　谢德峰
修竹笼罩碧岛上(福建市名)龙岩 　　　　　郑庆元
敖广欲见吕洞宾(福建市名)龙岩 　　　　　蔡建荣
多干一点奉献大(福建市名)南平 　　　　　佚　名
奉献在先,干在前头(福建市名)南平 　　　　　苏　颖
要贡献大一点,须从点滴干起(福建市名)南平 　　　　　郭少敏
重点投资建高桥,正是挥洒汗水时(福建市名)南平 　　　　　马爱国
蛮人不复反矣(福建市名)南平 　　　　　佚　名
白水跳珠落川间(福建市名)泉州 　　　　　佚　名
百川一流水纵横(福建市名)泉州 　　　　　多　人
临川三星映水白(福建市名)泉州 　　　　　陈伟钊
辗转激起白川水(福建市名)泉州 　　　　　老　占
二十载浦东旧貌改(福建市名)莆田 　　　　　武　骝
上苑重阳铺金光(福建市名)莆田 　　　　　林宗寿
四方共念杜诗圣(福建市名)莆田 　　　　　郑万年
此子美名叫苗显(福建市名)莆田 　　　　　大　众
苗圃搬迁拆围墙(福建市名)莆田 　　　　　佚　名
大楼入口处(福建市名)厦门 　　　　　多　人
自问原无心,招来友别离(福建市名)厦门 　　　　　黄　总
春去不得闲,入夏夺高产(福建市名)厦门 　　　　　张　践
大楼出口搞营销(福建市名)厦门市 　　　　　袁廷福
早清顺治先建立(福建市名)漳州 　　　　　大　众

浙赣边界，川水横流（福建市名）漳州	罗文锋
赣西川流水纵横（福建市名）漳州	陈松柏
一行雁阵入画中（福建县名）大田	佚　名
纵横四方得天下（福建县名）大田	水　虎
二月小雨蒙远山（福建县名）云霄	乡里仔
今年欢笑复明年（福建县名）长乐	赵红革
永远没烦恼（福建县名）长乐	多　人
出帐过河来吊丧（福建县名）长汀	方龙铭
张宁夺魁眼泪流（福建县名）长汀	孙国光
万岁万岁万万岁（福建县名）长泰	大　众
主人不周（福建县名）东山	袁廷福
凌波微步，罗袜生尘（福建县名）仙游	林宗寿
上下苦思犹不得（福建县名）古田	王祥方
水月湖光入画中（福建县名）古田	林凯胜
回望改革二十载（福建县名）古田	黄松榆
两个正方形（福建县名）古田	苏　颖
掌灯苦思，熬得灯芯灭（福建县名）古田	佚　名
只有半顶乌纱，为人更要虚心（福建县名）宁化	蔡　芳
室前亭后栽花除草（福建县名）宁化	佚　名
粉身碎骨也心甘（福建县名）宁化	佚　名
一番改革面貌新（福建县名）平和	方建生
影星田间赏花香（福建县名）平和	叶子绿
早上要干两三点（福建县名）平潭	袁廷福
天下从此熄烽燧（福建县名）永安	佚　名
摆宴明月下，咏唱伤别离（福建县名）永安	黄洁霞
誓与城池共存亡（福建县名）永安市	佚　名

长治久安（福建县名）永定	袁廷福
始终不动摇（福建县名）永定	蔡　芳
与夫咏别五更初（福建县名）永春	林凯胜
四季少了夏秋冬（福建县名）永春	多　人
愿教青帝常为主（福建县名）永春	佚　名
归帆东去碧空上，纵横一游任疏狂（福建县名）石狮	林丰来
先生确实帅，一看是奇才（福建县名）石狮	罗文锋
空中雨住归却晚，新月犹初照横窗（福建县名）石狮	黄松榆
折梅陇头寄江左（福建县名）龙海	林凯胜
月下江流静（福建县名）光泽	蔡秋湖
中国太平（福建县名）华安	袁廷福
和平共处（福建县名）同安	袁廷福
人瑞心平静（福建县名）寿宁	徐添河
戈壁滩上云遮月（福建县名）沙县	佚　名
应召前来谁家女（福建县名）诏安	袁春晖
七十还不休，埋头终有成（福建县名）连城	蔡　芳
召唤人归队，正式要开工（福建县名）邵武	罗文锋
四面静悄悄（福建县名）周宁	袁廷福
四鄙不扰（福建县名）周宁	陈　霄
定都南京（福建县名）建宁	佚　名
抗日脱险后，归来人健在（福建县名）建阳	罗文锋
流泉得月光（福建县名）明溪	多　人
功夫一般（福建县名）武平	秦裔清
良人罢远征（福建县名）武平	蔡　芳
罪名洗清后，此生心愿足（福建县名）罗源	林凯胜
成日乌合游闹市（福建县名）金门	黄杏村

秋色染荆扉（福建县名）金门 佚　名
东征西讨北伐（福建县名）南安 佚　名
好事近（福建县名）将乐 多　人
欲作绕梁三日曲（福建县名）将乐县 苏　颖
尘蒙案桌苔满狱阶（福建县名）政和 佚　名
整装结束，发程东南（福建县名）政和 袁廷福
石林参差莺低飞（福建县名）柘荣 佚　名
植草造林到石桥（福建县名）柘荣 袁廷福
福建王（福建县名）闽侯 佚　名
门前水上浮青虫（福建县名）闽清 蔡建荣
逆天必败亡（福建县名）顺昌 徐添河
两岸直通达海西，来日统一事业成（福建县名）晋江 黄松榆
你走后的星湖，空留下美丽的画栏，而美丽的你已经不见（福建县名）晋江 李创龙
改革一显新面貌，合力建功争前沿（福建县名）晋江 张卫平
来日一毕业，海西谋工作（福建县名）晋江 黄松榆
春夜寨前独钓水（福建县名）泰宁 佚　名
相送杜甫泪成行（福建县名）浦城 佚　名
为有源头活水来（福建县名）清流 吴爱林
根治黄河（福建县名）清流 袁廷福
蓝水远从天涧落（福建县名）清流县 袁　试
节日有心开宴会，——相聚烛光前（福建县名）惠安 罗文锋
施恩化险为夷（福建县名）惠安 曾建成
礼如在先能变富（福建县名）福安 袁廷福
有幸生于乾康世（福建县名）福清 蔡建荣
子美诗篇字字泪（福建县名）漳浦 赵友添

洒泪终别陈章甫（福建县名）漳浦	陈剑毅
学雷锋树新风（福建县名）德化	佚　名
高尚情操感动人（福建县名）德化	佚　名
彤云映江渚（福建县名）霞浦	蔡宗程
雨后闲暇日，西湖铺金光（福建县名）霞浦	罗文锋
动用军队平丘陵（世界文化与自然遗产）武夷山	蔡建荣
捣敌巢定叫它地覆天翻（世界文化与自然遗产）武夷山	佚　名
部队平安到顶峰（世界文化与自然遗产）武夷山	徐添河
景阳冈二郎除虎患（世界文化与自然遗产）武夷山	武　骝
呆坐宴下边，泪滴滴杯前（世界文化遗产）土楼	武　骝
城头会佳丽，林间鸟成双（世界文化遗产）土楼	黄松榆
埃及大厦（世界文化遗产）土楼	苏　颖
欲出而屡遭杜绝，岂甘屈就（世界文化遗产）土楼	吴　熙
有幸打造民俗房（世界文化遗产）福建土楼	蔡建荣
金窝银窝不如自己的草窝（世界文化遗产）福建土楼	袁廷福
前去访港后，处事真虚心（福州名胜古迹）三坊七巷	缪锦灼
一在水中一岸上（福州名胜古迹）于山	李创龙
言师采药去（福州名胜古迹）云居山	袁廷福
九州松海藏宝刹（福州名胜古迹）华林寺	裴　靖
旧隐匡庐一草堂（福州名胜古迹）名山室	王寅丑
匡庐云傍屋（福州名胜古迹）名山室	王寅丑
必有荣耀建浮屠（福州名胜古迹）定光塔	佚　名
松海渐成冢茔地（福州名胜古迹）林则徐墓	袁廷福
乱坟岗种树渐成荫（福州名胜古迹，卷帘）林则徐墓	裴　靖
超过半山安得见（福州名胜古迹）越王石	夏　彬
蛙声阵阵谷水流（福州名胜古迹）鼓山溪	佚　名

挥汗破关擒胡人(三明名胜古迹)	大金湖	袁廷福
陶令不知何处去(三明名胜古迹)	永安桃源洞	佚　名
周边行动,此案侦破(三明名胜古迹)	安贞堡	张士斌
一门父子三词客(三明名胜古迹)	尚书第	幸运星
初夏若耶水,濡笔状怡红(三明名胜古迹)	南溪书院	武　骝
听其所言,似有难息凤愿(三明名胜古迹)	南溪书院	郑建彬
韩超题字满长廊(三明名胜古迹)	南溪书院	张广发
滇无云何来雨,皖无云旗如画(三明名胜古迹)	南溪书院	王得道
篝火映古津,翰墨耀门庭(三明名胜古迹)	南溪书院	张醒华
何处可避秦(三明名胜古迹)	桃源洞	李创龙
和尚打坐口念经,但愿四海济众生(宁德名胜古迹)	广福寺	许友金
一位老女人,岁首到北京(宁德名胜古迹)	太姥山	李景东
人生一装点,老妇展新颜(宁德名胜古迹)	太姥山	罗文锋
岂为态无忌,归室安至老(宁德名胜古迹)	太姥山	陈松秋
正是坚持开放,最后取得成功(宁德名胜古迹)	支提寺	罗文锋
回看齐鲁地,引进兽中王(宁德名胜古迹)	东狮山	蔡祖德
仙人驱鬼魂魄散(宁德名胜古迹)	白云山	罗文锋
松下问童子,童子怎么答(宁德名胜古迹)	白云山	蔡建荣
山里兰开泉源畔(宁德名胜古迹)	白水洋	叶　儿
才得波涛变为雪(宁德名胜古迹)	白水洋	蔡秋湖
气定神闲写回忆(宁德名胜古迹)	和尚讲经	袁廷福
风清叶动融山月(宁德名胜古迹)	青岚湖	李创龙
自古风月最多情,无奈心在山水间(宁德名胜古迹)	青岚湖	李　进
这谜选得好(宁德名胜古迹)	美人挑灯	袁廷福
百里奚以尺素授渔,百思不解(宁德名胜古迹)	鲤鱼溪	许友金

公爵之后四五人,藏于十万大山中(龙岩名胜古迹)九侯叠嶂	谢德峰
接手大厦奠基(龙岩名胜古迹)承启楼	袁廷福
天下英雄尽入我吾彀中矣(龙岩名胜古迹)罗汉驻足	袁廷福
会当凌绝顶,一览众山小(龙岩名胜古迹)登高独秀	谢德峰
泰山顶上一青松(龙岩名胜古迹)登高独秀	袁廷福
武夷三三探彩虹(南平名胜古迹)九峰索桥庄	若 云
君临万壑气象雄(南平名胜古迹)大王峰	佚 名
有幸夺冠且莫喜,更看杰出异人来(南平名胜古迹)朱熹墓	乔北海
红日照故坟(南平名胜古迹)朱熹墓	佚 名
山雨欲来(南平名胜古迹)冷风阁	罗育辉
广纳雄才来报国(南平名胜古迹)罗汉寺	陆承淼
上林繁花各静芬(南平名胜古迹)幽香苑	佚 名
摈弃前仇,回头是岸(泉州名胜古迹)九日山	王东雄
飞花点点伴初月,人赴西岭影相随(泉州名胜古迹)九仙山	黄松榆
岁首重逢将仇解(泉州名胜古迹)九仙山	黄松榆
园中又见少女来(泉州名胜古迹)元妙观	苏 颖
第一眼感觉挺好(泉州名胜古迹)元妙观	袁廷福
明日落红应满径(泉州名胜古迹)天后流芳	杨少湖
创建第一僧伽蓝(泉州名胜古迹)开元寺	蔡建荣
成吉思汗建庙堂(泉州名胜古迹)开元寺	佚 名
阮诗空前,其形绝后(泉州名胜古迹)开元寺	马立炳
弄完之后特别牛(泉州名胜古迹)开元寺	佚 名
题诗东园里,弄出是非来(泉州名胜古迹)开元寺	秋 声
降生后,母女平安,一夕梦圆(泉州名胜古迹)牛姆林	陈紫仪
又掩闱门日暮下(泉州名胜古迹)圣墓	张宏福

峰前垄上待后生（泉州名胜古迹）龙山寺　　　　　　　　　　袁廷福
白素贞被困何处（泉州名胜古迹）关锁塔　　　　　　　　　　佚　名
西岳云中隐（泉州名胜古迹）华表山　　　　　　　　　　　　尹海军
乔装破案，辨别是非抓重点（泉州名胜古迹）安平桥　　　　　曾文安
宋女乔装，怦然心动（泉州名胜古迹）安平桥　　　　　　　　天　使
又见佳人古墙边，相思空瘦念重合（泉州名胜古迹）姑嫂塔　　佚　名
垄上离合聚散苦，妹妹走后病消瘦（泉州名胜古迹）姑嫂塔　　张卫平
宴后前妻别，放翁犹追昔。题罢墙头字，合是断肠时（泉州名胜古
迹）姑嫂塔　　　　　　　　　　　　　　　　　　　　　　章　镰
桃花雨花入丹青（泉州名胜古迹）画马石　　　　　　　　　　佚　名
不前鉴而后省，宋破故终降元（泉州名胜古迹）金相院　　　　张勇猛
来春去西部，各自乔装到汨罗（泉州名胜古迹）洛阳桥　　　　蔡建荣
落日阶前草凋敝，失宠娇女长门闲（泉州名胜古迹）洛阳桥　　张卫平
为官廉洁图报国（泉州名胜古迹）清净寺　　　　　　　　　　孟凡祥
佛门不染尘（泉州名胜古迹）清净寺　　　　　　　　　　　　佚　名
点滴泪诗静无言（泉州名胜古迹）清净寺　　　　　　　　　　蔡建荣
反腐求实献余晖（泉州名胜古迹）清真夕照　　　　　　　　　谢克英
汉家宫阙斜阳里（泉州名胜古迹）清真夕照　　　　　　　　　王嘉宾
江天一色无纤尘，皎皎空中孤月轮（泉州名胜古迹）清真夕照
　　　　　　　　　　　　　　　　　　　　　　　　　　　汪德亨
莫道桑榆晚，为霞尚满天（泉州名胜古迹）清真夕照　　　　　佚　名
廉洁务实，保持晚节（泉州名胜古迹）清真夕照　　　　　　　张醒华
千寻直裂峰，百尺倒泻泉（泉州名胜古迹）清源山　　　　　　李清川
明溪潺潺流峰前（泉州名胜古迹）清源山　　　　　　　　　　佚　名
原住青海湖边岸上（泉州名胜古迹）清源山　　　　　　　　　黄丽芬
山石琢成海青天（泉州名胜古迹）瑞象岩　　　　　　　　　　罗育辉

日照香炉生紫烟（泉州名胜古迹）戴云山　　　　　　李清川
四五新葩万绿中（莆田名胜古迹）九华叠翠　　　　　佚　名
全面改革思报国（莆田名胜古迹）广化寺　　　　　　郑湘杰
老府去年始修建（莆田名胜古迹）广化寺　　　　　　佚　名
花底初度逢，赠言更赠诗（莆田名胜古迹）广化寺　　李创龙
敞开庙门结善缘（莆田名胜古迹）广化寺　　　　　　佚　名
八骏行空，云蒸霞蔚（莆田名胜古迹）天马晴岚　　　佚　名
不见埃及法老墓（莆田名胜古迹）无尘塔　　　　　　苏　颖
海上灯楼灰不染（莆田名胜古迹）无尘塔　　　　　　王寅丑
东坡变样了（莆田名胜古迹）木兰陂　　　　　　　　苏　颖
祁先生来广交会，由姐马上安排（莆田名胜古迹）妈祖庙　郑庆元
庭前别姐先施礼，乘马直到鲁南来（莆田名胜古迹）妈祖庙　乔北海
垂杨津渡东风早（莆田名胜古迹）柳桥春晓　　　　　佚　名
一川绣水汪桃红（莆田名胜古迹）锦江春色　　　　　佚　名
初观钱塘潮，真是心无悔（莆田名胜古迹）镇海堤　　乔北海
古今将相在何方，荒冢一堆草没了（厦门名胜古迹）陈化成墓
　　　　　　　　　　　　　　　　　　　　　　　陆天伦
此古战场也，常覆三军（厦门名胜古迹）陈化成墓　　任焕长
到老终归入夜台（厦门名胜古迹）陈化成墓　　　　　蔡秋湖
终须一个土馒头（厦门名胜古迹）陈化成墓　　　　　杨炎木
离开花城，先奔阳东（厦门名胜古迹）陈化成墓　　　邱壮炮
元公圃中游，林间傍垂柳（厦门名胜古迹）松杉园　　袁廷福
岛上波涛涌（厦门名胜古迹）鼓浪屿　　　　　　　　袁廷福
岛上蛙声伴涛声（厦门名胜古迹）鼓浪屿　　　　　　佚　名
拍岸怒涛在岛边（厦门名胜古迹）鼓浪屿　　　　　　徐添河
枕底鲸波撼蓬岛（厦门名胜古迹）鼓浪屿　　　　　　武　骝

相思正共春枝放,寄与闽中山水间(厦门名胜古迹)鼓浪屿　李冠林
海岛咚咚声,阵阵入耳来(厦门名胜古迹)鼓浪屿　　　佚　名
海岛激流(厦门名胜古迹)鼓浪屿　　　　　　　　　　佚　名
把诗吟去入嵌岩(漳州名胜古迹)风动石　　　　　　　章春民
枫侧雾低绕,岩下云相依(漳州名胜古迹)风动石　　　黄惠中
诗意感英王(漳州名胜古迹)风动石　　　　　　　　　蔡建荣
谢安诗篇撼曼卿(漳州名胜古迹)东山风动石　　　　　袁廷福

　　石曼卿,北宋文学家。

断裂岗前碑(漳州名胜古迹)石冈山　　　　　　　　　朱洁恋
矶畔离别二十载,春归塞北又相思(漳州名胜古迹)石鼓寨　张宏福
岩下古树掩村舍,点点寒光已发枝(漳州名胜古迹)石鼓寨　张宏福
画栋藏娇女,西湖现晚虹(漳州名胜古迹)江东桥　　　乔北海
湖前边修栋房,房完工就乔迁(漳州名胜古迹)江东桥　王寅丑
则徐仁德布村里(漳州名胜古迹)林氏义庄　　　　　　乔北海
杜绝乱杀须开底(漳州名胜古迹)林氏义庄　　　　　　袁廷福
两口岁首先献宝(漳州名胜古迹)南山宫　　　　　　　乔北海
凛然浩气壮凌烟(漳州名胜古迹)威镇阁　　　　　　　蔡　芳
贤愚千载知谁是,满眼蓬蒿共一丘(漳州名胜古迹)黄道周故居
　　　　　　　　　　　　　　　　　　　　　　　　佚　名

　　面出黄庭坚《清明》。

神州念恩来,虽逝犹永存(漳州名胜古迹)黄道周故居　袁廷福
秋色满径绕旧宅(漳州名胜古迹)黄道周故居　　　　　黄惠中
玉阶辞母千里行(漳州名胜古迹)德远堂　　　　　　　袁廷福

山　东

太白一脉靠施主(省份)山东	独脚虎
回望谢安隐居处(省份)山东	刘二安
妇女解放翻身做主(省份)山东	王建民
岁末不见主人归(省份)山东	佚　名
一日一鱼，未见聪明(省份简称)鲁	顾孟奎
争先富后旧貌变，共建和谐看山东(省份简称)鲁	陆占山
北方运来救灾物资(山东市名)济南	佚　名
汶川一直牵挂着，一人一点作奉献(山东市名)济南	蔡　芳
直达汶川，奉献在先(山东市名)济南	李牧雏
悬帆任北风(山东市名)济南	佚　名
北岸横渡去赶集(山东市名)济南市	詹鸿行
双方合影(山东市名)日照	佚　名
明妃初出汉宫时，尚得君王不自持(山东市名)日照	黄冬妮
主人经商(山东市名)东营	袁廷福
主要部队(山东市名)东营	佚　名
店主站柜台(山东市名)东营	佚　名
主任经商(山东市名)东营市	佚　名
木桥前头寺庙乱(山东市名)枣庄	郑庆元
山水清光鸟独飞(山东市名)青岛	杨清培

绿茵深处即蓬莱(山东市名)青岛　　　　　　　　李创龙
塘边鸟动山月融(山东市名)青岛　　　　　　　　梁金强
塞下月出山鸟动(山东市名)青岛　　　　　　　　潘洁妹
江边监听半日转(山东市名)临沂　　　　　　　　郑庆元
世外无物谁为雄(山东市名)威海市　　　　　　　陈　浩
　　面出苏轼《登州海市》。
一直到汶川才安心(山东市名)济宁　　　　　　　倪　斐
支援南京(山东市名)济宁　　　　　　　　　　　何城良
和平过渡(山东市名)济宁　　　　　　　　　　　佚　名
直往汶川去,携手拧一起(山东市名)济宁　　　　林建兴
渡过长江到南京(山东市名)济宁　　　　　　　　李文林
早春喜雨润无声(山东市名)泰安　　　　　　　　张守城
岳父进山无危险(山东市名)泰安　　　　　　　　佚　名
乾坤倒置(山东市名)泰安　　　　　　　　　　　马宏翔
一行去开会,秋后回转来(山东市名)烟台　　　　潘洁妹
出力为人,始终大方(山东市名)烟台　　　　　　陈伟钊
吕布去后火更大(山东市名)烟台　　　　　　　　张耀贤
似雾似云楼阁起(山东市名)烟台　　　　　　　　谢云声
空中雁阵天涯起,园外樱桃云下生(山东市名)烟台　蔡民荣
三尺无争两心宽(山东市名)莱芜　　　　　　　　赵友添
草长荒三径(山东市名)莱芜　　　　　　　　　　刘二安
宾客绝迹草重生(山东市名)莱芜　　　　　　　　苏　颖
大处落墨(山东市名)淄博　　　　　　　　　　　佚　名
水波荡漾山环抱,月下乱影独垂钩(山东市名)淄博　钦　羌
巢湖退后才一尺(山东市名)淄博　　　　　　　　佚　名
打个市话唠唠嗑(山东市名)聊城　　　　　　　　石午中

谜面	作者
谈天成是非（山东市名）聊城	佚　名
乡下的事先别谈（山东市名）聊城市	买立新
闲谈莫论乡里情（山东市名）聊城市	陈希浩
河之头，汉之尾，纵横一念总相随（山东市名）菏泽	赵首成
河汉纵横四十载（山东市名）菏泽	滕宝毅
客来巴蜀水纵横（山东市名）滨州	石爱民
一方水土巧安排，谁不说咱乡下变了样（山东市名）潍坊	王耀品
中国乡下大变样，一方水土换新颜（山东市名）潍坊	汪良淦
后访王维到涧边（山东市名）潍坊	李创龙
保护这一方水土（山东市名）潍坊	张　雷
柏林水纵横（山东市名）德州	佚　名
小说发表（山东县名）文登	佚　名
难得糊涂（山东县名）长清	曹府山
南北西路都颠簸（山东县名）东平	毛会祥
推陈出新，大显奇迹（山东县名）东阿	黄彭生
山道弯弯（山东县名）曲阜	汪寿林
天际乍观容半隐，孤云林外罩难开（山东县名）阳谷县	吴旭初
红日山沟挂（山东县名）阳谷县	缪一松
松烟（山东县名）即墨	佚　名
月照西郊，川水横流（山东县名）胶州	佚　名
反复疏堵见诚意（山东县名）诸城	李洪生
楼台深翠微（山东县名）高青	佚　名
天机不可泄漏（山东县名）高密	白　珩
太行天下脊（山东县名）梁山	骆　岩
正合心意游山岳（山东县名）章丘	郑远达
爱好广泛（山东县名）博兴	佚　名

大树底下好乘凉（山东县名）蒙阴	崔　宏
子赴山中建广电（世界文化遗产）孔庙	天　龙
车要出库，一时断电（世界文化遗产）孔庙	袁廷福
繁森府上由此来（世界文化遗产）孔庙	佳　卉
孩儿始终不俯首（世界文化遗产）孔府	武　骝
洞庭已置新居处（世界文化遗产）孔府	武　骝

　　面出张籍《寄王六侍御》。

洞壑当门前（世界文化遗产）孔府	时秀珠
开口一吼冲向前（世界文化遗产）孔林	佚　名
半夜垂钓村桥边（世界文化遗产）孔林	佚　名
杜甫书札励后学（世界文化遗产）孔林	袁廷福
季札挂剑，古墓留名（世界文化遗产）孔林	李　军
独火星会豹子头（世界文化遗产）孔林	蔡建荣
桥畔垂钩李花开（世界文化遗产）孔林	叶子绿
望远镜中观松柏（世界文化遗产）孔林	陈玉玺
撇下季札辗转至（世界文化遗产）孔林	武　骝
三载人临帖，隶书有改观（世界文化与自然遗产）泰山	武　骝
日出染春水，峦前蝶纷飞（世界文化与自然遗产）泰山	卷笔刀
会当前进，一流击水（世界文化与自然遗产）泰山	罗文锋
录取三人重编排（世界文化与自然遗产）泰山	佚　名
雨中春夜岁除夕（世界文化与自然遗产）泰山	武　骝
春夜水涌出岩底（世界文化与自然遗产）泰山	佚　名
秦岭冰封冷香残（世界文化与自然遗产）泰山	陈锐忠
秦岭别后记录晚（世界文化与自然遗产）泰山	赖晋辉
始信上天弗住仙（济南名胜古迹）千佛山	吴乐荣
空谷避俗扰，弗如一散仙（济南名胜古迹）千佛山	林丰来

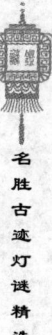

名胜古迹灯谜精选

乐山名胜孰为最（济南名胜古迹）大佛头	李功平
上下天光一碧万顷（济南名胜古迹）大明湖	张鹤绵
少小洞庭犹未识（济南名胜古迹）大明湖	陈振凡
月落古渡头，泱泱如白昼（济南名胜古迹）大明湖	佚　名
水光潋滟晴方好（济南名胜古迹）大明湖	杜宇澄
玉鉴琼田三万顷（济南名胜古迹）大明湖	蔡　芳
千里投奔济南来（济南名胜古迹）马跑泉	佚　名
家家户户镶琉璃（济南名胜古迹）四门塔	王振坤
乔公摘花树枝头（济南名胜古迹）对松桥	天　龙
一汪清水依然碧（济南名胜古迹）白石	佚　名
雨停香飘娄山侧（济南名胜古迹）白雪楼	叶子绿
云涌风起大雁来（济南名胜古迹）龙虎塔	谢亚芦
风起云涌遮浮屠（济南名胜古迹）龙虎塔	佚　名
同去陇西水泊游（济南名胜古迹）龙泉洞	叶子绿
同离汕尾去陇西（济南名胜古迹）龙洞	龟　蛇
皎皎初生月，水永相隔（济南名胜古迹）百脉泉	林丰来
初夜展卷到四更（济南名胜古迹）沧园	佚　名
拜完上苍将酒洒（济南名胜古迹）沧园	慧　君
城西遍寻火山石（济南名胜古迹）灵岩寺	叶子绿
水鸟窝前趴白犬（济南名胜古迹）趵突泉	李洪生
白犬残踪迹，穴中水满勺（济南名胜古迹）趵突泉	蔡建荣
闲暇之日远游国外（济南名胜古迹）遐园	佚　名
银针彩线绘巴蜀（济南名胜古迹）锦绣川	吴朋宾
苏洵何时始发愤（济南名胜古迹，卷帘）七十二泉	买立新

　　苏洵，号老泉。《三字经》曰："苏老泉，二十七，始发愤，读书籍。"

兄有偏私,在座不从(枣庄名胜古迹)台儿庄	佚　名
安排为兄去庭前(枣庄名胜古迹)台儿庄	乔北海
别兄离去到店前(枣庄名胜古迹)台儿庄	佚　名
宝岛小孩神情肃穆(枣庄名胜古迹)台儿庄	缪一松
抬头不见有村子(枣庄名胜古迹)台儿庄	佚　名
王允离间一计成,其名终得广流传(枣庄名胜古迹)台儿庄	袁春晖
相看两不厌(枣庄名胜古迹,卷帘)莲青山	黄全来

　　面出李白《独坐敬亭山》诗。李白号青莲居士。

娘前来告别,连夜去桂东(青岛名胜古迹)一多楼	叶子绿
工钱支付后,三人要分红(青岛名胜古迹)一线天	缪一松
一来雎鸠鸣(青岛名胜古迹)八大关	佚　名
二人谷顶赏兰花(青岛名胜古迹)八大关	王立忠
窗间疏兰人人赏(青岛名胜古迹)八大关	吕珏生
重劈西岭建码头(青岛名胜古迹)千里岩	叶子绿
两人同行去会仙(青岛名胜古迹)云山	方　梅
二人合闯妃嫔楼(青岛名胜古迹)天后宫	蔡建荣
是日立昭阳(青岛名胜古迹)天后宫	郑育斌
皇上走访妃子楼(青岛名胜古迹)天后宫	蔡建荣
以战求和(青岛名胜古迹)太平角	黄全来
寂寞嫦娥(青岛名胜古迹)太清宫	佚　名
秦观受诏入大内(青岛名胜古迹)太虚宫	黄全来
见到桌凳橱床,竟然无一物不是旧识(青岛名胜古迹)王统照故居	
	黄全来

　　面出《射雕英雄传》第九回。王妃的房间照牛家村旧居的摆设。

横看成岭侧成峰(青岛名胜古迹)观象山	杜宇澄

迎春佩玉会鸳鸯(青岛名胜古迹)花石楼	安建国
谷中回荡雁鸣声(青岛名胜古迹)信号山	王化民
浅娇半吐缀疏林(青岛名胜古迹)栈桥	佚　名
用心改革,力献爱心再上岗(青岛名胜古迹)崂山	佚　名
有劳仙人去天台(青岛名胜古迹)崂山	汪良淦
劳务输出需调整(青岛名胜古迹)崂山	丁殿卿
劳动之余看双峰(青岛名胜古迹)崂山	杨生安
给力军警先出动(青岛名胜古迹)崂山	佚　名
着力荧屏下,分出高和低(青岛名胜古迹)崂山	武　骝
回看江山传春雷(青岛名胜古迹)琴岛	佚　名
孔穴果然古怪(青岛名胜古迹,卷帘)玄真洞	黄全来
在八宝山(临沂名胜古迹)于公墓	黄全来
为士兵修坟(临沂名胜古迹)将军冢	黄全来
两水之间先见石也(临沂名胜古迹)洗砚池	杨生安
神女峰的迷雾(临沂名胜古迹)蒙山	佚　名
红墙前面留胜迹(威海名胜古迹)丹土遗址	蔡秋湖
百花湖畔仗义救难(威海名胜古迹)文石滩	叶子绿
北岸初晴鸟横飞(威海名胜古迹)日岛	佚　名
何琼表示支持(威海名胜古迹)仙姑顶	黄全来

　　八仙之一的何仙姑本名何琼。

逝者如斯夫(威海名胜古迹)圣水观	黄全来

　　面出《论语》,乃是孔子对着江流所发的感慨。

封禅(威海名胜古迹)圣经山	黄全来
陛下攀岩,至此绝壁(威海名胜古迹)圣经山摩崖	黄全来
义山携鸟迁,松畔山水间(威海名胜古迹)刘公岛	武　骝
圣上无所成,仍前后环绕(威海名胜古迹)尧王城	黄全来

谜面	谜目	作者
猴子也敢称大王	（威海名胜古迹）成山头	张毅安
落草为寇称大王	（威海名胜古迹）成山头	佚　名
白茫茫的峰峦，雪皑皑的海滨	（威海名胜古迹）乳山银滩	佚　名
狡兔之窟	（济宁名胜古迹）三孔	武　骝
缺少二五眼	（济宁名胜古迹）三孔	武　骝
今早离闽泪珠抛	（济宁名胜古迹）大中门	天　龙
骄傲使人落后	（济宁名胜古迹）大成殿	吕　祥
寺间一别又相逢	（济宁名胜古迹）圣时门	陈见生
寺间松树掩村落	（济宁名胜古迹）圣时门	天　龙
路头高架桥，一线连闵行	（济宁名胜古迹）同文门	嘉　蕙
芳心错许一和尚，中意名声丧当初	（济宁名胜古迹）忠义堂	吴旭初
一叶飘然动枝头	（济宁名胜古迹）杏坛	李创龙
下基层——查清	（济宁名胜古迹）杏坛	高桑季
分组去调查	（济宁名胜古迹）杏坛	李旭明
离开日本去远安	（济宁名胜古迹）杏坛	龟　蛇
七日爷爷入寺来	（济宁名胜古迹）周公庙	佚　名
叶凋零乱庭台上	（济宁名胜古迹）周公庙	佚　名
满殿文武祭太牢	（济宁名胜古迹）周公庙	武　骝
此乡霍光旧曾住	（济宁名胜古迹，卷帘）孟子故里	黄全来

汉代霍光，字子孟。

店前半盏别子由	（济宁名胜古迹）孟庙	黄全来
三更梦断泛扁舟	（济宁名胜古迹）孟林	罗育辉
村头李花先盛开	（济宁名胜古迹）孟林	天　龙
两峰之间又架电杆	（济宁名胜古迹）峄山	郑俊生
天安门上太阳升	（济宁名胜古迹）明故城	武　骝
古风颂慈母	（济宁名胜古迹）诗礼堂	蔡诗通

谜面	谜目	作者
园中建一宅，水泊移短竹	（济宁名胜古迹）浣笔泉	叶子绿
一泊活水沁园里，幽篁掩映拥宅间	（济宁名胜古迹）浣笔泉	佚　名
提起过去，掩口转头显含羞	（济宁名胜古迹）莲台寺	叶子绿
生日闲游火山侧	（济宁名胜古迹）棂星门	叶子绿
几处先着墨，一点不自吝	（济宁名胜古迹）黑风口	陈　梨
三峰临水盘中景	（济宁名胜古迹）微山湖	佚　名
小型盆景现峰江	（济宁名胜古迹）微山湖	蔡建荣
小泰岳而渺洞庭	（济宁名胜古迹）微山湖	王　磊
水石盆景	（济宁名胜古迹）微山湖	王能父
白银盘里一青螺	（济宁名胜古迹）微山湖	陆滋源
奇峰碧波盆景中	（济宁名胜古迹）微山湖	佚　名
梁祝相送路几程	（泰安名胜古迹）十八盘	佚　名
桂台联动觅离人	（泰安名胜古迹）十里松	天　龙
半盅吞下去，心里闷顿消	（泰安名胜古迹）中天门	卷笔刀
只喜皇帝五凤楼	（泰安名胜古迹）中天门	蔡建荣
二三了成人，吾得清闲矣	（泰安名胜古迹）五大夫松	徐卫锋
有两三个医生较涣散	（泰安名胜古迹）五大夫松	王汉生
二人远行离闺门	（泰安名胜古迹）天街	老　兵
洞口微微飞细雨	（泰安名胜古迹）孔子小天下处	李创龙
重建海地邀先生	（泰安名胜古迹）王母池	天　龙
树隔云岭半空里	（泰安名胜古迹）对松山	佚　名
又闻湖畔香飘散	（泰安名胜古迹）汉柏	刘浩涛
阮生离宋又漂泊	（泰安名胜古迹）汉柏院	佚　名
百	（泰安名胜古迹）玉皇顶	佚　名
独照峨眉峰	（泰安名胜古迹）光明顶	庄　云
由傅青主广为代理	（泰安名胜古迹）岱庙	蔡建荣

半绕碧峰径欲幽(泰安名胜古迹)经石峪	佘学锋
怀瑾那日进府来(泰安名胜古迹)南天门	蔡建荣
烈焰冲霄罩第宅(泰安名胜古迹)南天门	吟秋客
同离泊头去集安(泰安名胜古迹)柏洞	龟　蛇
陪同皇上游桂西(泰安名胜古迹)柏洞	立　忠
同保金边一方安宁(泰安名胜古迹)铜亭	叶子绿
来日郊东同赶潮(泰安名胜古迹)朝阳洞	叶子绿
游击北崖惊飞鸟(烟台名胜古迹)三山岛	叶子绿
回到都市了,住在哪里呢?(烟台名胜古迹)归城城址	黄全来
同先生湖畔赏昙花(烟台名胜古迹)白云洞	叶子绿
远山百花开,湖边一同游(烟台名胜古迹)白云洞	叶子绿
庄后一带又见碧树(烟台名胜古迹)白石村	黄全来
凭君点水又安济,集众多时方易成(烟台名胜古迹)金沙滩	吴旭初
难有水,少有水,全靠点滴积累(烟台名胜古迹)金沙滩	陈士平
霁云明孤岭(烟台名胜古迹)南山	武　骝

　　面出刘眘虚《浔阳陶氏别业》。唐朝有名将南霁云。

口出是非多俗人(烟台名胜古迹)道士谷	佚　名
二十载前各出门,二十载后来相逢(烟台名胜古迹)蓬莱阁	桑小平
分明四十载,相逢来楼台(烟台名胜古迹)蓬莱阁	佚　名
出门四十载,各处来相逢(烟台名胜古迹)蓬莱阁	蔡建荣
四十载后相逢,来客脱帽进门(烟台名胜古迹)蓬莱阁	武　骝
月下苦分别,一人离沪行(淄博名胜古迹)大芦湖	叶子绿
依靠"禅城"(淄博名胜古迹)仰佛山	黄全来
此犯终于水泊落草(淄博名胜古迹)范泉	卫斌虎
谈谈书房,说说都市(淄博名胜古迹)聊斋城	黄全来
桃花山径(聊城名胜古迹)马陵道	佚　名

鹏举独自在高阁（聊城名胜古迹）光岳楼　　　　　　　　　蔡建荣
河东布陷阱（聊城名胜古迹）阿井　　　　　　　　　　　　王立忠
离开陇西去河西（聊城名胜古迹）阿井　　　　　　　　　　龟　蛇
出宫中美女，得百八十人。孙子分为二队，以王之宠姬二人各为
队长（聊城名胜古迹）武训大殿　　　　　　　　　　　　吴融杭
　　面出《史记·孙子吴起列传》"吴宫教阵"典。
一生求仙终苦别（聊城名胜古迹）茌山　　　　　　　　　　佚　名
节前从吉首到仙游（聊城名胜古迹）茌山　　　　　　　　　卫斌虎
将士仙游度重阳（聊城名胜古迹）茌山　　　　　　　　　　叶子绿
蜻蜓倒舞穿花前，雁阵斜飞隐峰后（聊城名胜古迹）茌山　　天　池
来日曲直莫枉断（聊城名胜古迹）曹植墓　　　　　　　　　潘洁妹
日起云霞曙，湖动水生花（菏泽名胜古迹）亘古清泉　　　　佘学锋
迁塘植草搞合作（菏泽名胜古迹）唐塔　　　　　　　　　　叶子绿
离舍到塘边，花前独观赏（菏泽名胜古迹）唐塔　　　　　　龟　蛇
东村霍乱新灾现（滨州名胜古迹）大觉寺　　　　　　　　　叶子绿
一定会和解（滨州名胜古迹）秦台　　　　　　　　　　　　卫斌虎
三人私离回京中（滨州名胜古迹）秦台　　　　　　　　　　龟　蛇
私下来见吕奉先（滨州名胜古迹）秦台　　　　　　　　　　林凯胜
舍前松柏流云罩（滨州名胜古迹）秦台　　　　　　　　　　天　龙
鲁直坐骑（滨州名胜古迹，卷帘）马谷山　　　　　　　　　黄全来
话说愚公家前境（潍坊名胜古迹）云门山　　　　　　　　　孙幸源
主上毫无瑕疵，当之无愧（潍坊名胜古迹）王尽美故居　　　黄全来
马来半岛蛇虫藏（潍坊名胜古迹）驼山　　　　　　　　　　郑庆元
初春离家方起程（潍坊名胜古迹）秦王冢　　　　　　　　　天　龙
窗外梅花放，远山色青青（潍坊名胜古迹）麓台　　　　　　叶子绿

江　西

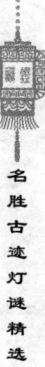

宋公明成座上宾（省份）江西　　　　　　　　张士斌

宋公明居左（省份）江西　　　　　　　　　　张士斌

空前未有显洒脱（省份）江西　　　　　　　　乔北海

拼力建功真洒脱（省份）江西　　　　　　　　辞　明

项先生洒脱（省份）江西　　　　　　　　　　张士斌

文章江右开先贤（省份简称）赣　　　　　　　柯国臻

提早建立用工制，破格招人务出力（省份简称）赣　周跃建

先后献唱英雄城（江西市名）南昌　　　　　　张士斌

先献二计擒吕布（江西市名）南昌　　　　　　周跃建

旭日升空鸿鸟飞（江西市名）九江　　　　　　多　人

变换花样巧染头（江西市名）九江　　　　　　乔北海

蒙恩得赦（江西市名）上饶　　　　　　　　　涂竹居

十载同心案终破（江西市名）吉安　　　　　　周跃建

介于两音之间（江西市名）吉安　　　　　　　吴荣进

帮手无须先酬谢（江西市名）抚州　　　　　　乔北海

提前来无为，三点再赴川（江西市名）抚州　　周跃建

三月最适人（江西市名）宜春　　　　　　　　乔北海

来到高安县，陪夫一日整（江西市名）宜春　　易广昌

桃李花开日（江西市名）宜春　　　　　　　　佚　名

水上漂浮是我家(江西市名)萍乡		多　人
佩服朱老总临危不乱(江西市名)景德镇		张士斌
旧的一个不剩(江西市名)新余		张士斌
亲临浙东叙前情(江西市名)新余		乔北海
重塑一个我(江西市名)新余		多　人
雁寄相思染珠泪,酒消孤独续残章(江西市名)鹰潭		滕宝毅
上下五千年(江西县名)万载		多　人
会当凌绝顶(江西县名)上高		多　人
欲穷千里目(江西县名)上高		多　人
缺席一天,半途而废(江西县名)大余		多　人
唯我独尊(江西县名)大余		汤健安
望不尽的麦浪闪金光(江西县名)广丰		周跃建
百业繁荣(江西县名)广昌		多　人
刚讲出一半(江西县名)井冈山		周跃建
岗位调动无话讲(江西县名)井冈山		魏希洪
前面进来一半,后头出去一半,中间刚剩一半(江西县名)井冈山		武　骝
不合适(江西县名)分宜		多　人
成绩刚好(江西县名)分宜		张士斌
曲调无起伏(江西县名)乐平		张士斌
爱因斯坦(江西县名)乐平		多　人
一笑置之(江西县名)乐安		佚　名
性喜恬静(江西县名)乐安		张士斌
催眠曲(江西县名)乐安		张士斌
歌舞升平(江西县名)乐安		屈承府
一直用不旧(江西县名)永新		多　人

柳三变一改旧貌（江西县名）永新　　　　　　　张士斌
　　宋词人柳永原名三变。
中国妇女解放翻了身（江西县名）玉山　　　　　敖耀寰
中国崛起（江西县名）玉山　　　　　　　　　　周跃建
主动要上岗（江西县名）玉山　　　　　　　　　张士斌
定有繁荣时（江西县名）会昌　　　　　　　　　张士斌
遇上周文王（江西县名）会昌　　　　　　　　　张士斌
喜气满江山（江西县名）兴国　　　　　　　　　潘洁妹
文案修改未删减（江西县名）安义　　　　　　　张士斌
稳定的边疆（江西县名）安远　　　　　　　　　张世培
引壶觞以自酌（江西县名）余干　　　　　　　　周跃建
非他人所为（江西县名）余干　　　　　　　　　张士斌
荷尽已无擎雨盖（江西县名）余干　　　　　　　陈光亮
剩下工作我来做（江西县名）余干　　　　　　　张士斌
在下宋公明（江西县名）余江　　　　　　　　　张士斌
内举不避亲，外举不避仇（江西县名）进贤　　　多　人
七擒七纵安蛮邦（江西县名）定南　　　　　　　乔北海
罗盘指方向（江西县名）定南　　　　　　　　　多　人
仆就缺点真心言（江西县名）信丰　　　　　　　张士斌
函件纷至沓来（江西县名）信丰　　　　　　　　张士斌
毫不怀疑田元皓（江西县名）信丰　　　　　　　张士斌
　　东汉田丰字元皓。
让那河流改变了模样（江西县名）修水　　　　　周跃建
改造河流（江西县名）修水　　　　　　　　　　多　人
生日聚会遇小孙（江西县名）星子　　　　　　　周跃建
长桥卧波（江西县名）浮梁　　　　　　　　　　李钟美

航空保险(江西县名)高安	多　人
景仰乐山(江西县名)崇仁	张士斌
刚提拔的领导(江西县名)新干	张世培
刚竣工(江西县名)新建	多　人
长命百岁吉祥钱(江西县名)瑞金	乔北海
文明经商生意好(江西县名)德兴市	多　人
此印乃是林散之(江西县名)樟树	张士斌
月下玉楼初度,今岁别在今宵(世界文化景观)庐山	武　骝

古人称肩为玉楼。

白云生处有人家(世界文化景观)庐山	武　骝
岁首落户到广安(世界文化景观)庐山	周跃建
落户广安在岭前(世界文化景观)庐山	乔北海
C方案遍搜此岭(世界自然遗产)三清山	魏希洪
一击(世界自然遗产)三清山	周跃建
京金北固雨洗尘(世界自然遗产)三清山	武　骝

京、金、北固乃镇江三山。

真心空付,情海无边,回头是岸(世界自然遗产)三清山	黄冬妮
真心请莫言,偕伴来汕游(世界自然遗产)三清山	周跃建
中国灯谜之高峰(世界自然遗产)龙虎山	多　人
各姿各雅中国风(世界自然遗产)龙虎山	武　骝

各姿各雅山位于巴颜喀拉山北麓,为黄河的源头。

二人别言让,山东缺前锋(南昌名胜古迹)上天峰	周跃建
前日登山顶(南昌名胜古迹)上天峰	张士斌
高路入云端(南昌名胜古迹)上天峰	屈承府
嫩寒初生游船过,雁阵一排城边来(南昌名胜古迹)大安寺	乔北海
空中闻鸡鸣(南昌名胜古迹)天宁寺	武　骝

鸡鸣寺，南京名寺。宁，南京简称。

二人交来初稿，配音先后修改（南昌名胜古迹）天香园　　周跃建

大元遭困自分裂（南昌名胜古迹）天香园　　黄全来

满轮当苑桂多芳（南昌名胜古迹）天香园　　武　骝

相看波冷无声（南昌名胜古迹）水观音亭　　武　骝

础破冰终化解后（南昌名胜古迹）仙水岩　　武　骝

清清碧泉上，斜侵错落出（南昌名胜古迹）仙水岩　　武　骝

自云先世避秦时乱，率妻子邑人来此绝境，不复出焉（南昌名胜古迹）安义古村　　武　骝

不见昔日清泉水，化入川藏纵横流（南昌名胜古迹）百花洲　　周跃建

右侍相伴游岷山（南昌名胜古迹）佑民寺　　周跃建

七载林间苦心尽，雄心始料终落空（南昌名胜古迹）杏花楼　　乔北海

请来基层搞普及（南昌名胜古迹）青云谱　　周跃建

清歌不是世间音（南昌名胜古迹）青云谱　　孟　辉

先开奔驰游海西（南昌名胜古迹）洗马池　　周跃建

山后林海已零下（南昌名胜古迹）梅岭　　魏希洪

传令，山海关前扎下寨（南昌名胜古迹）梅岭　　大　沧

先生松岁东海龄（南昌名胜古迹）梅岭　　武　骝

林海无边际，山后藏金铃（南昌名胜古迹）梅岭　　郑庆元

海棠半绽放，崖上雨飘零（南昌名胜古迹）梅岭　　周跃建

和靖妻与西子伴（南昌名胜古迹）梅湖　　武　骝

开岁造林（南昌名胜古迹）梦山　　周跃建

来岁分别到楚天（南昌名胜古迹）梦山　　乔北海

峰前夕照入林来（南昌名胜古迹）梦山　　李创龙

巫岭昼眠云雨痕（南昌名胜古迹）梦山胜迹　　武　骝

　　典出宋玉《高唐赋》。

149

只要节前给送电,全部架设到城边(南昌名胜古迹)绳金塔　　周跃建
经锄始藏蝇头字,垄上行人同宽心(南昌名胜古迹)绳金塔　　武　骝
墓前肃立闻箫声,隐约远树山雾中(南昌名胜古迹)萧峰　　周跃建
古代人像落潮中(南昌名胜古迹)象湖　　郑庆元
淡妆浓抹比西子(南昌名胜古迹)象湖　　武　骝
手把明月珠(南昌名胜古迹)摩天轮　　武　骝
月光映水亮点点,各随夫君把家还(南昌名胜古迹)滕王阁　　多　人
关前南望月如水,西路不见夫归门(南昌名胜古迹)滕王阁　　乔北海
藤草掩门客望南(南昌名胜古迹)滕王阁　　魏希洪
需(南昌名胜古迹)孺子亭　　武　骝
那日松打造红歌星(九江名胜古迹)三宝树　　武　骝

　　著名音乐人三宝,原名那日松。

帛币一两撂(九江名胜古迹)三叠泉　　武　骝

　　泉,古代的帛币。

一同携夫人,也来江西游(九江名胜古迹)大天池　　周跃建
三度离从化,也往汕头来(九江名胜古迹)大天池　　潘洁妹
从来有派头,也得让三分(九江名胜古迹)大天池　　王祥方
南天桂魄生,地头草初合(九江名胜古迹)大胜塔　　乔北海
展示者乃江西人也(九江名胜古迹)小天池　　张士斌
古岩层叠隐化石(九江名胜古迹)云居山　　周跃建
登岳上演陈三两(九江名胜古迹)五老峰　　武　骝
瑞雪纷飞紫禁城(九江名胜古迹)天花宫　　乔北海
村间画栋在后堂(九江名胜古迹)东林寺　　乔北海
云生神禹千年穴(九江名胜古迹)仙人洞　　武　骝
吕洞宾实在是神(九江名胜古迹,卷帘)仙真岩　　张士斌

　　吕洞宾名岩。

两爷们另立山头(九江名胜古迹)汉阳峰 武骝
池边堂前栽胡柑(九江名胜古迹)甘棠湖 周跃建
选中岩松任前锋(九江名胜古迹)石钟山 周跃建
镜头中出现岩松(九江名胜古迹)石钟山 张士斌
曹冲妙计称大象(九江名胜古迹)好运石 武骝
洞庭一曲湘灵瑟(九江名胜古迹)如琴湖 武骝

　　瑟,弦乐器,如琴。钱起《湘灵鼓瑟》有"流水传潇浦,悲风过洞庭"句。

耕者忘其犁,锄者忘其锄(九江名胜古迹)观妙亭 武骝

　　面出《陌上桑》。亭通停。

瞧(九江名胜古迹)观音桥 唐依明
吕布今番定陨首(九江名胜古迹)含鄱口 武骝
华容道(九江名胜古迹)花径 多人
消费之道(九江名胜古迹)花径 多人
绿珠楼下花满园(九江名胜古迹)美庐别墅 武骝

　　面出李白《鲁郡尧祠送窦明府薄华还西京时久病初起作》句。

三尺不消平地雪(九江名胜古迹)涌泉洞 武骝

　　面出张养浩《趵突泉》句。

雾云(九江名胜古迹)烟水亭 武骝
观此景象,也似雷音(九江名胜古迹)真如寺 武骝

　　面出《西游记》第六十五回"妖邪假设小雷音"句。

德才兼备来报国(九江名胜古迹)能仁寺 武骝
曲终收拨当心画(九江名胜古迹)琵琶亭 武骝
陨雨(九江名胜古迹)落星石 武骝
到大丰市从商(上饶名胜古迹)上饶集中营 胡永久
二郎神眼(上饶名胜古迹)仙人洞 张士斌

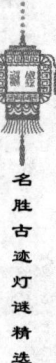

谜面	作者
凡夫俗子莫能察（上饶名胜古迹）仙人洞	谢瑶中
岁首同到江边来，码头残雪人点点（上饶名胜古迹）灵岩洞	乔北海
马谡拒谏屯兵（上饶名胜古迹）武安山	石爱民
平此洼地，建成农户（上饶名胜古迹）理坑村民居	黄全来
泉边先生依山立（吉安名胜古迹）白水仙	郑庆元
留下取样后，推介搞装潢（吉安名胜古迹）黄洋界	周跃建
离休到开封，岁首游东城（抚州名胜古迹）仙桂寺	乔北海
水过杭城西，荒草扁舟下（抚州名胜古迹）流坑村	黄全来
最好开年去宝岛（宜春名胜古迹）宜春台	张士斌
日出东岭鹏鸟飞（宜春名胜古迹）明月山	周跃建
日前崩裂（宜春名胜古迹）明月山	张士斌
回眸峨眉映清辉（宜春名胜古迹）明月山	石爱民
岁首邀朋游晋南（宜春名胜古迹）明月山	乔北海
一同江畔岩下别（宜春名胜古迹）洞山	郑庆元
战绩巍巍在太行（萍乡名胜古迹）武功山	乔北海
朱门客舍前，玲珑先后观（景德镇名胜古迹）龙珠阁	乔北海
面对岭上林间风（景德镇名胜古迹）枫树山	魏希洪
岭前少杂木，眉月尢相伴（新余名胜古迹）九龙山	乔北海
山人立溪旁，姑且邀月伴（新余名胜古迹）仙女湖	魏希洪
姑融山水月近人（新余名胜古迹）仙女湖	多　人
后场对峙生枝节（新余名胜古迹）杨岐寺	周跃建
泉下石出人伫立（鹰潭名胜古迹）仙水岩	乔北海
风云起太行（鹰潭名胜古迹）龙虎山	乔北海
会后见岩松（赣州名胜古迹）云石山	张士斌
东港西城灯光下（赣州名胜古迹）灶儿巷	乔北海
至今牵挂唯宝岛（赣州名胜古迹）郁孤台	徐锦忠

独居宝岛添惆怅(赣州名胜古迹)郁孤台　　　　　　　佚　名
八仙吕洞宾,本事大得很(赣州名胜古迹)通天岩　　　张士斌
山峰耸立入云霄(赣州名胜古迹)通天岩　　　　　　郑庆元
直上九霄的高峰(赣州名胜古迹)通天岩　　　　　　陈玉芳
每天运米(赣州名胜古迹)梅关　　　　　　　　　　张士斌
小青下峨眉(赣州名胜古迹)翠微峰　　　　　　　　张天璧
四(赣州名胜古迹)燕翼围　　　　　　　　　　　　周跃建

湖　北

大泽起义终失败(省份)湖北　　　　　　　　　　　李旭明
古月临池,残花弄影(省份)湖北　　　　　　　　　佚　名
古来背水有一拼(省份)湖北　　　　　　　　　　　佚　名
易水古月在,匕现壮士归(省份)湖北　　　　　　　杨　翔
背靠西江留古迹(省份)湖北　　　　　　　　　　　林士福
清明到来少有晴,残花弄影叶乱生(省份)湖北　　　乔北海
小两口阶前排污水(省份简称)鄂　　　　　　　　　闫　涛
双方一直合作,这回亏了(省份简称)鄂　　　　　　苏　颖
阵前两方都得亏(省份简称)鄂　　　　　　　　　　三点水
松坡捐金邑间传(省份简称)鄂　　　　　　　　　　赵定国
画旗招展,号召一方(省份简称)鄂　　　　　　　　佚　名
灭帝制彻底翻身(湖北市名)武汉　　　　　　　　　黄建平

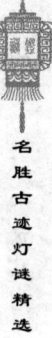

153

当兵的人（湖北市名）武汉	张建华
群雄逐鹿（湖北市名）武汉	蔡秋湖
文明（湖北市名，遥对）武汉	佚　名
早来摘梅枝，后至卧空山（湖北市名）十堰	佚　名
堤坝纵横（湖北市名）十堰	佚　名
人间难住叹别离（湖北市名）天门	王保武
下雨之前就得闪（湖北市名）天门	周跃建
化作一鸟人间鸣（湖北市名）天门	林凯胜
孤雁一行落日间（湖北市名）天门	蔡建荣
二人同把闹市游（湖北市名）天门市	王保武
上岸休要逃走了（湖北市名）仙桃	佚　名
离休进山隐洮水（湖北市名）仙桃	曹先华
老头得子心无憾（湖北市名）孝感	潘洁妹
严冬怎生笋（湖北市名）孝感	佚　名
度尚何缘立曹碑（湖北市名）孝感	谢建明
教未成文心生憾（湖北市名）孝感	陈　霄
二宫改革助前进（湖北市名）宜昌	严宗达
且为二宫换新貌（湖北市名）宜昌	邱　云
行宫之事且一一道来（湖北市名）宜昌	佚　名
理应振兴（湖北市名）宜昌	佚　名
万籁俱寂（湖北市名）咸宁	佚　名
用心感悟石头城（湖北市名）咸宁	清心莲
节后不见得宽松，两心遗憾为添丁（湖北市名）咸宁	哲　宇
都金陵（湖北市名）咸宁	郭喜木
耳闻减刑得心宽（湖北市名）荆门	佚　名
宜室宜家（湖北市名）荆门	佚　名

受刑显高节,问供口不开（湖北市名）荆门	杨　翔
柴扉（湖北市名）荆门	佚　名
大意丢失话今周（湖北市名）荆州	赵定国
刑满归川后,念及泪横流（湖北市名）荆州	赵定国
不图回报善行为（湖北市名）恩施	牟　艺
回首又见金眼彪（湖北市名）恩施	佚　名
因他变心方至此（湖北市名）恩施	李振贵
口号一起展大旗,定教川水齐涌来（湖北市名）鄂州	赵定国
西部开边有力度,引得川水自东来（湖北市名）随州	赵定国
县里还得跟上头（湖北市名）随州	赵定国
回首峰峦秋色浓（湖北市名）黄冈	赵定国
直接下文,共同组建（湖北市名）黄冈	李玉昌
由此同心共白头（湖北市名）黄石	佚　名
圯上老人不公道（湖北市名）黄石	佚　名
何人授书于张良,此公安在（湖北市名）黄石	梁民生
六点来代班（湖北市名）潜江	苏　颖
地下河（湖北市名）潜江	佚　名
换岗（湖北市名,徐妃）潜江	佚　名
公开赞助（湖北市名）襄阳	佚　名
反对暗地里拆台（湖北市名）襄阳	赵定国
金光镶映西陵晖（湖北市名）襄阳	袁松麒
阴阳为炭地为炉（湖北县名）大冶	王静庵
恰如其分各五成（湖北县名）大悟	萧　然
觉得不是小事（湖北县名）大悟	牟　艺
白浪茫茫无边际（湖北县名）广水	蔡建荣
江阔惟回首（湖北县名）广水	邢华旭

他年若得报冤仇（湖北县名）丹江口　　　　　　　　王寅丑

《水浒传》宋江所题反诗："他年若得报冤仇，血染浔阳江口。"

枫叶又红朱张渡（湖北县名）丹江口　　　　　　　　赵定国

楚天台上度一夜（湖北县名）云梦　　　　　　　　　佚　名

呓语（湖北县名，秋千）云梦　　　　　　　　　　　胡纯和

梅枝错落上窗台（湖北县名）公安　　　　　　　　　卫斌虎

顺便上滩头（湖北县名）汉川　　　　　　　　　　　赵定国

边陲残春深树里（湖北县名）汉阳　　　　　　　　　龙　斐

花岗岩脑袋（湖北县名）石首　　　　　　　　　　　蔡　芳

仁者所乐（湖北县名）兴山　　　　　　　　　　　　赵定国

不利海空（湖北县名）安陆　　　　　　　　　　　　蔡建荣

正午（湖北县名）当阳　　　　　　　　　　　　　　佚　名

堂前映残雪，陌头落余晖（湖北县名）当阳　　　　　黄福忠

公明墓（湖北县名）江陵　　　　　　　　　　　　　佚　名

一一出击乃上策（湖北县名）竹山　　　　　　　　　曹先华

幽篁蔽掩泉水流（湖北县名）竹溪　　　　　　　　　赵定国

首先宜结好江东（湖北县名）红安　　　　　　　　　林凯胜

叶落归根汉水畔（湖北县名）老河口　　　　　　　　赵定国

昔日风烟望五津（湖北县名）老河口　　　　　　　　赵定国

鲁南陈先生，多走更亲近（湖北县名）阳新　　　　　易广昌

开河渠筑堤防（湖北县名）利川　　　　　　　　　　年　艺

受益天府（湖北县名）利川　　　　　　　　　　　　朱君祥

该当开市（湖北县名）应城　　　　　　　　　　　　赵定国

粤中一载没干活（湖北县名）来凤　　　　　　　　　佚　名

小雨飘洒下乡来（湖北县名）沙市　　　　　　　　　蔡　芳

首长从湖南省会来（湖北县名）沙市　　　　　　　　严宗达

大米上市（湖北县名）谷城　　　　　　　　赵定国
边疆平定（湖北县名）远安　　　　　　　　蔡建荣
就在前面上岸（湖北县名）京山　　　　　　佚　名
万丈高楼平地起（湖北县名）建始　　　　　佚　名
僧舍绕云根（湖北县名）房县　　　　　　　吴新民
事出管教不严（湖北县名）松滋　　　　　　蔡建荣
居心为权始混巧（湖北县名）枝江　　　　　陈松秋
一树梧桐引凤凰（湖北县名）枝城　　　　　赵定国
圣花儿向日开（湖北县名）枣阳　　　　　　赵定国
　　圣花儿，枣的别称。
一步一个脚印（湖北县名）武穴　　　　　　佚　名
仗着会功夫，容不得人开口（湖北县名）武穴　佚　名
频年不解兵（湖北县名）武昌　　　　　　　范胜雄
收集四方联（湖北县名）罗田　　　　　　　佚　名
西峰日落映花前（湖北县名）英山　　　　　叶子绿
戍守南海（湖北县名）保康　　　　　　　　孙学飞
用心去感化，一定要用心（湖北县名）咸丰　吴建伟
旨召金眼彪（湖北县名）宣恩　　　　　　　赵定国
叶动起涟漪，此刻共赏月（湖北县名）洪湖　佚　名
青海常青（湖北县名）洪湖　　　　　　　　陈勇新
先要全员去西部（湖北县名）郧西　　　　　赵定国
阻断拆台要尽责（湖北县名）郧县　　　　　曹先华
希望一半用"湘泉"（湖北县名）浠水　　　　赵定国
峻岭崎峰都在西（湖北县名）通山　　　　　张松林
处处有路透长安（湖北县名）通城　　　　　杨志远
礼拜日（湖北县名）崇阳　　　　　　　　　蒋华勤

谜面	作者
庄前庄后林已成（湖北县名）麻城	刘　旭
成都毕业后，护林来广安（湖北县名）麻城	易广昌
由来与共水纵横（湖北县名）黄州	佚　名
潢川一改旧容貌（湖北县名）黄州	佚　名
分果供每个人吃（湖北县名）黄梅	佚　名
三水改旧貌（湖北县名）新洲	黄清明
二郎应在岭上住（世界文化遗产）武当山	赵定国
飞步凌绝顶（世界文化遗产）武当山	陈昌年
正离别，鸢雀低飞，残日南峦（世界文化遗产）武当山	武　骝
挥师定向唐努去（世界文化遗产）武当山	蔡建荣
陵独遇战（世界文化遗产）武当山	李创龙
忍能当面为盗贼（世界文化遗产）明显陵	武　骝

面出杜甫《茅屋为秋风所破歌》。陵通凌。

谜面	作者
山势突出（世界文化遗产）明显陵	陈书法
吉林省会一览（武汉名胜古迹）长春观	安建国
回眸云雨无歇时（武汉名胜古迹）长春观	石爱民
回到第一名刹（武汉名胜古迹）归元寺	尹海军
鸳鸯捎话给黛玉（武汉名胜古迹）鸟语林	石爱民
隔岸龟蛇锁黄鹤（武汉名胜古迹）江汉关大楼	赵定国
清清白白乃帝陵（武汉名胜古迹）明楚王墓	赵定国
迈步当年大泽乡（武汉名胜古迹）武昌起义旧址	赵定国
海峡两岸共团圆（武汉名胜古迹）洪山	柯木雄
云绕金陵存古迹（武汉名胜古迹）盘龙城遗址	赵定国
白娘子入昆仑（武汉名胜古迹）蛇山	佚　名
山谷令威百尺高（武汉名胜古迹）黄鹤楼	罗育辉
色三秋，鸣九皋，危百尺（武汉名胜古迹）黄鹤楼	武　骝

高阁今犹在,仙禽去不返(武汉名胜古迹)黄鹤楼	佚　名
途览江川各不同(武汉名胜古迹)道观河风景区	石爱民
九月拜访丈人家(十堰名胜古迹)玄岳门	李创龙
下得石崖逢甘泉(十堰名胜古迹)南岩宫	赵定国
库区移民入新居(宜昌名胜古迹)三峡人家	武　骝
人人用真爱之心美化平顶山(宜昌名胜古迹)三峡大坝	冯建欣
山上兰丛放还合,坡前终赏月无边(宜昌名胜古迹)三峡大坝	陈　霄
兰夫人岁初责成改制(宜昌名胜古迹)三峡大坝	武　骝

　　兰夫人,化妆品品牌。谜意为将"兰、夫、山、人、责"五字拆开重新组合。

兰夫人独当一面,破格重用正直人(宜昌名胜古迹)三峡大坝	檀焰炉
一再观光到孔府(宜昌名胜古迹)三游洞	吴行峤
一再走穴(宜昌名胜古迹)三游洞	刘连舫
两度清风里,又遇帝君在五台(宜昌名胜古迹)凤凰山	蔡建荣
翡翠蝴蝶岗下飞(宜昌名胜古迹)玉泉山	张洪滨
翡翠蝴蝶戏红莲(宜昌名胜古迹)玉泉寺	罗有荣
"千里眼"(宜昌名胜古迹)白马洞	李著成
双星悬天映中山(宜昌名胜古迹)关陵	张洪滨
何必马革裹尸还(宜昌名胜古迹)青山墓群	赵定国
片片飞花傍绿水(宜昌名胜古迹)香溪	佚　名
中国名山名寺(宜昌名胜古迹)黄陵庙	佚　名
金山古寺(宜昌名胜古迹)黄陵庙	佚　名
庙前属林岩参差(宜昌名胜古迹)磨盘山	缪一松
峰路十八旋,石留蹭刀痕(宜昌名胜古迹)磨盘山	魏希洪

缠绵问夫婿,画眉入时无(宜昌名胜古迹)磨盘山	孙培桢
原是故里山(荆门名胜古迹)屈家岭	刘　旭
挟泰山以超北海(荆门名胜古迹)岳飞城	赵晓南
圣上开口,鸳鸯终成(荆州名胜古迹)鸡鸣城	陈　浩
年少即称雄(恩施名胜古迹)小当阳	佚　名
仙裾如云映若耶(恩施名胜古迹)神龙溪	赵定国
回首当年小河沟,鲤鱼殊变世称奇(恩施名胜古迹)神龙溪	赵定国
桃花源头水,见首不见尾(恩施名胜古迹)神龙溪	武　骝

古有"神龙见首不见尾"之说。桃花溪位于湖南桃源县桃花源,中国十大名溪之一。

寿门漆书,体势不凡(恩施名胜古迹)神农架	武　骝

"扬州八怪"之一金农,字寿门。创扁笔书体,兼有楷、隶体势,时称"漆书"。

山东北部,塞上林间(恩施名胜古迹)鱼木寨	石爱民
红土劈下刀无影(黄冈名胜古迹)赤壁	周厚贵
去陇西水巷(黄石名胜古迹)龙港	佚　名
敖广携太子(黄石名胜古迹)龙港	赵定国
客阻匡庐(黄石名胜古迹)西塞山	张洪滨
满岭碧树掩大冶(黄石名胜古迹,卷帘)铜绿山	赵定国
普及文明待后生(襄阳名胜古迹)广德寺	宋　毅
清江如鉴绕村流(襄阳名胜古迹)水镜庄	敌杀死
满目是浮屠刻石(襄阳名胜古迹)多宝塔	易　进
翠竹倒映碧光墙(襄阳名胜古迹)绿影壁	佚　名
振兴华夏(襄阳名胜古迹)隆中	颜育俊
梅花居前不言诗(襄阳名胜古迹)鹿门寺	佚　名

湖 南

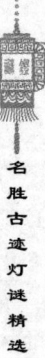

八月雪花飞塞北,秋来归雁向何方(省份)湖南	佚　名
打青海而下(省份)湖南	赵定国
怀古先献西江月(省份)湖南	乔北海
洞庭迎夏到,古月离江西(省份)湖南	李景东
沧桑半生终相会(省份简称)湘	黄惠中
村前含泪听乡音(省份简称)湘	孙　彬
落得一春离别泪(省份简称)湘	周问萍
霜降雨水(省份简称)湘	杨耀学
西楼洒泪听乡音(省份简称)湘	张宏福
怅无心兮渺不见(湖南市名)长沙	佚　名
炒作之后,东西上涨(湖南市名)长沙	易广昌
空碛无边连万里(湖南市名)长沙	佚　名
老少隔水望(湖南市名)长沙	佚　名
开户之后,没心思介入(湖南市名)张家界	佚　名
左邻右舍皆通达(湖南市名)张家界	林瑞光
看望左邻与右舍(湖南市名)张家界	武　骝
留侯府第墙基址(湖南市名)张家界	佚　名
愚公移山啥目的(湖南市名)张家界	陈良庆
遥望乡关碑桩在(湖南市名)张家界	杜心宁

扩建宅院办商场（湖南市名）张家界市	雷鸿仁
因不放心终退货（湖南市名）怀化	易广昌
异心，虚心待人（湖南市名）怀化	徐锦忠
移情别恋变了心（湖南市名）怀化	王祥方
大肚子经济（湖南市名）怀化市	缪一松
尽落阡陌西（湖南市名）邵阳	吕　祥
低空照影旗飘扬（湖南市名）邵阳	袁春晖
展昭得重用耳（湖南市名）邵阳	郑天伦
白日依山尽（湖南市名）岳阳	刘廷福
岭前小山相接，山外横山对峙（湖南市名）岳阳	石昭智
泰山日出（湖南市名）岳阳	陈书法
荼根正合阁下意（湖南市名）娄底	佚　名
砥石之上，广建木楼（湖南市名）娄底	赵定国
长岛植树（湖南市名）株洲	佚　名
枫林尽染红，川水纵横流（湖南市名）株洲	佚　名
春来红遍江心岛（湖南市名）株洲	佚　名
川内雨疏落，陇头春又回（湖南市名）郴州	佚　名
村前寨后映残阳，一川流水水纵横（湖南市名）郴州	袁廷福
杨柳陌头川水平（湖南市名）郴州	佚　名
文明礼貌天天讲（湖南市名）常德	佚　名
永久保持好品格（湖南市名）常德	佚　名
多年文明搞贸易（湖南市名）常德市	佚　名
早上村头洒泪别（湖南市名）湘潭	易广昌
泪洒枕畔心间苦（湖南市名）湘潭	徐卫锋
立晷测日（湖南市名）衡阳	佚　名
组队齐鲁行（湖南市名）衡阳	佚　名

离开山东分队行（湖南市名）衡阳	佚　名
泯然众人矣（湖南县名）大庸	方树之
俗不可耐（湖南县名）大庸	佚　名
土法子（湖南县名）中方	赵定国
一而再，再而三，不凌绝顶不罢休（湖南县名）双峰	赵　晶
石壁对朝饶（湖南县名）双峰	吴树戈
凤凰永久（湖南县名）双牌	佚　名
扑克麻将（湖南县名）双牌	佚　名
小女七载离宝玉（湖南县名）东安	曹晓耕
主人很好（湖南县名）东安	蔡建荣
一到湖中风无边（湖南县名）古丈	叶子绿
仗着别人做中介（湖南县名）古丈	易广昌
平静的山村（湖南县名）宁乡	佚　名
安心扎根在农村（湖南县名）宁乡	佚　名
不走捷径（湖南县名）宁远	蔡建荣
南京公园走一走（湖南县名）宁远	牟　艺
工作干到两三点（湖南县名）平江	尹海军
长河落日圆（湖南县名）平江	曹晓耕
长盛不衰（湖南县名）永兴	赵定国
是以长为悦者也（湖南县名）永兴	佚　名
无往而不利（湖南县名）永顺	赵定国
南人不复反矣（湖南县名）永顺	佚　名
下岩山，出闹市（湖南县名）石门	敖耀寰
码头上安个家（湖南县名）石门	牟　艺
壬辰岁首来相聚（湖南县名）龙山	周跃建
辰年守岁待除夕（湖南县名）龙山	佚　名

物以类聚(湖南县名)会同	曹晓耕
道不合不相与谋(湖南县名)会同	赵定国
千姿百态花儿媚(湖南县名)华容	牟 艺
芙蓉如面柳如眉(湖南县名)华容	佚 名
不存结伴一道,行舟异乡(湖南县名)吉首	佚 名
好彩头(湖南县名)吉首	陈永康
自有喜事走四方(湖南县名)吉首	佚 名
自贡豆花挺纯正(湖南县名)吉首	易广昌
开张大利(湖南县名)吉首市	卢阿柔
一人得高官,二女来相伴(湖南县名)安仁	曹晓耕
前面好似宝玉来(湖南县名)安仁	林凯胜
花下女人容不俗(湖南县名)安化	林凯胜
以作尔庸(湖南县名)汝城	佚 名
避祸终日随重耳(湖南县名)祁阳	林凯胜
月中老陈要开会(湖南县名)耒阳	慧 君
等到春天来扬帆(湖南县名)耒阳	佚 名
寒流(湖南县名)冷水江	蔡建荣
解冻海河冰彻骨(湖南县名)冷水江	佚 名
心心相印长挂念(湖南县名)攸县	佚 名
离别心悠悬(湖南县名)攸县	曹晓耕
转眼黄昏日西沉(湖南县名)汨罗	修 杨
浪漫名模在叹息(湖南县名)汨罗	佚 名
一汪清水绕园中(湖南县名)沅江	佚 名
工作完后到六点(湖南县名)沅江	曹晓耕
红杏出墙(湖南县名)花垣	佚 名
相思直上红河边(湖南县名)芷江	佚 名

谜面	作者
重耳去心反昭然（湖南县名）邵阳	佚　名
适合于印度（湖南县名）宜章	赵定国
清风明月助文思（湖南县名）宜章	佚　名
二郎山（湖南县名）武冈	佚　名
正式工没有下岗（湖南县名）武冈	曹晓耕
行者上山到景阳（湖南县名）武冈	尹海军
将军金甲夜不脱（湖南县名）临武	李祝英
宵眠抱玉鞍（湖南县名）临武	邓启明
靠近湖南（湖南县名）临湘	佚　名
亲聆湖畔相思曲（湖南县名）临澧	佚　名
在位一年，摆脱困境（湖南县名）保靖	邓当文
安得猛士兮守四方（湖南县名）保靖	赵定国
渡口通商（湖南县名）津市	佚　名
是谁怒触不周山（湖南县名，徐妃）洪江	佚　名
在湖南，声称留洋（湖南县名）浏阳	安建国
沿河水北刘家集（湖南县名）浏阳市	佚　名
广西一日（湖南县名）桂阳	佚　名
闺中意欲迎春日（湖南县名）桂阳	佚　名
瑶池仙树夹川栽（湖南县名）桃江	佚　名
何处洞天避秦乱（湖南县名）桃源	佚　名
原木出自临洮（湖南县名）桃源	傅华球
直入疏林三对头（湖南县名）桑植	梁华驹
养蚕采叶先栽树（湖南县名）桑植	徐添河
两水之间平地阔（湖南县名）涟源	钱文泉
以博一笑（湖南县名）资兴	佚　名
助人为乐（湖南县名）资兴	万建明

谜面	作者
双艇赛宁波夺冠(湖南县名)通道	佚　名
心经之路(湖南县名)通道	佚　名
众口一词(湖南县名)通道	周象平
久享太平(湖南县名)常宁	蔡建荣
和平万岁(湖南县名)常宁	佚　名
永将操守挂心间(湖南县名)常德县	佚　名
下乡知青盼调回(湖南县名)望城	佚　名
麓山远眺见长沙(湖南县名)望城	佚　名
衣锦还乡(湖南县名)隆回	许　昌
滴水之恩,涌泉相报(湖南县名)隆回	赵定国
暮色苍茫(湖南县名)麻阳	佚　名
枕前泪共阶前月(湖南县名)湘阴	潘雨麟
陌前相邀湖心游(湖南县名)湘阴	陶维松
我在汉中,父在江西(湖南县名)溆浦	褚维信
叙说少陵泪双流(湖南县名)溆浦	佚　名
湘西河畔话子美(湖南县名)溆浦	佚　名
和气生财(湖南县名)慈利	李泰和
岳母手中刺字针(湖南县名)慈利	武　骝
刚刚平静(湖南县名)新宁	佚　名
南京已改旧时颜(湖南县名)新宁	佚　名
匠心亲运富之基(湖南县名)新田	佚　名
留下保鲜弃旧(湖南县名)新田	牟　艺
美穗子(湖南县名)嘉禾	玲　珑
锦绣前程(湖南县名)嘉禾	王民建
产量超出一半(湖南县名)韶山	卢清潭
应召前来再竞岗(湖南县名)韶山	林凯胜

连声呼唤在峰头（湘潭名胜古迹）韶山	佚　名
泣下昭雪终翻身（湘潭名胜古迹）韶山	武　骝
相思一曲泪滴挂（湖南县名）澧县	王民建
画眉深浅入时无（湖南县名）衡山	文汉源
安营扎寨山溪头（世界自然遗产）武陵源	刘精耕
百万雄师侵天水（世界自然遗产）武陵源	蔡建荣
我近来取得一个老小，清河县人不怯气，都来相欺负（世界自然遗产）武陵源	武　骝

面出《水浒传》第二十三回武大郎初见武松之语。陵通凌，欺侮。源，事情根由。意为娶了潘金莲，是"武大受欺侮的原因"。

桃花尽日随流水（世界自然遗产）武陵源	杨志远
大姑从良小姑单（世界自然遗产）崀山	赖　杰
书通二酉人忘食（世界自然遗产）崀山	武　骝

"书通二酉"比喻读书甚多，学识丰富精湛。二酉，指大酉山、小酉山。

岁岁除夕伴娘边（世界自然遗产）崀山	王民建
良将出行换装回（世界自然遗产）崀山	紫　云
跃上葱茏四百旋（长沙名胜古迹）大围山	马建中
守街亭二将扎营（长沙名胜古迹）马王堆	顾　斌
玛雅后来成空城（长沙名胜古迹）马王堆	佚　名
传言山脚是君居（长沙名胜古迹）云麓宫	佚　名
楼台高耸入青冥（长沙名胜古迹）天心阁	佚　名
抛却富贵入空门（长沙名胜古迹）开福寺	佚　名
阿房一炬成焦土（长沙名胜古迹）火宫殿	佚　名
伴仙停处人俱渺（长沙名胜古迹）半山亭	佚　名
雪羽寺禽伴水源（长沙名胜古迹）白鹤泉	佚　名

谜面	作者
时值离乱,得一室足矣(长沙名胜古迹)定王台	李创龙
北方兵麋困湘中,惴惴而心不安(长沙名胜古迹)岳麓山	武骝
高峰脚下接低丘(长沙名胜古迹)岳麓山	佚名
日照清川里(长沙名胜古迹)浏阳河	马建中
出国为啥问梨花(长沙名胜古迹)浏阳河	敖耀寰
愿得连夜不复曙(长沙名胜古迹)爱晚亭	李创龙
披星戴月亦陶然(长沙名胜古迹)爱晚亭	陈文中
一池澄澈明如镜(长沙名胜古迹)清水塘	佚名
鹬浮没鸟爪,川沐水流平(长沙名胜古迹)橘子洲	武骝
林下梅花岭畔观(长沙名胜古迹)麓山寺	佚名
梅花堆岸起,桥西村错落(长沙名胜古迹)麓山寺	佚名
下岗后,放手开拓朝前走(永州名胜古迹)月岩	王保武
点卯调李广,披甲换新装(永州名胜古迹)柳子庙	佚名
秋晚峰冷霜半凝(永州名胜古迹)香零山	佚名
郁郁高岩表,森森千丈松(张家界名胜古迹)大峰林	王志成
只此一家,别无分店(张家界名胜古迹)不二门	多人
忠良之家(张家界名胜古迹)不二门	李良柱
伸手可触高山巅(张家界名胜古迹)五指峰	杜心宇
几度争权致晋乱(张家界名胜古迹)凤栖山	谢德峰
几度易权终归晋(张家界名胜古迹)凤栖山	张宏福
击破之后要闪开(张家界名胜古迹)天门山	吴荣进
白云生处有人家(张家界名胜古迹)天门山	武骝

杜牧《山行》:"远上寒山石径斜,白云生处有人家。"

谜面	作者
南关半幽闲,赋诗却无言(张家界名胜古迹)天门山寺	罗文锋
二人结行出闺门(张家界名胜古迹)天街	赵定国
日中为市(张家界名胜古迹)天街	陈书法

谜面	作者
出晋破齐胜半筹（张家界名胜古迹）文星岩	方龙铭
前厅风云卷帘看（张家界名胜古迹）白虎堂	赵晓南
盛世华庭诗言尽（张家界名胜古迹）兴国寺	吉运辉
珍妃缘何难面圣（张家界名胜古迹）后卡门	张文庆
唯有大堂前面开（张家界名胜古迹）后卡门	梁士贻
相声走穴行不得（张家界名胜古迹）观音洞	梁宝仁
看其色，听其言，察其意（张家界名胜古迹）观音洞	李　迁
满眼青山埋忠骨（张家界名胜古迹）张良墓	汤政良
瞻仰烈士陵园（张家界名胜古迹）张良墓	赵晓南
白银盘里一青螺（张家界名胜古迹）宝峰湖	刘建华
珍珠莲花赠莫愁（张家界名胜古迹）宝峰湖	吴树戈
秋日策马游芦笛（张家界名胜古迹）金鞭岩	彭振裕
初秋策马穿细流（张家界名胜古迹）金鞭溪	裴　靖
一时想要去宝岛（张家界名胜古迹）点将台	蔡建荣
委派施琅收宝岛（张家界名胜古迹）点将台	叶春荣
老房东为中国加油（张家界名胜古迹）贺龙故居	戴成龙
一同进浴半销魂（张家界名胜古迹）鬼谷洞	卢育明
听说像是贵古董（张家界名胜古迹）鬼谷洞	郭增磊
河沟一线连山谷（张家界名胜古迹）索溪峪	韩树义
涧流溯源入山谷（张家界名胜古迹）索溪峪	蔡　芳
山谷岩底清风来（张家界名胜古迹）黄石寨	梁华驹
汉升岩下扎大营（张家界名胜古迹）黄石寨	王庭富
香山处处沐朝阳（张家界名胜古迹）普光禅寺	谢亚芦
手可摘星辰（张家界名胜古迹）朝天楼	王　玮
黄鹤此去空悠悠（张家界名胜古迹）朝天楼	赵定国
幽咽流泉水下滩（张家界名胜古迹）琵琶溪	肖文亿

银钏金钗来负水(张家界名胜古迹)畲刀沟	敖耀寰

刘禹锡《竹枝词》："银钏金钗来负水,长刀短笠去烧畲。"

从文湘中显,运墨画上飞(张家界名胜古迹)黑枞垴	赵定国
离别后,从未留下黑迹(张家界名胜古迹)黑枞垴	代述祥
天子欢然于丛林(怀化名胜古迹)龙兴寺	蔡建荣
只疑云雾窟,犹有六朝僧(怀化名胜古迹)高庙	陈文中
白云深处藏古刹(怀化名胜古迹)高庙	邱中尧
明月依旧留庭隅(怀化名胜古迹)盘古居室	佚 名
昼夜纺纱不停歇(邵阳名胜古迹)一线天	郑云喜
藕丝挂在虚空中(邵阳名胜古迹)一线天	王保武
有暗道可通营盘(邵阳名胜古迹)乌云寨	陈孝逵
黑龙遁踪清风来(邵阳名胜古迹)乌云寨	余泮浩
得道凤凰落禅堂(邵阳名胜古迹)云台寺	赵定国
道是宝岛多庙宇(邵阳名胜古迹)云台寺	陈秀云
血拼雨农蒙乌云(邵阳名胜古迹)斗笠寨	赵定国
离合纷纭梓竹寒(邵阳名胜古迹)斗笠寨	石纪鸿
冰融水还冻,堤边草初合(邵阳名胜古迹)东塔	陈 梨
水边大雁(邵阳名胜古迹)北塔	郭海龙
失利之后压雷峰(邵阳名胜古迹)北塔	骆 岩
祔葬累累尽列侯(邵阳名胜古迹)刘华轩墓	郑 晖

唐·唐彦谦《长陵》诗："长安高阙此安刘,祔葬累累尽列侯。"

孤帆远影碧空尽(邵阳名胜古迹)极目亭	荣耀祥
放眼远眺爱晚景(邵阳名胜古迹)极目亭	代述祥
一顶乌纱起风波(邵阳名胜古迹)官帽亭	杨宏声
脱去乌纱一醉翁(邵阳名胜古迹)官帽亭	石纪鸿
达摩面壁(邵阳名胜古迹)法相岩	赵定国

东坡投石波涟起(邵阳名胜古迹)婆婆岩　　　　　　　　崔永凯
梅枝波影印山石(邵阳名胜古迹)婆婆岩　　　　　　　　郑庆元
悟空顿变大雁过(邵阳名胜古迹)猴子塔　　　　　　　　袁松麒
有人天台久淹留(邵阳名胜古迹)遇仙亭　　　　　　　　石纪鸿
半树饿鸦寒松落(邵阳名胜古迹)鹅公寨　　　　　　　　崔永凯
从此不再杞人忧(邵阳名胜古迹)楚天亭　　　　　　　　黄惠中
悲伤此日止(邵阳名胜古迹)楚天亭　　　　　　　　　　潘英淳
往昔"灿烂事",招蜂引蝶终成空(邵阳名胜古迹)蜡烛峰　崔永凯
昔之火山间,蜂蝶向西来(邵阳名胜古迹)蜡烛峰　　　　蔡　芳
王熙凤历幻返金陵(邵阳名胜古迹)辣椒峰　　　　　　　裴　靖
点额不成龙(邵阳名胜古迹)鲤溪　　　　　　　　　　　叶春荣
趋而过庭者,其若耶乎(邵阳名胜古迹)鲤溪　　　　　　严宗达
侠盗李三入兵营(邵阳名胜古迹)燕子寨　　　　　　　　石纪鸿
摆酒待儿上梁山(邵阳名胜古迹)燕子寨　　　　　　　　曾令禄
王昆仑(岳阳名胜古迹)君山　　　　　　　　　　　　　佚　名
王昆仑钓鱼(岳阳名胜古迹)君山岛　　　　　　　　　　武　骝
放眼田畴稻花香(岳阳名胜古迹)张谷英村　　　　　　　尹海军
山山落晖蔚为大观(岳阳名胜古迹)岳阳楼　　　　　　　佚　名
邱山杳隔丝缕断(岳阳名胜古迹)岳阳楼　　　　　　　　武　骝
　　邱山,泛指山。
眼前涟漪映清辉(娄底名胜古迹)波月洞　　　　　　　　佚　名
殷实家庭(娄底名胜古迹)富厚堂　　　　　　　　　　　赵定国
火烧骊山(株洲名胜古迹)炎帝陵　　　　　　　　　　　姜日文
韦编众口皆称赞(郴州名胜古迹)三绝碑　　　　　　　　罗育辉
小小观音山(郴州名胜古迹)苏仙岭　　　　　　　　　　一吻情
梦觉神游景阳冈(郴州名胜古迹)苏仙岭　　　　　　　　佚　名

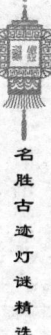

湖光蟾影映上清（常德名胜古迹）水月宫	郝庭玉
群峰之间古刹藏（常德名胜古迹）夹山寺	佚　名
英杰聚首华北平原，杀得东洋逃之夭夭（常德名胜古迹）桃花源	
	罗文锋
艳遇指数为何高？（常德名胜古迹）桃花源	缪一松
同（湘潭名胜古迹）滴水洞	佚　名
岫（衡阳名胜古迹）南岳庙	佚　名
金门远眺（衡阳名胜古迹）黄庭观	林　敏
突兀双峰两不让（衡阳名胜古迹）衡山	武　骝
渔人行水尽，便见一前峰（衡阳名胜古迹）衡山	武　骝

河　南

半生含泪打拼，幸得左膀右臂（省份）河南	乔北海
可汗初立先献计（省份）河南	王　玮
先来献酒何人去（省份）河南	赵　轲
江畔会何人，有幸去川中（省份）河南	刘二安
西湖献歌可曾休（省份）河南	郑庆元
男女齐来先献酒（省份）河南	乔北海
沿湖下鬻清残荷（省份）河南	吕　祥
闻声何难定中原（省份）河南	魏希洪
与我相似（省份简称）豫	刘二安

谜面	作者
无人像我乐陶陶(省份简称)豫	乔北海
似乎有余(省份简称)豫	唐盛才
求人画像先预约(省份简称)豫	乔北海
肖子(省份简称)豫	李福印
酷似本人(省份简称)豫	任宝琦
边关倚残阳,川中水横流(河南市名)郑州	佚　名
两川出关到边陲(河南市名)郑州	汪南昌
陕西入关,三点抵川(河南市名)郑州	李国安
月落阴云长,莺栖垂柳中(河南市名)郑州	任焕长
一出闹市遭夹击(河南市名)三门峡	吕　祥
瞿塘(河南市名,调尾)三门峡	刘二安
搬弄是非,小心一点(河南市名)开封	郑庆元
冰轻着意消(河南市名)开封	刘二安
蚕蛾出茧(河南市名)开封	安瑞金
满园春色关不住(河南市名)开封	刘二安
无人侍弄乱了套(河南市名)开封	郑庆元
横断昆仑(河南市名)平顶山	佚　名
案头堆积旧书了(河南市名)安阳	唐盛才
东邻设宴巧铺排(河南市名)安阳	多　人
粉饰太平(河南市名)安阳	刘二安
问天何时明(河南市名)安阳	刘二安
永定河北(河南市名)安阳	刘二安
悠然见南山(河南市名)安阳	多　人
端午留言重阳会(河南市名)许昌	佚　名
先生二计赚吕布(河南市名)许昌	刘　敏
四方环镇嵩当中(河南市名)周口	吴乐荣

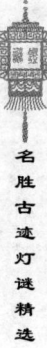

经商有方（河南市名）周口	蔡秋湖
叶落疏桐几朵凋（河南市名）周口	缪锦灼
驱驰报先主，惦记不忘怀（河南市名）驻马店	叶曙光
王率骁骑战府前（河南市名）驻马店	郑庆元
驰骋战场六度夺冠（河南市名）驻马店	黄金山
一生纵横随先帝，驰骋鏖战在前方（河南市名）驻马店	乔北海
为主驱驰战应先（河南市名）驻马店	黄全来
伤晚陌头唯无言（河南市名）信阳	赵 轲
直言意中人来了（河南市名）信阳	苏 颖
葵枯犹向日（河南市名）南阳	刘二安
日出江花红胜火（河南市名）南阳	杨声远
海部内阁离日（河南市名）洛阳	王永修
郊东日落后（河南市名）洛阳	李国安
陵前思南客，别日共泪潜（河南市名）洛阳	吕纯洁
仍旧落后怎得了（河南市名）洛阳	唐盛才
原上雨霁沙渐起（河南市名）济源	吕 祥
了却一心愿，齐聚泪涌起（河南市名）济源	赵 轲
求计于孔子（河南市名）商丘	蔡建荣
匠心独运会经营（河南地名）商丘	佚 名
操之过急（河南市名）焦作	白 珩
多少事，从来急（河南市名）焦作	郑庆元
干着急（河南市名）焦作	田志彤
先收集，然后整理（河南市名）焦作	张明辉
柴草备足，设食款待（河南市名）新乡	刘二安
辞别旧岁归故里（河南市名）新乡	李国安
柳暗花明又一村（河南市名）新乡	多 人

男耕女织，同洒汗水（河南市名）漯河	乔北海
行行重行行（河南市名，徐妃）漯河	多　人
孤山峭崖逅仙子（河南市名）鹤壁	刘二安
此地偏僻少人至，鸟雀早落小桥前（河南市名）鹤壁	乔北海
雨洗仙山尽璞玉，唯见阶前明月光（河南市名）濮阳	陶维松
忠心无私献一生（河南县名）中牟	郑庆元
破格用人，共改旧貌（河南县名）内黄	多　人
之前隶属广大集团（河南县名）太康	苏　颖
藤野先生（河南县名）长葛	阎永强
只恐无心，欲议又无言（河南县名）巩义	刘二安
源远流长（河南县名）延津	刘二安
沈郎左右俱断肠（河南县名）汤阴	赵首成
鹤舞阶前水映月（河南县名）汤阴	蔡建荣
汨罗扬帆浪遏舟（河南县名）沁阳	王保武
首发从不换（河南县名）固始	苏　颖
夜梦逝川泪横流（河南县名）林州	武　骝
疏星残月沉江畔，单篙孤帆迎日出（河南县名）泌阳	郑友生
湖边亭下迎客松（河南县名）洛宁	吕　祥
塞北河开冬尽后（河南县名）洛宁	苏　颖
树树皆秋色（河南县名）桐柏	吴仁泰
行行复行行（河南县名）通许	张　力
净洗甲兵长不用（河南县名）偃师	黄松榆
后宫音律传天下（河南县名）商水	乔北海
为官不贪国可富（河南县名）清丰	姜建平
万水千山总是情（河南县名）博爱	苏卓平
城头对月，傍水依山（河南县名）滑县	蔡　芳

大红灯笼高高挂（河南县名）辉县	张　力
高山白云半遮月（河南县名）嵩县	郭代录
听松边关立残阳（河南县名）新郑	赵　轲
亲临边关来，阵前运匠心（河南县名）新郑	乔北海
如与之亲近，必定先上岗（河南县名）新密	丁殿卿
处心积虑，吐辞天成（河南县名）虞城	陈洪庆
黄州乱象（河南县名）潢川	苏　颖
天壤之别天成就（河南县名）襄城	郑庆元
开口问陇西何在（世界文化遗产）龙门	蔡建荣
充耳不闻充耳闻（世界文化遗产）龙门	虎　伏
生于帝王家（世界文化遗产）龙门	李国安
空袭之后闹市散（世界文化遗产）龙门	文　山
袭人无依心生闷（世界文化遗产）龙门	文　山
垄上日出涧水流（世界文化遗产）龙门	郑庆元
左边耳，右边耳，一个听不见，一个能够听（世界文化遗产）龙门	佚　名
离别陇西去闽中（世界文化遗产）龙门	郑庆元
垄上人家（世界文化遗产）龙门	陈　浩
云涌南天，岩下洞穴（世界文化遗产）龙门石窟	佚　名
垄上耳闻有残碑，出穴犹得见残月（世界文化遗产）龙门石窟	刘二安
皇家禁苑山多窍（世界文化遗产）龙门石窟	武　骝
伤心秦汉经行处，宫阙万间都做了土（世界文化遗产）殷墟	武　骝
似这般姹紫嫣红开遍，都付与断井颓垣（世界文化遗产）殷墟	王跃钢
昔日富庶之地，今日一片荒凉（世界文化遗产）殷墟	王　玮

陋室空堂,当年笏满床;衰草枯杨,曾为歌舞场(世界文化遗产)殷墟	蔡 芳
断壁残墙留血痕(世界文化遗产)殷墟	王寅丑
色逐断霞空(世界文化遗产)殷墟	刘二安
不惜残影数日空(世界文化遗产)殷墟	刘二安
富贵如浮云(世界文化遗产)殷墟	刘二安
一失王业心积虑,前往南方后没归(世界文化遗产)殷墟	钟成乾
渥然丹者为槁木(世界文化遗产)殷墟	李易峻
婚礼正在第一拜(世界文化遗产)天地之中	刘二安
金木水火土五者混于其内(世界文化遗产)天地之中	刘二安

明人周游《开辟衍绎》:天地合闭……就像个大西瓜,合得团团圆圆的,包罗万物在内,计一万零八百年,凡一切诸物,皆溶化其中矣。止有金木水火土五者混于其内……

混沌玄黄,已有盘古真人(世界文化遗产)天地之中	刘二安

《路史·前纪一》罗苹注:昔二气未分,溟滓鸿蒙,未有成形,天地日月未具,状如鸡子,混沌玄黄,已有盘古真人,天地之精,自号元始天王,游乎其中。

人在何处(世界文化遗产)天地之中	李 毅
祖国的领土领空(世界文化遗产,卷帘)天地之中	乔科成
楼阁玲珑五云起(世界文化遗产)天地之中建筑群	刘二安
见宫殿数十所,碧瓦飞甍,始悟为山市。未几,高垣睥睨,连亘六七里,居然城郭矣(世界文化遗产)天地之中建筑群	刘二安

面出《聊斋志异·山市》。

阿阁叠飞槛,村落敷洲渚(世界文化遗产)天地之中建筑群	刘二安

面出明·袁可立《观海市》诗并序。

海市蜃楼(世界文化遗产)天地之中建筑群	李 跃

受禅岱岳云山间（世界文化遗产）登封天地之中	张哲源
鹊桥相会日，亦吾思母时（郑州名胜古迹）二七纪念堂	李国安
在娘家分娩（郑州名胜古迹）子产故里	郭增磊
马前张保马后王横（郑州名胜古迹）中岳	佚　名
里面乃武穆道场（郑州名胜古迹）中岳庙	李彩霞
深山藏古寺（郑州名胜古迹）中岳庙	刘二安
夫人居住在京城（郑州名胜古迹）太室阙	刘二安
稍迁月下歇枝头（郑州名胜古迹）少林	武　骝

　　稍迁，蝉的别名。

日落西城时，雀栖枝头上（郑州名胜古迹）少林寺	罗文锋
失却黛玉，皈依佛门（郑州名胜古迹）少林寺	钱舜华
旧时梦断日夜稀（郑州名胜古迹）少林寺	马家俊
妙诗半隐春联中（郑州名胜古迹）少林寺	蔡清快
妙诗终圆半生梦（郑州名胜古迹）少林寺	周　昕
所抄禁诗半失传（郑州名胜古迹）少林寺	佚　名
离开沙特前，再会梅先生（郑州名胜古迹）少林寺	张士斌
疏枝掩幽院（郑州名胜古迹）少林寺	佚　名
禅房四望树木稀（郑州名胜古迹）少林寺	陈希浩
幼时家贫无住所（郑州名胜古迹）少室阙	刘二安
猜谜到此结束（郑州名胜古迹）打虎亭	佚　名
诗仙乔迁回原籍（郑州名胜古迹）白居易故里	乔北海
西岭半隐心不忙（郑州名胜古迹）邙山	佚　名
目睹大腕登场来（郑州名胜古迹）观星台	刘二安
欲睹明月案前站（郑州名胜古迹）观星台	蔡建荣
翳我独无（郑州名胜古迹）启母阙	赵首成

　　面出《郑伯克段于鄢》："尔有母遗，翳我独无！"

观景美还是家乡好(郑州名胜古迹)张良故里 乔北海
轻辇先后至北岳,举杯畅饮故园中(郑州名胜古迹)轩辕丘 乔北海
铁锁重门困大虫(郑州名胜古迹)虎牢关 蔡建荣
密不透风(郑州名胜古迹)虎牢关 多 人
雷横受困郓城狱(郑州名胜古迹)虎牢关 蔡纯如
成功退之到旧邑(郑州名胜古迹)郑韩故城 刘二安
城外陵园气势雄(郑州名胜古迹)郭威墓 乔北海
共搞改革,莫生是非(郑州名胜古迹)高拱墓 乔北海
南方边围,隶属两广,元皇分而治之(郑州名胜古迹)康百万庄园
魏希洪
秋色映朕乡(郑州名胜古迹)黄帝故里 魏希洪
湖中数鲤初散去,啼鸟飞鸣潢水流(郑州名胜古迹)黄帝故里
乔北海
寨后今春大雁来(郑州名胜古迹)塔林 刘德安
信陵君未曾见君(郑州名胜古迹)韩王墓 李国安
分出高低低淘汰(郑州名胜古迹)嵩山 安润泽
分数高出不用数(郑州名胜古迹)嵩山 蔡建荣
出现动乱,着手搞定(郑州名胜古迹)嵩山 卓春鸿
半出登高,其余不动(郑州名胜古迹)嵩山 谭永祥
对方在门外开出一球(郑州名胜古迹)嵩山 佚 名
两峰相对必有一高(郑州名胜古迹)嵩山 佚 名
高出平均分(郑州名胜古迹)嵩山 王有昆
蓬蒿遮没岩岫前(郑州名胜古迹)嵩山 武骝
　　蓬,草。
通信处丢失于晋(郑州名胜古迹,卷帘)西山遗址 刘二安
虚心脱困境理当先行,改革旧貌变于心无愧(三门峡名胜古迹)七

里古槐	邓当文
长江黄河水曲折(三门峡名胜古迹)双龙湾	乔北海
调动轻骑杭城边(三门峡名胜古迹)车马坑	郑庆元
岁首有话多甜言(三门峡名胜古迹)甘山	乔北海
孔子聆听古曲处(三门峡名胜古迹)仰韶遗址	任宝琦
参观毛泽东故居(三门峡名胜古迹)仰韶遗址	林　绿
参观美展忘归程(三门峡名胜古迹)仰韶遗址	郑庆元
江苏渐暖冬已去(三门峡名胜古迹)回春河	乔北海
丸泥封山隘(三门峡名胜古迹)函谷关	任宝琦
山中不通邮(三门峡名胜古迹)函谷关	佚　名
山沟里缺乏信息(三门峡名胜古迹)函谷关	张传武
始信峰间云雾锁(三门峡名胜古迹)函谷关	费之雄
空山一弯水接天,游人点点八方来(三门峡名胜古迹)函谷关	乔北海
信中稻谷已封好(三门峡名胜古迹)函谷关	郑庆元
书寄山中不得通(三门峡名胜古迹)函谷关	刘二安
初逢宋玉人车上,倾心赋诗城边答(三门峡名胜古迹)宝轮寺塔	郑庆元
花轿起,到开封,迎玉人,接上宾,相合得倾心(三门峡名胜古迹)宝轮寺塔	乔北海
穴居在江畔,本生远古时(三门峡名胜古迹)空相寺	郑庆元
亲乘飞机观庙宇(三门峡名胜古迹)空相寺	乔北海
岁首再现良好开端(三门峡名胜古迹)娘娘山	乔北海
春秋起初,几多风云人出,始有盛况空前(三门峡名胜古迹)秦赵会盟台	乔北海

钱先生与朱后生,相聚誓约留宝岛(三门峡名胜古迹)秦赵会盟台
　　　　　　　　　　　　　　　　　　　　　　　　　郑庆元
六出撒落两山间(三门峡名胜古迹)雪花谷　　　　　　乔北海
假道灭邦成荒坟(三门峡名胜古迹)虢国墓地　　　　　乔北海
蝈蝈声声出冢丘(三门峡名胜古迹)虢国墓地　　　　　魏希洪
加冠即览南少林(开封名胜古迹)大相国寺　　　　　　魏希洪
打通禁入之雉堞(开封名胜古迹)开封城墙　　　　　　刘二安
阶前风起叶翻飞(开封名胜古迹)古吹台　　　　　　　林　敏
充耳不闻,来人止步(开封名胜古迹)龙亭　　　　　　刘二安
充耳不闻自陶然(开封名胜古迹)龙亭　　　　　　　　佚　名
陇西出行人不停(开封名胜古迹)龙亭　　　　　　　　王　玮
拢手下,可用一点爱心(开封名胜古迹)龙亭　　　　　佚　名
停住秋千人离去(开封名胜古迹)龙亭　　　　　　　　郑庆元
僧繇画壁不点眼(开封名胜古迹)龙亭　　　　　　　　佚　名
封闭皇家祭祖地(开封名胜古迹)关帝庙　　　　　　　王　玮
钱塘洪水泡陵寝(开封名胜古迹)江淹墓　　　　　　　王　玮
扩建先贤之陵园(开封名胜古迹)张良墓　　　　　　　王　玮
举目古都片断诗(开封名胜古迹)相国寺　　　　　　　刘二安
宰辅建禅院(开封名胜古迹)相国寺　　　　　　　　　王　玮
先锋营联合收失地(开封名胜古迹)铁塔　　　　　　　王　玮
肯定是雷峰(开封名胜古迹)铁塔　　　　　　　　　　魏希洪
元代水道近北海(开封名胜古迹)清明上河园　　　　　魏希洪
镜澄银汉水,月皓蟠桃林(开封名胜古迹)清明上河园　武　骦
攀上最高层(开封名胜古迹)樊楼　　　　　　　　　　佚　名
宝岛刮起恋旧风(开封名胜古迹,卷帘)古吹台　　　　王　玮
眼看贺事向后拖(开封名胜古迹,卷帘)延庆观　　　　王　玮

禅院确实很冷静(开封名胜古迹,卷帘)清真寺	王 玮
古殿莲台空在,金身昔日坐谁(平顶山名胜古迹)中原大佛	武 骝
岩松参差雁阵斜(平顶山名胜古迹)石人山	罗营东
雁阵落破岩(平顶山名胜古迹)石人山	一吻情
精卫衔之,女娲造之,愚公移之(平顶山名胜古迹)石人山	石幼华
翘首望崛起(平顶山名胜古迹)尧山	武 骝
族庙来了玉堂春(平顶山名胜古迹,卷帘)三苏祠	魏希洪

玉堂春即苏三,京剧中人物。

唐宗宋祖成古丘(安阳名胜古迹)二帝陵	蔡建荣
靖康耻,犹未雪(安阳名胜古迹)二帝陵	范胜雄
赵高辨鹿马,曹操挟天子(安阳名胜古迹)二帝陵	叶曙光
十七人中最少年(安阳名胜古迹)小白塔	黄金山

面出白居易:"慈恩塔下题名处,十七人中最少年。"

傲骨藐视帝王家(安阳名胜古迹)小龙门	郭为民
年轻有为(安阳名胜古迹)小南海	刘二安
有为,安有为哉?(安阳名胜古迹)小南海	史宝明

康有为,广东南海人,世称南海先生。面为悼念谭嗣同挽联,上联是:"复生,不复生矣!"

驿外何曾书半纸,残桩犹得系辕声(安阳名胜古迹)马氏庄园	刘二安
登舟到达,移守于赤壁之上(安阳名胜古迹)天宁寺	武 骝
诗章写山巅,词赋记浮屠(安阳名胜古迹)文峰塔	于景林
堤岸草初合,斋前蜂始飞(安阳名胜古迹)文峰塔	陈 霄
满目葱茏青不断(安阳名胜古迹)长春观	蔡 芳
一代佳人归青冢(安阳名胜古迹)妇好墓	王跃钢
娇姿孤零暮日尽,前尘已渺雨雪飘(安阳名胜古迹)妇好墓	吕纯洁

西城村东明月下,冰雪之后初秉烛(安阳名胜古迹)灵泉寺	石爱民
叠嶂入云藏古寺(安阳名胜古迹)岳飞庙	王万森
恒山悬空寺(安阳名胜古迹)岳飞庙	周　昕
山势腾空接桑梓(安阳名胜古迹)岳飞故里	刘二安
命夸娥氏二子负二山,一厝朔东,一厝雍南(安阳名胜古迹)岳飞故里	林清富
青山有幸埋忠骨(安阳名胜古迹)岳飞故里	多　人

谜面为岳飞墓对联句。

泰山归天埋桑梓(安阳名胜古迹)岳飞故里	黄金山
山丘之广旧貌改(安阳名胜古迹)岳庙	蔡　芳
所建必是禅院浮屠(安阳名胜古迹)修定寺塔	吕　祥
醉翁定在浮屠内(安阳名胜古迹)修定寺塔	蔡建荣
千门万户曈曈日(安阳名胜古迹)昼锦堂	郑俊生
白天刺绣献亲娘(安阳名胜古迹)昼锦堂	王万森
男儿有泪不轻弹(安阳名胜古迹)珍珠泉	多　人
贾琏宝玉称兄长,苏轼子由呼老爹(安阳名胜古迹)珍珠泉	姜建平
久居北美街中,埋头完成画中(安阳名胜古迹)羑里城	于景林
久蒙盖头无厘头,是耶非耶方聚成(安阳名胜古迹)羑里城	刘二安
长久留于美,回归大理后,十载创业终有成(安阳名胜古迹)羑里城	蔡　芳
重点治理有成,边境得以久安(安阳名胜古迹)羑里城	乔北海
东塘分别,合影留念(安阳名胜古迹)唐塔	邱中尧
塘前转后草下合(安阳名胜古迹)唐塔	刘二安
古园之中育桃李(安阳名胜古迹)袁林	陈书法
行辕西去松柏边(安阳名胜古迹)袁林	郑庆元
杨柳依依故园中(安阳名胜古迹)袁林	王保武

小城风淳最宜家(安阳名胜古迹)郭朴故居	姜建平
一庵青嶂白云间(安阳名胜古迹)高阁寺	邓凤鸣
见那雷音古刹,顶摩霄汉中(安阳名胜古迹)高阁寺	徐官礼
诗稿搁置已半载(安阳名胜古迹)高阁寺	吕　祥
塔势如涌出,七层摩苍穹(安阳名胜古迹)高阁寺	王汉生
一旦改变曲折少,莫惹是非人品正(安阳名胜古迹)曹操墓	钟成乾
迁许昌,擒吕布,半生英名;取天下,赋长曲,一抹归土(安阳名胜古迹)曹操墓	吕纯洁
抱头难舍唱一曲,约束于塔生拆离(安阳名胜古迹)曹操墓	姜建平
暮春有高品,捧场先一曲(安阳名胜古迹)曹操墓	邓当文
植树干于穴居处,居处以树遮蔽之(安阳名胜古迹)曹操墓	刘二安
改到里巷搭戏台(安阳名胜古迹)演易坊	周　昕
更有梨园笛里吹(安阳名胜古迹)演易坊	郭海龙
无冬历夏建大厦(许昌名胜古迹)春秋楼	刘二安
携酒重阳登黄鹤(许昌名胜古迹)春秋楼	李国安
一空断云各自散(许昌名胜古迹)夏台	潘洁妹
白云散入阁中来(许昌名胜古迹)夏台	潘洁妹
开春雁阵高空现,只见边陲凌初消(周口名胜古迹)太昊陵	郑庆元
吴队腰着眼,有点二(周口名胜古迹)太昊陵	魏希洪
晚对绫书芳心动,阳关初别待重逢(周口名胜古迹)太昊陵	吕　祥
联吴辅王务尽力,人谋六出起隆中(周口名胜古迹)太昊陵	王俊杰
冲天双鸟开口啼,庭前落叶辗转飘(周口名胜古迹)关帝庙	王　玮
竹笛吹别广西客,啼鸟飞鸣送舟行(周口名胜古迹)关帝庙	魏希洪
奉先殿门久不开(周口名胜古迹)关帝庙	范　茂
顺治闭门在古刹(周口名胜古迹)关帝庙	乔北海

席上半遮郑袖啼（周口名胜古迹）关帝庙　　　　　　武　骝
掩得皇家宗祠门（周口名胜古迹）关帝庙　　　　　　王跃钢
眉头越见方寸关（驻马店名胜古迹）一山跨两脉　　　姜建平
便舍船，从口入（驻马店名胜古迹）人造洞庭　　　　陈洪庆
龙飞九天带雷音（驻马店名胜古迹）云空寺　　　　　王寅丑
口若悬河尽虚言（驻马店名胜古迹）云空瀑　　　　　王寅丑
吾有后台得了宠（驻马店名胜古迹）五龙宫　　　　　乔北海
几回书欲叹，吹散杜鹃月（驻马店名胜古迹）凤鸣谷　鸿江涛
空中明月人盼圆，堂里几度叹分离（驻马店名胜古迹）凤鸣谷

　　　　　　　　　　　　　　　　　　　　　　　　王俊杰
忠心当不二，为人岂由己？（驻马店名胜古迹）天中山　张卫东
楼阁玲珑五云起（驻马店名胜古迹）天中山　　　　　刘二安
云端彩虹伴雨花（驻马店名胜古迹）天桥石　　　　　王寅丑
几届齐聚首，共庆又相逢（驻马店名胜古迹）文庙大殿　乔北海
下笔不凡却居后（驻马店名胜古迹）文殊殿　　　　　刘二安
笑谈独在千峰上（驻马店名胜古迹）乐山极顶　　　　吕　祥
虽败犹战待前去（驻马店名胜古迹）北斗寺　　　　　刘二安
屡败屡战，寸土未失（驻马店名胜古迹）北斗寺　　　田志彤
采石矶边一抔土（驻马店名胜古迹）李斯墓　　　　　刘二安
瘦竹初生含清露，花窗半掩净幽心（驻马店名胜古迹）卧牛山

　　　　　　　　　　　　　　　　　　　　　　　　乔北海
前情虽逝去，闺中心半碎（驻马店名胜古迹）青蛙石　黄金山
小雨欲向阶上滴（驻马店名胜古迹）点将台　　　　　刘二安
前梦有兆会出头（驻马店名胜古迹）桃木山　　　　　王寅丑
探究殷周土地制（驻马店名胜古迹）盘古井　　　　　乔北海
牙崩始查别出错（驻马店名胜古迹）嵖岈山　　　　　王东雄

岁首查出讶无言(驻马店名胜古迹)嵖岈山	刘二安
春岭巍峨起,清晨鸦鸟飞(驻马店名胜古迹)嵖岈山	王寅丑
前半生庸而碌碌,五十载如梦初醒(驻马店名胜古迹)蘑菇石	邓当文
先醉之翁后成仙(信阳名胜古迹)鸡公山	佚　名
癸酉岁首树雄心(信阳名胜古迹)鸡公山	刘二安
美妓夫家在长白(信阳名胜古迹)鸡公山	蔡建荣
这人惯使口大刀,英雄盖世,义勇过人(信阳名胜古迹,卷帘)武胜关	王得道

面出《水浒传》第六十四回描写关胜句。

夫君潇湘写丹青(南阳名胜古迹)汉画馆	乔北海
男儿下笔绘潇湘(南阳名胜古迹)汉画馆	魏希洪
同治皇帝祭宗庙(南阳名胜古迹)医圣祠	魏希洪
极目南岳丘陵(南阳名胜古迹)张衡墓	魏希洪
举目北斗映坟冢(南阳名胜古迹)张衡墓	刘二安

"衡"指北斗星。

因为勇猛力,封王立祖庙(南阳名胜古迹)武侯祠	蔡建荣
将军寿亭终建庙(南阳名胜古迹)武侯祠	魏希洪

关公封寿亭侯。

中原先驱寸土争(洛阳名胜古迹)白马寺	郑庆元
中原铁骑,寸土不让(洛阳名胜古迹)白马寺	良　宵
旧时化为乌有(洛阳名胜古迹)白马寺	佚　名
说将大宛寄佛堂(洛阳名胜古迹)白马寺	蔡建荣
素描桃花待离人(洛阳名胜古迹)白马寺	佚　名
皓月千里照寒山(洛阳名胜古迹)白马寺	李创龙
皓首先驱无悱心(洛阳名胜古迹)白马寺	郭燕云

谜面	作者
魂魄西归卒晚岁（洛阳名胜古迹）白云山	武 骝
危房变作葬身穴（洛阳名胜古迹）白居易墓	庄镇安
大刀一挥冲过来（洛阳名胜古迹）关林	佚 名
封锁村前寨后（洛阳名胜古迹）关林	佚 名
相对举目送行舟（洛阳名胜古迹）关林	熊 辉
送之往矣，杨柳依依（洛阳名胜古迹）关林	刘二安
黛玉患上自闭症（洛阳名胜古迹）关林	尹海军
古时帝王登岱岳（洛阳名胜古迹）老君山	佚 名
顺治帝终于五台（洛阳名胜古迹）老君山	佚 名
秦皇病死于沙丘（洛阳名胜古迹）老君山	庄 云
崇祯吊于煤（洛阳名胜古迹）老君山	魏希洪
白银盘青螺如故（洛阳名胜古迹）老君山	武 骝

刘禹锡《望洞庭》有"遥望洞庭山水翠，白银盘里一青螺"句，指的就是君山。

往返途遇旧街坊（洛阳名胜古迹）两程故里	刘二安
司晨啼晓第一明（洛阳名胜古迹）鸡冠洞	魏希洪
似闻机关闻声动（洛阳名胜古迹）鸡冠洞	刘二安
星官顶团缨，蝎子穴前显圣名（洛阳名胜古迹）鸡冠洞	武 骝

《西游记》第五十五回昴日星官降服琵琶精故事。

布施于庙前（洛阳名胜古迹）奉先寺	王保武
未易林下安生息（洛阳名胜古迹，卷帘）老君山	刘二安

山君，《说文解字》注：虎，山兽之君。面出范县龙虎福寿碑。

南天幻若旧时月（济源名胜古迹）大明寺	乔北海
微波终端（济源名胜古迹）小浪底	余植华
微波深处仓满地（济源名胜古迹）小浪底库区	杨耀学
外廊犹似神仙居（济源名胜古迹）阳台宫	刘二安

来来往往看祭祀（商丘名胜古迹）张巡祠	刘二安
家祭无忘告乃翁（商丘名胜古迹）陈胜墓	林　敏
祝融到宝岛（商丘名胜古迹）火神台	李接力
抬头不见峰前烟（焦作名胜古迹）云台山	蔡建荣
说说宝岛阿里峰（焦作名胜古迹）云台山	蔡建荣
寄语阿里（焦作名胜古迹）云台山	安建国
雾笼宝岛峰半隐（焦作名胜古迹）云台山	张　力
漫谈排球之乡（焦作名胜古迹）云台山	裴　靖
笑谈独在千峰上（焦作名胜古迹）云台山	武　骝

面出叶梦得《点绛唇》。

大清可望成一统（焦作名胜古迹）青天河	多　人
清丽无前更可人（焦作名胜古迹）青天河	赵　轲
银汉雪晴褰翠幕（焦作名胜古迹）青天河	武　骝

面出刘禹锡《罢郡归洛途次山阳，留辞郭中丞使君》。底顿读为"青/天河"。

碧峰留得仙人种（焦作名胜古迹）神农山	武　骝
加紧突围，趁早走而远之（焦作名胜古迹）韩园	唐盛才
朝西解围行之远（焦作名胜古迹）韩园	刘二安
好山好水看不足（焦作名胜古迹，卷帘）嘉应观	刘二安
视觉良好（焦作名胜古迹，卷帘）嘉应观	刘二安
星光仿若峰岭前（新乡名胜古迹）万仙山	佚　名
庇护由来惹是非（新乡名胜古迹）比干庙	刘二安
赌酒一命入黄土（新乡名胜古迹）比干墓	夏永胜
中原日落时，一一离别去（新乡名胜古迹）白云寺	张宏福
分时入坛向前来（新乡名胜古迹）白云寺	刘二安
一水分开两片云（新乡名胜古迹）百泉	韩喜林

一水参差话重提(新乡名胜古迹)百泉	佚　名
一水牵扯两地音(新乡名胜古迹)百泉	郝庭玉
一道道水(新乡名胜古迹)百泉	李金国
白露露白一水连(新乡名胜古迹)百泉	魏希洪
独白一如白开水(新乡名胜古迹)百泉	刘二安
相隔一水来对话(新乡名胜古迹)百泉	佚　名
皓首一聚话滔滔(新乡名胜古迹)百泉	郑庆元
风吹草低见牛羊(新乡名胜古迹)牧野	刘二安
应允小心探荒丘(漯河名胜古迹)许慎墓	魏希洪
马嵬重修贵妃陵(漯河名胜古迹)杨再兴墓	佚　名
守护旧京都(鹤壁名胜古迹)卫国故城	刘二安
不是天仙来相配(鹤壁名胜古迹)大伾山	刘二安
千岩万转路不定,迷花倚石忽已暝(鹤壁名胜古迹)云梦山	崔保信

　　面出李白《梦游天姥吟留别》。

隔岁桃李开,约会人未来(鹤壁名胜古迹)云梦山	魏希洪
醒来却道游天姥(鹤壁名胜古迹)云梦山	贺坚强
黛玉来岁约会人(鹤壁名胜古迹)云梦山	乔北海
一代名曲(鹤壁名胜古迹)朝歌	蔡　芳
向来吟一曲(鹤壁名胜古迹)朝歌	刘二安
雄鸡一唱天下白(鹤壁名胜古迹)朝歌	刘二安
半是苍颜半相诘,到得阶前山崚断(濮阳名胜古迹)仓颉陵	刘二安
相聚缔约在宝岛(濮阳名胜古迹)会盟台	刘二安
长安不见使人愁(濮阳名胜古迹)戚城遗址	刘二安
伤心墙垣成废墟(濮阳名胜古迹)戚城遗址	刘二安

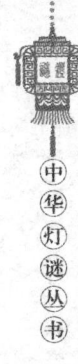

广　东

个个当家做主(省份)广东	佚　名
分题得客少(省份)广东	魏育涛
百姓当家做主人(省份)广东	祖振扣
庭前画栋初落成(省份)广东	乔北海
树木茂盛(省份)广东	蔡建荣
无边春色此时节(省份)广东省	佚　名
多人请客花费少(省份)广东省	杨继述
外向吃亏不对头(省份简称)粤	黄志浩
往日向来不会亏(省份简称)粤	朱　昂
残奥会里巧分工(省份简称)粤	罗文锋
悉心吹号乐声清(省份简称)粤	钱舜华
三更庄前水横流(广东市名)广州	邓铸坚
庄外川中水平流(广东市名)广州	李　超
庭前新竹一两竿，一枝一叶自分明(广东市名)广州	吕　祥
酒后若不倒，着实会应酬(广东市名)广州	罗育辉
酒后高兴来应酬(广东市名)广州	刘建欣
岳飞北上献忠心(广东市名)中山	梁永祥
龙飘飘(广东市名)云浮	蔡卫东
夸夸其谈(广东市名)云浮	多　人

笑问客从何处来(广东市名)东莞　　　　　　　　　　林　文
喜笑迎宾(广东市名)东莞　　　　　　　　　　　　　梁　源
武功第一流(广东市名)汕头　　　　　　　　　　　　陈锡泉
香炉瀑布数第一(广东市名)汕头　　　　　　　　　　陈谦询
海峡两边共聚首(广东市名)汕头　　　　　　　　　　孙国和
岭海第一名城(广东市名)汕头市　　　　　　　　　　邓家乐
一水绕宅后,层云飘山间(广东市名)汕尾　　　　　　蔡家枢
一点离上海,出发到普陀(广东市名)汕尾　　　　　　苏少伟
海峡两岸统一,上层笔下共识(广东市名)汕尾　　　　杨　锐
笔下初展山水画(广东市名)汕尾　　　　　　　　　　方汉宏
一抹云层融笔底,半帘山水入景中(广东市名)汕尾市　江兴锥
日出断涧挂残红(广东市名)江门　　　　　　　　　　陈见生
润滑一下再拆开(广东市名)江门　　　　　　　　　　黄红桔
鸿鸟飞归日落间(广东市名)江门　　　　　　　　　　章　镰
夜间鸿雁飞(广东市名,秋千)江门　　　　　　　　　白　珩
长河落日圆(广东市名)阳江　　　　　　　　　　　　黄建平
费尽钱财到仙间(广东市名)佛山　　　　　　　　　　欧　恩
屈子行于汨江边(广东市名)河源　　　　　　　　　　袁春晖
法治当前也可原(广东市名)河源　　　　　　　　　　庄丹聪
星宿海(广东市名)河源　　　　　　　　　　　　　　马啸天
年前谱曲终戏梦(广东市名)茂名　　　　　　　　　　胡少波
成心不待茗花开(广东市名)茂名　　　　　　　　　　萧思阳
上有天堂,下有苏杭(广东市名)茂名市　　　　　　　佚　名
一带疏梅生渡头(广东市名)珠海　　　　　　　　　　卢育明
江梅浮动,一枝横斜(广东市名)珠海　　　　　　　　林凯胜
江梅疏放影横斜(广东市名)珠海　　　　　　　　　　方海明

川流入海终为休(广东市名)梅州	朱　昂
三五小桥映春水,一二桅杆竖堤旁(广东市名)深圳	高永宽
川地探测涉半载(广东市名)深圳	林丰来
桥下两鱼穿桨尾,堤头柳线隔三星(广东市名)深圳	张伟志
桥下春潮纵横起,堤边细柳参差垂(广东市名)深圳	李　跃
万里正无尘(广东市名)清远	方龙铭
去其浊而舍其近(广东市名)清远	曹　锵
荷香十里爽心脾(广东市名)清远	黎乃强
大地恩情(广东市名)惠州	甘焯辉
闽中有二心,顺治先安定(广东市名)惠州	蔡木钦
拨开云雾见天日(广东市名)揭阳	陈传书
掩映阶前碣石开(广东市名)揭阳	杨浩德
开业志喜(广东市名)肇庆市	陈东海
一有天照应,收成多一点(广东市名)韶关	尹海军
连声呼唤不开门(广东市名)韶关	佚　名
一朝大雨,满川横流(广东市名)潮州	郑百川
晨雨骤至,河水平添(广东市名)潮州	吴作义
湖中影相映,三星照平川(广东市名)潮州	刘森源
韩江先得月,一水横三桥(广东市名)潮州	吴楚鸿
滨海汛期起涨落,江河风静水平流(广东市名)潮州	谢述心
到了浦东全变样(广东县名)大埔	佚　名
但求口出言无讹(广东县名)仁化	潘洁妹
窗含西岭云初掩(广东县名)台山	黄泽鑫
辩日两儿见解异(广东县名)电白	庄　云
窗外仿佛三更天(广东县名)吴川	陈健聪
举杯先怕又难辞(广东县名)怀集	赖晋辉

大有见地(广东县名)陆丰	张哲源
一水隔开两山阿(广东县名)陆河	吴礼龙
奥运圣火到汕头(广东县名)南澳	黄宜耀
让子成和(广东县名)饶平	杨文琦
物以稀为贵(广东县名)饶平	余昌钊
成双粉蝶蕊中舞,一对金蝉枝上栖(广东县名)惠来	吴旭初
开阁迎宾(广东县名)揭西	王邦松
人人平安(广东县名)普宁	纪岱山
五湖四海乐升平(广东县名)普宁	方书璧
国家安全部(广东县名)普宁	黄哲生
工会组织下棋,配角首先淘汰(广东县名)湛江	尹海军
四海清平(广东县名)潮安	胡韩麟
河清海晏百里程(广东县名)潮安县	蔡少文
木石结构,雕镂中空(世界文化遗产)碉楼	袁春辉
雕栏粉砌如当初(世界文化遗产)碉楼	庄　云
冉冉红云绕峰间(世界自然遗产)丹霞山	佚　名
生红锦障裹青峰(世界自然遗产)丹霞山	刘二安
红云仍押祝融班(世界自然遗产)丹霞山	武　骝

面出清·钱谦益《迎神曲》。南岳有祝融峰。

观暇日无雨,想赤峰有意(世界自然遗产)丹霞山	武　骝

谜法提示词"观、想"入谜：前句"观"为形扣,后句"想"为意扣。

故乡啊故乡,我的故乡(广州名胜古迹)三元里	吴乐荣
兄长——来宣布(广州名胜古迹)三元宫	蔡木钦
嵩岳思亲(广州名胜古迹)中山纪念堂	黄炳华
三复平局,等而下之(广州名胜古迹)六和寺	佚　名

再三步韵藏头诗(广州名胜古迹)六和寺	佚　名
离开大沽近一月(广州名胜古迹)天湖	杨金根
经久不衰(广州名胜古迹)长隆	武　骝
连峰去天不盈尺(广州名胜古迹)白云山	梁文实
泉动初起岩石下(广州名胜古迹)白云山	武　骝
相看两不厌(广州名胜古迹)白云山	余文钦
谁识两峰相对语(广州名胜古迹)白云山	武　骝
魂魄西归终辗转(广州名胜古迹)白云山	黄冬妮
杜鹃山上杜鹃开(广州名胜古迹)红花岗	佚　名
客人采薪入峨眉(广州名胜古迹)西樵山	佚　名
万家掩映翠微间(广州名胜古迹)余荫山房	魏育涛
自在绿影白云间(广州名胜古迹)余荫山房	佚　名
待人不周到,请不要见怪(广州名胜古迹)怀圣寺	罗文锋
孟母六甲来莲宇,万道祥瑞映浮屠(广州名胜古迹)怀圣寺光塔	
	蔡建荣
千门万户瞳瞳日(广州名胜古迹)纯阳观	佚　名
颍川氏族行春祭(广州名胜古迹)陈家祠	詹鸿行
颍川宗庙(广州名胜古迹)陈家祠	罗育辉
青山响杜鹃(广州名胜古迹)鸣春谷	黄树基
莺啼三月麦穗黄(广州名胜古迹)鸣春谷	陈锦麟
落英随波入洞庭(广州名胜古迹)流花湖	佚　名
高楼对紫陌(广州名胜古迹)留耕堂	佚　名
落户农村(广州名胜古迹)留耕堂	佚　名
芙蓉镇(广州名胜古迹)莲花城	佚　名
秋菊遍山丘(广州名胜古迹)黄花岗	乔北海
菊岭埋忠地煞数(广州名胜古迹)黄花岗七十二烈士墓	詹鸿行

冲天香阵透长安（广州名胜古迹）黄花浩气	庄锐龙
数峰清瘦出云来（广州名胜古迹）越秀山	许友金
跨过美丽的峰峦（广州名胜古迹）越秀山	佚　名
惨败之后排末位（中山名胜古迹）北极殿	佚　名
儿子喜峰前老屋（中山名胜古迹）孙中山故居	蔡建荣
漫游蟾宫卧长虹（中山名胜古迹）步月桥	佚　名
头上高山（中山名胜古迹）第一峰	佚　名
白云生处有人家（中山名胜古迹，卷帘）第一峰	何仰之
淡烟锁浅眉（云浮名胜古迹）云雾山	佚　名
先圣立志出乡关（云浮名胜古迹）邓发故居	佚　名
日月为扃牖，八荒为庭衢（云浮名胜古迹）光仪大屋	魏育涛
斜阳却照深深院（云浮名胜古迹）光仪大屋	魏育涛
小雅篇名乐育才（云浮名胜古迹）菁莪书院	梁　庆
双方以四元成交（东莞名胜古迹）可园	佚　名
少儿节目开先河（东莞名胜古迹）可园	佚　名
放舟远游回南宁（东莞名胜古迹）可园	苏锡武
酒后失态，何其丢人（东莞名胜古迹）可园	佚　名
大赢家（东莞名胜古迹）凯旋门	佚　名
翠微深处众颐和（汕头名胜古迹）中山公园	王在锐
白水滔滔淹金山（汕头名胜古迹）云盖寺	纪一舟
烟雾满寒山（汕头名胜古迹）云盖寺	郑道源
凌霄内殿居王母（汕头名胜古迹）天后宫	陈亮如
东宫凤阁里（汕头名胜古迹）太子楼	郑德南
昭明府第（汕头名胜古迹）太子楼	范胜雄
皇储筑高台（汕头名胜古迹）太子楼	邱谷安
书香溢彩照千寻（汕头名胜古迹）文光塔	魏育涛

其词闪烁咏大雁（汕头名胜古迹）文光塔　　　　　　　　马东涛
宝岛游记（汕头名胜古迹）写经台　　　　　　　　　　　杨文琦
秋来玉柱累如山（汕头名胜古迹）白米堆　　　　　　　　陈国香
岩下棉花映少林（汕头名胜古迹）石潭寺　　　　　　　　黄育群
云间日出飞大雁（汕头名胜古迹）龙门塔　　　　　　　　秦喜遂
腾蛟出洞登浮图（汕头名胜古迹）龙门塔　　　　　　　　黄辉孝
鲤鱼跃过现浮屠（汕头名胜古迹）龙门塔　　　　　　　　萧名修
辅弼勋绩有碑铭（汕头名胜古迹）丞相石　　　　　　　　王文楷
一声何满子，双泪落君前（汕头名胜古迹）曲水流　　　　黄仁香
把酒酹滔滔（汕头名胜古迹）曲水流　　　　　　　　　　侯咏松
浪花里飞出来的歌（汕头名胜古迹）曲水流　　　　　　　廖党固
目染耳濡乃母行（汕头名胜古迹）观音堂　　　　　　　　郑鸿光
塞上春来古田下（汕头名胜古迹）宋井　　　　　　　　　黄庆生
寨前寨后，阡陌纵横（汕头名胜古迹）宋井　　　　　　　黄培佳
正解其味欲题诗（汕头名胜古迹）证果寺　　　　　　　　邱壮炮
七下西洋皆奏凯，军士应募戟如林（汕头名胜古迹）郑成功招兵树
　　　　　　　　　　　　　　　　　　　　　　　　　　黄辉孝
七层摩苍穹（汕头名胜古迹）青云寺　　　　　　　　　　黄秦奇
龙腾碧空刹那间（汕头名胜古迹）青云寺　　　　　　　　王可及
牵白马兮上碧霄（汕头名胜古迹）青云寺　　　　　　　　吕明喜
寒山转苍翠（汕头名胜古迹）青云寺　　　　　　　　　　蔡和耿
层峦耸翠，上出重霄（汕头名胜古迹）青云岩　　　　　　黄继钊
回看山上芳草连（汕头名胜古迹）莲花峰　　　　　　　　马东涛
狩兽到小岛，佩枪上都市（汕头名胜古迹）猎屿铳城　　　陈伟名
山间明月与古同（汕头名胜古迹）腊屿　　　　　　　　　余泮浩
阔海独身托铜闸（汕头名胜古迹）雄镇关　　　　　　　　林香藩

山（汕头名胜古迹）叠石岩	林振武
送君送到江水边（汕头名胜古迹）辞郎洲	吴锦斌
岳王庙（汕尾名胜古迹）飞来庵	赖小蠡
因之疏远，造成分峙（汕尾名胜古迹）元山寺	江兴锥
峰前无诗舟远行（汕尾名胜古迹）元山寺	翁朝安
上堂已了各西东（汕尾名胜古迹）方饭亭	伍延才
莫愁湖中映广寒（汕尾名胜古迹）水月宫	蔡建荣
静影沉璧（汕尾名胜古迹）水月宫	黄鸿杰
九月信步登高峰（汕尾名胜古迹）玄武山	佚　名
似雪轻烟笼寒山（汕尾名胜古迹）白云寺	赖定愚
松柏生塞北（汕尾名胜古迹）石寨	许　逢
华夏腾飞树丰碑（汕尾名胜古迹）龙起石	郭家荣
天子社稷皆大牢（汕尾名胜古迹）关帝庙	施奕盛
阿房宫，三百里（汕尾名胜古迹）壮帝居	郭家荣
双方约定练江边（汕尾名胜古迹）红宫	陈楚兴
前线攻守听号令（汕尾名胜古迹）红宫	蔡木钦
山上重逢表心意（汕尾名胜古迹）观音岭	翁朝安
北京（汕尾名胜古迹）坎下城	郭家荣
醒来还在尘世间（汕尾名胜古迹）苏维埃旧址	陈锐忠
一对鸳鸯落画中（汕尾名胜古迹）鸡鸣寺	刘秋大
度日淡泊藏仙寺（汕尾名胜古迹）待渡山	胡俊辉
山在虚无缥缈间（汕尾名胜古迹）神秘岛	陈雨林
仙人隐居在蓬莱（汕尾名胜古迹）神秘岛	许　逢
《幽冥总鉴》（汕尾名胜古迹）通玄观	何秀礼
马蹄声中说梵宫（汕尾名胜古迹）得道庵	邓绍藩
江边春色绕西岭，雾中远树藏古刹（汕尾名胜古迹）清峰寺	郑建川

与君共饮醉日月(汕尾名胜古迹)御宴潭	张伟忠
陪君共醉太液池(汕尾名胜古迹)御宴潭	江兴锥
东方发白看得清(汕尾名胜古迹)黎明洞	柳昌龙
老百姓自能亮察(汕尾名胜古迹)黎明洞	伍延才
说起往事众同晓(汕尾名胜古迹,卷帘)通平古道	万日忠
穿帘入户吹灯灭(江门名胜古迹)风采堂	佚　名
梨花万片逐江风(江门名胜古迹)白水带	佚　名
白玉兰香飘岭上(江门名胜古迹)石花山	佚　名
咆哮万里触龙门(江门名胜古迹)响水桥	魏育涛
一庭之内,自有至乐(江门名胜古迹)适庐	魏育涛
春满洞庭(阳江名胜古迹)东湖	多　人
重重翠嶂耸云端(阳江名胜古迹)龙高山	佚　名
嵯峨出太清(阳江名胜古迹)凌霄岩	佚　名
天津市(阳江名胜古迹)高流墟	佚　名
经春兰杜幽(佛山名胜古迹)东华里	魏育涛
花容月貌称西子(佛山名胜古迹)秀丽湖	刘其波
南海祖庙(佛山名胜古迹)康有为故居	佚　名
梨花院落溶溶月(佛山名胜古迹)清晖园	佚　名
银盘高挂照庭前(佛山名胜古迹)清晖园	佚　名
万岁岭(河源名胜古迹)天子嶂	佚　名
一阵狂飙绕山岩(河源名胜古迹)风动盘石	佚　名
画中西湖西,青竹笼晴光(河源名胜古迹)龙潭	张伟志
红楼驻足(河源名胜古迹)朱门亭	佚　名
悔教夫婿觅封侯(河源名胜古迹)望郎回	佚　名
烟锁翠岚迷旧隐(茂名名胜古迹)大雾岭	佚　名
玉玺(茂名名胜古迹)石印	佚　名

折柳欲别有千言（茂名名胜古迹）石柱	潘洁妹
优秀园丁下乡来（茂名名胜古迹）名教村	佚　名
造化钟神秀（茂名名胜古迹）丽山	魏育涛
云岭半腰常驻足（珠海名胜古迹）中山亭	佚　名
钟情琅玡一醉翁（珠海名胜古迹）中山亭	魏育涛
松岩前留影（珠海名胜古迹）石景山	佚　名
即此陪欢游阆苑（珠海名胜古迹）共乐园	魏育涛
却入旧香闺（珠海名胜古迹）陈芳家宅	魏育涛
燕昭招贤图报国（珠海名胜古迹）金台寺	佚　名
雨漏古屋廊（珠海名胜古迹）徐润故居	魏育涛
莲花嫩蕊满蓬莱（珠海名胜古迹）荷包岛	佚　名
芙蓉始发迟（珠海名胜古迹）莲花亭	魏育涛
留荷（珠海名胜古迹）莲花亭	佚　名
鹿女生莲造浮屠（梅州名胜古迹）千佛塔	曾传武
构木而巢（梅州名胜古迹）小树庐	佚　名
庭前种尽相思木（梅州名胜古迹）小树庐	佚　名
堂上菩萨胚初成，未曾装裱与贴金（梅州名胜古迹）佛光寺	蔡建荣
窥头于牖,拖尾于堂（梅州名胜古迹）围龙屋	佚　名
江郎才尽不言诗（梅州名胜古迹）灵光寺	郝庭玉
却把聪明付空门（梅州名胜古迹）灵光寺	佚　名
各怀其心定生乱（梅州名胜古迹）客天下	吴锦麟
聚室而谋曰（梅州名胜古迹）通议第	魏育涛
香阁共伊时（梅州名胜古迹）联芳楼	魏育涛
甲乙双方,共建长安（深圳名胜古迹）一街两制	李玉虹
筑路工,铺路工（深圳名胜古迹）一街两制	郭海龙
路西打铁东编筐（深圳名胜古迹）一街两制	张志有

一屉古方人不点(深圳名胜古迹)大万世居	庄少文
长安回望绣成堆(深圳名胜古迹)中英街	佚　名
远芳侵古道(深圳名胜古迹)中英街	佚　名
上达椒房居(深圳名胜古迹)天后宫	黄俊琪
是日立昭阳(深圳名胜古迹)天后宫	郑育斌
裂岩中似有东西(深圳名胜古迹)仙人石	佚　名
天堑变通途,从此不再愁(深圳名胜古迹)永兴桥	郑俊生
始终倨骄者,十载化成土(深圳名胜古迹)华侨城	武　骝
无语怨东风(深圳名胜古迹)欢乐谷	黄庭周
清兴何处发,高听半夜歌(深圳名胜古迹)欢乐谷	陈桂洲
喜看稻菽千重浪(深圳名胜古迹)欢乐谷	多　人
喜逢山色开眉黛(深圳名胜古迹)欢乐谷	骆　岩
又得江水清,村边杨柳绿(深圳名胜古迹)红树林	罗营东
五星国旗满枝柯(深圳名胜古迹)红树林	刘雁云
盛名应推和靖老(深圳名胜古迹)红树林	郑百川
吴征西子看爱妻(深圳名胜古迹)观澜湖	武　骝

吴征,著名电视主持人杨澜的丈夫。

赵家龙寝渺难寻(深圳名胜古迹)宋少帝陵	张哲源
赵朝皇墓剩无多(深圳名胜古迹)宋少帝陵	郑百川
烟柳画桥,风帘翠幕,参差十万人家(深圳名胜古迹)茂盛世居	
	薛道达
二水奔流直向西(深圳名胜古迹)金沙湾	康维人
群峦都似玉芙蓉(深圳名胜古迹)莲花山	佚　名
乡国不知何处是(深圳名胜古迹)曾生故居	魏育涛
王莽称帝,定都西京(深圳名胜古迹)新安故城	伍耿怀
徽州古称歙州(深圳名胜古迹)新安故城	佚　名

万紫千红满神州(深圳名胜古迹)锦绣中华　　　　胡安义
彩线描出真国色(深圳名胜古迹)锦绣中华　　　　张哲源
翼德到玉泉,鹏举过灵隐(清远名胜古迹)飞来寺　陈良庆
乘机到大理(清远名胜古迹)飞来塔　　　　　　　佚　名
此水今为九泉路(清远名胜古迹)地下河　　　　　武　骝

　　面出唐·鲍溶《隋家井》。

历尽艰辛后,终现出头日(清远名胜古迹)观音山　黄亦忱
暗峰之中又相见(清远名胜古迹)观音山　　　　　曾庆滨
白云深处拥雷峰(清远名胜古迹)通天岩　　　　　佚　名
嵯峨出太清(清远名胜古迹)通天岩　　　　　　　多　人
眼底浮云真幻化(清远名胜古迹)清虚观　　　　　魏育涛
雾里看花,水中望月(清远名胜古迹)清虚观　　　佚　名
草色洞庭宽(清远名胜古迹)碧绿湖　　　　　　　魏育涛
古屋瓦生松(惠州名胜古迹)叶挺故居　　　　　　魏育涛
层峦叠嶂缥缈间(惠州名胜古迹)罗浮山　　　　　吴行峤
岭头辗转眼前景,江畔残月夜三更(惠州名胜古迹)罗浮山　吕德桐
男儿建家第(揭阳名胜古迹)丁府　　　　　　　　林建川
天下名山僧占多(揭阳名胜古迹)广安寺　　　　　郑百川
设席宴罢后,侍女扶人归(揭阳名胜古迹)广安寺　黄跃佳
燕山胡骑鸣啾啾(揭阳名胜古迹)马嘶岩　　　　　萧桂炎
对峙(揭阳名胜古迹)双峰寺　　　　　　　　　　张志有
白云丹霞呈吉祥(揭阳名胜古迹)双峰寺　　　　　陈伟彪
并蒂莲花沐甘露(揭阳名胜古迹)双峰寺　　　　　郑　顷
芙蓉玉女步青云(揭阳名胜古迹)双峰寺　　　　　吕永琳
神女飞来香山中(揭阳名胜古迹)双峰寺　　　　　黄庆生
并蒂莲花恋夕阳(揭阳名胜古迹)双峰晚钟　　　　洪育斌

三春将暮枫林间,前行乱叶阻轻车(揭阳名胜古迹)风门古径 蔡文彬

白云深处拥雷峰(揭阳名胜古迹)半天塔 张奕虎
一水清浅远山现,树间叶动鸟飞鸣(揭阳名胜古迹)古戏台 刘镇波
水月湖光庭前好,晚来咏唱笛高扬(揭阳名胜古迹)永昌古庙 林晓云

始觉禅门气味长(揭阳名胜古迹)永昌古庙 裴　靖
山间泉流碧见底(揭阳名胜古迹)白水岩 李创龙
欢声笑语满学府(揭阳名胜古迹)兴道书院 张耀贤
九重春色醉仙桃(揭阳名胜古迹)红宫 陈剑毅
江边绿初起,方见客心归(揭阳名胜古迹)红宫 杨　冰
杜鹃啼血一声声(揭阳名胜古迹)红宫 孙国和
万紫千红等闲看(揭阳名胜古迹)赤松观 郑鸿光
深红绽放游人赏(揭阳名胜古迹)赤松观 谢瑶中
状元及第(揭阳名胜古迹)进贤门 黄楚平
英杰才俊聚满堂(揭阳名胜古迹)进贤门 蔡秋湖
跻身于能者之间(揭阳名胜古迹)进贤门 鲁　飞
山前暮雪停,南北一望合(揭阳名胜古迹)雨仙塔 林凯胜
秋叶凝蟾新冢冷(揭阳名胜古迹)黄月容墓 谢烈树
疏林横枝参差出(揭阳名胜古迹)黄岐山 高树凯
横枝落木云雾重(揭阳名胜古迹)黄岐山 蔡郁瑜
红日喷薄而出,人才济济一堂(揭阳名胜古迹)揭阳进贤门 陈新武
曙光初临读书府(揭阳名胜古迹)揭阳学宫 黄庆生
桥边梅谢后,一一碾成尘(揭阳名胜古迹)禁城 李创龙
仁义为心(揭阳名胜古迹)德安里 陈晓生
文明宁静的社区(揭阳名胜古迹)德安里 黄秀明

丞相肚里好撑船（揭阳名胜古迹）德安里　　　　　　　　黄笃松
山山大雁过（湛江名胜古迹）双峰塔　　　　　　　　　　佚　名
此朝升平同报国（湛江名胜古迹）天宁寺　　　　　　　　佚　名
大成殿（湛江名胜古迹）天后宫　　　　　　　　　　　　佚　名
爱我中华每寸土（湛江名胜古迹）护国寺　　　　　　　　陈学海
北斗光照山石同（肇庆名胜古迹）七星岩　　　　　　　　佚　名
璇玑玉衡昆冈石（肇庆名胜古迹）七星岩　　　　　　　　曾宪模
丝竹之音岩下响（肇庆名胜古迹）八音石　　　　　　　　黄昭其
鳌头独占名题雁（肇庆名胜古迹）元魁塔　　　　　　　　黄昭其
危楼高百尺，手可摘星辰（肇庆名胜古迹）白云寺　　　　王纪才
论道于禅院（肇庆名胜古迹）白云寺　　　　　　　　　　佚　名
说话特别牛（肇庆名胜古迹）白云寺　　　　　　　　　　毕可朝
十分清白品自高（肇庆名胜古迹）星湖　　　　　　　　　潘洁妹
半是糊涂半清醒（肇庆名胜古迹）星湖　　　　　　　　　任平江
生活省一笔，日月巧安排（肇庆名胜古迹）星湖　　　　　罗育辉
用心来搞活，放胆去改革（肇庆名胜古迹）星湖　　　　　许育鑫
活动表上写分明（肇庆名胜古迹）星湖　　　　　　　　　黄一坤
晨出叱犊，月上提壶（肇庆名胜古迹）星湖　　　　　　　佚　名
三分势并立，水上起峰峦（肇庆名胜古迹）鼎湖山　　　　佚　名
衔泥哺雏石山中（肇庆名胜古迹）燕岩　　　　　　　　　詹鸿行
翻山越岭扎营盘（韶关名胜古迹）双峰寨　　　　　　　　佚　名
嗣宗白日醉错乱（韶关名胜古迹）阳元石　　　　　　　　黄宜耀
古今将相今何在（韶关名胜古迹）余靖墓　　　　　　　　佚　名
一骑落平冈（韶关名胜古迹）走马岗　　　　　　　　　　佚　名
一枝春俏传友谊（韶关名胜古迹）梅关　　　　　　　　　伍延才
东海起波浪，春山映南天（韶关名胜古迹）梅关　　　　　李　跃

春到东海送舟行（韶关名胜古迹）梅关	庄少文
疏影依稀今何在（韶关名胜古迹）梅关	郑健民
鸿栖浮屠（韶关名胜古迹）雁塔	佚　名
一第皆好施（潮州名胜古迹）广济门	黄俐锦
大渡河上铁索横（潮州名胜古迹）广济桥	陈　霄
离床开轿车，直奔汶川去（潮州名胜古迹）广济桥	林绍洪
疏星新月悬天际，雨后晴空万里游（潮州名胜古迹）广济桥	吴清梅
机遇来后要放权（潮州名胜古迹）凤栖楼	蔡振亮
履端伊始入空门（潮州名胜古迹）开元寺	林谟盛
中元迁义安，先祖传后嗣（潮州名胜古迹）文祠	蓝汉钊
意欲成帝业，结穴聚巨珍（潮州名胜古迹）王大宝墓	卓训辉
十二为相，献身报国（潮州名胜古迹）甘露寺	林庆发
为报国愿献赤忱（潮州名胜古迹）甘露寺	陈木青
东崖合沓蔽轻雾（潮州名胜古迹）白云岩	郭炳茂
清波荡日光（潮州名胜古迹）白水岩	卓训辉
厂方广招电大生（潮州名胜古迹）石庵	陈　霄
大理寺（潮州名胜古迹）石庵	黄继钊
下山还俗（潮州名胜古迹）别峰寺	佚　名
分峙（潮州名胜古迹）别峰寺	佚　名
点头半俯说早安（潮州名胜古迹）卓府	蚁曼妹
一声珍重如甘露（潮州名胜古迹）宝云寺	卓训辉
苍松万壑敬皇陵（潮州名胜古迹）林大钦墓	林炳森
骤雨送大雁（潮州名胜古迹）急水塔	蔡少文
天王祠（潮州名胜古迹）洪氏家庙	蔡少文
飞濂冲刷珠璧光（潮州名胜古迹）涑玉泉	吴振鸿
孤山幽荫西子来（潮州名胜古迹）梅林湖	陈鸿泽

水天一色落星明（潮州名胜古迹）涵碧楼　　　　　　陈鸿泽
朱阁照青澜（潮州名胜古迹）涵碧楼　　　　　　　　佚　名
一望了然春雨过,满树梅枝花正娇（潮州名胜古迹）湘子桥　石昭智
四望波腾泛春意,一时雨歇飞彩虹（潮州名胜古迹）湘子桥　鄞镇凯
淮阴侯祖庙（潮州名胜古迹）韩祠　　　　　　　　　蓝国贤
北阁佛灯焕异彩（潮州名胜古迹）瑞光台　　　　　　余超群
满楼凝紫气（潮州名胜古迹）瑞光台　　　　　　　　李慕韩
麒麟耀彩,凤凰呈祥（潮州名胜古迹）瑞光台　　　　　王文楷
孔孟之道入宗庙（潮州名胜古迹）儒学宫　　　　　　李　保
风雨同舟天地阔（潮州名胜古迹,卷帘）广济桥　　　　黄泽彪

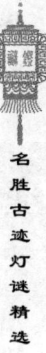

海　南

上午见母先献酒（省份）海南　　　　　　　　　　　乔北海
心无悔,挥汗干;要大点,做贡献（省份）海南　　　　　佚　名
水火之间伴高堂（省份）海南　　　　　　　　　　　佚　名
冬梅开花红似火（省份）海南　　　　　　　　　　　佚　名
回首犹见康有为（省份）海南　　　　　　　　　　　佚　名
每到西湖来,贡献大一点（省份）海南　　　　　　　　佚　名
淡梅半露别样红（省份）海南　　　　　　　　　　　佚　名
天高地平千万里（省份简称）琼　　　　　　　　　　魏育涛

　　面出唐·刘禹锡《八月十五夜桃源玩月》。"千万"为"京"。

边城一抹落日景(省份简称)琼	王祥方
受惊后惶恐不安(省份简称)琼	魏育涛
是非一来就后退(省份简称)琼	老　兵
独上城头赏夜景(省份简称)琼	耿福林
胜景南望光明生(省份简称)琼	乔北海
望上去如樱桃一点(省份简称)琼	赵锡章
广开言路(海南市名)海口	佚　名
不在梅边,在水一方(海南市名)海口	佚　名
方见池畔梅半放(海南市名)海口	佚　名
台下落泪悔无心(海南市名)海口	佚　名
夸夸其谈(海南市名)海口	佚　名
江头梅初落,鸣鸟已远飞(海南市名)海口	佚　名
饮如长鲸吸百川(海南市名)海口	佚　名
西湖梅半放,画图四季开(海南市名)海口	佚　名
残梅随水出宫中(海南市名)海口	佚　名
衔远山,吞长江(海南市名)海口	佚　名
游子方归先唤母(海南市名)海口	佚　名
王婆卖瓜(海南市名)海口市	佚　名
梅雨萧疏春将逝,鸟鸣亭前帆已远(海南市名)海口市	佚　名
一再去晋南(海南市名)三亚	佚　名
一再夺银牌(海南市名)三亚	佚　名
工业一定要改革(海南市名)三亚	佚　名
再来一次(海南市名)三亚	李祝英
创业一定要真心(海南市名)三亚	佚　名
春夜游人去,双鸟栖栏杆(海南市名)三亚	黄福忠
要真心别存恶心(海南市名)三亚	佚　名

真心用人成大业(海南市名)三亚	郑庆元
探花榜眼紧相随(海南市名)三亚	买立新
多少真心和泪成(海南市名)三沙	王楷波
春夜渡头少游人(海南市名)三沙	黄宜耀
悟空为大八戒二(海南市名)三沙	陈书法
津、江津、夏首(海南市名)三沙市	刘二安

沙市(现为湖北荆州市沙市区)发端于先秦。春秋战国时期(前770—前221年)有津、江津(长江渡口)、夏首等称谓。

参观荆州(海南市名)三沙市	无　忌
鲨鱼出没真闹心(海南市名)三沙市	陈　霄
一点方能到南京(海南县名)万宁	佚　名
芳草凋落静无声(海南县名)万宁	佚　名
浮桥上方过,一定要小心(海南县名)万宁	佚　名
万壑千峰在一拳(海南名胜古迹)五指山	张海根
巧手绘南岳(海南名胜古迹)五指山	佚　名
山中一钓钓文王(海南县名)屯昌	佚　名
公私仓廪俱丰实(海南县名)屯昌	佚　名
直接来装电动画(海南县名)屯昌	王跃钢
六十年间万首诗(海南县名)文昌	佚　名
汗牛充栋(海南县名)文昌	佚　名
号为武王前,名为姬发父(海南县名)文昌	佚　名
钱洪发(海南县名)文昌	佚　名
著作等身(海南县名)文昌	佚　名
杏(海南县名)东方	佚　名
当家做主喜开颜(海南县名)乐东	佚　名
笑迎来客(海南县名)乐东	佚　名

谜面	作者
喜做主人翁(海南县名)乐东	佚 名
大漠秋色(海南县名)白沙	佚 名
昂首向前入戈壁(海南县名)白沙	佚 名
漂泊少相聚(海南县名)白沙	佚 名
鲨鱼匿迹心不怕(海南县名)白沙	佚 名
怀有前嫌宜且让(海南县名)定安	佚 名
养谁宫中作胡儿(海南县名)定安	佚 名
郭子仪平叛(海南县名)定安	佚 名
两岸饶商贾(海南县名)昌江	佚 名
晁盖陈达及时雨(海南县名)昌江	佚 名
会当凌绝顶(海南县名)临高	佚 名
身登青云梯(海南县名)临高	佚 名
欲穷千里目(海南县名)临高	佚 名
登上五指山(海南县名)临高	佚 名
登泰山而小天下(海南县名)临高	佚 名
一方安宁始方休(海南县名)保亭	佚 名
休要多嘴惹风波(海南县名)保亭	佚 名
摆脱困境树雄心,四方同心得安宁(海南县名)保亭	陶维松
十人划舟勇向前(海南县名)通什	佚 名
全系人参三七(海南县名)通什	佚 名
雄心纵横行无阻(海南县名)通什	佚 名
一山飞峙大江边(海南县名)陵水	佚 名
山雨欲来风满楼(海南县名)陵水	蔡建荣
高峡出平湖(海南县名)陵水	佚 名
银河倒挂三石梁(海南县名)陵水	佚 名
苍碧空中垂白练(海南县名)陵水县	佚 名

岁首邀君入燕都（海南县名）琼山	佚　名
御驾离京临南岳（海南县名）琼山	佚　名
入京辅王献忠心（海南县名）琼中	吴家宏
张清佳偶谁堪配（海南县名）琼中	佚　名
打假名人进首都（海南县名）琼海	佚　名
南望故都每垂泪（海南县名）琼海	章　镳
横山叠影舒雨景，西江梅放已春归（海南县名）琼海	陈文中
雁斜檐上飞，天府水横流（海南县名）儋州	佚　名
瞻前空兮雁阵斜，望长川兮星横列（海南县名）儋州	佚　名
心清步自闲（海南县名）澄迈	佚　名
泪溅古灯下，孤舟万里行（海南县名）澄迈	佚　名
一生好入名山游（海南名胜古迹）牛岭	水源洞
奉献一生护大山（海南名胜古迹）牛岭	佚　名
湖光水月映浮图（海南名胜古迹）古塔	郑学义
而今汪洋原桑田（海南名胜古迹）海底村庄	蔡　芳
草树高低满院青（海口名胜古迹）万绿园	佚　名
百惠小姐生气了（海口名胜古迹）火山口	佚　名
离别仙人洞（海口名胜古迹）火山口	佚　名
余生调动到大庚（海口名胜古迹）金牛岭	佚　名
八月飘香花似海（海口名胜古迹）桂林洋	佚　名
三分春色，二分尘土，一分流水，未足成谜（海口名胜古迹）桂林洋	
	佚　名
只因大话未兑现，激怒众多庄稼汉（海口名胜古迹）海口火山群	
	佚　名
大功告成自陶然（海口名胜古迹）硕勋亭	卢育明
大功卓著镇风波（海口名胜古迹）硕勋亭	佚　名

木兰不用尚书郎（海口名胜古迹）硕勋亭	一吻情
功盖凌烟阁（海口名胜古迹）硕勋亭	佚　名
汗马功劳一醉翁（海口名胜古迹）硕勋亭	刘同友
二营驻扎在山岗（万宁名胜古迹）六连岭	佚　名
五一游黄山（万宁名胜古迹）六连岭	佚　名
分明已经到曲溪（万宁名胜古迹）日月湾	佚　名
分明就是流行曲（万宁名胜古迹）日月湾	佚　名
左手一指是太行（万宁名胜古迹）东山岭	王文来
冷冻后出现变化（万宁名胜古迹）东山岭	佚　名
春来上岗再领先（万宁名胜古迹）东山岭	佚　名
岩下暗香曲源头（万宁名胜古迹）石梅湾	佚　名
万壑清流暖身心（万宁名胜古迹）兴隆温泉	佚　名
江流有声近寒山（万宁名胜古迹）潮音寺	佚　名
浪涛声声拍金山（万宁名胜古迹）潮音寺	佚　名
钱塘涛声白话诗（万宁名胜古迹）潮音寺	佚　名
尖端劈开穿苍穹（三亚名胜古迹）大小洞天	刘二安
虽然年逾古稀,仍是井蛙之见（三亚名胜古迹）大小洞天	武　骝
微观世界（三亚名胜古迹）小洞天	佚　名
星际争霸战（三亚名胜古迹）天涯海角	平湖客
日落山西,云飘渤海（三亚名胜古迹）亚龙湾	佚　名
何邦峰脉像猫咪（三亚名胜古迹）南山	武　骝

原南斯拉夫科里切维奇山脉酷似沉睡的猫咪,被称为全球十大奇特地貌。

大梁（三亚名胜古迹）南天一柱	佚　名
木（三亚名胜古迹）南天一柱	佚　名
纣王兵败自焚身（三亚名胜古迹）点火台	佚　名

蓬莱仙境一览足（三亚名胜古迹）海山奇观	佚　名
下楼调首看梅花（三亚名胜古迹）鹿回头	李明富
南极仙翁乘骑归（三亚名胜古迹）鹿回头	甘当牛
梅花二度开（三亚名胜古迹）鹿回头	佚　名
梅花依依不忍离（三亚名胜古迹）鹿回头	佚　名
力透纸背（三亚名胜古迹）落笔洞	佚　名
画个圆满的句号（三亚名胜古迹）落笔洞	杨军汉
同游西湖留墨迹（三亚名胜古迹）落笔洞	黄育群
画个圈儿替（三亚名胜古迹）落笔洞	佚　名
画龙破壁（三亚名胜古迹）落笔洞	郑远达
铁砚磨穿（三亚名胜古迹）落笔洞	佚　名
风入林间梅花苑（屯昌名胜古迹）枫木鹿场	佚　名
林间闻虎啸，空地见梅花（屯昌名胜古迹）枫木鹿场	黄辉孝
山巅望北斗（文昌名胜古迹）七星岭	佚　名
北斗遥挂五指山（文昌名胜古迹）七星岭	佚　名
子夜方抵夹山寺（文昌名胜古迹）三更峙	佚　名
夜半姑苏何处钟（文昌名胜古迹）三更峙	一吻情
诗书翰墨寄禅房（文昌名胜古迹）文庙	佚　名
疏栏曲水（文昌名胜古迹）木兰湾	佚　名
号令秦姬驱赵女（文昌名胜古迹）将军林	李创龙

《红楼梦》中《姽婳词》："恒王得意数谁行？姽婳将军林四娘。号令秦姬驱赵女，秾桃艳李临疆场。"

何人擒得一丈青（文昌名胜古迹）将军林	佚　名
村前寨后可伏兵（文昌名胜古迹）将军林	佚　名
身先士卒，首当其冲（文昌名胜古迹）将军林	任志广
妾心如水誓不起（东方名胜古迹）伏波井	佚　名

下笔无私绘五岳（乐东名胜古迹）毛公山	佚　名
笔下松枝落崖端（乐东名胜古迹）毛公山	佚　名
笔下雄峰（乐东名胜古迹）毛公山	佚　名
赤甲白盐俱刺天（乐东名胜古迹）尖峰岭	吴新民
拔地突兀摩苍穹（乐东名胜古迹）尖峰岭	佚　名
上楼尽览三湘美（定安名胜古迹）南丽湖	佚　名
幼常扎营在山巅（临高名胜古迹）临高角	李友光
空战（临高名胜古迹）临高角	佚　名
竞争上岗（临高名胜古迹）临高角	罗育辉
银鹰直上拦敌机（临高名胜古迹）临高角	佚　名
善攻者动于九天之上（临高名胜古迹）临高角	佚　名
横空出世莽昆仑（临高名胜古迹）高山岭	邢华旭
山人妙设八阵图（保亭名胜古迹）仙安石林	佚　名
机构精简雄心在,鞍山厂方搞改革（保亭名胜古迹）仙安石林	张　践
四方始谢,上苍偏佑,迓天下之霖散（保亭名胜古迹）呀诺达雨林	武　骝
曲曲折折胭脂河（陵水名胜古迹）香水湾	佚　名
江流曲曲沁幽芳（陵水名胜古迹）香水湾	丛　川
江流宛转绕芳甸（陵水名胜古迹）香水湾	武　骝
芬兰海滨（陵水名胜古迹）香水湾	方书璧
涧落桃花随曲流（陵水名胜古迹）香水湾	佚　名
楼头日落现新月,江上清流一曲传（陵水名胜古迹）香水湾	孙国光
申请到海南（陵水名胜古迹）猴岛	佚　名
祖国双宝岛,翰墨缘一家（琼山名胜古迹）琼台书院	佚　名
灵山多秀色,空水其氤氲（琼中名胜古迹）百花岭瀑布	佚　名

谜面	谜底	作者
繁英遍深山，泻出万丈泉（琼中名胜古迹）	百花岭瀑布	佚　名
点头方可入水泊（琼海名胜古迹）	万泉河	庄　园
乱岩流泉水，残雨自飘零（琼海名胜古迹）	白石岭	郭少敏
血染黄花岗（琼海名胜古迹）	红石岩	佚　名
残阳如血染尖峰（琼海名胜古迹）	红石岩	佚　名
盘陀夕照（琼海名胜古迹）	红石岩	佚　名
春寒赐浴华清池（琼海名胜古迹）	官塘温泉	佚　名
大黄、土茯、珍珠（琼海名胜古迹）	聚奎塔	秦喜遂
八千里路连洞庭（儋州名胜古迹）	云月湖	佚　名
烟笼蟾光印三潭（儋州名胜古迹）	云月湖	佚　名
寄语婵娟到洞庭（儋州名胜古迹）	云月湖	佚　名
乐天千里到古田（儋州名胜古迹）	白马井	佚　名
离开水浒无话讲（儋州名胜古迹）	白马井	佚　名
春运到今日为止（儋州名胜古迹）	载酒亭	李明富
年来味美思家田（儋州名胜古迹）	载酒堂	佚　名
春到庭前又一年（儋州名胜古迹）	载酒堂	邢华旭
新年一曲献慈母（儋州名胜古迹）	载酒堂	一吻情
丝路鸿雁到苏杭（儋州名胜古迹）	鹭鸶天堂	秦喜遂
西行到雷音（澄迈名胜古迹）	金寺	徐卫锋
余下一首无言诗（澄迈名胜古迹）	金寺	佚　名
点滴全是甘露（澄迈名胜古迹）	金寺	佚　名
秋色临寒山（澄迈名胜古迹）	金寺	佚　名
泉城万众迎岁首（澄迈名胜古迹）	济公山	任志广

四 川

江淮河汉(省份)四川	林　宁
湘资沅澧(省份)四川	佚　名
童子推窗望,风吹柳丝荡(省份)四川	王小勇
心归山中怀旧日(省份简称)川	魏育涛
风起挂双桨,顺流东飘去(省份简称)川	徐卫锋
拿来散酒作应酬(省份简称)川	吴志纯
古韵声声天府传(省份简称)蜀	郑庆元
转眼沟中浊水流(省份简称)蜀	竹　杖
转眼孤帆影,好似月如钩(省份简称)蜀	佚　名
二九、四九、九九(四川市名)成都	刘二安
白起阵前来破城(四川市名)成都	林丰来
言至诚者乃东邻(四川市名)成都	吴家宏
前阵来者去城西(四川市名)成都	悦　园
城破挂白旗(四川市名)成都	龚贵明
小城扩建为大城(四川市名)成都市	唐增桥
前庭后院(四川市名)广元	佚　名
大地保险(四川市名)广安	郜　晋
天下无难事(四川市名)广安	朱　瑛
人工汇成(四川市名)内江	赖　杰

214

工人进洞开一口（四川市名）内江	佚　名
心潮逐浪高（四川市名）内江	唐增桥
单人拦网似黑龙（四川市名）内江	郜　晋
考生们的心愿（四川市名）巴中	佚　名
希望猜到底（四川市名）巴中	佚　名
移开砾石见太行（四川市名）乐山	彭贤辉
喜上眉梢（四川市名）乐山	多　人
喜欢西岭（四川市名）乐山	许泽金
喜登南岳（四川市名）乐山	郜　晋
忘我奉献（四川市名）自贡	佚　名
俺的奉献（四川市名）自贡	张绍武
方便客商（四川市名）宜宾市	佚　名
屋前川水纵横流（四川市名）泸州	佚　名
火之始然，泉之始达（四川市名）南充	唐增桥
北方空虚（四川市名）南充	佚　名
火烧长安城（四川市名）南充市	唐增桥
水是眼波横（四川市名）眉山	郑天伦
次日返陇西，从化便到货（四川市名）资阳	易广昌
援助日（四川市名）资阳	佚　名
日照长（四川市名）绵阳	佚　名
刚柔并济（四川市名）绵阳	黄晓光
漫长的一日（四川市名）绵阳	刘国瑞
马放南山刀枪入库（四川市名）遂宁	郜　晋
文静与宁静（四川市名）雅安	佚　名
娴静时如姣花照水（四川市名）雅安	林凯胜
人人齐立志，功成四化日（四川市名）德阳	佚　名

朱老总光明磊落(四川市名)德阳	佚　名
折梅(四川市名)攀枝花	佚　名
登龙兼折桂(四川市名)攀枝花	许泽金
吃了甜头教头走(四川自治州名)甘孜	佚　名
但愿后学文更新(四川自治州名)甘孜	王绍宽
陇西连河东,有宝藏其中(四川自治州名)阿坝	佚　名
二郎前冲心不惊(四川自治州名)凉山	李景东
二点赴京来上岗(四川自治州名)凉山	佚　名
两点从东京前往富士(四川自治州名)凉山	佚　名
冷气分青嶂(四川自治州名)凉山	李培镇
首次点将(四川县名)三台	佚　名
午安(四川县名)马尔康	佚　名
春归故乡(四川县名)木里	佚　名
淮东安家苦求变(四川县名)古蔺	佚　名
以战争消灭战争(四川县名)平武	唐增桥
坦然安步(四川县名)平武	佚　名
稳健前行(四川县名)平武	佚　名
话戈壁(四川县名)白沙	王德海
木、林、森(四川县名)会东	唐增桥
决不袖手旁观(四川县名)会理	佚　名
虽是毫末技艺,却是顶上功夫(四川县名)会理	唐增桥
不喜欢动武(四川县名)兴文	佚　名
举头看榜(四川县名)兴文	李明富
泾渭不分(四川县名)合江	佚　名
四岁孩子走丢了(四川县名)名山	佚　名
两岸青山相对出(四川县名)夹江	多　人

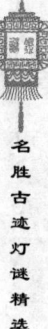

龟蛇对峙尽天职（四川县名）夹江	于包廷
稳如泰山（四川县名）安岳	佚　名
金沙渡口（四川县名）江津	佚　名
让他三尺又何妨（四川县名）米易	唐增桥
伞（四川县名）米易	佚　名
洪湖岸边是家乡（四川县名）邻水	佚　名
不再缠金莲（四川县名）松潘	于包廷
晒（四川县名）金阳	尹祖国
龙泉宫（四川县名）剑阁	雷筱为
知心话儿说不完（四川县名）叙永	唐增桥
名扬四海声震八方（四川县名）威远	刘兰懿
刘邦登基诏书（四川县名）宣汉	佚　名
纽约小姐（四川县名）美姑	佚　名
万佛顶聚集（四川县名）峨眉山市	苏荣灿
黄河之水天上来（四川县名）高县	唐增桥
各种奖状挂墙上（四川县名）得荣县	唐增桥
疾恶如仇（四川县名）喜德	佚　名
脱贫解困无阻碍（四川县名）富顺	罗学平
常规战（四川县名）普格	佚　名
特先建起改革办（四川县名）犍为	章　云
河内客人（四川县名）越西	佚　名
言必有信（四川县名）道孚	佚　名
泫（四川县名）黑水	罗学平
王莽称帝（四川县名）新龙	佚　名
相逢廿载太平时（四川县名）蓬安	佚　名
五指流琴韵（世界文化与自然遗产）乐山	武　骝

217

仁者释迦牟尼（世界文化与自然遗产）乐山大佛	唐增桥
泺水流,仙人游,天下有弥勒（世界文化与自然遗产）乐山大佛	张宪英
终南托起旭日升（世界文化与自然遗产）乐山大佛	郭瑞臣
高兴登五台,一人拜弥勒（世界文化与自然遗产）乐山大佛	吴俊福
喜赴普陀参菩萨（世界文化与自然遗产）乐山大佛	唐大受
白头佳人岁首集（世界文化与自然遗产）峨眉山	苏荣灿
我到太行柳叶谷（世界文化与自然遗产）峨眉山	侯国忠
十二月的洛阳陵（世界文化遗产）青城山	侯国忠
市树碧碧岭葱葱（世界文化遗产）青城山	魏希洪
回望重庆绿葱茏（世界文化遗产）青城山	石爱民
转眼渝州皆绿化（世界文化遗产）青城山	陈亮如
倩人伴埋头书成就终出（世界文化遗产）青城山	武骝
绿水绕郭映天台（世界文化遗产）青城山	许泽金
前晚女工被堵截,脱险之后来汇报（世界文化遗产）都江堰	周跃建
荆州坝葛洲坝三峡坝（世界文化遗产）都江堰	佚名
高翥偏邻西湖塚（冢）,残红终汇晏清心（世界文化遗产）都江堰	武骝

高翥,南宋诗人,死于杭州西湖。晏清,安宁清谧。

筑坝扬州城（世界文化遗产,卷帘）都江堰	郑天伦
云脚铺染包塞上（世界自然遗产）九寨沟	蔡建荣
勾染三分透初寒（世界自然遗产）九寨沟	黄冬妮
四五山村临曲涧（世界自然遗产）九寨沟	郑百川
四五村落傍山溪（世界自然遗产）九寨沟	佚名
旭日升,春意化寒冰,流水落金钩（世界自然遗产）九寨沟	佚名

杨家有女初长成,养在深闺人未识(世界自然遗产)大熊猫栖息地 　　　　　　　　　　　　　　　　　　　　　武　骝

山谷锁浮云(世界自然遗产)黄龙　　　　　　许泽金
来日共到川中游,前去就要到川西(世界自然遗产)黄龙　乔北海
金菊绽放迎生辰(世界自然遗产)黄龙　　　　郑庆元
敖广穿上天子服(世界自然遗产)黄龙　　　　蔡建荣
破庙残花共相依(世界自然遗产)黄龙　　　　佚　名
吕(成都名胜古迹)上清宫　　　　　　　　　王德海
一时语塞(成都名胜古迹)子云亭　　　　　　陶维松
小儿一言惹风波(成都名胜古迹)子云亭　　　魏希洪
白头杜鹃(成都名胜古迹)云顶山　　　　　　陶维松
云开一方仙人现(成都名胜古迹)天台山　　　许泽金
开会上岗来旁听(成都名胜古迹)天台山　　　郑庆元
群起齐上无话讲(成都名胜古迹)文君井　　　魏希洪
万岁动工修陵寝(成都名胜古迹)王建墓　　　乔北海
圣上亲自选陵地(成都名胜古迹)王建墓　　　魏希洪
皇宫口拒武夷(成都名胜古迹)龙门山　　　　许泽金
诗圣匆匆别母去(成都名胜古迹)杜甫草堂　　蔡建荣
棠上花放后,圃中桂开早(成都名胜古迹)杜甫草堂　基　甸
全由男士断后(成都名胜古迹)纯阳殿　　　　李明富
因为勇猛力,封王立祖庙(成都名胜古迹)武侯祠　蔡建荣
将军封爵建庙宇(成都名胜古迹)武侯祠　　　魏希洪
初宿半装情侣样(成都名胜古迹)青羊宫　　　魏希洪
春色未入紫禁城(成都名胜古迹)青羊宫　　　王德海
春色未曾看(成都名胜古迹)青羊宫　　　　　李明富
初卦泪别枯肠断(成都名胜古迹)桂湖　　　　石爱民

庭宇出现问题,带头申请维护(成都名胜古迹)领报修院	黄全来
闲里外出到寒山(广元名胜古迹)木门寺	罗学平
闭户在家习龙泉(广元名胜古迹)剑门关	乔北海
万岁恩德惠古刹(广元名胜古迹)皇泽寺	乔北海
上有恩赐待后生(广元名胜古迹)皇泽寺	章　云
君王恩惠为报恩(广元名胜古迹)皇泽寺	许泽金
青卷露气绕通道(广元名胜古迹)翠云廊	许泽金
磨(广安名胜古迹)广安石林	肖东旗
岁首千里去陇西(内江名胜古迹)重龙山	乔北海
粮储入库正高峰(巴中名胜古迹)米仓山	许泽金
仙(巴中名胜古迹)佛头山	许泽金
龙相(巴中名胜古迹)南龛造像	章　云
峩峯(峨峰)巍巍,崔嵬岌岌巅之上(世界文化与自然遗产)九顶山	高建川
上百罗汉护石山(乐山名胜古迹)千佛岩	于包廷
翼德断后(乐山名胜古迹)飞来殿	许泽金
马龙变招特别牛(乐山名胜古迹)乌尤寺	高建川
入寺念经出头快(乐山名胜古迹)乐山文庙	厉国栋
朝廷喜得巨源书(乐山名胜古迹)乐山文庙	王志成
喜出搬石建坟地(乐山名胜古迹)乐山岩墓	厉国栋
讲解之前,可先看图(乐山名胜古迹)叮咚井	蔡秋湖
春宵苦短日高起(乐山名胜古迹)圣积晚钟	李贵节
君有美德心自怡(乐山名胜古迹)尔雅台	吴礼龙
请君文明游宝岛(乐山名胜古迹)尔雅台	多　人
硕大体态困如来(乐山名胜古迹)巨型睡佛	李明富
释迦卧眠形体大(乐山名胜古迹)巨型睡佛	吴俊福

只猜灯谜不言诗(乐山名胜古迹)伏虎寺	李贵节
制谜法门(乐山名胜古迹)伏虎寺	佚　名
弟子信女四大名山进香朝圣(乐山名胜古迹)佛国天堂	陈永栋
清河县(乐山名胜古迹)武大旧址	高建川
一娘生九子(乐山名胜古迹)罗汉堂	唐增桥
山峦绵延日出有道(乐山名胜古迹)罗峰晴云	郜　晋
安全重点放首位(乐山名胜古迹)金顶	于包廷
西部上空(乐山名胜古迹)金顶	李明富
九霄之中一古刹(乐山名胜古迹)凌云寺	蒋贻锵
志在蓝天图报国(乐山名胜古迹)凌云寺	郭瑞臣
植树造林又养鱼,广告引导江湖(乐山名胜古迹)麻浩渔村	邓当文
杨戬战太行(甘孜州名胜古迹)二郎山	郜　晋
武松入水泊(甘孜州名胜古迹)二郎山	许泽金
杨戬游峨眉(甘孜州名胜古迹)二郎山	郜　晋
武松好似泰岳立(甘孜州名胜古迹)二郎山	乔北海
武松站在景阳冈(甘孜州名胜古迹)二郎山	李明富
心生恶念出手打(甘孜州名胜古迹)亚丁	佚　名
好友来安排,客游旧城堡(甘孜州名胜古迹)朋布西古碉	许泽金
母年前来汕见过儿(甘孜州名胜古迹)海子山	李明富
病愈赐浴华清池(甘孜州名胜古迹)康定温泉	许泽金
登南岳而小天下(自贡名胜古迹)尖山	乔北海
七一宝岛会阿里(达州名胜古迹)八台山	许泽金
敖闰一早归西海(达州名胜古迹)龙潭	许泽金
高处鼓乐齐鸣(达州名胜古迹)观音山	杨乐生
大吃咸烧白(阿坝名胜古迹)五花海	阳建统
川东男儿在华蓥(阿坝名胜古迹)巴郎山	肖东旗

丁丫头许配二郎(阿坝名胜古迹)四姑娘山　　　　　　　　苗恩培

少女双双登峨眉(阿坝名胜古迹)四姑娘山　　　　　　　　李明富

层林尽染(阿坝名胜古迹)红原　　　　　　　　　　　　　肖东旗

诸葛孔明(阿坝名胜古迹)卧龙　　　　　　　　　　　　　许泽金

天高云淡(阿坝名胜古迹,虾须)诺日朗　　　　　　　　　阳建统

优秀才能留庙中(阿坝名胜古迹)棒托寺　　　　　　　　　黄全来

来村宅后,取一捧土(阿坝名胜古迹)棒托寺　　　　　　　黄全来

神庙登百十(宜宾名胜古迹)千佛寺　　　　　　　　　　　王志成

下罗街中遇仙记(宜宾名胜古迹)夕佳山　　　　　　　　　王志成

天下又见黄鹤影(宜宾名胜古迹)大观楼　　　　　　　　　吴俊福

长安回望绣成堆(宜宾名胜古迹)大观楼　　　　　　　　　王志成

飞流直下三千尺(宜宾名胜古迹)水帘奇观　　　　　　　　刘光蜀

春回苗岭(宜宾名胜古迹)东山　　　　　　　　　　　　　姚建国

此言出浮屠(宜宾名胜古迹)白塔　　　　　　　　　　　　王志成

放手开拓广种麻(宜宾名胜古迹)石林　　　　　　　　　　韦汉荣

三生不改冰霜操(宜宾名胜古迹)石海　　　　　　　　　　王志成

从此君在汝贤在(宜宾名胜古迹)竹海　　　　　　　　　　王志成

松下涧旁梅初放(宜宾名胜古迹)竹海　　　　　　　　　　兴山柏

不知粒粒皆辛苦(宜宾名胜古迹)忘忧谷　　　　　　　　　刘施旻

王戎果子园(宜宾名胜古迹)李庄　　　　　　　　　　　　王志成

日月酿就千年酒(宜宾名胜古迹)明代老窖　　　　　　　　李洪春

那四口为迁宅,东街西街奔忙(宜宾名胜古迹)哪吒行宫　　王志成

登上风火轮,直闯凌霄殿(宜宾名胜古迹)哪吒行宫　　　　张　飚

水动夜光映华清(宜宾名胜古迹)流杯池　　　　　　　　　苗恩培

梳也乱,不住泪双垂(宜宾名胜古迹)流杯池　　　　　　　徐官礼

春来请君上西岭(宜宾名胜古迹)酒圣山　　　　　　　　　李洪春

秋风萧瑟不言诗（宜宾名胜古迹）清凉寺	刘光蜀
中流砥柱（宜宾名胜古迹）锁江石	韦汉荣
青峰叠嶂（宜宾名胜古迹）翠屏山	王志成
川人宁可食无肉（宜宾名胜古迹）蜀南竹海	袁朝领
真心修仙十七载（泸州名胜古迹）三华山	乔北海
龙游天都隐禅院（泸州名胜古迹）云峰寺	章　云
访东邻于岁首（泸州名胜古迹）方山	张应森
芳草尽处开门见（泸州名胜古迹）方山	张应森
美丽彩云绕洞庭（泸州名胜古迹）玉龙湖	许泽金
云头见彩虹（泸州名胜古迹）龙脑桥	张应森
穿云破雾渡山海（泸州名胜古迹）龙透关	张应森
还滴水之情，迎大雁回归（泸州名胜古迹）报恩塔	张应森
高就实难舍洞庭（南充名胜古迹）升钟湖	任鹏文
女方沉默不语（南充名胜古迹）瓦口关	肖东旗
回顾船出三峡处（南充名胜古迹）北湖	张礼鹤
西方清流入庙观，道是浮屠早课声（南充名胜古迹）白塔晨钟	曹　锵
眼看八哥入佛门（南充名胜古迹）张飞庙	任鹏文
双蝶展翅绕坟茔（南充名胜古迹）张飞墓	乔北海
观赏潮信逢老舍（南充名胜古迹）张澜故居	任鹏文
天下佳人难再得，第中有客尽弹冠（南充名胜古迹）奎阁	叶　青
一看就像我家乡（南充名胜古迹）相如故里	任鹏文
月下芙蓉映水开（南充名胜古迹）莲池倒影	杜宇澄
郎（南充名胜古迹）阆中古城	任鹏文
二王庙（眉山名胜古迹，遥对）三苏祠	李明富
一到南京遭夹击（眉山名胜古迹）小三峡	乔北海

华夏峨眉出灵璧(眉山名胜古迹)中岩	邰　晋
孙文在码头(眉山名胜古迹)中岩	李明富
怀胎(眉山名胜古迹)抱月亭	佚　名
君遭不白,江头遇难(眉山名胜古迹)黑龙滩	李明富
闲游村东绝壁上(资阳名胜古迹)木门寺	乔北海
夜半私语自陶然(绵阳名胜古迹)子云亭	石爱民
古晋大地收眼底(绵阳名胜古迹,卷帘)西山观	乔北海
发财有道是仁者(绵阳名胜古迹)富乐山	邰　晋
嘉州是个聚宝盆(绵阳名胜古迹)富乐山	李明富
南望石壁下,泉开日落时(绵阳名胜古迹)碧水寺	乔北海
普惠众生乃少林(遂宁名胜古迹)广德寺	乔北海
姑娘门前迎二郎(雅安名胜古迹)瓦屋山	李明富
王夫人四点在瓦屋(雅安名胜古迹)夹金山	李明富
陕西省引资去汕头(雅安名胜古迹)夹金山	许泽金
横看成岭侧成峰,远近高低各不同(雅安名胜古迹)蒙山	罗学平
雾隐峰(雅安名胜古迹,卷帘)蒙顶山	黄全来
两岸青山相对出(雅安名胜古迹)碧峰峡	许泽金
命中前难尽,一生有旺运(德阳名胜古迹)三星堆	乔北海
上将大聚会(德阳名胜古迹)三星堆	刘壮虎
影视歌坛,大腕云集(德阳名胜古迹)三星堆	尹海军
银河迢迢,角斗于心(德阳名胜古迹)广汉三星堆	唐增桥
天下兴盛待后生(德阳名胜古迹)大旺寺	章　云
花开洛城西,几被圣上摘(德阳名胜古迹)落凤坡	魏希洪
月中难见水(攀枝花名胜古迹)二滩	许泽金

贵 州

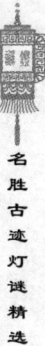

中央一投资，川水得治理（省份）贵州	峰　樵
河南省人口变动（省份）贵州	蓝汉钊
终生贫苦遭离乱，欲近三更泪先横（省份）贵州	陈　霄
珍宝岛（省份）贵州	余春全
破格用人到川中，三点来相逢（省份）贵州	余春全
馈赠之后先酬谢（省份）贵州	乔北海
馈赠东家，酬谢左邻（省份）贵州	张士斌
一中破格来用人（省份简称）贵	余春全
安排员工先离开（省份简称）贵	乔北海
员工一缺价就涨（省份简称）贵	申杰侯
于今失意心黯然（省份简称）黔	曾庆滨
零点雨歇黯无声（省份简称）黔	佚　名
黯然声绝今相见（省份简称）黔	聂玉文
一寸光阴一寸金（贵州市名）贵阳	苏寿真
寸金难买寸光阴（贵州市名）贵阳	佚　名
冬日赖其温（贵州市名）贵阳	周跃建
重男轻女（贵州市名）贵阳	佚　名
五一有雨吗（贵州市名）六盘水	佚　名
西妃受上宠，鬓丝半掩颜（贵州市名）安顺	佚　名

225

不带半根草去(贵州市名)毕节	高庆樵
赤条条去了无牵挂(贵州市名)毕节	余春全
鞠躬尽瘁(贵州市名)毕节	佚　名
二人一同到金边(贵州市名)铜仁	山　虎
三英誓守桃园盟(贵州市名)遵义	詹鸿行
信守商业合同(贵州市名)遵义市	延　洁
入住贵州,主人火热(贵州州名)黔东南	余春全
黑火(贵州州名)黔西南	余春全
贵州定当会火红(贵州州名)黔南	余春全
真心到开阳,城头话相逢(贵州县名)三都	余春全
首次调动到广州(贵州县名)三穗	佚　名
游泳教练(贵州县名)习水	佚　名
离离芳草一天清(贵州县名)大方	卢育明
火红的村庄(贵州县名)丹寨	佚　名
为人不可有二心(贵州县名)仁怀	何汉雨
人人到汕头务工(贵州县名)从江	李旭明
技校出手没有错(贵州县名)六枝	陈植雄
再三问津(贵州县名)六盘水	颜昌耀
刚去后,便几度又来相逢(贵州县名)凤冈	余春全
不求之显达,以本分为主(贵州县名)天柱	叶　儿
雨后天晴(贵州县名)开阳	刘庆海
空中月影同分享(贵州县名)册亨	卫斌虎
调整治理工作(贵州县名)台江	佚　名
蜻蜓点点临池别(贵州县名)平塘	余春全
取证之后终破案(贵州县名)正安	叶　儿
中国长城(贵州县名)玉屏	佚　名

码头但见千帆扬（贵州县名）石阡	卢育明
云的故乡（贵州县名）龙里	江模土
天上星星现，峦下羚羊奔（贵州县名）关岭	王得道
西湖分散至交归（贵州县名）兴义	方龙铭
牡丹清流迎面染（贵州县名）印江	余春全
陈妃心若无忌，即能得宠（贵州县名）安龙	罗育辉
在水一方残红落（贵州县名）江口	陆承志
画桥横上空，人远树冥冥（贵州县名）贞丰	高桑季
劳动平凡今出头（贵州县名）岑巩	佚　名
一朝选在君王侧（贵州县名）纳雍	余春全
波翻晓霞影（贵州县名）赤水	李创龙
捷报频频传桑梓（贵州县名）凯里	余春全
晁盖去见林冲公明（贵州县名）松桃	卢育明
纤夫之路（贵州县名）沿河	佚　名
来俊臣借招审周兴（贵州县名）瓮安	佚　名
只为缘初至，玉人芳心动（贵州县名）织金	高桑季
收获颇丰（贵州县名）罗甸	余春全
珠泪点点雀低飞，犹盼玉人归（贵州县名）金沙	梁永祥
新五代史（贵州县名）修文	孙经存
到后为人节俭，可称清淡半生（贵州县名）剑河	卢育明
戌时添丁，分娩安全（贵州县名）威宁	何明华
臣心一片磁针石（贵州县名）思南	佚　名
一贯坚持奉献爱心（贵州县名）施秉	余春全
支出百分之五十（贵州县名）独山	沈曼西
增城挂绿泛涟漪（贵州县名）荔波	佚　名
坐怀不乱实难得（贵州县名）贵定	林　文

刀枪入库,马放南山(贵州县名)息烽	佚　名
良人罢远征(贵州县名)息烽	甄吉钰
毁林齐受苦(贵州县名)桐梓	江　浩
见者有份(贵州县名)都匀	佚　名
平均主义(贵州县名)都匀	王庆生
参观请勿说话(贵州县名)望谟	佚　名
真情酿成错,惜别终泪流(贵州县名)清镇	高桑季
一轮明月挂夜空(贵州县名)盘县	余春全
广为造林于富春(贵州县名)麻江	佚　名
中国保安(贵州县名)黄平	余春全
天下太平(贵州县名)普定	佚　名
佳人独别郎西去,撇下分明又一生(贵州县名)晴隆	佚　名
此系无魂鬼(贵州县名)紫云	青　青
不说假话(贵州县名)道真	余一纯
先喝一点水,不白留下来(贵州县名)福泉	郑冠君
片帆泊处钓初下,层云散开双星明(贵州县名)锦屏	卢育明
雪后翻飞四方雨(贵州县名)雷山	余春全
及时雨为人脱俗(贵州县名)榕江	孙国和
两颗朱红印(贵州县名)赫章	佚　名
小城路遥(贵州县名)镇远	佚　名
水旁人聚勿分散,点点蜻蜓绕柳边(贵州县名)黎平	卢育明
夜不闭户,路不拾遗(贵州县名)黎平	余春全
目今洒泪别,知音伤黯然(贵州县名)黔西	李创龙
红随远浪泛桃花(世界自然遗产)赤水	武　骝
日出江花红胜火(世界自然遗产)丹霞之赤水	刘二安
夕阳余晖染锦江(世界自然遗产)赤水丹霞	余春全

一贯守义,先得提倡;心胸开阔,终生恪守(贵阳名胜古迹)文昌阁

林丰来

书亭兴隆(贵阳名胜古迹)文昌阁　　　　　　　　　　袁廷福

书香门第古籍多(贵阳名胜古迹)文昌阁　　　　　　　余春全

结屋三间藏万卷(贵阳名胜古迹)文昌阁　　　　　　　詹细清

倘非子安序,此处成荒陬(贵阳名胜古迹)文昌阁　　　武　骝

家藏万卷书多(贵阳名胜古迹)文昌阁　　　　　　　　佚　名

状元阁(贵阳名胜古迹)甲秀楼　　　　　　　　　　　佚　名

黄鹤美称天下冠(贵阳名胜古迹)甲秀楼　　　　　　　佚　名

风初梳绿江花放,叶展新姿日光明(贵阳名胜古迹)红枫湖　陈　霄

风起细柳动,古月伴江流(贵阳名胜古迹)红枫湖　　　陈　霄

旧貌巧变装扮三潭印月,秋霜染叶胜似二月鲜花(贵阳名胜古迹)红枫湖　　　　　　　　　　　　　　　　　　　　　　黄筑筠

一月二日一同先到汉阴(贵阳名胜古迹)阳明洞　　　　余春全

山有小口,仿佛若有光(贵阳名胜古迹)阳明洞　　　　黄筑筠

孔令辉(贵阳名胜古迹)阳明洞　　　　　　　　　　　黄筑筠

无限风光在险峰(贵阳名胜古迹)阳明洞　　　　　　　余春全

日光耀眼(贵阳名胜古迹)阳明洞　　　　　　　　　　刘国瑞

夹岸数百步,落英缤纷(贵阳名胜古迹)花溪　　　　　佚　名

狼烟一灭聚军帐(贵阳名胜古迹)息烽集中营　　　　　缪一松

停战以后,市场摆摊(贵阳名胜古迹)息烽集中营　　　骆文胜

山外青山楼外楼(贵阳名胜古迹)翠微阁　　　　　　　余春全

女娲补天处(六盘水名胜古迹)大洞遗址　　　　　　　余春全

苍天有眼历在目(六盘水名胜古迹)大洞遗址　　　　　余春全

装点此关山(六盘水名胜古迹)大洞遗址　　　　　　　余春全

阿房宫赋(安顺名胜古迹)云山屯古建筑群　　　　　　余春全

昭关苔密生低处(安顺名胜古迹)天台山　　　　　　　　武　骝
峰前云飘动,谷底雁阵飞(安顺名胜古迹)天台山　　　　张宏福
齐上高座吹竹笛(安顺名胜古迹)文庙　　　　　　　　　佚　名
平安到达罗霄山脉老根据地(安顺名胜古迹)宁谷遗址　　余春全
心哀移宠叹当初(安顺名胜古迹)龙宫　　　　　　　　　武　骝
两人三到垄上作无言诗(安顺名胜古迹)伍龙寺　　　　　余春全
齐排列投资于禅房(安顺名胜古迹)安顺文庙　　　　　　余春全
天子坐明堂(安顺名胜古迹)安顺龙宫　　　　　　　　　余春全
崂山道士破墙处(安顺名胜古迹)穿洞遗址　　　　　　　余春全
金橘一株(安顺名胜古迹)黄果树　　　　　　　　　　　林　敏
枝头秋实雨纷飞(安顺名胜古迹)黄果树瀑布　　　　　　余春全
倾泻奔放,自上而下,势如投壶(安顺名胜古迹)黄果树瀑布

　　　　　　　　　　　　　　　　　　　　　　　　　武　骝

　　《古今图书集成》谓:"山西崖之脚,尽受黄河之水,倾泻奔放,自上而下,势如投壶。"黄,黄河。树,水立起而下之势。

梅熟枝头雨满天(安顺名胜古迹)黄果树瀑布　　　　　　佚　名
五四二人同到江西省(毕节名胜古迹)九洞天　　　　　　余春全
后羿射日(毕节名胜古迹)九洞天　　　　　　　　　　　熊金林
集约征地修建住宅小区(毕节名胜古迹)大屯土司庄园　　余春全
宛宛虹霓堕半空(毕节名胜古迹)天生桥　　　　　　　　苏　颖
雨后复斜阳(毕节名胜古迹)天生桥　　　　　　　　　　佚　名
雨后彩虹(毕节名胜古迹)天生桥　　　　　　　　　　　佚　名
谁持彩练当空舞(毕节名胜古迹)天生桥　　　　　　　　佚　名
听到刹车声,不觉已到山东微山(毕节名胜古迹)支嘎阿鲁湖

　　　　　　　　　　　　　　　　　　　　　　　　　余春全
夫妻喜欢游故地(毕节名胜古迹)可乐遗址　　　　　　　余春全

谜面	作者
喜欢带典故的地方（毕节名胜古迹）可乐遗址	余春全
成方圆闻得子规啼（毕节名胜古迹）百里杜鹃	余春全
六一又见面，同去游汨罗（毕节名胜古迹）观音洞	张宏福
影后春来可由西湖相会（毕节名胜古迹）油杉河	余春全
晴雯补裘（毕节名胜古迹）织金洞	张　劲
家祭无忘告乃翁（毕节名胜古迹）宣慰府	余春全
每抹泪后早宽心（毕节名胜古迹）草海	王化莹
一十六载树大旗，来日一定举大白（毕节名胜古迹）奢节墓	曹先华
一抔净土掩风流（毕节名胜古迹）奢香墓	陈远庆
气势恢宏十三陵（毕节名胜古迹）奢香墓	余春全
三叩九拜朝主上（铜仁名胜古迹）万寿宫	佚　名
无有佛刹建江湖（铜仁名胜古迹）梵净山	蔡建荣
困中抓点机遇，首次争取上岗（铜仁名胜古迹）梵净山	陈　霄
南岳林间清风里，清静始终相伴（铜仁名胜古迹）梵净山	卫斌虎
桃李连枝多几星，岭前双鸟争高下（铜仁名胜古迹）梵净山	佚　名
黛玉几度泪行乱，空将竹筝半岁闲（铜仁名胜古迹）梵净山	王寅丑
天下名峰僧占多（铜仁名胜古迹）梵净山	高德全
一池清水仙人来（遵义名胜古迹）他山	一吻情
仙人去也（遵义名胜古迹）他山	郝庭玉
流芳万里一土冢（遵义名胜古迹）杨粲墓	余春全
东楼岁首望雁门（遵义名胜古迹）娄山关	莫愁湖
岗前楼后被封锁（遵义名胜古迹）娄山关	何明生
点点春意初始来，峰前百花羞未开（遵义名胜古迹）娄山关	何汉雨
敖广汇聚了虾兵蟹将（遵义名胜古迹）海龙屯	余春全
跃上峰前雾蒙蒙（黔东南名胜古迹）飞云崖	余春全
虎啸天下过当阳（黔东南名胜古迹）风雨桥	佚　名

黎民百姓就喜欢土葬(黔东南名胜古迹)交乐墓群	余春全
同去陇西后,洒雨没心情(黔东南名胜古迹)青龙洞	余春全
加紧进攻激励士气强取前面大厦(黔东南名胜古迹)增冲鼓楼	余春全
半仙半俗,游侠一生(黔西南名胜古迹)大峡谷	叶曙光
驿前峰峦一线天(黔西南名胜古迹)马岭大峡谷	余春全
雾笼宝岛峰半隐(黔南名胜古迹)云台山	张 力
早上别亲,汕头做工(黔南名胜古迹)樟江	王化莹
梅前相逢早,泣别断红丝(黔南名胜古迹)樟江	陈 霄
放眼侠盗李景华(黔南名胜古迹)燕子洞	余春全

云　南

凤凰台上凤凰游(省份)云南	黄惠中
北风吹(省份)云南	佚　名
都说红豆故乡好(省份)云南	独脚虎
二(省份)云南省	蒋华勤
天下人(省份)云南省	张建华
说东道西话北方(省份)云南省	曹晓耕
人从宋后少名桧(省份简称)云	夏　彬
无边月色映高台(省份简称)云	施志光
河边吊脚楼,楼上树天线(省份简称)滇	尹海军

镇江东西运云南(省份简称)滇	张士斌
一月二日有赛事(云南市名)昆明	侯南宁
大道理可晓得(云南市名)昆明	佚　名
月移花影近重阳(云南市名)昆明	周跃建
比拼两日终胜出(云南市名)昆明	锋　行
由此一直去,一直去,晓得了(云南市名)昆明	佚　名
老大知事理(云南市名)昆明	苏荣灿
宵映聚萤书(云南市名)昆明	佚　名
赛马步昂首挺前胸(云南市名)昆明	蔡志阳
中国流(云南市名)玉溪	安建国
此生自号李义山(云南市名)玉溪	张伟志
太平调(云南市名)曲靖	项　行
玄酒韵和平(云南市名)曲靖	王世全
凝绝不通声暂歇(云南市名)曲靖	范胜雄
乱月驱影,残红逐波(云南市名)丽江	刘英魁
佳胜古钱塘(云南市名)丽江	魏育涛
钱塘艳若花(云南市名)丽江	佚　名
上岸方休(云南市名)保山	钱孝勤
出名之后休乱来(云南市名)保山	林凯胜
坚守上甘岭(云南市名)保山	佚　名
都护在燕然(云南市名)保山	王志成
北京有个金太阳(云南市名)昭通市	枫　云
不是一人能领导(云南自治州名)大理	王水松
天下之道(云南自治州名)大理	蒋华勤
全面整顿(云南自治州名)大理	项　行
普天之下皆王土(云南自治州名)大理	黄全来

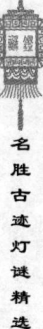

城管工作要加强(云南自治州名)大理市　　　　　　　郭　泉
汶水长流到岭前(云南自治州名)文山　　　　　　　　项　行
前天结交李商隐(云南自治州名)文山　　　　　　　　吴树戈
　　　李商隐字义山。
一道残阳铺水中(云南自治州名)红河　　　　　　　　王世全
江中残荷一片绿(云南自治州名)红河　　　　　　　　罗文锋
江东绿初染，汀上杏花开(云南自治州名)红河　　　　李创龙
一截遗欧，一截赠美(云南自治州名)西双版纳　　　　王文来
木刻客家情侣(云南自治州名)西双版纳　　　　　　　张礼鹤
来客一对呆和尚(云南自治州名)西双版纳　　　　　　伍耿怀
欧美收藏报刊中(云南自治州名)西双版纳　　　　　　佚　名
金二著述咋交税(云南自治州名)西双版纳　　　　　　佚　名
宾客尽入刊物中(云南自治州名)西双版纳　　　　　　董仁法
天下之广，由此可见(云南自治州名)迪庆　　　　　　王得道
由此走来更宽广(云南自治州名)迪庆　　　　　　　　佚　名
抵达庙里已变样(云南自治州名)迪庆　　　　　　　　廖增双
汉中女工挺齐心(云南自治州名)怒江　　　　　　　　周跃建
坐楼杀惜(云南自治州名)怒江　　　　　　　　　　　佚　名
恨随流水逐残红(云南自治州名)怒江　　　　　　　　佚　名
黄河在咆哮(云南自治州名)怒江　　　　　　　　　　赵春林
力拔山兮气盖世(云南自治州名)楚雄　　　　　　　　李创龙
三户亡秦亦壮哉(云南自治州名)楚雄　　　　　　　　项　行
生当作人杰(云南自治州名)楚雄　　　　　　　　　　王世全
高风伟节(云南自治州名)德宏　　　　　　　　　　　王世全
身高不变(云南县名)个旧　　　　　　　　　　　　　王希善
首先策划(云南县名)元谋　　　　　　　　　　　　　宋　绍

清明前做打算（云南县名）元谋	李田田
放权又白搭（云南县名）双柏	曹先华
万里长征（云南县名）开远	佚　名
男女都戴帽（云南县名）安宁	钱孝勤
惩恶扬善（云南县名）宜良	佚　名
良人罢远征（云南县名）武定	李创龙
大举军事演习（云南县名）宣威	陈继耿
水田凝月影，荒草伏兵机（云南县名）思茅	蔡纯如
怀念沈雁冰（云南县名）思茅	缪一松
种苗必预先配接（云南县名）思茅	枫　云
兰气袭人话乡情（云南县名）香格里拉	王文本
芳吻招斗殴，只因在意钱（云南县名）香格里拉	林　文
日落西岭月高悬（云南县名）嵩明	黄松榆
海青天留美名（云南县名）瑞丽	张士斌
水美还是旧浔阳（世界文化遗产）丽江古城	魏希洪
白帝朝惊浪，浔阳暮映云（世界文化遗产）丽江古城 　　面出钱起《江行无题》。	武　骝
秀美的钱塘，悠久的杭州（世界文化遗产）丽江古城	黄全来
繁华钱塘郡（世界文化遗产）丽江古城	裴　靖
兰花开后要梳理，浇灌之前着工装（世界自然遗产）三江并流	张士斌
苏浙赣水运汇总（世界自然遗产）三江并流	魏希洪
呼保义一再落泪（世界自然遗产）三江并流	黄全来
真心先去疏通，六点三分开工（世界自然遗产）三江并流	郑庆元
松柏移栽村舍后（世界自然遗产）石林	武　骝
烟村四五家（昆明名胜古迹）九乡	佚　名

阳光一曲到渭滨(昆明名胜古迹)三叠泉　　　　　　　　一吻情
身陷囹圄皆为诗(昆明名胜古迹)下关风　　　　　　　　王东雄
天下瞩目白云阁(昆明名胜古迹)大观楼　　　　　　　　佚　名
更上一层穷千里(昆明名胜古迹)大观楼　　　　　　　　佚　名
村前又见一女人,粗头乱发(昆明名胜古迹)大观楼　　　王世全
南京码头贴春联(昆明名胜古迹)小石林　　　　　　　　佚　名
园中相逢涕泪别,陆游终日心滞思(昆明名胜古迹)元阳梯田
　　　　　　　　　　　　　　　　　　　　　　　　　梁金强
双轮池前旧貌改(昆明名胜古迹)月湖　　　　　　　　　俞敦诗
江畔叶乱玉华影(昆明名胜古迹)月湖　　　　　　　　　蔡建荣
沽酒邀朋同吃酒(昆明名胜古迹)月湖　　　　　　　　　陈　泽
前后蟾光买醉归(昆明名胜古迹)月湖　　　　　　　　　佚　名
索居易永久(昆明名胜古迹)白车　　　　　　　　　　　佚　名
同心向前献青春(昆明名胜古迹)石林　　　　　　　　　佚　名
码头树影(昆明名胜古迹)石林　　　　　　　　　　　　佚　名
码间杨柳半未匀(昆明名胜古迹)石林　　　　　　　　　佚　名
拼命三郎在前,豹子头在后(昆明名胜古迹)石林　　　　潘培生
春过柳飘白(昆明名胜古迹)石林　　　　　　　　　　　佚　名
桑柘影斜双双归(昆明名胜古迹)石林　　　　　　　　　佚　名
置《氏性论》于管氏祠堂(昆明名胜古迹)安宁文庙　　　王寅丑
　　三国管宁,著有《氏性论》。
金崖顶(昆明名胜古迹)西山　　　　　　　　　　　　　佚　名
四方环镇嵩当中(昆明名胜古迹)屏边大围山　　　　　　郑百川
牛郎常伴喜鹊眠(昆明名胜古迹)星宿桥　　　　　　　　佚　名
闭门掩却一庭春(昆明名胜古迹)胜境关　　　　　　　　王世全
悟空,好去处耶(昆明名胜古迹)钟灵山　　　　　　　　黄全来

面出《西游记》第九十八回唐僧对灵山的称赞语。

看时果是穿山鼠(昆明名胜古迹)真庆观		黄全来
蓦地上前,两番争取(昆明名胜古迹)聂耳墓		黄全来
已是悬崖百丈冰,犹有花枝俏(昆明名胜古迹)梅里雪山		张　劲
月明林下美人来(昆明名胜古迹)梅里雪山		穆全顺
月白舟静艄翁憩(昆明名胜古迹)皎平渡		佚　名
西湖重逢,非在梦中(昆明名胜古迹)滇池		佚　名
运土填地至六点(昆明名胜古迹)滇池		佚　名
始见潇洒也率真(昆明名胜古迹)滇池		天龙驹
重逢江西亦非假(昆明名胜古迹)滇池		蔡建荣
留心慎用土地,终需荒滩治理(昆明名胜古迹)滇池		庄　云
真是左右逢源也(昆明名胜古迹)滇池		佚　名
满江先前也出写真集(昆明名胜古迹)滇池		陈　浩
春色满眼西子畔(昆明名胜古迹)翠湖		黄全来
二度闽中闻异香,一世赏尽西湖水(昆明名胜古迹)蝴蝶泉		佚　名
床头屋漏无干处(昆明名胜古迹誉称)天下第一汤		张燕飞
持锋初试破岩中(大理名胜古迹)石钟山		陈继耿
断镝嵌入破岩中(大理名胜古迹)石钟山		王保武
轻移莲步春闺里(大理名胜古迹)三月街		罗育辉
真心上去搭把手(大理名胜古迹)三塔		武　骝
万里峰峦归路迷(大理名胜古迹)无量山		蔡建荣
西北望长安(大理名胜古迹)无量山		王世全
丘处机明察其事(大理名胜古迹)长春洞		黄全来
总是你压阵(大理名胜古迹)老君殿		黄全来
庙中资产已耗尽(大理名胜古迹)金光寺		黄全来
驻营寺中(大理名胜古迹)将军庙		黄全来

每见老子江河畔（大理名胜古迹）洱海		蔡建荣
都在说房子（大理名胜古迹）海云居		黄全来
景仰克尔白，一再访钟楼（大理名胜古迹）崇圣寺三塔		蔡建荣
龙王自言其住处（大理名胜古迹，卷帘）海云居		黄全来
全都青着脸（文山名胜古迹）普者黑		黄全来
则平宰相面色黝（文山名胜古迹）普者黑		黄全来

  宋代赵普，字则平。

暗香乃识早岁至（玉溪名胜古迹）秀山		佚 名
所得官俸济乡里（玉溪名胜古迹）禄充村		黄全来
女娲为何要炼石（曲靖名胜古迹）天生洞		黄全来
湖沼曾见面，旅店又重逢（曲靖名胜古迹）会泽会馆		黄全来
飞流直下三千尺（曲靖名胜古迹）叠水瀑布		莫愁湖
晚来飞鸟何处宿（红河名胜古迹）多依树		黄全来
树掩庙宇有路标（红河名胜古迹）指林寺		黄全来
提起大洋就晕了（红河名胜古迹，卷帘）蒙自海关		黄全来
七一会战起风波（西双版纳名胜古迹）八角亭		游 鱼
锄禾日当午，汗滴禾下土（西双版纳名胜古迹）热带植物园		武 骝
陇东需崛起，主动寻根去（丽江名胜古迹）玉龙雪山		武 骝
败鳞残甲落满峰（丽江名胜古迹）玉龙雪山		佚 名
琼瑶陇西行，皑皑群峰间（丽江名胜古迹）玉龙雪山		蔡建荣
山市（丽江名胜古迹）石头城		黄全来
古时帝王登岱岳（丽江名胜古迹）老君山		佚 名
终养洞庭群峰间（丽江名胜古迹）老君山		黄全来
先派昌布回，丁原终被杀（丽江名胜古迹）束河		黄全来
一进村庄先潜伏（丽江名胜古迹）沐王府		周 昕
大陆台湾灯谜互展（丽江名胜古迹）虎跳峡		李创龙

过山风(丽江名胜古迹)虎跳峡	李创龙
跃过经济低谷的庚寅年(丽江名胜古迹)虎跳峡	杨靖高
略有闲暇去登峰(保山名胜古迹)小空山	刘二安
凌空前跃向赤日(保山名胜古迹)腾冲地热	刘二安
仙人降于庙中(迪庆名胜古迹)飞来寺	黄全来
雨后彩虹何所似(迪庆名胜古迹)天生桥	黄全来
部下皆如云(迪庆名胜古迹)属都海	黄全来
抵鲁(迪庆名胜古迹,下楼)东达山	黄全来
家慈昔日曾保管(迪庆名胜古迹,卷帘)藏经堂	黄全来
晓得是你在搜集(怒江名胜古迹)知子罗	黄全来
禅城巨变(楚雄名胜古迹)化佛山	黄全来
为师展奇才,得称半字仙(楚雄名胜古迹)狮子山	林金镖
吼吼声声惊太行(楚雄名胜古迹)狮子山	项玉英
夜半峰前师牵犬(楚雄名胜古迹)狮子山	蔡建荣
猴头寻师孤峰前(楚雄名胜古迹)狮子山	黄松榆

陕　西

老郑离而复聚(省份)陕西	林仕福
侠客头陀是超人(省份)陕西	独脚虎
前头先要排一队(省份)陕西	乔北海
客从长安来(省份)陕西	王仕斌

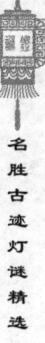

酋长化装中队长（省份）陕西	武 骝
紧要关头结一队（省份）陕西	易广昌
枉费工夫到白头（省份简称）秦	潘洁妹
若占上春先秀发（省份简称）秦	李创龙
前程有人真心助（省份简称）秦	于国清
春阴秋雨伴琴声（省份简称）秦	武 骝
春香连日去听琴（省份简称）秦	乔北海
秋分之后上大二（省份简称）秦	魏建国
似闻仙音有客来（陕西市名）西安	束洪波
将要离别叮咛切（陕西市名）西安	李创龙
要离灭家终为何（陕西市名）西安	武 骝
根除火灾要整改（陕西市名）西安	谢复华
酒水一空案底藏（陕西市名）西安	刘明芳
赛前要分组（陕西市名）西安	吕 祥
又是汕头三通鼓（陕西市名）汉中	王绍宽
三国在后秦在前（陕西市名）汉中	苏炳居
川东叹别泪眼遮（陕西市名）汉中	佚 名
交叉变化要冲中（陕西市名）汉中	武 骝
宅男（陕西市名）汉中	苏 颖
乐在长安（陕西市名）兴平	苏 颖
应邀来开推广会（陕西市名）兴平	王 刚
身安即形乐（陕西市名）兴平	苏 颖
举报资金全挪用（陕西市名）兴平	王 刚
和平年代当有为（陕西市名）安康	华浩年
公是韩伯林耶,乃不二价乎？（陕西市名）安康市	梁 倩

面出《后汉书·逸民传》。

谜面	作者
一如既往,太平无事(陕西市名)延安	李景东
个个离筵宴中别(陕西市名)延安	缪贞谊
宁走十步远,不走一步险(陕西市名)延安	张端友
向天再借五百年(陕西市名)延安	李祝英
要令四海无战争,千古万古歌太平(陕西市名)延安	武骝
乙酉发财(陕西市名)宝鸡	刘二安
珍品九斤黄(陕西市名)宝鸡	高建川
高空玉鸟难回首(陕西市名)宝鸡	武骝
塞北又见玉鸟飞(陕西市名)宝鸡	金鸽
万国如在红炉中(陕西市名)咸阳	苏颖
心伤感,明月落阶(陕西市名)咸阳	吴树戈
心有感应,双方侧耳(陕西市名)咸阳	金鸽
终感隐晦不显然(陕西市名)咸阳	陈见生
陕西归日心有感(陕西市名)咸阳	蔡芳
陵前鸟飞鸣,一别感心伤(陕西市名)咸阳	林志丰
各在湘西做生意(陕西市名)商洛	姜爱勇
纸贵三都贾客来(陕西市名)商洛	武骝
财源茂盛达三江(陕西市名)铜川	武骝
秋来一同入巴蜀(陕西市名)铜川	覃儒林
听说恐怕不容易(陕西市名)渭南	武骝
芙蓉国里变新容(陕西市名)渭南	武骝
胃火上升要先治(陕西市名)渭南	刘玉荣
前朝伟人出,成就知多少(陕西市名)韩城	陆德昌
仁川安东济州岛(陕西地名)韩城市	武骝
在首尔釜山经商(陕西地名)韩城市	黄玮华
半生偷闲枫桥边(陕西市名)榆林	王刚

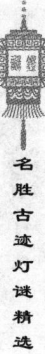

先树榜样，心安则愈（陕西市名）榆林	周跃建
伯牙楚下遣闲心（陕西市名）榆林	武 骝
板桥村头人偷闲（陕西市名）榆林	买立新
枯槁枝头重庆旱（陕西市名）榆林	武 骝
一二小厂，填补空白（陕西县名）三原	汪寿林
春雨如愿释人心（陕西县名）三原	武 骝
香飘阶前不见人（陕西县名）千阳	王 刚
一切得了结，前账要还清（陕西县名）子长	秦继友
花褪残红青杏小（陕西县名）子长	黄建平
离别后，无心风月与前欢（陕西县名）丹凤	吕纯洁
弄玉吹箫秦楼台（陕西县名）凤翔	南周须
万里赴戎机（陕西县名）长武	陈永毅
频年不解兵（陕西县名）长武	多 人
轰轰烈烈不如平静（陕西县名）宁强	苏 颖
月下花前真陶然（陕西县名）华阴	林凯胜
重重叠叠上瑶台（陕西县名）华阴	高云岭
娱记在旁跟着走（陕西县名）吴起	王祥方
碧眼儿坐领江东（陕西县名）吴起	华浩年
我以我血荐轩辕（陕西县名）志丹	武 骝
二人齐心团结，几度携手合作（陕西县名）扶风	多 人
为虎作伥（陕西县名）扶风	多 人
发扬正气（陕西县名）扶风	苏绳武
七日来复（陕西县名）周至	苏 剑
下基层，一去一礼拜（陕西县名）周至	席 伟
天涯静处无征战（陕西县名）定边	汤正良
勘划界限（陕西县名）定边	孙 耀

十分合俗应用广（陕西县名）府谷	苏　颖
山中宰相家（陕西县名）府谷	武　骝
俯首潜行帽掩容（陕西县名）府谷	武　骝
欲先取之，应先付之（陕西县名）府谷	杨良伟
端庄脱俗守底线（陕西县名）府谷	郭少敏
改日高览泣西野（陕西县名）临潼	武　骝
各自东西流（陕西县名）洛川	多　人
一个机灵一个呆（陕西县名）神木	朱建铭
二郎桥前赏仙树（陕西县名）神木	陈良庆
审案在后礼在先（陕西县名）神木	吕　祥
今来县宰加朱绂，便是生灵血染成（陕西县名）高陵	武　骝
连峰去天不盈尺（陕西县名）高陵	罗泽清
海天一色入画中（陕西县名）蓝田	王定一
排清滥水栽移苗（陕西县名）蓝田	武　骝
湖天一色画中看（陕西县名）蓝田	多　人
但使龙城飞将在（陕西县名）靖边	王定一
黄蓉爱在谁身旁（陕西县名）靖边	陈良庆
大理别王维，举首自掩泣（陕西县名）潼关	罗育辉
士卒藏桃花，勇力斩来人（世界文化遗产）兵马俑	杜心宁
头鬓蓦白心痛谁（世界文化遗产）兵马俑	武　骝
岳公终逝去，骁勇仰前生（世界文化遗产）兵马俑	苏　剑
雄心勇闯北岳，关前尽力破门（世界文化遗产）兵马俑	陶维松
初闻风声鹤唳，皆以为王师已至（世界文化遗产）秦始皇陵	武　骝
隔水叹十载，远山寄心哀（陕西名胜古迹）古汉台	武　骝
人上三山程领先（陕西名胜古迹）秦岭	武　骝
山雨飘零春香残（陕西名胜古迹）秦岭	王保武

尽日赏春山,离心怜秋水(陕西名胜古迹)秦岭	王得道
岁首春雨来,秋前雨飘零(陕西名胜古迹)秦岭	李振贵
春秋始令上山来(陕西名胜古迹)秦岭	安建国
香山春令日日远(陕西名胜古迹)秦岭	陈永康
终究失高宠,十月潮退西(西安名胜古迹)九龙潭	武 骝
历下名湖,长安未央(西安名胜古迹)大明宫	蔡 芳
只要人有胆,巧干可致富(西安名胜古迹)大明宫	罗文锋
未央前殿月轮高(西安名胜古迹)大明宫	林创中
吕布放开胆,反入后宅行(西安名胜古迹)大明宫	魏希洪
贞观都市闹元宵(西安名胜古迹)大唐不夜城	孙 耀
暮日汉宫传蜡烛(西安名胜古迹)大唐不夜城	黄晖华
六如岁暮居莲苑(西安名胜古迹)大唐芙蓉园	武 骝

　　唐伯虎,号六如居士。

苏武书何系,李靖手何托(西安名胜古迹)大雁塔	武 骝
遥望飞鸿远浮屠(西安名胜古迹)小雁塔	武 骝
大吕分飞散画桥(西安名胜古迹)太乙宫	武 骝
金钏弄丢后,岁首终领回(西安名胜古迹)王顺山	嘉 蕙
带头立项,开发南岸(西安名胜古迹)王顺山	罗文锋
乡下变了样,四处鹭鸶鸟飞翔(西安名胜古迹)丝绸之路	肖伯成
石崇昔作锦步障(西安名胜古迹)丝绸之路	吴 健
周遭鹭鸶绕半空(西安名胜古迹)丝绸之路	林丰来
周遭鹭鸶起,始终去不还(西安名胜古迹)丝绸之路	王东雄
中山留胜迹(西安名胜古迹)半坡遗址	龙汉德
玉麒麟身陷大名府(西安名胜古迹)关中书院	陈光作
两耳不闻窗外事(西安名胜古迹)关中书院	陈 挺
宰相府被封(西安名胜古迹)关中书院	武 骝

残花败叶江前影,他人不见无心情(西安名胜古迹)华清池　　蔡建荣
莲塘澄碧映芙蕖(西安名胜古迹)华清池　　　　　　　　　柯国臻
我爱此塘好,碧水映红蕖(西安名胜古迹)华清池　　　　　武　骝

　　面出元·王旭《水调歌头·和张都运李氏柳塘赏荷韵》。

凤拨鹍弦鸣夜永,直疑人在浔阳(西安名胜古迹)曲江　　　武　骝
扣舷而歌之(西安名胜古迹)曲江　　　　　　　　　　　　王水松
忽闻水上琵琶声(西安名胜古迹)曲江　　　　　　　　　　黄建平
漏船载酒泛中流(西安名胜古迹)曲江　　　　　　　　　　武红兵
秋临堞上寂无声(西安名胜古迹)西安城墙　　　　　　　　武　骝
丁原有吕布防护,宜先间之,方可下手(西安名胜古迹)阿房宫

　　　　　　　　　　　　　　　　　　　　　　　　　　陈启达
呵护售后,布防灾前(西安名胜古迹)阿房宫　　　　　　　周　昕
前后守护,可防吕布(西安名胜古迹)阿房宫　　　　　　　王　刚
夏尽祝融炎气清(西安名胜古迹)终南山　　　　　　　　　武　骝
千峰映碧湘,真叟此中藏(西安名胜古迹)南宫山　　　　　武　骝

　　面出黄庭坚《题襄阳米芾祠》。米芾曾官礼部员外郎,因称米南宫。

米芾遗迹留岩(西安名胜古迹)南宫山　　　　　　　　　　叶子绿
成都旧貌改变,张庄一展新颜(西安名胜古迹)城隍庙　　　武　骝
十旬休暇,胜友如云,千里逢迎,高朋满座(西安名胜古迹)钟楼

　　　　　　　　　　　　　　　　　　　　　　　　　　武　骝
银盅一上来,数杯已下去(西安名胜古迹)钟楼　　　　　　晏礼峰
镂刻之中未一失(西安名胜古迹)钟楼　　　　　　　　　　多　人
马上丽人若飞仙(西安名胜古迹)骊山　　　　　　　　　　李创龙
马来半岛鹧鸟飞(西安名胜古迹)骊山　　　　　　　　　　郑庆元
对月空中双星挂,除夕岁末牵一马(西安名胜古迹)骊山　　武　骝

谜面	作者
丽人跨马至,岭前无人归(西安名胜古迹)骊山	汪德亨
秀色桃花开岭上(西安名胜古迹)骊山	张东英
分裂其始,一来二去,终揽权在(西安名胜古迹)楼观台	苏　颖
宠辱偕忘,把酒临风,其喜洋洋者矣(西安名胜古迹)楼观台	代述祥
昔人已乘黄鹤去(西安名胜古迹,调首)楼观台	苏　颖
白石千载,松柏后凋(西安名胜古迹)碑林	蔡　芳
石牌半掩枫桥边(西安名胜古迹)碑林	晏礼峰
鼙鼓裂破梦终断(西安名胜古迹)碑林	罗文锋
山雨欲来风吹处(西安名胜古迹)鼓楼	武　骝
羽化初作古,卒而上为崩(西安名胜古迹)翠华山	周　昕
绿叶红芳满雁荡(西安名胜古迹)翠华山	武　骝
醉后画中人,羽化而登仙(西安名胜古迹)翠华山	罗文锋
公案故事(汉中名胜古迹)古汉台	苏　颖
设法离东北,双方来支招(汉中名胜古迹)古汉台	叶子绿
治理支出需上呈(汉中名胜古迹)古汉台	庄　云
又见海潮压低空(汉中名胜古迹)汉江	王绍宽
长弓引箭日中射,点点落处依稀痕(汉中名胜古迹)张良庙	武　骝
马谡缘何失街亭(汉中名胜古迹)定军山	多　人
兵气涨林峦(汉中名胜古迹)定军山	高桑季
我自岿然不动(汉中名胜古迹)定军山	多　人
三更枕前情心断(汉中名胜古迹)青木川	李文林
三更桥头清水流(汉中名胜古迹)青木川	王万森
春来江水绿如蓝(汉中名胜古迹)青木川	许　昌
洲悬三两星,春色染枝头(汉中名胜古迹)青木川	嘉　蕙
绕堤柳借三蒿翠(汉中名胜古迹)青木川	庄　云

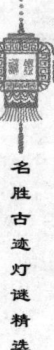

回望三湘大地(汉中名胜古迹)南湖	苏　颖
回眸临眺芙蓉国(汉中名胜古迹)南湖	李　军
芙蓉国里荡秋千(汉中名胜古迹)南湖	卢阿柔
少游五十策,其言明且清(汉中名胜古迹)秦直道	陈　挺
博古平生不讳言(汉中名胜古迹)秦直道	武　骝
霹雳火说话不兜圈子(汉中名胜古迹)秦直道	苏　颖
刺破青天锷未残(安康名胜古迹)天柱山	汪南昌
桃花流水隔武陵(安康名胜古迹)香溪洞	武　骝
西自昆仑东到海(延安名胜古迹)延河	武　骝
酒筵可还在？去时个个离(延安名胜古迹)延河	嘉　蕙
陈仓大雁落秦岭(延安名胜古迹)宝塔山	李　毅
安期仙苑果,缀树大如瓜(延安名胜古迹)枣园	武　骝
杏花出墙来,院后点点开(延安名胜古迹)枣园	罗文锋
策略上要抓重点,目标上儿来实现(延安名胜古迹)枣园	蔡　芳
俯首呢喃失伴侣,沿河张恋入先居(延安名胜古迹)南泥湾	武　骝
一条素练出茶炊(延安名胜古迹)壶口瀑布	武　骝
玉净瓶悬河水帘(延安名胜古迹)壶口瀑布	安建国
万壑树声满,千崖秋气高(延安名胜古迹)清凉山	买立新
雨收黛色冷含青(延安名胜古迹)清凉山	吴融杭
高峰之上无暑夏(延安名胜古迹)清凉山	蔡建荣
中国龙脉(延安名胜古迹)黄帝陵	董沛霖
金菊遍君山(延安名胜古迹)黄帝陵	詹尧山
汉高祖墓(延安名胜古迹)黄帝陵	武　骝

　　汉,五行属土,扣黄。

天下之势,分久必合(宝鸡名胜古迹)大散关	多　人
天下离乱入剑门(宝鸡名胜古迹)大散关	苏　剑

刘玄德走失二弟(宝鸡名胜古迹)大散关	陈清泉
成年之后离函谷(宝鸡名胜古迹)大散关	苏　颖
出名之后人云游(宝鸡名胜古迹)天台山	张士斌
峰前云飘动,谷底雁阵飞(宝鸡名胜古迹)天台山	张宏福
已是悬崖百丈冰(宝鸡名胜古迹)太白山	郑远达
原驰蜡象(宝鸡名胜古迹)太白山	苏　颖
玉门祁连青甸广(宝鸡名胜古迹)关山草原	李建国
娘子白头,相思如初(宝鸡名胜古迹)关山草原	武　骝
火烧赤壁(宝鸡名胜古迹)红河谷	项　行
秋枫霜叶满山川(宝鸡名胜古迹)红河谷	郑长彦
叶凋零乱庭台上(宝鸡名胜古迹)周公庙	武　骝
庭前叶飘松凋尽(宝鸡名胜古迹)周公庙	叶伟强
双休日,老时间,去湖边相会(宝鸡名胜古迹)法门寺	履虎尾
日移涧中去,壑上花终谢(宝鸡名胜古迹)法门寺	安建国
闺中两离散,台湾守半生(宝鸡名胜古迹)法门寺	罗文锋
锄治一方霸,开封闹市平(宝鸡名胜古迹)法门寺	武　骝
老作渔翁犹喜事(宝鸡名胜古迹)钓鱼台	骆　岩
我是人间自在人,江湖处处可垂纶(宝鸡名胜古迹)钓鱼台	武　骝
孤舟蓑笠翁,垂竿乐陶然(宝鸡名胜古迹)钓鱼台	严宗达
当朝丈夫李少卿(咸阳名胜古迹)汉阳陵	武　骝
遍看原上累累冢(咸阳名胜古迹)茂陵	武　骝
明着欺负人(咸阳名胜古迹)昭陵	文　木
晚照落阶前,凌花点滴化(咸阳名胜古迹)昭陵	叶春荣
刀枪入库,马放南山(商洛名胜古迹)武关	苏　颖
兵家必争之隘(商洛名胜古迹)武关	李旭东
金眼彪三入囚牢看觑谁(商洛名胜古迹)武关	武　骝

赋离一首送行舟（商洛名胜古迹）武关	武 骝
暗淡了刀光剑影，远去了鼓角铮鸣（商洛名胜古迹）武关	黄 建
秋雨如线落瞿塘（商洛名胜古迹）金丝峡	武 骝
宝石花下叶参差（铜川名胜古迹）玉华宫	罗文锋
宝藏叶底杏花间（铜川名胜古迹）玉华宫	吕 祥
致富变化多千点（铜川名胜古迹）玉华宫	武 骝
钦徽囚禁五国城（铜川名胜古迹）金锁关	武 骝
节前约会，南望高岗（铜川名胜古迹）药王山	陈 梨
秦帝蓬莱寻不老（铜川名胜古迹）药王山	武 骝
诗咏宝岛阿里秀（渭南名胜古迹）云台峰	汪德亨
创始同心十载共，频抽后生去大庆（渭南名胜古迹）仓颉庙	武 骝
岩上花半开，田间雀低飞（渭南名胜古迹）少华山	叶子绿
人到七十属高岁（渭南名胜古迹）华山	金 鸽
十载造化终成仙（渭南名胜古迹）华山	陈伟彪
画中七仙巧布局（渭南名胜古迹）华山	晏礼峰
残花败叶落后峰（渭南名胜古迹）华山	蔡建荣
古稀入仙境，凌霄依白云（渭南名胜古迹）华山	武 骝

    双扣：凌霄花，白云山。

细雨殷勤润蜀田（渭南名胜古迹）洽川湿地	武 骝
月照亭台下，叶动潋滟起（渭南名胜古迹）渭河	武 骝
画里西江月，滩头一首歌（渭南名胜古迹）渭河	苏 剑
日照香炉生紫烟（榆林名胜古迹）白云山	汪德亨
参将前来击破中原（榆林名胜古迹）白云山	陈 勇
昙花开后岭头香（榆林名胜古迹）白云山	李创龙
所言所语皆所见（榆林名胜古迹）白云观	陈 挺
眼前有景道不得（榆林名胜古迹）白云观	武 骝

夹带流霞照岩开(榆林名胜古迹)红石峡		汪南昌
如练江边夹碎岩(榆林名胜古迹)红石峡		武　骝
桃花含酸对泥沼(榆林名胜古迹)红碱淖		武　骝
汪伦岸上歌未央(榆林名胜古迹)李自成行宫		武　骝
易安词风靡皇室(榆林名胜古迹)李自成行宫		安建国
太白子然身,登程去仙居(榆林名胜古迹)李自成行宫		刘二安
望中皆玉树(榆林名胜古迹,脱靴)李自成行宫		刘二安

面为宋·司马光《李花》诗句。

穿了御赐袍服,望阙拜谢。遂骑马随贺内翰入朝(榆林名胜古迹)李自成行宫　　　　　　武　骝

面出《今古奇观》第六卷《李谪仙醉草吓蛮书》。

一点方能全到都市中(榆林名胜古迹)统万城		刘二安
六王毕,四海一(榆林名胜古迹)统万城		顾孟奎
邑中笼括上千家(榆林名胜古迹)统万城		武　骝
朔方安宁民心畅(榆林名胜古迹)镇北台		李　军
宝岛省会驻军(榆林名胜古迹,卷帘)镇北台		苏　颖

甘　肃

心生敬意(省份)甘肃		淘　理
从不跟人开玩笑(省份)甘肃		高招娣
鲁子敬尝到甜头(省份)甘肃		张士斌

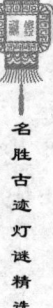

一念之后吹竹箫（省份）甘肃	陈书法
没有甜头也恭迎（省份）甘肃	陈书法
席中唯一识子敬（省份）甘肃	独脚虎
自愿从严作反思（省份）甘肃	佚　名
兴霸下金陵，子敬游山东（省份）甘肃	佚　名
忆苦思甜要认真（省份）甘肃省	李冠林
一念之中干声起（省份简称）甘	聂玉文
为谋生计得求人（省份简称）甘	邱中尧
以天下人为念（省份简称）甘	束洪波
有女十八媒自来（省份简称）甘	三人虎
树头佳果类蜜橘，舌上味来满是甜（省份简称）甘	安建国
直到三更后，尤见新月悬（省份简称）陇	张宏福
尤存新月照东邻（省份简称）陇	许炳萱
陌头尤有斜月痕（省份简称）陇	于英丽
尤挥长鞭阵前舞（省份简称）陇	刘颜民
幽篁笼罩东院前（省份简称）陇	武　骝
龙船起帆舟渺渺（省份简称）陇	佚　名
三丫头三点抵川（甘肃市名）兰州	王定一
五星真心献三立（甘肃市名）兰州	赵可东
横竖都是三，两点压住三点穿（甘肃市名）兰州	冯建欣
宇宙流（甘肃市名）天水	蔡建荣
波浪动远空（甘肃市名）天水	刘二安
一定要上北大（甘肃市名）天水	李英杰
剪取吴江一半（甘肃市名）天水	张宝文
小王五点到台南（甘肃市名）平凉	张东英
雪亮的亚军奖牌（甘肃市名）白银	徐添河

251

一分队驻空旷处（甘肃市名）庆阳	张士斌
广日队重组招一外援（甘肃市名）庆阳	张　东
长弓在手来守夜（甘肃市名）张掖	薛道达
垄上东部，贡献大点（甘肃市名）陇南	陈书法
孤星桥下客雁来（甘肃市名）定西	杜　敏
一射百马倒，再射万夫开（甘肃市名）武威	安建国
壮士大呼城为摧，配到一刺山为开（甘肃市名）武威	甄吉钰
一同要上水泊游（甘肃市名）酒泉	周跃建
——水泊聚，四围容貌改（甘肃市名）酒泉	许友金
喜有力拔山，出谷见云长（甘肃市名）嘉峪关	梁信德
某断后，献西安（甘肃自治州名）甘南	王得道
某献一术人鲜用（甘肃自治州名）甘南	林凯胜
春光在眼前（甘肃自治州名）临夏	张礼鹤
未到晓钟犹是春（甘肃自治州名）临夏	黄有材
谢却海棠飞尽絮（甘肃自治州名）临夏	高东阳
七月入蜀水波平（甘肃县名）瓜州	安润泽
半酣不觉妆容残（甘肃县名）甘谷	周　敏
一念出口火星起（甘肃县名）甘谷	柳莉杰
一念只求人生变（甘肃县名）甘谷	刘颜民
欲谋东北，只需易人（甘肃县名）甘谷	李学敏
一到二十，八方来人（甘肃县名）甘谷	安金祥
何人百骑劫魏营，赖谁孙权跃断桥（甘肃县名）甘谷	陈清泉

　　谜面两典出《三国演义》第六十八及第六十七回。甘指百骑劫魏营的东吴大将甘宁，谷系教孙权退马腾跃越小师桥的东吴牙将谷利。

五湖四海到一起（甘肃县名）合水	王少鹏

严肃活泼(甘肃县名)庄浪	赵首成
村村都有丈母娘(甘肃县名)庄浪	王少鹏
垄上东部迎客来(甘肃县名)陇西	高招娣
战太行(甘肃县名)武山	苏　颖
兵发西岐(甘肃县名)武山	杨树生
案头添香初春夜(甘肃县名)秦安	李创龙
此先汉所以兴隆也(甘肃县名)秦安	严宗达
春夜枝头斜月起,桥上孤星照婵娟(甘肃县名)秦安	王寅丑
月涌莲叶扁舟行(甘肃县名)通渭	周　敏
月光之下心思涌(甘肃县名)通渭	高小军
透水一月连两天(甘肃县名)通渭	尹家祥
月下宁波水,画中透秀逸(甘肃县名)通渭	陈依芳
一叶扁舟宁波行,四面山水月下明(甘肃县名)通渭	柳莉杰
原是水影画中月(甘肃县名)渭源	刘　旭
大连市(世界文化遗产)长城	许海魁
张弓出武威(世界文化遗产)长城	佚　名
怅离别,盛上酒,是非总纠缠,酒尽心全碎(世界文化遗产)长城	佚　名
女娲补天(世界文化遗产)莫高窟	徐崇娃
女娲缘何炼五石(世界文化遗产)莫高窟	佚　名
不要空洞洞(世界文化遗产)莫高窟	张礼鹤
老天有眼是妄说(世界文化遗产)莫高窟	武　骝
莫,没有。	
别有洞天(世界文化遗产)莫高窟	周问萍
夜色降天窗(世界文化遗产)莫高窟	佚　名
眼睛别长头顶上(世界文化遗产)莫高窟	武　骝

暮日隐现半亭台,窗前残月映重山(世界文化遗产)莫高窟　　郑远达

绫罗铺就盘山道(西部名胜古迹)丝绸之路　　　　　　　　买立新

红杏尚书出矣(甘肃名胜古迹)祁连山　　　　　　　　　　赵首成
　　　　红杏尚书指宋祁,出字是连山。

悬崖高峭峰峦绵(甘肃名胜古迹)祁连山　　　　　　　　　李　军

阵前巡视望崖顶(甘肃名胜古迹)祁连山　　　　　　　　　罗文锋

黄羊不断峰前过(甘肃名胜古迹)祁连山　　　　　　　　　佚　名
　　　　春秋时晋国有名臣祁黄羊。

天阵前巡视望崖顶(甘肃名胜古迹)祁连山　　　　　　　　罗文峰

孔明六出地,舟车同进内(甘肃名胜古迹)祁连山　　　　　陈良庆

儿童做客昆明池(兰州名胜古迹)小西湖　　　　　　　　　王汉生

顶尖游客会古月(兰州名胜古迹)小西湖　　　　　　　　　孙　耀

卷帘望霁浮如雪(兰州名胜古迹)白云观　　　　　　　　　方炳荣

说起大雁过太行(兰州名胜古迹)白塔山　　　　　　　　　李　毅

百里挑一浮屠岭(兰州名胜古迹)白塔山　　　　　　　　　高东阳

中原大雁出祁连(兰州名胜古迹)白塔山　　　　　　　　　佚　名

云中大雁逝峰后(兰州名胜古迹)白塔山　　　　　　　　　佚　名

西岭浮屠雪皑皑(兰州名胜古迹,卷帘)白塔山　　　　　　安建国

敖广之根(兰州名胜古迹)龙源　　　　　　　　　　　　　王万森

中岳香火旺(兰州名胜古迹)兴隆山　　　　　　　　　　　敖耀寰

横空出世莽昆仑(兰州名胜古迹)兴隆山　　　　　　　　　韦汉荣

乳峰高挺为时尚(兰州名胜古迹)兴隆山　　　　　　　　　张宏福

喜马拉雅造陆运动(兰州名胜古迹)兴隆山　　　　　　　　吴才懿

基于一篑之土,以成千丈之峭(兰州名胜古迹)兴隆山　　　许友金

喜到边防来上岗,一生务必要尽力(兰州名胜古迹)兴隆山　韩庆铭

佛家庙堂,一派肃穆(兰州名胜古迹)庄严寺　　　　　　　陈书法

来到县衙审案处（兰州名胜古迹）至公堂	陈书法
秋日再相逢（兰州名胜古迹）金天观	陈书法
徽钦二帝陷何处（兰州名胜古迹）金城关	鄂文学
秋临长安见娘子（兰州名胜古迹）金城关	梁步蝉
兰州夜空繁星点点（兰州名胜古迹）金城关	田小强
县令落伍且粗暴（兰州名胜古迹）鲁土司衙门	李　迁
李逵寿张乔坐堂（兰州名胜古迹）鲁土司衙门	张嗣春
蛮荒之人执掌官府（兰州名胜古迹）鲁土司衙门	王宇俊
伟岸无比似峰巅（天水名胜古迹）大像山	买立新
似是人间一散仙（天水名胜古迹）大像山	林凯胜
宝黛同来会李纨（天水名胜古迹）双玉兰堂	安建国
同（天水名胜古迹）水帘洞	蒋翰章
雨帏天眼开（天水名胜古迹）水帘洞	刘　旭
调整平仄出佳作（天水名胜古迹）仙人崖	许海魁
中国古币展览（天水名胜古迹）玉泉观	柳莉杰
中国古钱币鉴赏（天水名胜古迹）玉泉观	安建国
日落涧水流岩间（天水名胜古迹）石门山	林凯胜
岩松提问开了口（天水名胜古迹）石门山	安建国
昌盛神州待后生（天水名胜古迹）兴国寺	佚　名
重振河山待后生（天水名胜古迹）兴国寺	佚　名
太白扬州入蕙圃（天水名胜古迹）李广陵园	张　东
庄子改建模样变（天水名胜古迹）李广墓	张士斌
羊城陵园始建成（天水名胜古迹）李广墓	张东英
陇西堂号天下闻，青山处处埋忠骨（天水名胜古迹）李广墓	王安生
唐室宗族遭杀戮，新坟旧坟遍山阿（天水名胜古迹）李广墓	安润泽
模子受压变了形（天水名胜古迹）李广墓	佚　名

太白初葬龙山,后迁青山,并有衣冠冢多处(天水名胜古迹)李广墓	陈书法
玉粒秋收堆西岭(天水名胜古迹)麦积山	李　军
阿来(天水名胜古迹)麦积山	缪一松
面粉厂原料储存要三清(天水名胜古迹)麦积山	严宗达
夏粮丰收,垛垛如峰(天水名胜古迹)麦积山	俞敦诗
夏粮堆岭前(天水名胜古迹)麦积山	陈书法
崍(天水名胜古迹)麦积山	武　骝
来,麦穗。	
铁杖叠叠若小丘(天水名胜古迹)麦积山	蔡建荣
喜看稻菽千重浪(天水名胜古迹)麦积山	邓凤鸣
滥竽充数于僧院(天水名胜古迹)南郭寺	佚　名
步出闺门赏百花(天水名胜古迹)街亭	吴作良
闺中之行惹风波(天水名胜古迹)街亭	李英杰
雾迷楼台路(天水名胜古迹)街亭	周之屏
交通岗里留名片(天水名胜古迹)街亭遗址	吕　祥
闹市岗楼剩旧迹(天水名胜古迹)街亭遗址	陈书法
悬空庙观的传说(平凉名胜古迹)云崖寺	陈书法
太后宸居在未央(平凉名胜古迹)王母宫	佚　名
久存一颗方寸心(平凉名胜古迹)古灵台	陈书法
唐王藏身在少林(平凉名胜古迹)龙隐寺	陈书法
故居原来是土窑(平凉名胜古迹)陈家洞	陈书法
守株待兔洞庭边(平凉名胜古迹)柳湖	佚　名
埋设碑桩两边分(平凉名胜古迹)界石铺	陈书法
三上昆仑,得空同往(平凉名胜古迹)崆峒山	安建国
三会南岳,无一相似(平凉名胜古迹)崆峒山	郑俊生

半落青天外,虚无缥缈间(平凉名胜古迹)崆峒山	佚　名
有空同出登南岳(平凉名胜古迹)崆峒山	龙汉德
苍黄叠彩与天齐(平凉名胜古迹)崆峒山	武　骝

　　苍山,黄山,叠彩山。齐,同。

闲来同上三峰顶(平凉名胜古迹)崆峒山	李　军
凭空出现,同登顶峰(平凉名胜古迹)崆峒山	李培镇
崖顶参差同空出(平凉名胜古迹)崆峒山	桑小平
蓬莱瀛洲方丈,三处尽皆虚妄(平凉名胜古迹)崆峒山	武　骝
为改革出台到玉门(甘南名胜古迹)冶力关	张东英
娘子过分打扮,尽显妖艳容貌(甘南名胜古迹)冶力关	陈书法
夫君十八来报国(甘南名胜古迹)郎木寺	施志光
夫君春来到少林(甘南名胜古迹)郎木寺	秦明科
夫君虽朴拙,出言也能诗(甘南名胜古迹)郎木寺	陈书法
江郎才尽不言诗(甘南名胜古迹)郎木寺	许顺光
价格一直蒙着我(甘南名胜古迹)俄界	叶曙光
我为开价费心思(甘南名胜古迹)俄界	卢育明
一月二十日,儿到台北游(甘南名胜古迹)腊子口	韩庆铭
农历年尾儿方归(甘南名胜古迹)腊子口	安建国
放胆改革二十载,了却一生只向前(甘南名胜古迹)腊子口	卢育明
黄昏前后杜鹃鸣,夜半时分方来临(甘南名胜古迹)腊子口	史建国
朝前走,咱带头,争取好开端,用心改旧貌(甘南名胜古迹)腊子口	
	买立新
等下柳前有君至(甘南名胜古迹,卷帘)郎木寺	陆　影
杨时游酢立雪中(白银名胜古迹)会师门	买立新
拜访先生于岳阳(白银名胜古迹)会师楼	买立新
少林小子到谷壑(白银名胜古迹)寺儿沟	陈书法

奥运标志挂四门（庆阳名胜古迹）环县塔	买立新
郎君隐居到五台（庆阳名胜古迹）潜夫山	陈书法
天下如来古刹中（张掖名胜古迹）大佛寺	佚　名
骅骝嘚嘚待离人（张掖名胜古迹）马蹄寺	佚　名
书成自与巨源异（张掖名胜古迹）文殊山	佚　名
笑意非凡登绝顶（张掖名胜古迹）文殊山	佚　名
中华第一峰（张掖名胜古迹）龙首山	佚　名
冠云峰（张掖名胜古迹）龙首山	佚　名
佛教庙堂丝路入（张掖名胜古迹）西来寺	陈书法
香客进香（张掖名胜古迹）西来寺	佚　名
挨揍皆因嘴闯祸（张掖名胜古迹）扁都口	王少鹏
编著史部半删改（张掖名胜古迹）扁都口	王嘉宾
人人喊打（张掖名胜古迹，卷帘）扁都口	张文元
太平盛世建庙多（张掖名胜古迹）康隆寺	陈书法
黄鹤美名盖千里（张掖名胜古迹）镇远楼	陈书法
高山湖泊挂告示（陇南名胜古迹）文县天池	陈书法
报告钱塘多云（陇南名胜古迹）白龙江	莫　雄
帝临中原赏牡丹（陇南名胜古迹）白龙江	陈良庆
秋云紫牡丹（陇南名胜古迹）白龙江	叶曙光
皖西云水（陇南名胜古迹）白龙江	王庭富
刺破青天锷未残（陇南名胜古迹）尖山	陈书法
萧疏秋岭明月间（陇南名胜古迹）香山	岚隐谜人
笔势如山显浮屠（定西名胜古迹）文峰塔	刘　旭
笔架山上大雁飞（定西名胜古迹）文峰塔	李银峰
上界天王府，东海敖广殿（定西名胜古迹）李家龙宫	陈清泉
废隋建唐渊称帝（定西名胜古迹）李家龙宫	许海魁

高层住宅警卫多（定西名胜古迹）保昌楼		陈书法
气压江城十四州（定西名胜古迹）威远楼		安润泽
壮哉天安门，盛名传天下（定西名胜古迹）威远楼		陈书法
北通巫峡，南极潇湘，迁客骚人，多会于此（定西名胜古迹）威远楼		佚　名
淡扫蛾眉朝至尊（定西名胜古迹）贵清山		邱茂文
红日一出照岭前（定西名胜古迹）首阳山		陈书法
出车廿载巧相逢（定西名胜古迹）莲峰山		蔡建荣
群峦都似玉芙蓉（定西名胜古迹）莲峰山		佚　名
长白密林蔽天日（定西名胜古迹）遮阳山		陈书法
消化功能若当初（定西名胜古迹，徐妃）渭河源		陈书法
古刹浮屠现云端（武威名胜古迹）白塔寺		卫斌虎
爱我中华每寸土（武威名胜古迹）护国寺		陈学海
刚峰隐身入僧寮（武威名胜古迹）海藏寺		李创龙
云来下雨入方田（武威名胜古迹）雷台		王寅丑
云南前哨连日雨（武威名胜古迹）雷台		王万森
方到云南霹雳响（武威名胜古迹）雷台		刘铁跟
甘霖四方落，远山映小窗（武威名胜古迹）雷台		陆天伦
甘霖连日降，周末抵云南（武威名胜古迹）雷台		孙培桢
西畴降甘霖，远山飞鸟鸣（武威名胜古迹）雷台		吴新民
沟中荷叶半含露（武威名胜古迹）雷台		章春民
连日冒雨怡心游（武威名胜古迹）雷台		于庆顺
现蕾后除尽苔草（武威名胜古迹）雷台		袁松麒
雨后复斜阳，残云空谷上（武威名胜古迹）雷台		高东阳
窗外远山窗外雨（武威名胜古迹）雷台		杨英柱
霹雳一声降雨花（武威名胜古迹）雷台		武　骝

谜面	作者
孔文举长男（金昌名胜古迹）北海子	买立新
龙颜供于庙堂中（金昌名胜古迹）圣容寺	陈书法
黄山迎送客，悬崖听风声（临夏名胜古迹）松鸣岩	陈书法
春尽之际，火色满苑（临夏名胜古迹）临夏红园	陈书法
人也分两地，烦躁始寻觅（临夏名胜古迹）炳灵寺	周昕
山倾城破村残，火速灾后重建（临夏名胜古迹）炳灵寺	邓当文
英魂昭著忠烈祠（临夏名胜古迹）炳灵寺	王汉生
重灾之下见慧心，内外一心守寸土（临夏名胜古迹）炳灵寺	林建兴
蔡文姬，遭离乱，内归后，方寸安（临夏名胜古迹）炳灵寺	严宗达
横峰第三座庙，灾后重建（临夏名胜古迹）炳灵寺	陈良庆
西岳似芙蓉（临夏名胜古迹）莲花山	王汉生
峪前碧荷开（临夏名胜古迹）莲花山	张静兰
谁把芙蓉云外裁（临夏名胜古迹）莲花山	骆岩
心（酒泉名胜古迹）月牙泉	陆影
半枚莽币（酒泉名胜古迹）月牙泉	吕约伯
峨眉清映似柔情（酒泉名胜古迹）月牙泉	林奕华
素娥洁齿用清水（酒泉名胜古迹）月牙泉	蔡建荣
趵突边留下一只马蹄印（酒泉名胜古迹）月牙泉	田文生
清辉半露照虎跑（酒泉名胜古迹）月牙泉	陈献华
银钩夜映五龙潭（酒泉名胜古迹）月牙泉	杨金根
嫦娥展眉，望穿秋水（酒泉名胜古迹）月牙泉	俞敦诗
蟾光初露映清源（酒泉名胜古迹）月牙泉	黄松榆
国内连锁店（酒泉名胜古迹）玉门关	邱中尧
怡红院上了闩（酒泉名胜古迹）玉门关	玉葵
怡红深锁（酒泉名胜古迹）玉门关	张清畅
玲珑瑶阙未曾开（酒泉名胜古迹）玉门关	王礼贤

瑶池宴罢不留仙（酒泉名胜古迹）玉门关	蔡建荣
日出不开门（酒泉名胜古迹）阳关	于庆顺
日间离郑两分离（酒泉名胜古迹）阳关	安建国
长夜难明赤县天（酒泉名胜古迹）阳关	杨英住
边陲明月下，二人总在前（酒泉名胜古迹）阳关	李运孝
边陲整日守哨卡（酒泉名胜古迹）阳关	邱中尧
成功改革会有日（酒泉名胜古迹）阳关	苏江树
阶前共月下，点滴到天明（酒泉名胜古迹）阳关	叶曙光
即日起歇业（酒泉名胜古迹）阳关	孙培桢
明月落阶前，星星缀天上（酒泉名胜古迹）阳关	邱中尧
河北要塞（酒泉名胜古迹）阳关	孙培桢
陌头明月隐，双星挂天边（酒泉名胜古迹）阳关	于洪波
前时离郑（酒泉名胜古迹）阳关	詹鸿行
首日封（酒泉名胜古迹）阳关	肖伯成
鲁南阵前遇云长（酒泉名胜古迹）阳关	陈良庆
曾处朝堂留旧踪（酒泉名胜古迹）居延遗址	陈书法
戈壁涌绿浪，祁连听松涛（酒泉名胜古迹）鸣沙山	安建国
每离海岛，一定要吵（酒泉名胜古迹）鸣沙山	任焕长
呼啸尘暴袭昆仑（酒泉名胜古迹）鸣沙山	蔡建荣
岸上鸟雀啼江边（酒泉名胜古迹）鸣沙山	佚　名
候鸟争吵河岸上（酒泉名胜古迹）鸣沙山	罗文锋
关在都市过人世（酒泉名胜古迹）锁阳城	陈书法
春雨绵绵夫独宿（嘉峪关名胜古迹）天下第一雄关	陈　浩
降雨守家不出门（嘉峪关名胜古迹，粉底）天下第一墩	陈书法
万里共清辉（嘉峪关名胜古迹）明长城	佚　名
万里晴空（嘉峪关名胜古迹）明长城	万　文

月落墙头双方全,诚言相告心生怅(嘉峪关名胜古迹)明长城

智 深

不夜市(嘉峪关名胜古迹,卷帘)明长城　　　　　　　金　凤

张家口,那一盏不灭的灯(嘉峪关名胜古迹,卷帘)明长城　苏　颖

都市不夜天(嘉峪关名胜古迹,卷帘)明长城　　　　　吴　丹

佳玉观音(嘉峪关名胜古迹)嘉峪关　　　　　　　　　李永文

看稻菽长势终喜,望天鸟飞影悠然(嘉峪关名胜古迹)嘉峪关

佚　名

丘冢描绘在后墙(嘉峪关名胜古迹)壁画墓　　　　　买立新

青　海

半溪清影漾疏梅(省份)青海　　　　　　　　　　　魏育涛

西湖梅开展新姿(省份)青海　　　　　　　　　　　佚　名

松涛万里(省份)青海　　　　　　　　　　　　　　闻春桂

春临池畔梅先开(省份)青海　　　　　　　　　　　乔北海

倩人别,泪遮眼,黯然心悔(省份)青海　　　　　　　傅国防

梅旁池畔情心抛(省份)青海　　　　　　　　　　　乔北海

碧波万顷(省份)青海　　　　　　　　　　　　　　佚　名

翠色护林望无涯(省份)青海　　　　　　　　　　　姚德润

一年之计在于春(省份简称)青　　　　　　　　　　多　人

付出真心见真情(省份简称)青　　　　　　　　　　安建国

四时共一色（省份简称）青	多　人
请勿开口（省份简称）青	田鸿牛
清清江畔日放晴（省份简称）青	黄松榆
上客且安坐（青海市名）西宁	田鸿牛
中东动荡，南北不安（青海市名）西宁	孔祥吾
天涯静处无征战（青海市名）西宁	许介锥
四更案上一灯残（青海市名）西宁	方龙铭
客居金陵（青海市名）西宁	佚　名
又到中国村（青海自治州名）玉树	刘壮虎
白桦林（青海自治州名）玉树	刘兆武
守后得到主动权（青海自治州名）玉树	骆　岩
翡翠枝头晚萼（青海自治州名）玉树	蔡建荣
实为牡丹城（青海自治州名）果洛	裴　靖
课后各位挥汗干（青海自治州名）果洛	张士斌
有点后悔挨冻（青海自治州名）海东	裴　靖
点点春色出冻梅（青海自治州名）海东	曹先华
游子方去母牵挂，宅前远送立中宵（青海自治州名）海东	张伟志
孔融荡秋千（青海自治州名）海北	裴　靖
池梅半放，天香闲乘（青海自治州名）海北	王得道
拆字每能见洒脱（青海自治州名）海西	郭少敏
洒脱梅先生（青海自治州名）海西	张士斌
梅助酒兴未思归（青海自治州名）海西	叶曙光
每到河边放楠木（青海自治州名）海南	裴　靖
琼岛（青海自治州名）海南州	裴　靖
干装潢，伐楠木（青海自治州名）黄南	王得道
秋叶似火（青海自治州名）黄南	裴　靖

一生从事修理业(青海县名)久治	佚　名
长期整顿(青海县名)久治	任玉成
少不更事(青海县名)大通	佚　名
家临九江水(青海县名)门源	裴　靖
驿前分手后，梅开每凭栏(青海县名)乌兰	李创龙
乘黑到金城(青海县名)乌兰	刘　旭
发扬大协作精神(青海县名)互助	佚　名
生在陕西，此后客心系一人(青海县名)化隆	裴　靖
改革声势大(青海县名)化隆	佚　名
岳耸云空(青海县名)天峻	裴　靖
喜色满长安(青海县名)乐都	潘洁妹
皆大欢喜(青海县名，秋千)乐都	黄清池
一帆风顺无险阻(青海县名)平安	佚　名
窗前梅枝蜻蜓舞(青海县名)平安	苏杰文
万众一心(青海县名)民和	高东阳
珠玑枝上挂(青海县名)玉树县	郭海龙
甜美的心愿(青海县名)甘德	裴　靖
党内团结(青海县名)共和	佚　名
何欣、于洋(青海县名)兴海	陈伟滨
其喜洋洋者众矣(青海县名)兴海	卫斌虎
繁星列天际，水边梅放春(青海县名)兴海	买立新
新发现(青海县名)刚察	苏　颖
都是君子(青海县名)同仁	蔡建荣
共建文明(青海县名)同德	裴　靖
小手画大钩(青海县名)尖扎	孙学飞
立锥之地(青海县名)尖扎	佚　名

床来解困宽宽心（青海县名）曲麻莱　　　　　　　　　　汪良淦

酒醉之后田荒芜（青海县名）曲麻莱　　　　　　　　　　刘二安

五花八门（青海县名）杂多　　　　　　　　　　　　　　余献才

开发西部福前来（青海县名）祁连　　　　　　　　　　　华浩年

直奔太阳（青海县名）达日　　　　　　　　　　　　　　佚　名

千里来会君，夜夜长相依（青海县名）玛多　　　　　　　裴　靖

马上称王心滴泪（青海县名）玛沁　　　　　　　　　　　陈伟滨

江驿前头愁望空（青海县名）玛沁　　　　　　　　　　　张伟志

疏云垂江阴（青海县名）河南县　　　　　　　　　　　　裴　靖

一夕扬名画山水（青海县名）治多　　　　　　　　　　　熊　辉

接诊量大（青海县名）治多　　　　　　　　　　　　　　苏　颖

恩施济众水一泓（青海县名）泽库　　　　　　　　　　　张志有

贝（青海县名）贵南　　　　　　　　　　　　　　　　　佚　名

北方物价普遍下跌（青海县名）贵南　　　　　　　　　　陈伟滨

不重仪表（青海县名）贵德　　　　　　　　　　　　　　佚　名

约束太多人迟钝（青海县名）格尔木　　　　　　　　　　裴　靖

困（青海县名）格尔木　　　　　　　　　　　　　　　　佚　名

林中做客，请你脱帽（青海县名）格尔木　　　　　　　　俞敦诗

太平洋中一小山（青海县名）海晏　　　　　　　　　　　裴　靖

后师珍藏马头琴（青海县名）班玛　　　　　　　　　　　熊　辉

大家都说不少（青海县名）称多　　　　　　　　　　　　裴　靖

春蕙剑寒朵朵香（青海县名）都兰　　　　　　　　　　　裴　靖

　　春、蕙、剑、寒、朵朵香都是兰花名。

一盾隔开九人（青海县名）循化　　　　　　　　　　　　裴　靖

水晶宫里坐龙王（青海县名）湟中　　　　　　　　　　　张志有

占泊为王乱一方（青海县名）湟中　　　　　　　　　　　陈伟滨

小王进厂，重占泊位（青海县名）湟源	刘二安
先游西湖者，原来是皇上（青海县名）湟源	卫斌虎
徐妃侍皇遂心愿（青海县名）湟源	叶曙光
君子国里尽开颜（青海县名）德令哈	严宗达
来到柏林让人喜（青海县名）德令哈	裴　靖
留得一钱看（青海县名）囊谦	张志有
渭河畔，黄土塬，施工承包中（青海名胜古迹）三江源	裴　靖
沙洲两两鸳鸯卧（青海名胜古迹）鸟岛	裴　靖
月清叶摇梅溪里（青海名胜古迹）青海湖	李创龙
水月每更古调清（青海名胜古迹）青海湖	陈健聪
亲朋阔别十二载，居下每思潸泪先（青海名胜古迹）青海湖	武　骝
胡来心生悔，清泪终落下（青海名胜古迹）青海湖	庄　云
沧溟蓝，洞庭碧，风光各不同（青海名胜古迹）青海湖景区	裴　靖
一峰突起汪洋中（青海名胜古迹）海心山	裴　靖
埃及大厦放眼望（西宁名胜古迹）土楼观	苏　颖
小事不用问老妈（西宁名胜古迹）大经堂	裴　靖
含苞欲放重甘露（西宁名胜古迹）小花寺	李创龙
玉蹄踏花归官邸（西宁名胜古迹）马步芳公馆	裴　靖
初一始登高（西宁名胜古迹）元朔山	裴　靖

老爷山又叫元朔山。

人间仙境看分明（西宁名胜古迹）日月山	罗文锋
分明岁末即除夕（西宁名胜古迹）日月山	刘二安
终岁伴五台（西宁名胜古迹）日月山	裴　靖
寂寞禅主深锁门（西宁名胜古迹）东关清真大寺	裴　靖
水漫金山（西宁名胜古迹）北禅寺	裴　靖
外祖父上岗（西宁名胜古迹）老爷山	多　人

好汉自称居水泊（西宁名胜古迹）老爷山	王	杰
误认玄武作六合（西宁名胜古迹）过门塔	佚	名
沦陷区里多荒地（西宁名胜古迹）沈那遗址	裴	靖
盛京都城今犹存（西宁名胜古迹）沈那遗址	裴	靖
榴花满山红似火（西宁名胜古迹）赤岭	蔡建荣	
二郎摇身化大雁（西宁名胜古迹）神变塔	裴	靖
君看流水尚能西（西宁名胜古迹）倒淌河	刘二安	
水面平平撒雨点（西宁名胜古迹）浦宁之珠	裴	靖
大雁送你到少林（西宁名胜古迹）塔尔寺	佚	名
花前堤畔与你会，村后田间结同心（西宁名胜古迹）塔尔寺	裴	靖
金字贴禅房（西宁名胜古迹）塔尔寺	裴	靖
黛玉本是平常女，莫要再将吾来夸（西宁名胜古迹）赞普林卡		
	裴	靖
埋金只为建学堂（西宁名胜古迹）藏文化馆	裴	靖
花树绕屋香不收（西宁名胜古迹）馨庐	裴	靖

　　马步芳公馆取名"馨庐"。

哥哥下放到客乡（玉树名胜古迹）可可西里	王	力
山僧不放山泉出（玉树名胜古迹）当卡寺	裴	靖
幽径通少林（玉树名胜古迹）达那寺	裴	靖
屋后细叶化寸土（玉树名胜古迹）结古寺	裴	靖
情系千年名刹（玉树名胜古迹）结古寺	多	人
收缰已近护城河（玉树名胜古迹）勒巴沟	裴	靖
许仕林何处祭生母（玉树名胜古迹）藏娘塔	裴	靖
住持当众书挥就（玉树名胜古迹，卷帘）文成公主庙	裴	靖

　　贝大日如来佛石窟俗称"文成公主庙"。

古刹四围蚕食叶（玉树名胜古迹，卷帘）桑周寺	裴	靖

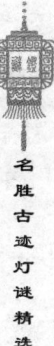

万岁德泽惠梵宫(果洛名胜古迹)龙恩寺	王寅丑
相邀盟约入古刹(果洛名胜古迹)拉加寺	郑庆元
邀之入伙为报国(果洛名胜古迹)拉加寺	万宽燚
每逢生日到,江边看日生(果洛名胜古迹)星星海	苏 颖
梅池边上日生影(果洛名胜古迹)星星海	郑庆元
古井流金水(果洛名胜古迹)黄河源	裴 靖
祖辈种田不离家乡(海东名胜古迹)土族故土园	裴 靖
原本三点去冯庄(海东名胜古迹)马厂塬	裴 靖
佛手山中见僧房(海东名胜古迹)五峰寺	裴 靖
金秋过寒山(海东名胜古迹)西来寺	裴 靖
幽静禅僧护(海东名胜古迹)佑宁寺	裴 靖
古木无人径,深山何处钟(海东名胜古迹)却藏寺	裴 靖
浩然来到日月潭(海东名胜古迹)孟达天池	裴 靖
封为散骑常侍,领新城太守,镇守上庸、金城等处(海东名胜古迹)孟达自然保护区	裴 靖

面出《三国演义》第九十四回:诸葛亮乘雪破羌兵,司马懿克日擒孟达。

从朱雀出城便是河谷(海东名胜古迹)南门峡	裴 靖
远看似开炉,火山喷云端(海东名胜古迹)南门峡	郑庆元
山中多居僧(海东名胜古迹)峡群寺	裴 靖
西湖四时春,月残蝴蝶舞(海东名胜古迹)柳湾	裴 靖
垂杨曲水留矮屋(海东名胜古迹)柳湾遗址	裴 靖
桑菊饮清流(海东名胜古迹)药水泉	裴 靖

"桑菊饮"为汤头名。

炎黄祖先佛门地(海东名胜古迹)夏宗寺	裴 靖
七月海南居香刹(海东名胜古迹)夏琼寺	裴 靖

来嘛阿卡,进门就留名片(海东名胜古迹)喇家遗址　　　　裴　靖
　　　阿卡是对所有的喇嘛的昵称。
小巷无尘,禅院宏伟(海东名胜古迹)街子清真大寺　　　　裴　靖
诗中意,无人会,谁言不把泪双流(海东名胜古迹)瞿昙寺　裴　靖
秋白求佛法,来到伽蓝地(海东名胜古迹)瞿昙寺　　　　　蔡建荣
破安定,攻南安,取天水(海北名胜古迹)三角城　　　　　裴　靖
　　　西海郡故城遗址俗称"三角城"。
念先生,今岁今宵尽(海北名胜古迹)牛心山　　　　　　　裴　靖
五羖大夫有才华,太多人在网上说(海北名胜古迹)百里油菜花海
　　　　　　　　　　　　　　　　　　　　　　　　　　裴　靖
红杏尚书府,紧挨梅花苑(海北名胜古迹)祁连鹿场　　　　裴　靖
每回在队前,唯君显洒脱(海北名胜古迹)西海郡　　　　　裴　靖
川中水鸟少(海北名胜古迹)沙岛　　　　　　　　　　　　苏　颖
江边山雀鸟低飞(海北名胜古迹)沙岛　　　　　　　　　　郑庆元
岚起飘渺处,目送一鸟飞(海北名胜古迹)沙岛　　　　　　邢华旭
造化钟神秀(海北名胜古迹)卓尔山　　　　　　　　　　　裴　靖
雷雨飞半腹,太阳在其巅(海北名胜古迹)卓尔山　　　　　裴　靖
黄白之物聚沙洲(海北名胜古迹)金银滩　　　　　　　　　裴　靖
游泳冠亚军,海边亮奖牌(海北名胜古迹)金银滩　　　　　邢华旭
本是小儿上京都(海北名胜古迹)原子城　　　　　　　　　裴　靖
武松得龙泉(海西名胜古迹)二郎剑　　　　　　　　　　　裴　靖
海砂架梁长又长(海西名胜古迹)万丈盐桥　　　　　　　　裴　靖
红娘嫁给我,心欢碧水前(海西名胜古迹)纳赤台清泉　　　严宗达
却收空囊楼阁碧水前(海西名胜古迹)纳赤台清泉　　　　　裴　靖
开明兽看守何处(海西名胜古迹)昆仑山口　　　　　　　　裴　靖
　　　《山海经·海内西经》:"海内昆仑之虚,在西北,帝之下都。

……门有开明兽守之……"

雨前被阻高原咸水泊（海西名胜古迹）茶卡盐湖	裴	靖
火井周围坟地多（海西名胜古迹）热水墓群	裴	靖
交手入浮屠，太真笑语舒（海西名胜古迹）塔温搭里哈	郭炳茂	
笑声中架起海上烽火台（海西名胜古迹，卷帘）塔温搭里哈	裴	靖
看君浹背流，结晶聚如池（海西名胜古迹）察尔汗盐湖	裴	靖
乱叶落在斋庄前（海南州名胜古迹）文庙	张宏福	
诗词歌赋藏经堂（海南州名胜古迹）文庙	裴	靖
九天宫上圣（海南州名胜古迹）玉皇阁	裴	靖
凌霄宝殿（海南州名胜古迹）玉皇阁	佚	名
寄语千里到古刹（海南州名胜古迹）白马寺	裴	靖
紧要关头未施援手（黄南名胜古迹）坎不拉	苏	颖
沙漠之舟找到地下水（黄南名胜古迹）骆驼泉	裴	靖
美术大学献温暖（黄南名胜古迹）热贡画院	裴	靖
高高山上修庙宇（黄南名胜古迹）隆务寺	裴	靖
名刹必定香火旺（黄南名胜古迹，卷帘）隆务寺	裴	靖

内蒙古

心中愚昧已久矣（自治区简称）内蒙古	刘二安
固（自治区简称）内蒙古	许纯钦
暗地里掩盖历史（自治区简称）内蒙古	陈卓珊

胸藏千年事（自治区简称）内蒙古	夏永胜
妻子潜游在湖中（自治区简称）内蒙古	佚　名
现代对外开放（自治区简称，卷帘）内蒙古	佚　名
一声长啸千山应（内蒙古市名）呼和浩特	刘国瑞
一声呐喊，万众相应（内蒙古市名）呼和浩特	杜　敏
口号喊得震天响（内蒙古市名）呼和浩特	佚　名
反战之声遍天下（内蒙古市名）呼和浩特	张壮璧
风在吼，马在叫，黄河在咆哮（内蒙古市名）呼和浩特	张奕虎
百千儿哭，百千犬吠（内蒙古市名）呼和浩特	佚　名
郢歌"下里巴人"（内蒙古市名）呼和浩特	张鹤绵
唤起民众千百万（内蒙古市名）呼和浩特	葛志全
振臂一喊，应者如潮（内蒙古市名）呼和浩特	佚　名
啦啦队大不一般（内蒙古市名）呼和浩特	佚　名
鼾声此起彼伏各不同（内蒙古市名）呼和浩特	缪一松
喊来大家专程赶集（内蒙古市名）呼和浩特市	刘二安
厂长负责制（内蒙古市名）包头	佚　名
王朝马汉在身边（内蒙古市名）包头	云　虎
每次都是夺冠军（内蒙古市名）包头	李旭明
炮火已平息，天下初安定（内蒙古市名）包头	陈见生
首先实行责任制（内蒙古市名）包头	王焰涛
稳夺冠军（内蒙古市名）包头	林清富
戴笠（内蒙古市名）包头	王庭富
囊括金牌（内蒙古市名）包头	佚　名
买断原始股（内蒙古市名）包头市	闻春桂
煤浪滚滚（内蒙古市名）乌海	佚　名
千山红日媚（内蒙古市名）赤峰	杨文明

谜面	作者
山丹丹花开红艳艳(内蒙古市名)赤峰	佚　名
山花红烂漫(内蒙古市名)赤峰	佚　名
山桃红花满上头(内蒙古市名)赤峰	佚　名
火焰山(内蒙古市名)赤峰	蔡建荣
阿朱荡秋千(内蒙古市名)赤峰	龚　政
秋枫满山巅(内蒙古市名)赤峰	王庭富
等到满山红叶时(内蒙古市名)赤峰	黄松榆
潘仁美卖国(内蒙古市名)通辽	佚　名
复行数十步,豁然开朗(内蒙古市名)通辽	刘二安
沈阳、大连、丹东(内蒙古市名)通辽市	严宗达
处处有大集(内蒙古市名)通辽市	孙学飞
叫白衣秀士见电信之父(内蒙古市名)呼伦贝尔	穆全顺
九头鸟哪里找(内蒙古市名)鄂尔多斯	佚　名
此物湖北到处是(内蒙古市名)鄂尔多斯	胡荫龙
湖北是你常去地(内蒙古市名)鄂尔多斯	杨耀学
九省通衢,商家林立(内蒙古市名)鄂尔多斯市	孙国光
上海人说我很好(内蒙古市名)阿拉善	杨志远
申诉我的心地好(内蒙古市名)阿拉善	庄荣坤
我是上海大好人(内蒙古市名)阿拉善	刘壮虎
沪人自称好结交(内蒙古市名)阿拉善盟	佚　名
黄河远上白云间(内蒙古县旗名)二连浩特	陆占山
并非小市(内蒙古县旗名)丰镇	佚　名
并非是真金(内蒙古县旗名)丰镇	佚　名
远树一行入市来(内蒙古县旗名)丰镇	佚　名
当日开庭(内蒙古县旗名)乌审	佚　名
黑猴守家(内蒙古县旗名)乌审	郝子俊

多方为吾了心愿（内蒙古县旗名）五原	王建民
离别山东（内蒙古县旗名）开鲁	佚　名
不得撒野（内蒙古县旗名）开鲁	佚　名
嚼碎饭中砂（内蒙古县旗名）牙克石	张建德
咬定青山不放松（内蒙古县旗名）牙克石	静安寺
咬碎碜米（内蒙古县旗名）牙克石	佚　名
主人赢了（内蒙古县旗名）东胜	蔡建荣
客队败北（内蒙古县旗名）东胜	佚　名
双双夜半与君会（内蒙古县旗名）四子王	佚　名
雍正改诏登皇位（内蒙古县旗名）四子王	佚　名
话说湖北物产多（内蒙古县旗名）白云鄂博	张礼鹤
进三球得一积分（内蒙古县旗名）兴和	易广昌
相逢一笑泯恩仇（内蒙古县旗名）兴和	佚　名
夜夜来人求变革（内蒙古县旗名）多伦	佚　名
上海人自称左手不灵（内蒙古县旗名）阿拉善右	佚　名
谜笺高悬（内蒙古县旗名）陈巴尔虎	董仁法
棵（内蒙古县旗名）和林格尔	兴山柏
只见洪教头先起身道："来，来，来！我们比试一下。"（内蒙古县旗名）和林格尔	鱼　儿
大战豹子头（内蒙古县旗名）和林格尔	佚　名
誓与则徐同抗敌（内蒙古县旗名）和林格尔	佚　名
一日不可更（内蒙古县旗名）固阳	王民建
岿然不动英雄汉（内蒙古县旗名）固阳	佚　名
夺标前后卖馒头（内蒙古县旗名）奈曼	佚　名
临安彩帜（内蒙古县旗名）杭锦旗	赵建华
树树皆秋色（内蒙古县旗名）林西	孟　辉

谜面	作者
内陆码头（内蒙古县旗名）临河	佚　名
两岸绕商贾（内蒙古县旗名）临河市	佚　名
穴中大水有点白（内蒙古县旗名）突泉	刘壮虎
实战（内蒙古县旗名）准格尔	佚　名
同意你参战（内蒙古县旗名，调尾）准格尔	佚　名
回首深山柯已烂（内蒙古县旗名）根河	林凯胜
恨柳边疏雨，伤心寄何人（内蒙古县旗名）根河市	秋　声
何谓超载（内蒙古县旗名）海拉尔	佚　名
那老汉神气十足（内蒙古县旗名）翁牛特	一　叶
十分厉害一老头（内蒙古县旗名，卷帘）翁牛特	刘壮虎
殷墟（内蒙古县旗名）商都	金小曼
朝歌（内蒙古县旗名）商都	佚　名
可（内蒙古县旗名）清水河	蔡锦元
澄江净如练（内蒙古县旗名）清水河	佚　名
鸦雀无声（内蒙古县旗名）集宁	孟　琦
会师南京（内蒙古县旗名）集宁	佚　名
待燕归梁后，高窗始下帘（内蒙古县旗名）集宁	佚　名
市场保险（内蒙古县旗名）集宁	佚　名
作谜莫循旧思路（内蒙古县旗名）新巴尔虎	刘二安
东北是我的家乡（内蒙古县旗名）满洲里	严宗达
通商遍大陆（内蒙古县旗名）满洲里市	佚　名
赏赐则徐亦殊多（内蒙古县旗名）锡林浩特	佚　名
登上前哨来碰头（内蒙古县旗名）磴口	佚　名
始进北京（世界文化遗产）元上都	刘二安
正月中旬动帝京（世界文化遗产，调首）元上都	刘二安

面出唐·张祜《正月十五夜灯》句。

全部超百分（世界文化遗产，卷帘）元上都　　　　　　　　刘二安
灯火家家市，笙歌处处楼（世界文化遗产，卷帘）元上都　　刘二安
　　面出唐·苏味道《正月十五夜》句。
灯火钱塘三五夜（世界文化遗产，卷帘）元上都　　　　　　刘二安
　　面出宋·苏轼《蝶恋花·米粥上元》句。
灯节、灯夜、小正月（世界文化遗产，卷帘）元上都　　　　刘二安
指点六朝形胜地，唯有青山如壁（世界文化遗产）元上都遗址
　　　　　　　　　　　　　　　　　　　　　　　　　　　武　骝
　　面出元·萨都剌《百字令·登石头城》。石头城南京，原为六朝古都。元通原。
天晴之后离汕头（内蒙古名胜古迹）大青山　　　　　　　　赵建华
一手绝招闯天下（呼和浩特名胜古迹）大召　　　　　　　　佚　名
独招后来人（呼和浩特名胜古迹）大召　　　　　　　　　　陈勇波
关胜守后营（呼和浩特名胜古迹）大召　　　　　　　　　　陈孝逵
关胜英名有口碑（呼和浩特名胜古迹）大召　　　　　　　　佚　名
当下出手成招（呼和浩特名胜古迹）小召　　　　　　　　　刘二安
一抔净土掩风流（呼和浩特名胜古迹）青冢拥黛　　　　　　一吻情
伊人逝，日召盼，方留孤坟一座（呼和浩特名胜古迹）昭君墓
　　　　　　　　　　　　　　　　　　　　　　　　　　　严维栉
照着蹄印群羊去，一别日暮到城头（呼和浩特名胜古迹）昭君墓
　　　　　　　　　　　　　　　　　　　　　　　　　　　刘二安
打开皇陵（呼和浩特名胜古迹）昭君墓　　　　　　　　　　陈征文
明皇陵（呼和浩特名胜古迹）昭君墓　　　　　　　　　　　王文渊
开放十三陵（呼和浩特名胜古迹）昭君墓　　　　　　　　　夏　天
分明是男人当家（呼和浩特名胜古迹）清公主府　　　　　　刘二安
廉洁无私会持家（呼和浩特名胜古迹）清公主府　　　　　　佚　名

宝岛歌坛很兴旺(呼和浩特名胜古迹,卷帘)盛乐台	赵建华
对弈崖前伴浊流(乌兰察布名胜古迹)蛮汉山	赵建华
三番两次被征招(包头名胜古迹)五当召	蔡建荣
接二连三应邀来(包头名胜古迹)五当召	刘二安
吾既开口,又出手挡之,出手招之(包头名胜古迹)五当召	刘二安
神秀泰山诱人来(包头名胜古迹)美岱召	刘二安
有求必应入寺来(包头名胜古迹)百灵庙	佚　名
嗓音嘶哑声宛然(包头名胜古迹)响沙湾	刘二安
幼时不解浮屠意(赤峰名胜古迹)大明塔	佚　名
僧院冷清非虚传(赤峰名胜古迹)真寂之寺	刘二安
广袤华夏望长安(赤峰名胜古迹)辽中京	刘二安
都城北望路漫漫(赤峰名胜古迹,卷帘)辽上京	刘二安
舍下请来刚峰先生(阿拉善名胜古迹)居延海	薛道达
搬迁到东洋(阿拉善名胜古迹)居延海	佚　名
进市后继续打的(鄂尔多斯名胜古迹)十二连城	蓝　影
打入集市(鄂尔多斯名胜古迹)十二连城	佚　名
琼(鄂尔多斯名胜古迹)十二连城	佚　名
逢凶欲化费心虑,满头生津上山丘(鄂尔多斯名胜古迹)成吉思汗陵	王寅丑
缅怀鸿昌胜绩,墓前自愧不如(鄂尔多斯名胜古迹)成吉思汗陵	武　骝

　　鸿昌,即抗日将领吉鸿昌。胜,扣成。

少卿浃背图化凶(鄂尔多斯名胜古迹,卷帘)成吉思汗陵	郭炳茂

　　李陵字少卿。

木叉河曲唤悟净(鄂尔多斯名胜古迹)响沙湾	武　骝

　　面出《西游记》第二十二回"木叉奉法收悟净"事。

广　西

门招天下客(自治区)广西　　　　　　　　　　　　佚　名
元首莅临,酒店沾光(自治区)广西　　　　　　　　林仕福
四海会宾客,五洲交朋友(自治区)广西　　　　　　黄建平
两点一分离酒厂(自治区)广西　　　　　　　　　　佚　名
矿石何处觅(自治区)广西　　　　　　　　　　　　顾全达
想得上座要先来(自治区)广西　　　　　　　　　　乔北海
新春伊始要上进(自治区)广西　　　　　　　　　　随　缘
梓里一载音书断(自治区简称)桂　　　　　　　　　潘洁妹
街上流行是春装(自治区简称)桂　　　　　　　　　黄杏村
塞下已是两度春(自治区简称)桂　　　　　　　　　叶曙光
已报孟获心归汉(广西市名)南宁　　　　　　　　　佚　名
东征西战北慌乱(广西市名)南宁　　　　　　　　　王绍楷
北上抗战(广西市名)南宁　　　　　　　　　　　　淘　理
孟获心服不复反(广西市名)南宁　　　　　　　　　严宗达
金陵废都石头城(广西市名)南宁　　　　　　　　　纪培明
一败如水遭人侮(广西市名)北海　　　　　　　　　佚　名
孔融顾邕同此号(广西市名)北海　　　　　　　　　佚　名
遥对南山(广西市名)北海　　　　　　　　　　　　胡家贵
北宋灭亡二主迁(广西市名)玉林　　　　　　　　　黄松榆

是非未明乱施术(广西市名)玉林	姜建平
除夕梦见到中国(广西市名)玉林	蔡建荣
潇湘抹黛回眸时(广西市名)玉林	杨　冰
中原成一统,北邑息争端(广西市名)百色	林仕福
昂首向前不落后,希望团结争先进(广西市名)百色	刘雪春
春花满园(广西市名)百色	佚　名
皇上一到,争先巴结(广西市名)百色	张卫平
东方明珠飞虎队(广西市名)防城港	黄全来
一朝着迷走扁舟,一生穴居运匠心(广西市名)来宾	王得道
调兵侵宋大散关(广西市名)来宾	林凯胜
上是川流不息,下是一潭死水(广西市名)河池	文　靖
也可先游西湖(广西市名)河池	卫斌虎
六点左右可到也(广西市名)河池	佚　名
四时春色水横川(广西市名)柳州	陈文中
傍西楼,斜玉兔,三更三点(广西市名)柳州	佚　名
东方之珠,寸土寸金(广西市名)贵港	陈书法
这里停船收费高(广西市名)贵港	汉　人
入川建勋江水平(广西市名)贺州	郑庆元
欠钱后离去,三点抵川(广西市名)钦州	黄全来
十八佳人相送别,村边桥畔两依依(广西市名)桂林	李乐贤
中秋月下青春侣(广西市名)桂林	陈鸿泽
半城桃李半城楼(广西市名)桂林	纪培明
杨柳树前送佳人(广西市名)桂林	张留顺
闺中春梦一夕破(广西市名)桂林	孙胜利
五方春色动,一水川中横(广西市名)梧州	叶曙光
古梅半放三两枝,新柳合绽一二芽(广西市名)梧州	佚　名

谜面	作者
余上桥头川流水(广西市名)梧州	佚名
春水纵横送我还(广西市名)梧州	佚名
新栽杨柳三千里,引得春风度玉关(广西市名)崇左	佚名
戴宗上山前,就先有头功(广西市名)崇左	佚名
上大一我就去汕头(广西县名)天峨	曹先华
天作之合结连理(广西县名)田林	刘雁云
两人没有双休日(广西县名)田林	颜昌耀
果断脱困境(广西县名)田林	林仕福
垄上一川水平流(广西县名)龙州	宁文成
神州名景(广西县名)龙胜	林仕福
波光水月动,塘边郎终来(广西县名)那坡	林仕福
分明扬帆逆行舟(广西县名)阳朔	曹先华
边陲明月不相见,溯源终难见水源(广西县名)阳朔	佚名
灾后出现新面貌(广西县名)灵山	王样方
村边玉兔孤依树,雨后残虹半挂天(广西县名)柳江	文汉源
当兵离家后,早起守边防(广西县名)宾阳	林泽民
城头排雁阵,塞上暗孤灯(广西县名)邕宁	黄英章
子美题名尺素中(广西县名)博白	顾为善
广告(广西县名)博白	佚名
半生相待四十载,一心只候先生来(广西县名)德保	佚名
精神文明代代传(广西县名)德保	佚名
营前吕布横画戟,日后难渡水淹关(广西县名)灌阳	卢育明
下岗后,放胆一搏有奔头(南宁名胜古迹)大明山	黄松榆
少年不识匡庐面(南宁名胜古迹)大明山	邓铸坚
日出天光耀峰峦(南宁名胜古迹)大明山	佚名
残花参差三春尽,天上星斗依稀现(南宁名胜古迹)昆仑关	佚名

雷敛云开一刹间（南宁名胜古迹）天宁寺	武 骝
雨后复斜阳（南宁名胜古迹）青秀山	胡湘年
黛色好描眉（南宁名胜古迹）青秀山	宁文成
灵宝市宝藏（南宁名胜古迹）智城	郑庆元
相知到西塘，当日来得成（南宁名胜古迹）智城	黄全来
黄昏风雨阴江滨（南宁名胜古迹）黑水河	蔡建荣
出门各自全分散（北海名胜古迹）大士阁	黄全来
来人歌声起，路边心幽闲（北海名胜古迹）大士阁	郑庆元
黄鹤、岳阳、大观、镇海（北海名胜古迹）四排楼	黄全来
开辟荆榛逐荷夷，十年始克复先基（玉林名胜古迹）经略台	黄全来

    面出郑成功《复台》诗。

此行不要到宝岛（玉林名胜古迹）经略台	黄全来
停业一日（玉林名胜古迹，卷帘）天门关	黄全来
熊耀华来至峰头（百色名胜古迹）古龙山	黄全来
宋有岳可安十载（百色名胜古迹）宾山	周 为
皖西我曾见水鸟（百色名胜古迹）鹅泉	黄全来
我的儿，你使甚么重身法来压老孙哩（百色名胜古迹）感驮岩	
	黄全来

    面出《西游记》第三十三回，银角大王用移山之法困住孙悟空。

觉得马上之人是吕洞宾（百色名胜古迹）感驮岩	张士斌

    八仙之一的吕洞宾原名吕岩。

登临长江头，看金陵王气收。一曲西江月，怀古中原王侯。一曲长逝，王侯休（百色名胜古迹）澄碧湖	林建兴
执掌公廨不能俗（来宾名胜古迹）莫土司衙署	黄全来
故请陛下明察（河池名胜古迹）白龙洞	佚 名

流泉垄上同汇聚(河池名胜古迹)白龙洞	陈伟彪
乔装泳将,齐聚村前(柳州名胜古迹)永济桥	黄全来
提起芙蓉颇通晓(柳州名胜古迹)白莲洞	黄全来
画中西湖西,青竹笼晴光(柳州名胜古迹)龙潭	张伟志
何必写清老家事(柳州名胜古迹)胡志明旧居	黄全来
出水芙蓉同并蒂(柳州名胜古迹)莲花洞	杨锦标
同到湖边赏芙蓉(柳州名胜古迹)莲花洞	吴文海
观音宝座藏深穴(柳州名胜古迹)莲花洞	曹 锵
一泉岩下水(贵港名胜古迹)白石山	林丰来
中原要崛起,同心向前进(贵港名胜古迹)白石山	王保武
陈岩(贵港名胜古迹)白石山	佚 名
国画大师有别号,渭清此后是名人(贵港名胜古迹)白石山	张文生
泉水泻出破岩中(贵港名胜古迹)白石山	薛道达
姜夔颇为通晓(贵港名胜古迹)白石洞	佚 名
状元至南岳(贵港名胜古迹)龙头山	黄全来
听音好似今天七一(贵港名胜古迹)金田起义	陈良庆
麦浪滚滚旌旗奋(贵港名胜古迹)金田起义	佚 名
画中立意描秋色(贵港名胜古迹)金田起义	张胜声
秋收农民大暴动(贵港名胜古迹)金田起义	佚 名
秋意偏于陇亩长(贵港名胜古迹)金田起义	伍耿怀
黄土地上初结盟(贵港名胜古迹)金田起义	佚 名
最高峰上见敖广(贵港名胜古迹,卷帘)龙头山	黄全来
汗血宝驹入寺来(贺州名胜古迹)马殿庙	黄全来
来至旧都送祝福(贺州名胜古迹)临贺故城	黄全来
文元被审面如蜡(贺州名胜古迹)黄姚	武 骝
北斗挂南岳(桂林名胜古迹)七星山	佚 名

山石叠嶂映北斗（桂林名胜古迹）七星岩	李绍先
璇玑玉衡昆冈石（桂林名胜古迹）七星岩	曾宪模
八骏图上添一匹，丹青写入峰峦间（桂林名胜古迹）九马画山	黄全来
染上病易去病难（桂林名胜古迹）九滩	汪良淦
放目天际鸿鸟飞（桂林名胜古迹）三江口	丁玉玫
为何人称及时雨（桂林名胜古迹，卷帘）义江缘	黄全来
没羽箭张清绝技（桂林名胜古迹）飞来石	骆文胜
云深不知处（桂林名胜古迹）中隐山	陈昌年
岩上玉兔初露容（桂林名胜古迹）月牙山	一吻情
回乐峰前沙似雪（桂林名胜古迹）月亮山	郑国泰
百尺峰头开古镜（桂林名胜古迹）月亮山	蔡秋湖

面出宋·黄庭坚《渔家傲》词："百丈峰头开古镜，马驹踏杀重苏醒。"

李先生，龚先生，死活要去青海（桂林名胜古迹）木龙湖	刘炳堃
最喜白山黑水间（桂林名胜古迹）乐满地	黄全来
梦里游天下，人间尽管弦（桂林名胜古迹）乐满地度假世界	武　骝
呆板父亲常闭门（桂林名胜古迹）古严关	黄全来
夫唱妇随乐陶陶（桂林名胜古迹）对歌台	张燕飞
枯肠人西离，生忧涕先流（桂林名胜古迹）龙胜梯田	陈伟钊
云无心而出岫（桂林名胜古迹）龙隐洞	罗育辉
云雾蔽空中（桂林名胜古迹）龙隐洞	苏温才
五岭逶迤腾细浪（桂林名胜古迹）伏波山	吴文海
战胜洪峰（桂林名胜古迹）伏波山	熊正超
高峡出平湖（桂林名胜古迹）伏波山	苏温才
荣靖大王曾住此（桂林名胜古迹，卷帘）李宗仁故居	黄全来

朝鲜李氏王朝仁宗皇帝李峼,明朝赐谥"荣靖",称"荣靖献文懿武章肃钦孝大王"。

一腔幽魂陷泥沟(桂林名胜古迹)灵渠	蔡建荣
村前南北大山横(桂林名胜古迹)灵渠	严宗达
聪明的他(桂林名胜古迹)灵渠	佚　名
节前华侨至,却未见人影(桂林名胜古迹)花桥	王绍楷
玉出昆冈(桂林名胜古迹)宝积山	苏温才
郑燮故居(桂林名胜古迹)板桥村	黄全来
描眉(桂林名胜古迹)画山	三紫凌云
只研朱墨作春山(桂林名胜古迹)独秀峰	林智宏
侧嶂孤且雄(桂林名胜古迹)独秀峰	曾俊益
汕头挎汕尾,两地三载春(桂林名胜古迹)桂林山水	崔永凯
春入闺中梦,夜游汕特区(桂林名胜古迹)桂林山水	佚　名
三分春色,二分尘土,一分流水(桂林名胜古迹)桂林漓江	方炳良
一定要禁止砍伐、放牧(桂林名胜古迹)铁封山	黄全来
闲雅不俗吕洞宾(桂林名胜古迹)清秀岩	黄全来
凤凰台上凤凰游(桂林名胜古迹)象鼻山	李贵节
下岗泪两行(桂林名胜古迹)漓江	武　骝
桥边分别双垂泪(桂林名胜古迹)漓江	赵子鑫
溪畔掩竹篱,残红东流去(桂林名胜古迹)漓江	罗文锋
月儿初上鹅黄柳(桂林名胜古迹)燕窝楼	黄全来

元·周德清《喜春来》:"月儿初上鹅黄柳,燕子先归翡翠楼。"

缠绵问夫婿,画眉入时无(桂林名胜古迹)磨盘山	孙培桢
慢条斯理问八公(桂林名胜古迹)磨盘山	蔡建荣
孙文祭母(梧州名胜古迹)中山纪念堂	佚　名
嵩岳思亲(梧州名胜古迹)中山纪念堂	黄炳华

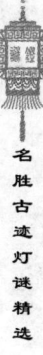

交通要塞(崇左名胜古迹)友谊关	屈承府
多病故人疏(崇左名胜古迹)友谊关	刘二安
老死不相往来(崇左名胜古迹)友谊关	梁　新
绝交(崇左名胜古迹)友谊关	冯同英
管宁割席拒华歆(崇左名胜古迹)友谊关	黄耀河
峰峦群英如丹青(崇左名胜古迹)花山岩画	黄全来
用极贵重物品来行贿(崇左名胜古迹)连城要塞	黄全来
都市毗邻,肯定拥堵(崇左名胜古迹)连城要塞	黄全来
痴老翁,欲我剜心头肉也(崇左名胜古迹)连城要塞	黄全来

面出《聊斋志异·连城》。"塞"别解为搪塞。

宁　夏

中国四连冠(自治区)宁夏	马志华
王师北定中原日(自治区)宁夏	麦家鹏
伏安(自治区)宁夏	吴善璋
但使龙城飞将在(自治区)宁夏	郑建斌
南京春光(自治区)宁夏	薛茂章
世乱同南去,时清独北还(自治区全称)宁夏回族自治区	林仲杰
出手打球得冠军(自治区简称)宁	佚　名
安敢裙钗易男装(自治区简称)宁	张壮璧
寒灯一点伴小桥(自治区简称)宁	葛晓滨

窗前灯火杳(自治区简称)宁　　　　　　　　　伍耿怀
巴山蜀水雪皑皑(宁夏市名)银川　　　　　　　陈永康
长河落日圆(宁夏市名)银川　　　　　　　　　邱茂文
财源茂盛达三江(宁夏市名)银川　　　　　　　苏德友
钱江(宁夏市名)银川　　　　　　　　　　　　林庆发
不教胡马度阴山(宁夏市名)中卫　　　　　　　吴志纯
为祖国而战(宁夏市名)中卫　　　　　　　　　薛茂章
我巡逻在祖国的边防线上(宁夏市名)中卫　　　王水松
周边不设防(宁夏市名)中卫　　　　　　　　　苏炳琚
岩画分布沟口中(宁夏市名)石嘴山　　　　　　苏德友
岭前码头间,口角由此生(宁夏市名)石嘴山　　龚　酉
樱桃生在破岩中(宁夏市名)石嘴山　　　　　　卢育明
三星映方塘,钩月挂中天(宁夏市名)吴忠　　　王祥方
天各一方情独贞(宁夏市名)吴忠　　　　　　　田金鑫
心中自有一方天(宁夏市名)吴忠　　　　　　　张礼鹤
黄公覆甘受皮肉苦(宁夏市名)吴忠　　　　　　郭龙春
智多星尊姓,打虎将大名(宁夏市名)吴忠　　　佚　名
内蒙古小厂填空白(宁夏市名)固原　　　　　　吴新民
本性难移(宁夏市名)固原　　　　　　　　　　邓家乐
咬定青山不放松(宁夏市名)固原　　　　　　　辞　明
虽九死其犹未悔(宁夏市名)固原　　　　　　　许友全
谁修《汉书》,谁作《离骚》(宁夏市名)固原　李志新
华夏和平(宁夏县名)中宁　　　　　　　　　　赖浩明
敌军围困万千重(宁夏县名)中宁　　　　　　　席　伟
四宿不分胜负(宁夏县名)平罗　　　　　　　　苏德友
转眼干到夜两点(宁夏县名)平罗　　　　　　　余敦诗

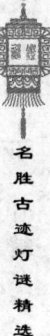

三变石头城(宁夏县名)永宁	邓家乐
厩马肥死弓弦断(宁夏县名)永宁	杨含璋
众志成城(宁夏县名)同心	刘　玮
军民团结如一人(宁夏县名)同心	郝子俊
你也思念,我也思念(宁夏县名)同心县	方建春
东南北三方不利(宁夏县名)西吉	蓝汉瑞
客到喜上来(宁夏县名)西吉	袁　浩
打一枪换一个地方(宁夏县名)灵武	陈志明
用兵如神(宁夏县名)灵武	苏德友
行者来到活火山(宁夏县名)灵武	李　军
战斗机(宁夏县名)灵武	郑庆元
脚步轻盈(宁夏县名)灵武	邢华旭
轻车简从来江头(宁夏县名)泾源	赖　杰
同离别清水,去陕西山西(宁夏县名)青铜峡	许海魁
年后共赴夹金山(宁夏县名)青铜峡	赖　杰
春到巴陵,初入瞿塘(宁夏县名)青铜峡	张毅安
春秋共赏两岸峰(宁夏县名)青铜峡	顾为善
清水洞,清水流,秋色满山蛱蝶飞(宁夏县名)青铜峡	郑庆元
三十八分贝(宁夏县名)贺兰	郑庆元
动员力拼,要进三两球(宁夏县名)贺兰	王志成
今日桑田(宁夏县名)海原	邱中尧
左右逢源心不悔(宁夏县名)海原	张礼鹤
咸水湖(宁夏县名)盐池	张绍武
氯化钠溶液皿(宁夏县名)盐池	袁　浩
快哉快哉(宁夏县名)陶乐	陶维松
悦亲戚之情话(宁夏县名)陶乐	刘雁云

高风亮节（宁夏县名）隆德	苏德友
解网施仁，泽及枯骨（宁夏县名）隆德	阮志祥

解网施仁是说商汤王，泽及枯骨是说周文王施德政的典故。

古树掩村柳丝舞，明月腾空旌旗飘（宁夏县名）彭阳	卢育明
徐州明月落阶前（宁夏县名）彭阳	吴新民
白麻纸上书德音（宁夏县名）惠农	柯建云

白居易诗《杜陵叟》："白麻纸上书德音，京畿尽放今年税。"

减轻村民负担（宁夏县名）惠农	陈志强
逢人只讲七分话（银川名胜古迹）三关口	曾钦平
不说假话、不说大话、不说空话（银川名胜古迹）三关口	李文林
一再默守解放军机密（银川名胜古迹）三关口长城	许海魁
年轻夫妻两分离（银川名胜古迹）小口子	袁　浩
享乐在后品自高（银川名胜古迹）小口子	傅金良
御沟当年红叶出（银川名胜古迹）水洞沟遗址	武　骝
依稀红叶待诗处（银川名胜古迹）水洞沟遗址	阮志祥
秋临赤县上丘山（银川名胜古迹）西夏陵	蔡　芳
客临神州到中山（银川名胜古迹）西夏陵	姜爱勇
五月君山客先至（银川名胜古迹）西夏王陵	章　镳
春后客游昭君墓（银川名胜古迹）西夏王陵	林庆发
中国金銮殿（银川名胜古迹）玉皇阁	曾正明
君王御点烟雨楼（银川名胜古迹）玉皇阁	王汉生
先讲勾股弦（银川名胜古迹）头道边	田金鑫
领导发言无中心（银川名胜古迹）头道边	李忠芳
大雁返飞去冀南（银川名胜古迹）北塔	陈光亮
宾客游六合（银川名胜古迹）西塔	李玉虹
如来大连回首海宝（银川名胜古迹）宏佛塔	苏德友

寄寓回教堂(银川名胜古迹)纳家户清真寺	顾为善
进门牵回白马来(银川名胜古迹)纳家户清真寺	许海魁
我们的队伍向太阳(银川名胜古迹)明长城	苏德友
柳宗元府影壁(银川名胜古迹)河东墙	张礼鹤
白马凌空(银川名胜古迹)承天寺	颜继仲
白云吞吐红莲阁(银川名胜古迹)承天寺	秦喜遂
连日寒山大雁归(银川名胜古迹)承天寺塔	郝子俊
四角碍白日,七层摩苍穹(银川名胜古迹)承天寺塔	史东山
天健丹青写,悬崖王者看(银川名胜古迹)贺兰山岩画	顾为善
李长吉游五泉,吕洞宾绘丹青(银川名胜古迹)贺兰山岩画	安润泽
叩首山门两浮屠(银川名胜古迹)拜寺口双塔	徐官礼
跪谒古刹前,瑞云绕四门(银川名胜古迹)拜寺口双塔	肖伯成
朝谒山门,才登七级(银川名胜古迹)拜寺口方塔	阮志祥
奉献当头依山海,倡廉求是图报国(银川名胜古迹)南关清真寺	
	夏　彬
沧溟珍爱是浮屠(银川名胜古迹)海宝塔	叶元旦
于洋延安识标志(银川名胜古迹)海宝塔	林庆发
突兀压神州,峥嵘如鬼工(银川名胜古迹)赫宝塔	佚　名

面出岑参《与高适薛据登慈恩寺浮图》诗。

大厦突兀起(银川名胜古迹)鼓楼	安润泽
掌声出烟雨(银川名胜古迹)鼓楼	陆天伦
转动表格(银川名胜古迹)滚钟口	薛茂章
杯嘴要先开(银川名胜古迹)滚钟口	陈光亮
但使龙城飞将在(银川名胜古迹)镇北堡	张维仁
杨六郎守三关(银川名胜古迹)镇北堡	刘干臣
只今已勒燕然石(银川名胜古迹,燕尾)镇北堡	武　骝

面出李益《统汉烽下》。

中流砥柱见浮图(银川名胜古迹)镇河塔　　　　　　　　徐添河
乡前小江栖大雁(银川名胜古迹)镇河塔　　　　　　　　林庆发
山寺岂容外人侵扰(中卫名胜古迹)中卫高庙　　　　　　子　丑
衷心保护凌霄殿(中卫名胜古迹)中卫高庙　　　　　　　苏炳琚
此上南岳,特别自在(中卫名胜古迹)牛首山寺　　　　　杨金根
特来求仙道终成(中卫名胜古迹)牛首山寺　　　　　　　周　昕
码头闲时看落日(中卫名胜古迹)石空寺　　　　　　　　陆　影
雨花设在庙堂落(中卫名胜古迹)石空寺　　　　　　　　苗恩培
边境少波动,落实应在先(中卫名胜古迹)沙坡头　　　　武　骝
日日都在峰岩洞(中卫名胜古迹)天都山石窟　　　　　　许海魁
士卒临近护城河,丈夫回归青松宅(石嘴山名胜古迹)兵沟汉墓
　　　　　　　　　　　　　　　　　　　　　　　　　吴新民
活动助消化(石嘴山名胜古迹)沙湖　　　　　　　　　　武　骝
岭前有寺好习剑(石嘴山名胜古迹)武当山庙　　　　　　龚　酉
骑射应在岩前寺(石嘴山名胜古迹)武当山庙　　　　　　苏炳琚
一样忠诚回报恩(吴忠名胜古迹)同心清真寺　　　　　　阮志祥
都想回少林(吴忠名胜古迹)同心清真寺　　　　　　　　田金鑫
用心求知成名家(吴忠名胜古迹)董府　　　　　　　　　骆文胜
含羞千里至,登阶进衙门(吴忠名胜古迹)董府　　　　　王老三
天罡地煞聚六合(吴忠名胜古迹)一百零八塔　　　　　　刘千臣
梁山好汉聚浮屠(吴忠名胜古迹)一百零八塔　　　　　　翟鸿起
一月一日贺帝陵(吴忠名胜古迹)明庆王陵　　　　　　　苏炳琚
每值天欲雨,则孔孔生云,遥望如塞新絮(吴忠名胜古迹)灵应山
石窟　　　　　　　　　　　　　　　　　　　　　　　史东山
三番两次问云长(固原名胜古迹)六盘关　　　　　　　　缪一松

再三问娘子（固原名胜古迹）六盘关	谷银宝
数不清奇峰、怪岩、幽洞（固原名胜古迹）无量山石窟	李　迁
溶洞深莫测（固原名胜古迹）无量山石窟	石午中
更有人比寒香凝（固原名胜古迹）火石寨	余　勇
岩下秋寒枫半洞（固原名胜古迹）火石寨	张丽娟
不重生男重生女（固原名胜古迹）瓦亭关	屈承府
铜雀春深锁二乔（固原名胜古迹）瓦亭关	李文林
岩洞流水绕岩洞（固原名胜古迹）石窟湾石窟	李　华
待客三槐堂（固原名胜古迹）安西王府	颜继仲
嘉宾住在皇宫里（固原名胜古迹）安西王府	万宽燚
胡子眉毛一抹糊（固原名胜古迹）须弥山	苏德友
女娲补天（固原名胜古迹）须弥山石窟	史东山
半部春秋都不短（固原名胜古迹）秦长城	李　华
圣手书生耍大刀（固原名胜古迹）萧关	缪一松
草生囵圊静（固原名胜古迹）萧关	韩庆铭
陈云与日月同在（固原名胜古迹）老龙潭	吴海水
桃花依旧遍华夏（固原名胜古迹）老龙潭	申志杰

新　疆

刚入版图（自治区）新疆	佚　名
武王开边意未已（自治区）新疆	乔北海

被开垦的处女地(自治区)新疆　　　　　　　　　　佚　名
小尉迟亲自断后(自治区简称)新　　　　　　　　　文　君
近亲结婚不可取之(自治区简称)新　　　　　　　　郑庆元
鱼翔坞东,果开荠下(新疆市名)乌鲁木齐　　　　　王得道
趁黑到山东,村前来排列(新疆市名)乌鲁木齐　　　陈清泉
岩下川流正一时(新疆市名)石河子　　　　　　　　佚　名
言谈粗俗,斯是胡人(新疆市名)吐鲁番　　　　　　曾文安
立马望北空,月下胡儿来南袭,打仗之前巧布局(新疆市名)克拉玛依　　　　　　　　　　　　　　　　　乔北海
偏袒胜方东坡居士(新疆市名)阿克苏　　　　　　　陈清泉
四方联(新疆市名)和田　　　　　　　　　　　　　项　行
香叶参差独自飘(新疆市名)和田　　　　　　　　　张东英
三方重组生是非(新疆市名)昌吉　　　　　　　　　武殿录
国庆演唱会(新疆市名)昌吉　　　　　　　　　　　范理祥
笑而不宣(新疆市名)哈密　　　　　　　　　　　　多　人
叶落时节客人来(新疆市名)喀什　　　　　　　　　佚　名
自古离别成人客(新疆市名)喀什　　　　　　　　　郑明义
合作二十载,两地有成就(新疆市名)塔城　　　　　佚　名
广州"小蛮腰"(新疆市名,秋千)塔城　　　　　　　苏　颖
　　小蛮腰为广州电视塔塔名。
纵有健妇把田耙(新疆自治州名)伊犁　　　　　　　佚　名
浮屠众多难收全,大全又把遗添拢(新疆自治州名)博尔塔拉
　　　　　　　　　　　　　　　　　　　　　　　陈清泉
画中高天一水间(新疆县名)于田　　　　　　　　　乔北海
芋头没了土里挖(新疆县名)于田　　　　　　　　　陈清泉
雄心调理千里马(新疆县名)乌什　　　　　　　　　老　虎

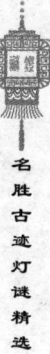

花须连夜发(新疆县名)乌苏	黄惠中
鸟少一点正合心(新疆县名)乌恰	陈清泉
二三户中必有他(新疆县名)五家渠	陈清泉
挨着内中那女性(新疆县名)巴里坤	陈清泉
苦苦地期待(新疆县名)巴楚	孙学飞
林影参差(新疆县名)木垒	郭亚军
森(新疆县名)木垒	佚　名
高楼平地起,树木参天际(新疆县名)且末	林丰来
暂居最后(新疆县名)且末	陈清泉
剑英居京(新疆县名)叶城	陈清泉
埋头苦干终有成(新疆县名)叶城	若　兰
温侯与汝在渡口(新疆县名)布尔津	陈清泉
百姓富足(新疆县名)民丰	俞敦诗
东坡分了岔(新疆县名)皮山	李英杰
东坡如仙人已杳(新疆县名)皮山	吴家宏
伴君窗前挑灯火(新疆县名)伊宁	李创龙
妾心古井水(新疆县名)伊宁	佚　名
正是她和我,送君去入伍(新疆县名)伊吾	李创龙
田间方见雁阵过,李花一开鸟先来(新疆县名)吉木乃	佚　名
江帆向西行,画中柳枝垂(新疆县名)巩留	刘颜民
张良封侯心生恐(新疆县名)巩留	陈清泉
拜请战胜陆伯言(新疆县名)托克逊	陈清泉
外围没顶住(新疆县名)托里	陈清泉
冰化松柏别样姿(新疆县名)米泉	武　骝
网谜得有水之源(新疆县名)米泉	郑庆元
南宫藏有古钱币(新疆县名)米泉	陈清泉

另外换人来执教（新疆县名）伽师	佚　名
宝马奔驰靓花城（新疆县名）库车	俞敦诗
辗转始得抵大庆（新疆县名）库车	安润泽
粮仓欲满勤下地（新疆县名）库尔勒	蔡建荣
重来西湖少转弯（新疆县名）沙湾	蔡建荣
悟净不粗鲁（新疆县名）沙雅	陈清泉
《谏逐客书》上后，其王马上收留他（新疆县名）玛纳斯	陈清泉
马王堆里收有这（新疆县名）玛纳斯	陈清泉
奉承姑娘是把手（新疆县名）阿瓦提	佚　名
大哥离陕西，一人到京中（新疆县名）阿合奇	乔北海
溜须拍马，逢迎奉承，四样丑行凑一块儿，令人惊异（新疆县名）阿合奇	陈清泉
安能摧眉折腰事权贵，使我不得开心颜（新疆县名）阿克陶	佚　名
溜须拍马何所求（新疆县名）阿图什	水　虎
我用上海话约你（新疆县名）阿拉尔	陈清泉
北方主粮区，议及地膜覆苗事（新疆县名）麦盖提	陈清泉
喊其作画于墙上（新疆县名）呼图壁	陈清泉
平争端，吕奉先打赌未输（新疆县名）和布克赛尔	佚　名
以相安无事为大（新疆县名）和硕	武　骝
团结起来力量大（新疆县名）和硕	陈清泉
程君离去悄无言（新疆县名）和静	佚　名
所谋虽不灵验，放松之后仍可赢（新疆县名）图木舒克	陈清泉
骑马而行怡心游（新疆县名）奇台	佚　名
泰华衡恒嵩，处处有水泊（新疆县名）岳普湖	陈清泉
大众均将雨露沾（新疆县名）泽普	苏　颖
水均益（新疆县名）泽普	周占智

阚德润与程德谋(新疆县名)泽普　　　　　　　　　　陈清泉
　　　三国阚泽,字德润;程普,字德谋。
豪杰喜上大戈壁(新疆县名)英吉沙　　　　　　　　　佚　名
汽车轱辘当月报废(新疆县名)轮台　　　　　　　　　陈清泉
屯土山脱险(新疆县名)阜康　　　　　　　　　　　　陈清泉
溪前就是菜园子(新疆县名)青河　　　　　　　　　　陈清泉
一笑望溪流(新疆县名)哈巴河　　　　　　　　　　　佚　名
大街之旁无村落(新疆县名)奎屯　　　　　　　　　　佚　名
参圣朝觐到麦加(新疆县名)拜城　　　　　　　　　　乔北海
耶路撒冷来朝圣(新疆县名)拜城　　　　　　　　　　郑庆元
司马子上醒过来(新疆县名)昭苏　　　　　　　　　　陈清泉
　　　三国时,魏国权臣司马昭字子上。
杜绝分裂事可平(新疆县名)柯坪　　　　　　　　　　张礼鹤
公牛取胜心意切(新疆县名)特克思　　　　　　　　　陈清泉
张闻天化名到河东(新疆县名)洛浦　　　　　　　　　陈清泉
　　　张闻天曾化名洛甫。
戈壁种草已古稀(新疆县名)莎车　　　　　　　　　　佚　名
戈壁种草称冠军(新疆县名)莎车　　　　　　　　　　武殿录
肩扛一道杠,耕地用农具(新疆县名)尉犁　　　　　　陈清泉
一去与会正四点,来者中间藏一匕(新疆县名)焉耆　　陈清泉
嫣香已老身委去(新疆县名)焉耆　　　　　　　　　　武　骝
打麻将图个高兴(新疆县名)博乐　　　　　　　　　　钟寒秋
烽火戏诸侯(新疆县名)博乐　　　　　　　　　　　　李创龙
熟知众泊号(新疆县名)博湖　　　　　　　　　　　　陈清泉
穷的反而不遮藏(新疆县名)富蕴　　　　　　　　　　陈清泉
上月结盟聚水泊(新疆县名)温泉　　　　　　　　　　周跃建

芙蓉帐暖度春宵（新疆县名）温宿	佚　名
暖暖和和住一夜（新疆县名）温宿	王汉生
若即若离（新疆县名）疏附	陈清泉
马拉松（新疆县名）疏勒	李泰和
加鞭紧辔（新疆县名）策勒	佚　名
老百姓丰衣足食（新疆县名）裕民	佚　名
小尉迟遇铁叫子（新疆县名）新和	陈清泉
问渠那得清如许（新疆县名）新源	陈清泉
有幸每到西湖来（新疆县名）福海	佚　名
详审吕奉先，究核又及汝（新疆县名）察布查尔	陈清泉
八百流沙界，先前居住一妖怪（新疆县名）精河	陈清泉
双优奖旗（新疆县名）鄯善	李义勇
聚集黑土终成宝（新疆县名）墨玉	郑庆元
脑立清（新疆县名）额敏	当　雄
冠军侯得封邑（新疆县名）霍城	陈清泉
夜车运货停旧邑（乌鲁木齐名胜古迹）乌拉泊古城	陈清泉
真龙天子不喜撒欢场所（乌鲁木齐名胜古迹）水上乐园	陈清泉
乾隆逛江南，享受天堂福（乌鲁木齐名胜古迹，掉首）水上乐园	陈清泉
香迷鹤弄翅，浮起没金钩（乌鲁木齐名胜古迹）白杨沟	武　骝
赤峰公众游乐处（乌鲁木齐名胜古迹）红山公园	陈清泉
前寺来了太上皇（乌鲁木齐名胜古迹）老君庙	陈清泉
御敕寺院已不新（乌鲁木齐名胜古迹）老君庙	陈清泉
公共汽车型非小，边境线上且停驻（乌鲁木齐名胜古迹）国际大巴扎	陈清泉
一月一日，二儿结伴到国外（乌鲁木齐名胜古迹）明园	陈清泉

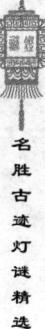

三秦庙院,规模不小(乌鲁木齐名胜古迹)陕西大寺　　　陈清泉
小乙水泊斗智深(乌鲁木齐名胜古迹)青格达湖　　　　陈清泉
小旋风寡穴,土垒水泊都不缺(乌鲁木齐名胜古迹)柴窝堡湖
　　　　　　　　　　　　　　　　　　　　　　　　陈清泉
武大寻找空旷地(乌鲁木齐名胜古迹)植物园　　　　　陈清泉
天王抛宝物,压住老敖广(乌鲁木齐名胜古迹)镇龙塔　陈清泉
未跳龙门前,暂栖巨源苑(乌鲁木齐名胜古迹)鲤鱼山公园 陈清泉
　　　　西晋名人山涛字巨源,时人尊其为山公。
溪水旁边有土冢(巴音郭楞名胜古迹)小河墓　　　　　陈清泉
盼奉先盼子敬,报捷声频仍(巴音郭楞名胜古迹)巴音布鲁克
　　　　　　　　　　　　　　　　　　　　　　　　陈清泉
疏通北京护城壕(巴音郭楞名胜古迹)开都河　　　　　陈清泉
暂居最后市容旧(巴音郭楞名胜古迹)且末故城　　　　陈清泉
老镇沾了名酒光(巴音郭楞名胜古迹)曲惠古城　　　　陈清泉
南宫君子到旧邑(巴音郭楞名胜古迹)米兰故城　　　　陈清泉
参横露重迷离,显贵步上城头(巴音郭楞名胜古迹)米兰遗址
　　　　　　　　　　　　　　　　　　　　　　　　武　骝
古城会兄时,关羽斩曹将于道(巴音郭楞名胜古迹)阳光之路
　　　　　　　　　　　　　　　　　　　　　　　　陈清泉
广安来车汝心酸(巴音郭楞名胜古迹)库尔楚　　　　　陈清泉
迎合兀术到前峰(巴音郭楞名胜古迹)阿尔金山　　　　陈清泉
听从后咽下了辕门射戟的苦果(巴音郭楞名胜古迹)依吞布拉克
　　　　　　　　　　　　　　　　　　　　　　　　陈清泉
搜寻吕奉先,庄后到营盘(巴音郭楞名胜古迹)罗布人村寨 陈清泉
鸟网张挂水荡上(巴音郭楞名胜古迹)罗布泊　　　　　王定一
岸边三步一岗五步一哨(巴音郭楞名胜古迹)罗布泊　　高东阳

岸边渔船撒大网（巴音郭楞名胜古迹）罗布泊	高东阳
草台之上圆旧梦，泉水横流陈西东（巴音郭楞名胜古迹）罗布泊	
	董仁法
梁山英雄排座次（巴音郭楞名胜古迹）罗布泊	邱中尧
梁山举办收藏展（巴音郭楞名胜古迹）罗布泊	薛茂璋
清早船儿去呀去撒网（巴音郭楞名胜古迹）罗布泊	郭海龙
湖中撒网（巴音郭楞名胜古迹）罗布泊	王得道
摸排所有堰塞湖（巴音郭楞名胜古迹）罗布泊	田金鑫
梁山处处设网络（巴音郭楞名胜古迹，卷帘）罗布泊	佚　名
粗心者最初就是拼命三郎（巴音郭楞名胜古迹）草原石人	陈清泉
赤发鬼、矮脚虎来到了大州（巴音郭楞名胜古迹）唐王府	陈清泉
八百顷荷西子态（巴音郭楞名胜古迹）莲花湖	武　騮
身陷囹圄（巴音郭楞名胜古迹）铁门关	罗育辉
三连询问旧住处（巴音郭楞名胜古迹）营盘遗址	陈清泉
这本大全内，记有梁山泊的崛起过程（巴音郭楞名胜古迹）博斯腾湖	
	陈清泉
岳阳君子故西安（巴音郭楞名胜古迹）楼兰古城	张玉芝
岳阳幽客赴旧县（巴音郭楞名胜古迹）楼兰古城	颜继仲
南宫湖中无头案，成都君子辨是非（巴音郭楞名胜古迹）楼兰古城	
	张醒华
厦门及金城，都有烈士陵园（巴音郭楞名胜古迹）楼兰墓群	陈清泉
努尔哈赤居官第（巴音郭楞名胜古迹）满汗王府	陈清泉
把汝裁为三截（巴音郭楞名胜古迹）霍拉山	陈清泉
飞来峰边有老庙（巴音郭楞名胜古迹）霍拉山古寺	陈清泉
贾政罢官（伊犁名胜古迹）下台石人	佚　名
全身通木受针灸（伊犁名胜古迹）大麻扎	陈清泉

趁黑,白衣秀士占了水泊(伊犁名胜古迹)乌伦湖　　　　　　陈清泉
韩国国旗图形样,济州不在大陆上(伊犁名胜古迹)太极岛

　　　　　　　　　　　　　　　　　　　　　　　　　　陈清泉
恼恨敖广钻进穴(伊犁名胜古迹)火龙洞　　　　　　　　　陈清泉
女子单人滑,劈波江中走(伊犁名胜古迹)伊犁河　　　　　杨金根
中国南京多庙庵(伊犁名胜古迹)华宁寺　　　　　　　　　陈清泉
兰贵人晋封懿妃(伊犁名胜古迹)那拉提　　　　　　　　　林　文
驾车欲进戈壁滩(伊犁名胜古迹)图开沙漠　　　　　　　　陈清泉
绿荫成片费时日,辟舍缅怀植树人(伊犁名胜古迹)林则徐纪念馆

　　　　　　　　　　　　　　　　　　　　　　　　　　陈清泉
此鼠确进排水渠(伊犁名胜古迹)果子沟　　　　　　　　　陈清泉
虽欲施笼络,但对小庙不磕头(伊犁名胜古迹)拜图拉大寺　陈清泉
野火烧不尽,春风吹又生(伊犁名胜古迹)昭苏草原　　　　陈清泉
经商之前居浮屠(伊犁名胜古迹)夏塔　　　　　　　　　　陈清泉
好处全给新市区(伊犁名胜古迹)惠远古城　　　　　　　　陈清泉
去病封邑内,众僧不离分(伊犁名胜古迹)霍城团结寺　　　陈清泉
殿前迎来上千得道者(吐鲁番名胜古迹)万佛宫　　　　　　陈清泉
兔首和鼠首,灿然荧屏上(吐鲁番名胜古迹)火焰山　　　　武　骝
　　　兔首、鼠首,系圆明园流失海外的宝物。
峰顶岩浆迸发,夹着烈烈火苗(吐鲁番名胜古迹)火焰山　　周厚贵
燃烧的梅岭(吐鲁番名胜古迹)火焰山　　　　　　　　　　严宗达
宝岛浮屠今留存(吐鲁番名胜古迹)台藏塔遗址　　　　　　陈清泉
郭沫若(吐鲁番名胜古迹)交河故城　　　　　　　　　　　武　骝
离台进入蜀中土,依山傍水人脱俗(吐鲁番名胜古迹)吐峪沟

　　　　　　　　　　　　　　　　　　　　　　　　　　武　骝
东坡居士上浮屠(吐鲁番名胜古迹)苏公塔　　　　　　　　陈清泉

汉代州县间,封国君主居阔宅(吐鲁番名胜古迹)郡王府	陈清泉
北齐皇室兴旧邑(吐鲁番名胜古迹)高昌故城	陈清泉
他已迁居到新乡(吐鲁番名胜古迹)维吾尔古村	陈清泉
早先没多三句嘴,捕去窑下四十载(吐鲁番名胜古迹)葡萄沟	武 骝
一再下神穴(克孜勒苏名胜古迹)三仙洞	陈清泉
此乃兵家必争之险峰(克孜勒苏名胜古迹)公格尔山	徐光成
遂率子孙荷担者三夫,叩石垦壤,箕畚运于渤海之尾(克孜勒苏名胜古迹)公格尔山	刘炳堃
群雄决战达巅峰(克孜勒苏名胜古迹)公格尔山	李培镇
群雄角逐昆仑顶(克孜勒苏名胜古迹)公格尔山	安润泽
此物禁运到仓中(克孜勒苏名胜古迹,脱靴)卡拉库里湖	陈清泉
李靖取胜靠的是手托秘宝(克孜勒苏名胜古迹)奥依塔克	陈清泉
看吧,咱人已到,形势改观(克拉玛依名胜古迹)白哈巴	乔北海
要说就让笑声出(克拉玛依名胜古迹)白哈巴	陈清泉
林疏新月朗(克拉玛依名胜古迹)禾木	佚 名
呆呆一轮耀四海(克拉玛依名胜古迹)阳光水世界	陈清泉
月初获胜到乡里(克拉玛依名胜古迹)克一号井	陈清泉
女娲补天物,遗落河海旁(克拉玛依名胜古迹)彩石滩	陈清泉
下岗后由黔西来到浙东(克拉玛依名胜古迹)黑油山	乔北海
摘桃七仙女,定身桃树下(阿克苏名胜古迹)神木园	武 骝
一再哭于采掘井(阿勒泰名胜古迹)三号矿坑	陈清泉
净漱一掬碧(阿勒泰名胜古迹)五指泉	武 骝
二三以色列市镇(阿勒泰名胜古迹)五彩城	陈清泉
禁运北方主粮到故乡(阿勒泰名胜古迹)卡拉麦里	陈清泉

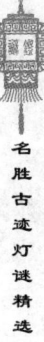

连声"好好!"合谋坑人者太多了(阿勒泰名胜古迹)可可托海
　　　　　　　　　　　　　　　　　　　　　　　陈清泉
温侯来由有本原(阿勒泰名胜古迹)布尔根　　　　陈清泉
话说悟净到峰前(阿勒泰名胜古迹)白沙山　　　　陈清泉
你得巴结老丈人(阿勒泰名胜古迹)阿尔泰山　　　陈书法
奉承你岳父(阿勒泰名胜古迹)阿尔泰山　　　　　王世全
谀词颂东岳(阿勒泰名胜古迹)阿尔泰山　　　　　王得道
敬丈人,真心实意去奉承(阿勒泰名胜古迹)阿尔泰山　郑天伦
我是上海人,喜爱池水不太冷(阿勒泰名胜古迹)阿拉善温泉
　　　　　　　　　　　　　　　　　　　　　　　陈清泉
孔明登台到宝岛(阿勒泰名胜古迹)卧龙湾　　　　陈清泉
配备沙漠之舟特种兵,行踪不定在此地(阿勒泰名胜古迹)驼峰旅游区
　　　　　　　　　　　　　　　　　　　　　　　陈清泉
笑对川东江和溪(阿勒泰名胜古迹)哈巴河　　　　陈清泉
笑声之中不拒绝(阿勒泰名胜古迹)哈纳斯　　　　陈清泉
笑迎上门客(阿勒泰名胜古迹)哈纳斯　　　　　　陈清泉
把兵收在坑道内(阿勒泰名胜古迹)将军洞　　　　陈清泉
翼王部众全死亡(阿勒泰名胜古迹)陨石群　　　　陈清泉
异乡成内客,棋下且听松(阿勒泰名胜古迹)喀纳斯　武　骝
三江源头支流多(阿勒泰名胜古迹)额尔齐斯河　　杨树生
首排《水调歌头》(阿勒泰名胜古迹)额尔齐斯河　吴才懿
红二团夜战取胜(和田名胜古迹)丹丹乌里克　　　陈清泉
缺了袭人后,确实来凤姐(和田名胜古迹)无花果王　陈清泉
师太不俗留住处(和田名胜古迹)尼雅遗址　　　　陈清泉
虽居首户后,但拥有大片绿野(和田名胜古迹)亚门草场　陈清泉
温谦孟尝君,东西盈居舍(和田名胜古迹)和田博物馆　陈清泉

敦伦出兵撒哈拉，浴血奋战赢德军（和田名胜古迹）英尔力克沙漠

陈清泉

鲁达日没到水泊（和田名胜古迹）鱼湖　　　　　　　陈清泉
周全悟净于老镇（和田名胜古迹）圆沙古城　　　　　陈清泉
叔谋安营浮屠旁，出击屯兵小城墟（和田名胜古迹）麻扎塔格戍堡址

陈清泉

德谋子敬焚高岗（和田名胜古迹）普鲁火山　　　　　陈清泉
满城大小男女也尽被他吃了个干净，因此上夺了他的江山（和田名胜古迹）精绝国

陈清泉

　　面出《西游记》第七十四回。"他"字对应狮驼国魔头大鹏精。

二人去北岳，二人访承俊（昌吉名胜古迹）天山天池　蔡建荣
日月峰前日月潭（昌吉名胜古迹）天山天池　　　　　罗育辉
二人也会到江西（昌吉名胜古迹）天池　　　　　　　陈士平
人工湖（昌吉名胜古迹）天池　　　　　　　　　　　林　宁
方塘如鉴云影开（昌吉名胜古迹）天池　　　　　　　武　骝
终到吴地沿江游（昌吉名胜古迹）天池　　　　　　　王　玮
雁阵横云端，驰马到江边（昌吉名胜古迹）天池　　　李景东
雨从何来（昌吉名胜古迹，燕尾）天池　　　　　　　李飞鸿
自驾上路循旧辙（昌吉名胜古迹）车师古道　　　　　陈清泉
驾校教练避新路（昌吉名胜古迹）车师古道　　　　　陈清泉
西土寺院规模小（昌吉名胜古迹）东地大庙　　　　　陈清泉
此女要去夺分十进一（昌吉名胜古迹）西大寺　　　　陈清泉
子美上路逛山川（昌吉名胜古迹）杜氏旅游景区　　　陈清泉
西伯祥瑞现旧邑（昌吉名胜古迹）昌吉古城　　　　　陈清泉
明教阳教主，一再下码头（昌吉名胜古迹）顶天三石　陈清泉
挥动三师进长沙（昌吉名胜古迹）将军戈壁　　　　　陈清泉

北岳及东岳,到处都有济南人开办的农家乐园(昌吉名胜古迹)恒泰齐鲁山庄　　　　　　　　　　　　　　　　　　　　陈清泉
折柳板桥苦断肠(昌吉名胜古迹)胡杨林　　　　　　　　陈健聪
若论全面掌握打斗技巧,花和尚当属顶尖(昌吉名胜古迹)博格达峰　　　　　　　　　　　　　　　　　　　　　　　　　陈清泉
长江东下到旧邑(哈密名胜古迹)大河古城　　　　　　　陈清泉
二三小城坟堆密(哈密名胜古迹)五堡墓群　　　　　　　陈清泉
二人结伴汕头去(哈密名胜古迹)天山　　　　　　　　　蔡建荣
二仙模样变(哈密名胜古迹)天山　　　　　　　　　　　秦明科
人在月中清幽心(哈密名胜古迹)天山　　　　　　　　　裴　靖
工人重组再上岗(哈密名胜古迹)天山　　　　　　　　　史宝明
云里金刚(哈密名胜古迹)天山　　　　　　　　　　　　陈秀云
王先生仙态飘然(哈密名胜古迹)天山　　　　　　　　　罗育辉
回首峰峦入莽苍(哈密名胜古迹)天山　　　　　　　　　陈盛强
此日登峰顶(哈密名胜古迹)天山　　　　　　　　　　　蔡　芳
西北奋起欲出头(哈密名胜古迹)天山　　　　　　　　　林建兴
两人搭档上昆仑(哈密名胜古迹)天山　　　　　　　　　李泰和
修炼一生终成仙(哈密名胜古迹)天山　　　　　　　　　林志丰
绝壁入九霄(哈密名胜古迹)天山　　　　　　　　　　　买立新
峰前雁阵入云端(哈密名胜古迹)天山　　　　　　　　　方龙铭
赖以挂其间(哈密名胜古迹)天山　　　　　　　　　　　王子安
横空出世莽昆仑(哈密名胜古迹)天山　　　　　　　　　多　人
盼着家乡女,千里绿野把身安(哈密名胜古迹)巴里坤草原　陈清泉
川东老家,女方泊旁(哈密名胜古迹)巴里坤湖　　　　　陈清泉
八仙外出时,女性留寺中(哈密名胜古迹)仙姑庙　　　　陈清泉
齐璜为首(哈密名胜古迹)白石头　　　　　　　　　　　陈清泉

说起宝玉先前事（哈密名胜古迹）白石头		陈清泉
来日山西君会红（哈密名胜古迹）亚尔丹		武　骝
还来千岁家（哈密名胜古迹）回王府		张士斌
北岸码头系圣心（哈密名胜古迹）怪石山		乔北海
抱怨拼命三郎立峰前（哈密名胜古迹）怪石山		陈清泉
武二歇脚处，一木傍堤岸（哈密名胜古迹）松树塘		陈清泉
荒冢一堆草没了（哈密名胜古迹）盖斯墓		乔北海
晁天王冢（哈密名胜古迹）盖斯墓		陈清泉
拼命三郎旧坟前（博尔塔拉名胜古迹）古墓石人		陈清泉
陇上人户到青海（博尔塔拉名胜古迹）甘家湖		陈清泉
草率北王入洞庭（博尔塔拉名胜古迹）苇湖		陈清泉
我是上海人，见到了《血疑》主演百慧（博尔塔拉名胜古迹）阿拉山口		陈清泉
抱怨翼王聚山谷（博尔塔拉名胜古迹）怪石峪		陈清泉
笑对倭寇，盼趁火势好出击（博尔塔拉名胜古迹）哈日图热格		陈清泉
惬意巨源居乡村（博尔塔拉名胜古迹）舒心山庄		陈清泉
竞争到五百米处，见有一树依泊而生（博尔塔拉名胜古迹）赛里木湖		陈清泉
群臣合议筑小城（喀什名胜古迹）公主堡		陈清泉
翼王首先登大堡（喀什名胜古迹）石头城		陈清泉
指点六朝形胜地，惟有青山如壁（喀什名胜古迹）石头城遗址		武　骝
假借环山藏铁马（喀什名胜古迹）乔戈里峰		黄秦奇
假装决斗入高潮（喀什名胜古迹）乔戈里峰		王得道

雾中远树隐断桥，山野旁边留战迹（喀什名胜古迹）乔戈里峰

                    邓当文

山中刀兵巧布伏（喀什名胜古迹，卷帘）乔戈里峰 徐光成

岭旁残花三片，日下雁阵飞行（喀什名胜古迹）昆仑山 邓当文

厦门建有百姓楼（喀什名胜古迹）高台民居 陈清泉

叶落时分客人到旧邑（喀什名胜古迹）喀什老城 陈清泉

梁山聚义（塔城名胜古迹）友谊峰 陈清泉

盼着你这个花和尚取胜（塔城名胜古迹）巴尔鲁克 陈清泉

森林伐木堆江边（塔城名胜古迹）四棵树河 陈清泉

李靖宝物与众殊（塔城名胜古迹）塔斯特 陈清泉

浮屠之法与世殊（塔城名胜古迹）塔斯特 武 骝

   面出宋·王安石《杭州修广师法喜堂》。

绿茵有幸旧寺在（塔城名胜古迹）蒙古庙草场 陈清泉

西　藏

客不露面（自治区）西藏 佚 名

要见佳人该咋办（自治区）西藏 祖振扣

觅得真迹怀素字，定当仔细保存好（自治区简称）藏 徐锦忠

   唐代书法家怀素字藏真。

草上臣自戕（自治区简称）藏 江贵镒

来陪董先生，接女去生产（西藏市名）拉萨 张思峰

念及西郊开发,立即提前投产(西藏市名)拉萨　　　　　　易广昌

岁首初献上(西藏地区名)山南　　　　　　　　　　　　郑庆元

动员来客勿挑剔(西藏地区名)日喀则　　　　　　　　　李冠林

客人在侧,一口清唱(西藏地区名)日喀则　　　　　　　修　杨

天籁之音(西藏地区名)那曲　　　　　　　　　　　　　武殿录

　　杜甫《赠花卿》诗内有两句为:"此曲只应天上有,人间能得几回闻。"

只在此山中(西藏地区名)阿里　　　　　　　　　　　　裴　靖

繁荣北京(西藏地区名)昌都　　　　　　　　　　　　　曾立雄

道静瑞草生(西藏地区名)林芝　　　　　　　　　　　　陈清泉

清水漂流独垂钩(西藏县名)丁青　　　　　　　　　　　刘浩涛

主人仍不见(西藏县名)乃东　　　　　　　　　　　　　张守娥

回头冻奶先藏起(西藏县名)乃东　　　　　　　　　　　郑庆元

小东西睡着了(西藏县名)八宿　　　　　　　　　　　　佚　名

乐人陈述后,公明方来到(西藏县名)工布江达　　　　　陈清泉

二人结合希无错(西藏县名)仁布　　　　　　　　　　　佚　名

子孝与奉先,二人大名宣(西藏县名)仁布　　　　　　　陈清泉

一经松土可施肥(西藏县名)巴青　　　　　　　　　　　佚　名

脱颖而出(西藏县名)扎囊　　　　　　　　　　　　　　多　人

晚上很洋气(西藏县名)日土　　　　　　　　　　　　　陈清泉

皆求上进恕无心(西藏县名)比如　　　　　　　　　　　郑庆元

另有平调,本日变动(西藏县名)加查　　　　　　　　　陈清泉

月缺花残春且住(西藏县名)尼木　　　　　　　　　　　佚　名

泥马下水渡皇上(西藏县名)尼玛　　　　　　　　　　　施　志

破格用工人,工厂变了样(西藏县名)左贡　　　　　　　佚　名

信至孟子庆(西藏县名)札达　　　　　　　　　　　　　陈清泉

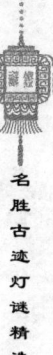

上海遇刺（西藏县名）申扎　　　　　　　　　　　陈清泉
孔明说起魏军师（西藏县名）白朗　　　　　　　　陈清泉
　　典见《三国演义》第九十三回。王朗时为魏国军师。
守之西城方建勋（西藏县名）边坝　　　　　　　　郑庆元
一业为主（西藏县名）亚东　　　　　　　　　　　多　人
前哨依旧把手牵（西藏县名）仲巴　　　　　　　　郑庆元
马来西亚首都坡少（西藏县名）吉隆　　　　　　　陈清泉
宁静的夜晚（西藏县名）安多　　　　　　　　　　佚　名
奋起阳刚气，做个好男儿（西藏县名）当雄　　　　俞敦诗
韩义公乃东吴豪杰（西藏县名）当雄　　　　　　　陈清泉
长江之歌（西藏县名）曲水　　　　　　　　　　　佚　名
浩歌海西流（西藏县名）曲水　　　　　　　　　　戴育新
　　面出元代诗人杨维桢《梦游沧海歌》。
未有直生枝（西藏县名）曲松　　　　　　　　　　李创龙
　　面出唐·王建《小松》："小松初数尺，未有直生枝。"
及时雨遇跳涧虎（西藏县名）江达　　　　　　　　陈清泉
宋公明孑然流放于一方（西藏县名）江孜　　　　　陈清泉
四不像立杉树前（西藏县名）米林　　　　　　　　陈清泉
杨柳枝头鸟双栖（西藏县名）米林　　　　　　　　房延龄
茫然去水边，碰见玉幡竿（西藏县名）芒康　　　　陈清泉
支边力度大，支教于西北（西藏县名）达孜　　　　陈清泉
何物只应天上有（西藏县名）那曲　　　　　　　　严宗达
山脊有条眼镜蛇（西藏县名）岗巴　　　　　　　　陈清泉
修订章程（西藏县名）改则　　　　　　　　　　　项　行
奉献精神悟性高（西藏县名）贡觉　　　　　　　　佚　名
安全期（西藏县名）定日　　　　　　　　　　　　苏　颖

有情人终成眷属（西藏县名）定结	陈清泉
支教去西北，立刻着手办（西藏县名）拉孜	崔永凯
高抬曹子孝（西藏县名）昂仁	陈清泉
木雕杏花将出售（西藏县名）林周	黄跃佳
豹子头与小霸王（西藏县名）林周	陈清泉
一浪紧似一浪（西藏县名）波密	项 行
森（西藏县名）南木林	严宗达
始终捣乱落了草（西藏县名）洛扎	裴 靖
东都曾兴盛（西藏县名）洛隆	陈清泉
大处着墨称相如（西藏县名）类乌齐	天 涯
大米倒堆于坞东，应挤出手了（西藏县名）类乌齐	陈清泉
两口独居四十载（西藏县名）革吉	曹先华
天上一轮才捧出（西藏县名）朗县	陈清泉
双双又去觅春天（西藏县名）桑日	佚 名
扣住燕青促回首（西藏县名）浪卡子	张志有
投笔从戎（西藏县名）班戈	项 行
飞夺泸定桥无板（西藏县名）索县	武殿录
搜寻到区上（西藏县名）索县	陈清泉
小倩勾引宁采臣，其人质朴不受惑（西藏县名）聂拉木	陈清泉

典见《聊斋志异·聂小倩》。

取得权力不劳动（西藏县名）聂荣	杨耿滨
皇甫端药到病除（西藏县名）康马	陈清泉
施于华盛顿（西藏县名）措美	陈清泉
鞭打快牛不惩懒（西藏县名）措勤	陈清泉
刚果（金）首都出金沙，运去东北要增加（西藏县名）萨迦	陈清泉

刚果（金）首都为金沙萨。

五等爵位先前多（西藏县名）隆子	陈清泉
寻常点滴真心在（西藏县名）普兰	佚　名
两点共同三晋转（西藏县名）普兰	陈清泉
瓦岗英雄叔宝交（西藏县名）琼结	陈清泉
院内阶前尽落花（西藏县名）谢通门	严宗达
误在哪口没把关（西藏县名）错那	陈清泉
北洋政府表彰宋卿总统（西藏县名）嘉黎	陈清泉
南宋亡了祭之后，此人偶然去西都（西藏县名）察隅	陈清泉
庸俗书刊请勿观（西藏县名）察雅	李创龙
吕先生，你先去长葛（西藏县名）噶尔	郑庆元
板桥欲画无纸笔（西藏县名）墨竹工卡	朱　瑛
帖上字迹已褪色（西藏县名）墨脱	俞敦诗
消字灵（西藏县名）墨脱	佚　名
心寄高堂去，招手别离时（世界文化遗产）大昭寺	武　骝
来头不小，司马子上进了庙（世界文化遗产）大昭寺	陈清泉

　　三国时，魏国权臣司马昭字子上。

尊敬张子布，让其居庙堂（世界文化遗产）大昭寺	陈清泉
雁阵云端上，残照诗赋成（世界文化遗产）大昭寺	郑庆元
韶关东南旧时游（世界文化遗产）大昭寺	张士斌

　　"韶关东南"即取"韶"之"东"为"召"，"关"之"南"为"大"；"旧时"为"時"，"游日"而为"寺"。

手把文书口称敕，回车叱牛牵向北（世界文化遗产）布达拉宫	
	郑惠民

　　面出唐·白居易《卖炭翁》。

诏敕到，子长牵连入蚕室（世界文化遗产）布达拉宫	武　骝

　　司马迁，字子长，受李陵牵连，遭汉武帝宫刑。

奉先押到，又解公台（世界文化遗产）布达拉宫	夏　彬
奉先得志后，被接入皇室（世界文化遗产）布达拉宫	蔡建荣
温侯公台携手到（世界文化遗产）布达拉宫	张礼鹤
三步一岗，五步一哨（世界文化遗产）罗布林卡	罗育辉
天网恢恢，疏而不漏，三十六计，难逃此关（世界文化遗产）罗布林卡	方炳良
明碉堡暗地道处处设防（世界文化遗产）罗布林卡	陈继耿
修造绿色长城，阻挡三北风沙（世界文化遗产）罗布林卡	武　骝

　　三北防护林又称绿色万里长城。

树丛设伏捉奉先（世界文化遗产）罗布林卡	陈清泉
崇作锦步障五十里以敌之（世界文化遗产）罗布林卡	武　骝

　　面出《晋书·卷三十三·列传第三》石崇斗富典。罗，锦罗；林，众多。

绿色长城（世界文化遗产）罗布林卡	佚　名
遍列树木阻风沙（世界文化遗产）罗布林卡	陈彦钿
圈套已设下，单等豹子头（世界文化遗产，掉尾）罗布林卡	代述祥
此庙名声很响亮（拉萨名胜古迹）乃朗寺	陈清泉
就是叔宝进了庙（拉萨名胜古迹）乃琼寺	陈清泉
三毛五毛钱，城市路上丢（拉萨名胜古迹）八角街	陈清泉
雨丝如麻落庭中（拉萨名胜古迹）下密院	王寅丑
金花婆婆之女进了庙（拉萨名胜古迹）小昭寺	陈清泉

　　金庸《倚天屠龙记》中小昭乃金花婆婆之女。

蔑视子布跟进庙（拉萨名胜古迹）小昭寺	陈清泉
希望武二来筹办（拉萨名胜古迹）巴松措	陈清泉
陇原红遍每寸土（拉萨名胜古迹）甘丹寺	陈清泉
甜歌唱响那一刹（拉萨名胜古迹）甘曲寺	陈清泉

话说陈公台(拉萨名胜古迹)白宫	陈清泉
敖广兄弟到正房(拉萨名胜古迹)龙王堂	陈清泉
拘禁昏君在东岳(拉萨名胜古迹)关帝庙	蔡建荣
席上半遮郑袖啼(拉萨名胜古迹)关帝庙	武 骝
祥云伴霞光,盘绕白马寺(拉萨名胜古迹)吉彩洛定	郑庆元
绕起回旋空中飞(拉萨名胜古迹)红宫	杨 冰
客隐房舍啥都有(拉萨名胜古迹)西藏博物馆	陈清泉
僧繇点睛于庙内(拉萨名胜古迹)达龙寺	陈清泉
一起跟咱帮客归(拉萨名胜古迹)帕邦喀	郑庆元
白日一落下,帮客做安排(拉萨名胜古迹)帕邦喀	王寅丑
水边扯起花和尚(拉萨名胜古迹)拉鲁湿地	陈清泉
运到山东沼泽旁(拉萨名胜古迹)拉鲁湿地	陈清泉
惴忖老娘在庙院(拉萨名胜古迹)度母寺	陈清泉
峨眉南望花前约(拉萨名胜古迹)药王山	张思峰
小窗折残烛,庙前远树影(拉萨名胜古迹)哲蚌寺	蔡建荣
玄宗下令增修庙(拉萨名胜古迹)唐加寺	陈清泉
母亲三伏天,休闲到乡间(拉萨名胜古迹)娘热度假村	陈清泉
赤发鬼醉卧灵官殿(拉萨名胜古迹)朗唐寺	陈清泉
钻木取火有法门(拉萨名胜古迹)热擦寺	陈清泉
往昔十分支持,今将别开生面(拉萨名胜古迹)措麦寺	郑庆元
波恩树木招我爱(拉萨名胜古迹)喜德林	陈清泉
方先生、葛后生一块儿进红庙(拉萨名胜古迹)噶丹寺	陈清泉
盼夫拒绝玉幡竿(山南名胜古迹)巴郎却康	陈清泉
缠缚天仙到昆仑(山南名胜古迹)扎日神山	陈清泉
驻屯在水池那庙旁(山南名胜古迹)扎塘寺	陈清泉
东京将其做庙宇(山南名胜古迹)日当寺	陈清泉

花和尚金钱豹子依次到道场(山南名胜古迹)达隆寺　　陈清泉
汉高祖驾临众坟堆(山南名胜古迹)邦达墓群　　　　　陈清泉
文君信念特别牛(山南名胜古迹)卓德寺　　　　　　　陈清泉
搞好运输兴庙宇(山南名胜古迹)拉隆寺　　　　　　　陈清泉
衙内笑道："你猜得是,只没个道理得他。"(山南名胜古迹)结林措
巴　　　　　　　　　　　　　　　　　　　　　　　陈清泉

　　面出《水浒传》第七回。高衙内欲害林冲性命,所以亟盼有人给自己筹划办法。

王司徒与曹子丹,同立于庙堂(山南名胜古迹)朗真寺　陈清泉
喂蚕男子到庙旁(山南名胜古迹)桑丁寺　　　　　　　陈清泉
蚕吃何物需人侍(山南名胜古迹)桑耶寺　　　　　　　陈清泉
秦叔宝确系英豪,庙内留有其住处(山南名胜古迹)琼果杰寺遗址
　　　　　　　　　　　　　　　　　　　　　　　　陈清泉
亚父盼望有人奉侍(山南名胜古迹)增期寺　　　　　　陈清泉
地下宫殿(山南名胜古迹)藏王墓　　　　　　　　　　佚　名
独留青冢向黄昏(山南名胜古迹)藏王墓　　　　　　　陈昌年
隐匿皇上于土冢(山南名胜古迹)藏王墓　　　　　　　陈清泉
张翼德呼为三姓奴,孟子庆修书勾刘封(日喀则名胜古迹)小布达
拉　　　　　　　　　　　　　　　　　　　　　　　陈清泉
铁笛仙把关,花和尚守陵(日喀则名胜古迹)马卡鲁山　陈清泉
香山之诗解说易(日喀则名胜古迹)白居寺　　　　　　杨怀道
借住伽蓝不施舍(日喀则名胜古迹)白居寺　　　　　　陈清泉
敕建庙院才竣工(日喀则名胜古迹)刚钦寺　　　　　　陈清泉
摩云金翅庙前化凶险(日喀则名胜古迹)吉欧寺　　　　陈清泉
酒至庞令明,有人来侍立(日喀则名胜古迹)曲德寺　　陈清泉
花和尚去了哪方庙宇(日喀则名胜古迹)达那寺　　　　陈清泉

盼着窦建德将举国精骑悉布中岳(日喀则名胜古迹)希夏邦马峰

陈清泉

先人昆仑拒受命,豪杰敢留真住处(日喀则名胜古迹)宗山抗英遗址

陈清泉

清代端范到青海(日喀则名胜古迹)明珠湖　　　　　　陈清泉

　　清代大学士明珠字端范。

遥望洞庭山水翠,白银盘里一青螺(日喀则名胜古迹)明珠湖

陈清泉

你我相搀进庙宇(日喀则名胜古迹)俄尔寺　　　　　　陈清泉

北方对应和尚庙(日喀则名胜古迹)南尼寺　　　　　　陈清泉

落草之前,儿郎即居山上(日喀则名胜古迹)洛子峰　　陈清泉

春后智深进庙宇(日喀则名胜古迹)夏鲁寺　　　　　　陈清泉

弃用旧殿后,群臣列行参阿斗(日喀则名胜古迹)班禅新宫　陈清泉

早上离村后,海边前去等(日喀则名胜古迹)梅日寺　　郑庆元

每忆湘中旧时游(日喀则名胜古迹)梅日寺　　　　　　乔北海

主演《我的父亲母亲》后,怡然去登山(日喀则名胜古迹)章子峰

陈清泉

　　章子怡,著名女演员,因主演电影《我的父亲母亲》而出名。

过去植树养蚕处,今成御敕皇家庙(日喀则名胜古迹)曾桑钦寺

陈清泉

中山下属进僧院(那曲名胜古迹)文部寺　　　　　　　陈清泉

投笔从戎保寸土(那曲名胜古迹)文部寺　　　　　　　陈清泉

君王伴歌向青冢(那曲名胜古迹)主曲墓地　　　　　　陈清泉

明代岑猛妻夺冠,边歌边游上青冢(那曲名胜古迹)甲瓦曲登墓地

陈清泉

　　瓦氏夫人是明代抗倭女将,也是当地土官岑猛的妻子。

鲁提辖着实到冰峰(那曲名胜古迹)达果雪山　　　　　　　　　陈清泉
汉高祖寸土必收(那曲名胜古迹)邦纳寺　　　　　　　　　　　陈清泉
国家兴盛庙宇增(那曲名胜古迹)邦荣寺　　　　　　　　　　　陈清泉
招此笨拙之人,失误啊(那曲名胜古迹)纳木错　　　　　　　　佚　名
槎(那曲名胜古迹)纳木错　　　　　　　　　　　　　　　　　佚　名
北方主粮别贮水穴旁(那曲名胜古迹)麦莫溶洞　　　　　　　　陈清泉
忆及小乙赤发鬼,陈年旧事扯高峰(那曲名胜古迹)念青唐古拉山
　　　　　　　　　　　　　　　　　　　　　　　　　　　　陈清泉
茫茫绿茵地,三五浮屠立(那曲名胜古迹)草原八塔　　　　　　陈清泉
长鼻巨兽载英主,邦域留有经过处(那曲名胜古迹)象雄王国遗址
　　　　　　　　　　　　　　　　　　　　　　　　　　　　陈清泉
称颂周公辅庙堂(那曲名胜古迹)赞旦寺　　　　　　　　　　　陈清泉
东瀛本地祖庙多留存(阿里名胜古迹)日土宗遗址　　　　　　　陈清泉
当天绘图于田野及峭壁(阿里名胜古迹)日土岩画　　　　　　　陈清泉
上下同一心,支教西北特别牛(阿里名胜古迹)卡孜寺　　　　　陈清泉
旧殿变伽蓝(阿里名胜古迹)古宫寺　　　　　　　　　　　　　陈清泉
当年鏖战急,还看今朝,剩有游人处(阿里名胜古迹)古格王国遗
址　　　　　　　　　　　　　　　　　　　　　　　　　　　陈清泉
委请黛玉到东庙(阿里名胜古迹)托林寺　　　　　　　　　　　陈清泉
孟子庆川东留地基(阿里名胜古迹)达巴遗址　　　　　　　　　陈清泉
一直支持马三立(阿里名胜古迹)玛拉寺　　　　　　　　　　　郑庆元
立马望高空,携手待前行(阿里名胜古迹)玛拉寺　　　　　　　乔北海
收下柴薪后,此位师太回山上(阿里名胜古迹)纳木那尼峰　　　陈清泉
如今庙庵分等级(阿里名胜古迹)科加寺　　　　　　　　　　　陈清泉
暑天搞筹划(阿里名胜古迹)夏尔措　　　　　　　　　　　　　陈清泉
定远侯私下无误(阿里名胜古迹)班公错　　　　　　　　　　　陈清泉

东瀛岛国庙遍布（阿里名胜古迹）普日寺 　　　　　　　　陈清泉
热水涌穴终成泊（阿里名胜古迹）温泉湖 　　　　　　　　陈清泉
竟是周公据庙堂（昌都名胜古迹）乃旦寺 　　　　　　　　陈清泉
武松之兄步留痕（昌都名胜古迹）大脚印 　　　　　　　　陈清泉
小平来到老百姓家（昌都名胜古迹）邓达古民宅 　　　　　陈清泉
取存不用折，万一丢失了，留下通信处（昌都名胜古迹）卡若遗址

　　　　　　　　　　　　　　　　　　　　　　　　　　陈清泉
安排同伙扮游客，白洋淀里宰生人（昌都名胜古迹）布托湖　陈清泉
征衣暖身驻少林（昌都名胜古迹）甲热寺 　　　　　　　　陈清泉
共设路障于庙旁（昌都名胜古迹）同卡寺 　　　　　　　　陈清泉
从前之南海，宫室规模巨（昌都名胜古迹）向康大殿 　　　陈清泉
承蒙品行端正，大禹开国于殿堂（昌都名胜古迹）托德夏宫　陈清泉
东吴名将蒋公奕，大河旁边留有他旧地（昌都名胜古迹）江钦遗址

　　　　　　　　　　　　　　　　　　　　　　　　　　陈清泉
宋公明安排豹子头守庙（昌都名胜古迹）江措林寺 　　　　陈清泉
南宫很出众，邀文会宝刹（昌都名胜古迹）米杰拉章寺 　　陈清泉
一到约束凤姐家（昌都名胜古迹）达律王府 　　　　　　　陈清泉
支教西北，热泪抛洒每寸土（昌都名胜古迹）孜珠寺 　　　陈清泉
祖庙分布东都侧（昌都名胜古迹）宗洛寺 　　　　　　　　陈清泉
兀术不给庵庙开绿灯（昌都名胜古迹）金卡寺 　　　　　　陈清泉
缺钱庙宇事难办（昌都名胜古迹）金卡寺 　　　　　　　　陈清泉
雾满少林藏名刹（昌都名胜古迹）烟多寺 　　　　　　　　陈清泉
穴涌咸水地多碱（昌都名胜古迹）盐井盐田 　　　　　　　陈清泉
暴行施于西子（昌都名胜古迹）莽措湖 　　　　　　　　　陈清泉
监管庙宇人肥大（昌都名胜古迹）硕督寺 　　　　　　　　陈清泉
也门首都没那皇家宫第（昌都名胜古迹）萨王府 　　　　　陈清泉

也门首都为萨那。

有只火烈鸟,差点到水泊(昌都名胜古迹)然乌湖		陈清泉
庙旁似有眼镜蛇(昌都名胜古迹,上楼)边巴寺		陈清泉
上下一心,维稳水道(林芝名胜古迹)卡定沟		陈清泉
月照古居希共聚,当初江畔错别君(林芝名胜古迹)布裙湖		郑庆元
豹子头玉幡竿投奔村上大院(林芝名胜古迹)冲康庄园		陈清泉
匈奴立君不公开(林芝名胜古迹)汗密		陈清泉
武官入阁后,先前献品变(林芝名胜古迹)易贡将军楼		陈清泉
山东名声很响亮,好山好水好地方(林芝名胜古迹)鲁朗风景区		陈清泉
花和尚对豹子头大敞心扉(林芝名胜古迹)鲁朗林海		陈清泉
刘邦随手牵美人(林芝名胜古迹,下楼)色季拉		陈清泉

香　港

千人空巷祈雨日(特别行政区)香港		佚　名
千里人归日,小弄雨潇潇(特别行政区)香港		龙　文
月落西楼边,日出东海里(特别行政区)香港		蓝天云
此日聚千人,空巷观潮头(特别行政区)香港		张卫平
芬芳沁码头(特别行政区)香港		佚　名
芳舟泊处(特别行政区)香港		佚　名
河边一小巷,初秋见太阳(特别行政区)香港		许　昌

巷通池边松柏乱(特别行政区)香港　　　　　　　　　　松　风

程前、解晓东水巷相逢(特别行政区)香港　　　　　　　佚　名

乌衣巷里乌衣杳,白鹭洲头白鹭飞(特别行政区简称)港　邱　宁

蛇年共弄潮(特别行政区简称)港　　　　　　　　　　　刘二安

旭日已落到陇东(香港地名)九龙　　　　　　　　　　　乔北海

有纹身者是史进(香港地名)九龙　　　　　　　　　　　兰自涛

究其根在华夏(香港地名)九龙　　　　　　　　　　　　喻光明

少小离散泪飞尽,白首回归忧心消(香港地名)九龙　　　郝汉涛

终究是帝王之相(香港地名)九龙　　　　　　　　　　　严宗达

一朝选在君王侧(香港地名)中环　　　　　　　　　　　佚　名

猜对0(香港地名)中环　　　　　　　　　　　　　　　寒　箫

人远唯未达,月知故乡心(香港地名)元朗　　　　　　　陈松秋

园中赏月郎先来(香港地名)元朗　　　　　　　　　　　乔北海

捐资育后代,犹怀故乡心(香港地名)元朗　　　　　　　卢育明

乡村之中有柴扉(香港地名)屯门　　　　　　　　　　　乔北海

旧居山间有七载(香港地名)屯门　　　　　　　　　　　佚　名

空山七载心不闲(香港地名)屯门　　　　　　　　　　　乔北海

霸上刘礼真儿戏,细柳亚夫何能犯(香港地名)屯门区　　尹　恺

特首竞选(香港地名)牛头角　　　　　　　　　　　　　黄宜耀

玄武门之战(香港地名)北角　　　　　　　　　　　　　方大璋

背水一战(香港地名)北角　　　　　　　　　　　　　　李景然

尘土飞扬,大江东去,多少英雄。唉!俱往矣,且看英雄何在!
(香港地名)尖沙咀　　　　　　　　　　　　　　　　　郭少敏

诗圣离乱泪点点(香港地名)米埔　　　　　　　　　　　黄宜耀

又见伯虎惹是非(香港地名)观塘　　　　　　　　　　　乔北海

悟净打前阵(香港地名)沙头角　　　　　　　　　　　　尤苏华

闺中亦是初相见（香港地名）赤柱	黄宜耀
赔了买卖亦枉然（香港地名）赤柱	钱舜华
一一相加日进斗（香港地名）旺角	佚　名
十分高兴（香港地名）旺角	洪马荣
日本中国排球赛（香港地名）旺角	佚　名
水里排一排，由大排到小（香港地名）油尖旺	黄宜耀
由江西，到南京，日出天开迎国庆（香港地名）油尖旺	乔北海
寺前池分东西，林里庙影迷离（香港地名）油麻地	佚　名
池前寺庙楼榭边（香港地名）油麻地	周　昕
乱林破庙池塘西（香港地名）油麻地	佚　名
城头有破庙，进去也挨淋（香港地名）油麻地	赵向辉
拆庙造林移山岗，填土建池改面貌（香港地名）油麻地区	汪寿林
蛟龙何处遭虾戏（香港地名）浅水湾	蔡建荣
奉献在西部，捐躯于西藏（香港地名）南区	杨　翔
花前池畔皆曲径（香港地名）荃湾	乔北海
天门中断楚江开（香港地名）流浮山	陈水龙
白银盘里一青螺（香港地名）流浮山	高桑季
波上惟留小朵峰（香港地名）流浮山	裴　靖
这汕头人在绕弯子（香港地名）湾仔	黄全来
退休之后子相伴，弓身流汗亦安然（香港地名）湾仔	乔北海
独立桥头归舟近，群山环抱小亭前（香港地名）新界	孙培桢
北岳小亭立，南亩画栋开（香港地名）新界东	乔北海
初勘国境在左边（香港地名）新界西	乔北海
分期当头幽篁影，蝶恋湖边残月低（香港地名）筲箕湾	佚　名
半遮奇峰与高崖（香港名胜古迹）大屿山	石爱民
神女应无恙（香港名胜古迹）太平山	杨军权

一路坦途到巅峰（香港名胜古迹）太平山顶	刘二安
夷陵土黑有秦灰（香港名胜古迹）文化遗址	武 骝
嗟盘山之乐今,乐且无央（香港名胜古迹）快活谷	林祖炳
揠苗助长（香港名胜古迹）快活谷	辛超英
半盏清泉引深恋（香港名胜古迹）浅水湾	石爱民
绿映桃花卧长虹（香港名胜古迹）青马大桥	石爱民
见是行者菜园子（香港名胜古迹,卷帘）青松观	黄全来
丛林耸立入九重（香港名胜古迹）凌云寺	王必灿
幡影中天扬,钟声下界闻（香港名胜古迹）凌云寺	汪德亨
来日人共聚,直到千山游（香港名胜古迹）黄大仙	乔北海
庭院深深成往昔（香港名胜古迹）曾大屋	佚 名
陋室空堂,当年笏满床（香港名胜古迹）曾大屋	汪南昌

澳　门

三星犹在户,依依难释怀（特别行政区）澳门	武 骝
大米向西洋出口,无须闹心（特别行政区）澳门	苏 颖
水上人家多神秘（特别行政区）澳门	佚 名
成功申奥开先河,把握先机闲不住（特别行政区）澳门	罗文锋
闽中出大米,出口向西洋（特别行政区）澳门	陈振凡
大米向外靠水运（特别行政区简称）澳	李绍先
出港后迷失方向,小二无奈驾船归（特别行政区简称）澳	慧 君

向奥运水上运动深表敬意（特别行政区简称）澳	邱国云
江西大米，向来出口（特别行政区简称）澳	佚　名
同心建家共洒汗，锐意改革总腾飞（澳门古称）濠镜	杜玉树
父母有别（澳门地名）大堂区	乔北海
众女僧与老母在一起，万岁怎能分辨？（澳门地名）圣安多尼堂区	乔北海
鸭子戏水低着头（澳门地名）氹仔	乔北海
岭前马路边，梅枝生柴扉（澳门地名）妈阁山	乔北海
水少需植树，有利先落实（澳门地名）沙梨头	乔北海
初赏芳华半疏狂，走马驱驰到桂东（澳门地名）花地玛堂区	乔北海
河流下行有曲折（澳门地名）南湾	乔北海
芙蕖香祖同入苑（澳门地名）荷兰园	乔北海

芙蕖是荷花，香祖是兰花的别名。

十一建码头，合同在起草（澳门地名）塔石	乔北海
不少后生来，弄墨在池边（澳门地名）黑沙环	乔北海
飞虹跨江初架梁（澳门地名）新桥	乔北海
后生共有二十整，个个高兴上学去（澳门地名）筷子基	乔北海
足见皇帝各不同（澳门地名）路环	乔北海
一处春色晚归日（澳门名胜古迹）大三巴	翰　风
在四川高校本科还有一年就毕业了（澳门名胜古迹）大三巴	佚　名
李逵奉孝不迕娘（澳门名胜古迹）风顺堂	武　骝
君育桃李在太行（澳门名胜古迹）主教山	石爱民
宣浪仙携笔上殿（澳门名胜古迹）圣约翰岛	武　骝

唐代诗人贾岛，字浪仙。

不恋繁华大都市，竹篱茅舍自甘心（澳门名胜古迹）永乐村	蔡　芳

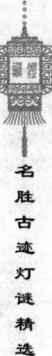

帮派首领圆桌会（澳门名胜古迹）龙头环　　　　　　　　　　刘壮虎
空山清泉上,人立夜半中（澳门名胜古迹）凼仔　　　　　　　李文林
女（澳门名胜古迹）同善堂　　　　　　　　　　　　　　　武　骝
闯入案中留后路,露出油水应终止（澳门名胜古迹）妈阁庙　石爱民
客来隔海眺蓬莱（澳门名胜古迹）西望洋山　　　　　　　　武　骝
犹闻少游唤娘亲（澳门名胜古迹）观音堂　　　　　　　　　武　骝
他去也,倾心二十载,终守西楼（澳门名胜古迹）花村　　　黄彭生
一枝红杏出墙来（澳门名胜古迹）昌盛花园　　　　　　　　汪德亨
姹紫嫣红开遍（澳门名胜古迹）昌盛花园　　　　　　　　　敖耀寰
泰坦尼克号靠码头（澳门名胜古迹）洋船石　　　　　　　　武　骝
楼阁玲珑五云起（澳门名胜古迹）海上皇宫　　　　　　　　佚　名
草庐寄穷巷,甘以辞华轩（澳门名胜古迹）陶陶居　　　　　龚海波
翘首归鸿等而下（澳门名胜古迹）望人寺　　　　　　　　　武　骝
缠绵问夫婿,画眉入时无？（澳门名胜古迹）磨盘山　　　　孙培桢
家家檐下泪珠流（澳门名胜古迹）融和门　　　　　　　　　武　骝
　　　面出金圣叹《绝命诗》："明日太阳来相照,家家檐下泪珠流。"

台　湾

一曲流水伴姑苏（省份）台湾　　　　　　　　　　　　　　佚　名
初恋滋味,如一泓清水（省份）台湾　　　　　　　　　　　陈继耿
改革整治,落后变强（省份）台湾　　　　　　　　　　　　章　镳

远山茵草雁横飞,江畔曲径蝶起舞(省份)台湾	林得秋
河心蝴蝶舞翩翩,江边残月映远山(省份)台湾	吴　波
治水一曲换新貌(省份)台湾	蒋华勤
治理亦要先引进(省份)台湾	醉春风
雨花数点生曲意(省份)台湾	陈锦波
峦上飞泓入低谷(省份)台湾	竹　意
超然欢笑同(省份简称)台	魏玉涛
鼻子下面是嘴巴(省份简称)台	刘青云
三角加四角,却又缺一角(省份简称)台	佚　名
一鸟飞鸣上远山(省份简称)台	蔡秋湖
远山横落日(省份简称)台	叶会丰
明月一轮落,浮云一一散(省份简称)台	骆　岩
也有那鼻子,也有那嘴巴(省份简称)台	李创龙
窗中列远岫(省份简称)台	袁春辉
云南省干旱,难得一遇(省份简称)台	缪一松
隐隐山前日半衔(省份简称)台	白　珩
口字推上去(省份简称)台	王楷波
榜头题处笑开眉(台湾市名)台中	林清富
两口直接到云南(台湾市名)台中	乔北海
画栋初开谷云低(台湾市名)台东	乔北海
远山流水小轩窗(台湾市名)台北	云　歌
麻将桌前无赢家(台湾市名)台北	虎　友
云底有燕上下飞(台湾市名)台北	乔北海
献出之后女始离(台湾市名)台南	乔北海
一览众山小(台湾市名)高雄	佚　名
友集台前去嵩山(台湾市名)高雄	乔北海

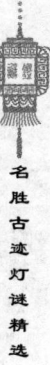

天下为公（台湾市名）高雄	佚　名
壮志凌云（台湾市名）高雄	刘二安
老当益壮（台湾市名）高雄	刘二安
身材魁梧真好汉（台湾市名）高雄	远　风
武林好汉出嵩山（台湾市名）高雄	敖耀寰
空中霸王（台湾市名）高雄	佚　名
一生钻研土耳其文（台湾市名）基隆	亭　下
共守西域一片天，阵前敌后度一生（台湾市名）基隆	乔北海
回眸顾玄宗（台湾市名）基隆	佚　名
立即下笔去解析（台湾市名）新竹	杨建华
两个亲近有半载（台湾市名）新竹	乔北海
别却池园数寸泥（台湾市名）新竹	徐　宏
苞笋抽节（台湾市名）新竹	杨建华
重到个旧容颜改（台湾市名）新竹	敖耀寰
文笔横扫喜有力（台湾市名）嘉义	乔北海
号为卿子冠军（台湾市名）嘉义	远　风
喜赋一文勖后生（台湾市名）嘉义	赖　兴
王允高一着，巧用连环计（台湾县名）云林	林凯胜
室中后生觅前梦（台湾县名）云林	乔北海
楼台悬桥开元初（台湾县名）云林县	马立炳
抬头不见苍龙（台湾县名）台东	云　歌
回首来人似六郎（台湾县名）花莲	乔北海

《新唐书·杨再思传》载：昌宗以姿貌幸，再思每曰："人言六郎似莲华，非也；正谓莲华似六郎耳。"

还观六月春（台湾县名）花莲	曹晓耕
出淤泥而不染（台湾县名，秋千）花莲	佚　名

河边偏巧有车船(台湾县名)连江		乔北海
北京丫头有爱心,助残出力献真心(台湾县名)宜兰		乔北海
斩草除根要果断(台湾县名)苗栗		张宏福
画中草木呈秋意(台湾县名)苗栗		朱锦华
南亩植花要先来(台湾县名)苗栗		乔北海
解困要去莫落后(台湾县名)苗栗		佚　名
初五行到家里来(台湾县名)金门		修　竹
秋色临人家(台湾县名)金门		云　歌
全靠丫头解闷心(台湾县名)金门		乔北海
反北逃走(台湾县名)南投		佚　名
秋去冬来燕何往(台湾县名)南投		乔北海
并列七排小高层(台湾县名)屏东		乔北海
刘关张结义遗址(台湾县名)桃园		佚　名
弃之远逃为解困(台湾县名)桃园		陈见生
酒后变态怀春兆(台湾县名)桃园		乔北海
投身改革获褒奖(台湾县名)彰化		佚　名
影后十载书华章(台湾县名)彰化		乔北海
老树村落经风雨,乱叶池边映冰轮(台湾县名)澎湖		乔北海
过于莽撞被滞留(台湾名胜古迹)太鲁阁		刘二安
夫人山东看蓬莱(台湾名胜古迹)太鲁阁		刘二安
分明有积水(台湾名胜古迹)日月潭		佚　名
分明来到深水池(台湾名胜古迹)日月潭		杨合清
分明是要去汕头(台湾名胜古迹)日月潭		林长华
分明曙色入秋江(台湾名胜古迹)日月潭		佚　名
残阳一抹西湖绕(台湾名胜古迹)日月潭		竹　意
秋水分明曙色中(台湾名胜古迹)日月潭		高鸿泰

天下广寒宫（台湾名胜古迹）月世界	云　歌
耿耿星河欲曙天（台湾名胜古迹）月世界	云　歌
圣诞前夜已过（台湾名胜古迹，掉首）安平晚渡	祝　羽
别垄守岁晚上见（台湾名胜古迹）龙山寺	石爱民
前岁离垄日多时（台湾名胜古迹）龙山寺	石爱民
又见岭韵初成（台湾名胜古迹）观音山	石爱民
北岳二日游（台湾名胜古迹）阳明山	石爱民
老拳王出头（台湾名胜古迹）阿里山	蒋华勤
我家住在黄土高坡（台湾名胜古迹）阿里山	云　歌
我家就在岸上住（台湾名胜古迹）阿里山	佚　名
青山鸟独飞（台湾名胜古迹）绿岛	云　歌
江上抱月，诗仙终作古（台湾名胜古迹）湖山寺	书　阳
日照香炉（台北名胜古迹）阳明山	佚　名
旭日生严峦（台北名胜古迹）阳明山	曾俊益
有日落幽谷（台北名胜古迹）阳明山	郑百川
此日登临曙色开（台北名胜古迹）阳明山	陈清远
盼星星，盼月亮（台北名胜古迹）阳明山	尹海军
山中月圆云飘去（台北名胜古迹）101	张晓鹏
最后登泰山（台南名胜古迹）东岳殿	刘二安
众目睽睽，鸦雀无声（台南名胜古迹）大观音亭	刘二安

后 记

　　以传统灯谜介绍祖国大好河山,用猜谜方式游览神州名胜古迹。

　　近年来旅游成为时尚,人们通过旅游,既达到了观光、休闲、娱乐、探亲访友的目的,也进一步认识和了解了祖国的大好河山。伴随旅游热的兴起,旅游专题灯谜作品也不断涌现,许多地方还将灯谜艺术与旅游联姻,举办过各种类型的旅游专题灯谜活动。

　　旅游专题灯谜,主要是以地名和名胜古迹为创作素材。清代以前,灯谜的内容多来自四书五经,地名、名胜古迹灯谜不多见,偶有以地名作谜的,如清代又一村居士的《灯谜偶存》中,收有少量县名谜,还有以七言律诗为谜面猜16个县名的。清末著名国学大师俞樾所著《隐书》中,收录有地名谜。民国张起南《橐园春灯录》、黎国廉《玉荦楼春灯录》、顾震福《跬园谜稿》以及上海萍社的作品汇集《春谜大观》中,也都有地名谜,但名胜古迹谜,仅见《橐园春灯录》中的山名、湖名等。只是到了当代,才出现了大量地名谜和名胜古迹谜。本书即以省级行政区为单元,从上万条谜作中,精选了数千条旅游专题灯谜。考虑到对所在区域的熟悉,本书邀请了在各省份较有影响并具备灯谜编辑经验的作者担任所在省份的编委,负责所在省份灯谜的选编。部分省份无合适人选的,则另邀其他地区的作者。在编选过程中,各省份编委不仅广泛搜集整理相关谜作,还各自创作了一大批新作;对于一些较难作谜的重要名胜古迹,我们专门聘请了几位特约撰稿人,进行专题创作。大家通力合作,如期完成了本书的编选。

本书所选谜作大体上分为地名和名胜古迹两部分,地名为省、自治区、直辖市、特别行政区名及其简称,部分省辖市名、县(市、区)名(为了行文简便,在文中仅以"县名"表示);名胜古迹首选进入"世界遗产名录"的,再选较有影响的如国家级文物保护单位、5A级景区等,其余以省辖市为序,只收单一谜材,不收集锦谜材(即两种及两种以上地名、名胜古迹)。本书中,使用成句为谜面的谜作与扣合有关的,或必须联系上下句才能成谜的,注明典故或原句出处(僻典,并无承上启下关系,或虽有承上启下关系但罕见的诗句一般不选),而仅仅借用原句与解读并无关联的,或人们熟知的典故,不再注明。对于作者尽量署原创者实名,对于网名如能知道原名即改为原名,多人作署为"多人",无法查证作者的署为"佚名"。本书选谜标准为扣合准确,雅俗共赏,难易适中,适于普通读者阅读。希望本书能够成为人们旅游时的伴侣,增加人们的旅游趣味,加深人们对祖国大好河山的了解。

湖南、湖北两省的编委赵定国先生为本书的编选付出大量心血,在本书编选完成之后,定国先生却遽然仙逝,不禁令人悲恸之至。本书的出版,将是对定国先生的追思,对定国先生的告慰。

中国民间文艺研究所所长王锦强先生在百忙之中为本书作序,中州古籍出版社编辑室主任岳鸳鸯女士为本书的编辑出版做了大量工作,谨此一并致以衷心的感谢!

刘二安
2013年12月1日 于一一斋